해의 흔적

해의 흔적

The Trace of the Wonder

VOL.2

도해늘 장편소설

A TRACE OF THE WONDER

Contents

05
—
가상

정이선은 페널티로 일주일을 앓으며 보냈다.

이제는 이렇게 앓는 일마저 익숙할 지경이었다. 오히려 아픔을 핑계 삼아 길어지려는 생각을 끊었다. 레이드에 함께하면서 처음 아팠을 때는 과거 친구들과 함께 있었던 때를 떠올리며 씁쓸해했지만 이제는 점점 그런 생각에 잡아먹히지 않게 되었다. 생각이 사라진 것은 아니지만 차근차근 단계를 밟고 있다고 여겼다.

던전을 세 번 클리어해 냈으니 이제 친구 세 명을 눈감게 해 준 것이다. 그러면 벌써 절반이었다. 그것을 감히 성과라 칭할 수도, 또 그에 기뻐할 수도 없겠지만 정이선은 지난 1년 동안 끝없이 스스로를 침잠시켰던 추가 하나씩 하나씩 끊어져 떨어지는 기분을 받았다.

그 모든 추가 사라졌을 때를 잠깐 그려 보다 까무룩 잠 속으로 떨어지기를 반복했다. 그러다 어느 순간에 희미하게 정신을 차렸을 땐 앞에 사현이 있었다. 그는 잠깐 간병인과 대화하면서 자신의 팔에 있는 상처를 확인하는 듯했는데, 고열로 들끓는 몸에 닿는 미지근한 온기에 정이선은 느리게 눈을 깜빡이다 물었다.

"팔은, 안…… 아파요?"

4차 던전에서 스스로의 팔과 손을 난도질하던 사현이 떠올라서 한 질문이었다. 겨우겨우 완성한 말인데 사현의 표정이 꽤 이상했다. 그는 정이선이 자신을 향해 질문한 것이 맞는지 모르겠다는 듯 몇 초 정도 침묵하다가, 이내 자신에게 정확히 꽂히는 시선을 확인하고서야 짤막한 탄식을 터트렸다.

"환자한테 이런 질문을 받을 줄은 몰랐네요."

현재 침대에 누워서 끙끙 앓고 있는 사람이 타인의 상태를 묻는 게 황당하다는 듯, 그러나 참 그답다는 듯 사현이 실소했다. 그러곤 오른손을 그 얼굴 앞까지 뻗어 보였다. 정이선은 제 눈 바로 앞에 자리한 그의 손바닥을 멍하니 올려다보았다.

분명히 검으로 깊숙이 베었는데, 며칠 전까지만 해도 피가 사정없이 흐르고 있었는데 어느새 아물어서 옅은 붉은색 실선만 남은 상태였다. 전투 계열 헌터는 회복력이 높다더니 정말인 듯했다.

정이선이 나직이 안도의 한숨을 내쉬자 사현은 다시금 황당하단 표정을 지었다가, 결국엔 조용히 그 손으로 정이선의 눈을 덮었다. 굳이 말을 덧붙이진 않았지만 다시 자라는 의미가 전달되는 행동이었다.

그렇게 일주일을 다 채운 후에야 정이선은 바깥으로 나

갈 수 있었다. 이번에도 당연하게 가장 먼저 예전 집에 들렀고, 다음 친구에게 무효화가 걸리는 과정을 모두 지켜보았다. 그 후에 화장터를 다녀왔는데, 차로 돌아오는 길에 문득 정이선이 작은 통증을 호소했다. 무의식중에 오른손으로 차 문을 열다가 느낀 통증이었다.

분명 자그맣게 앓는 소리를 낸 게 전부인데 사현이 오른팔을 확인해 보자고 했다. 정이선은 조금 떨떠름한 얼굴로 옷소매를 걷었다.

그리고 그렇게 드러난 맨팔에는 길쭉한 상처가 보였다. 4차 던전에서 몬스터에게 팔이 긁히면서 피를 쏟았는데 그 상처가 여전히 남은 것이다. 치유 포션을 뿌려서 그나마 아물었지만 그것도 조금뿐, 완전히 상처가 사라지지는 않았다.

"S급인데도 비전투계 각성자는 회복이 많이 느리네요."

사현이 상처를 확인하며 살짝 눈가를 찡그렸다. 일주일 동안 페널티로 앓아누워 있을 때도 상처를 보긴 했지만, 일주일을 다 채우면 어느 정도 나을 줄 알았는데 전혀 그렇지 않았다. 일주일 동안 앓으면서 제대로 된 영양을 챙기지 못해 더 늦게 아무는 듯했다.

그러다 사현은 정이선에게 팔을 돌려 보라고 시켰고, 정이선은 의아하단 얼굴을 하면서도 천천히 팔을 움직여 보았으며 그 끝에……

병원에 도착했다.

"⋯⋯."

정이선은 갑자기 진행되는 상황에 어리둥절한 표정이었지만 그 옆에 있는 사현이 외려 황당해했다.

팔을 움직이니 다시금 통증이 와서 정이선이 살짝 눈살을 찌푸렸고, 그대로 병원에 와서 팔을 확인했다. 그런데 뼈에 금이 갔다는 진단을 받았다. 몬스터에게 팔이 세게 잡혀 끌려갈 때 금이 간 것이다. 이 정도면 꽤 아팠을 거란 의사의 말에 사현이 정말 이해가 되지 않는단 어조로 정이선에게 물었다.

"왜 아프면 아프다고 말을 안 해요?"

"저도 몰랐는데요⋯⋯?"

"꽤 아팠을 거라고 분명히⋯⋯."

황당하단 듯 말을 쏟아 내려던 사현이 잠깐 멈칫하다 이내 한숨을 내뱉었다. 그는 조금 골이 아프다는 듯 이마를 쥔 채로 나직이 말했다.

"그래요. 페널티로 아팠으니 팔 부분을 크게 인지하지 못했겠네요. 이건 내가 제대로 확인하지 않은 잘못이에요."

사현의 입에서 '잘못'이란 단어가 나올 줄은 몰라서 정이선이 잠깐 놀란 눈을 했다. 게다가 이렇게 된 건 몬스터 때문이니 엄밀히 말하자면 그의 잘못이 아니었다. 잘못이 있다면 오히려 다른 부분에서 찾아야⋯⋯. 정이선은 그 말을 삼키며 그저 침묵했다.

하지만 사현의 표현을 정정하지 않은 게 생각 이상의 결과를 가지고 왔다. 아니, 애초부터 사고방식이 이상한 사람이라는 걸 잠깐 간과한 탓에 정이선은 몹시 심란한 상황에 놓이고야 말았다.

뼈에 금이 갔다곤 했지만 약 일주일 정도만 깁스를 하면 된다고 했고, 약간의 불편함은 있어도 일상생활에 큰 문제는 없단 소리를 들었다. 활발했던 그의 친구들도 종종 깁스 생활을 했으니 깁스를 하는 게 큰 문제가 아니란 걸 분명히 알았다.

그런데 정이선은 VIP 병실에 갇혔다.

"……뼈에 조금 금이 간 게 전부인데, 꼭 이렇게 입원해야 할까요?"

"상처도 아물지 않았잖아요?"

"일반인은 원래…… 일주일 만에 상처가 사라지지 않아요……."

그는 정말 복잡한 기분을 받았다. 사현이 S급 헌터라서 이런 상처가 너무 큰 상처처럼 보이는 건가? 그렇다고 생각하기엔 사현이 스스로 냈었던 상처가 더 심했다. 게다가 A급 이상의 던전을 다니며 분명히 많은 부상자를 봐 왔을 텐데 이렇게까지 행동하는 이유를 알 수가 없었다.

그러면 빨리 회복하지 못하는 게 이상하게 보이나? 코드는 A급 이상의 헌터로만 이루어졌으니 상처가 금방 아물지 않는 게 큰 병처럼 여겨지나? S급 던전 보스의 벼락을 맞은 한아린이 고작 몇 시간 만에 일어나고, 이틀 차에 멀쩡해졌다고 하니 일주일째 상처를 갖고 있는 게 이상하게 보일 법은 했다.

가까스로 정이선이 납득하려 노력했지만 자꾸 '그래도……'라는 반응이 튀어나오려 들었다. 일주일 내내 병실에 있어야 한다는데 정말, 이건 새로운 형태의 감금이라고 봐야 했다.

"8일 뒤에 5차 던전 발생한다고 했잖아요. 그런데 일주일을 여기서 보내면……."

"아, 이번 던전에선 이선 씨가 복구할 게 크게 없을 듯해요."

그 말에 정이선의 얼굴이 의아함으로 물들자 사현이 이미 다음 던전 단서 분석 결과가 끝났다고 알렸다. 그는 태블릿으로 다음 던전 테마 사진을 보였고, 그 화면을 본 정이선이 나직이 탄식했다.

"로도스의 거상……."

로도스는 BC 3~4세기경 지중해 무역의 중심지로 불린 도시 국가 연합이었다. 린도스, 이알리소스, 카미로스가 동맹을 맺어 만든 연합으로, 마케도니아가 그 동맹을 깨기 위해 공격했다. 하지만 로도스가 전쟁에서 승리했고, 그 승리와 단결을 기념하고자 승전금으로 거대한 청동상을 세웠다. 태양의 신 헬리오스 거상이었다.

이것이 로도스의 거상이라고 불렸고, 인물상을 칭하는 그리스어 콜로소스를 따서 로도스의 콜로서스라고도 불렸다. 성인 남성이 양팔을 벌려도 동상의 엄지를 감싸 안을 수 없을 정도로 거대했다는 거상은 총 36미터의 높이로 항구의 방파제 끝에 마련된 15미터 받침대 위에 서 있었다고 한다.

기록에 따르면 거상의 다리 사이로 배가 지났다고 하여 일종의 항만 대문 역할을 했다고 하는데, 현대 건축 공학자들은 그것이 불가능한 허구라고 설명했다. 그게 가능하려면 동상이 100미터는 훌쩍 넘어야 한다는 것이다.

이 거상은 기원전 2세기에 일어난 대규모 지진으로 양 무릎이 부러져 넘어졌다고 한다. 이후 1000년 가까이 방치된 채 관광 명물로서 기능했는데, 이후 로도스를 침공한 아랍인들이 거상을 분해해 시리아에 팔았다고 한다.

"이번 단서는 청동판에 제대로 새겨져 나왔어요. 고대 그리스어로 '바다에서 태양의 형벌을 받으리라'라는 내용이고요."

사현이 차분히 다음 던전을 설명했다. 정이선은 그의 이야기와 자신이 아는 정보를 취합해 다음 던전의 보스 몬스터가 헬리오스 거상이란 걸 추론해 냈다. 또 신급 몬스터인 것도 문제인데, 36미터짜리 거상이라니……. 절로 막막하단 한숨이 튀어 나왔다.

"큰 몬스터니까 한아린 헌터가 나서겠네요?"

"그럴 계획이에요. 게다가 태양신이니 저랑 상성도 그다지 좋지는 않을 테고. 그림자야 어디든 있겠지만 일단 한아린 헌터가 주 공격수로 나설 거예요."

정이선이 짧게 탄식하며 고개를 끄덕였다. 한아린이 메인 딜러로 나선다면 다시금 그녀의 히든 능력을 보게 될지도 몰랐다. 왠지 또 상자를 쥐고 부들부들 떨고 있을 것만 같아 조금 안타까운 마음이 들었다가, 그다음에야 사현이 했던 말을 뒤늦게 이해했다.

"아, 그래서 복구할 게 얼마 없다고……."

"네. 건물 안이 아니라 항만에서 전투하게 될 테니까요. 그 항만을 복구해야 하겠지만 길만 평평하게 다지면 돼요. 다른 특별한 구조물을 외울 필요 없이."

보스 몬스터가 거상이라면 정이선이 실제로 복구해야 할 부분이 거의 없긴 했다. 3차 던전에서 맞닥뜨린 제우스 신상은 신전 안에 있었던 조각상이어서 신전 복원도까지 외워야 했다지만 이번엔 항만에 있었던 거상이니 사현의 말 그대로였다. 바닥만 제대로 복구해서 바다에 떨어지는 불상사만 막으면 되었다. 아마 거상과 싸우는 동안 바닥이 여러 번 무너지기야 하겠지만, 복구 대상이 적어 기력은 넉넉할 테니 여유로울 것이다.

정이선이 자연스럽게 머릿속으로 던전을 그리고 있으니 사현이 유하게 미소하며 말했다.

"이선 씨는 비전투계면서 던전 파악을 참 열심히 하네요."

"100퍼센트로 복구하라고 하셨으니까요."

"정작 복구 능력이 오른 건 이해도보단 다른 이유였던 것 같은데……."

"……."

순식간에 정이선의 얼굴이 당황과 충격으로 물들었다. 그가 입을 다문 채로 아무런 말도 못 하고 있으니 사현은 태연한 얼굴로 웃었다.

"그렇지만 이해도가 바탕이 되었으니 가능한 일이겠죠. 뭐든 기본이 중요하니까요. 나머지는 제가 알아서 할 테니……."

"뭐, 뭐를 알아서 하려고요."

"글쎄요. 그 뛰어난 이해력으로 추론해 봐요. 그리고 던전 안에서 복구를 여러 번 해야 한다는 것도 이젠 알았을 테니, 손이 완전히 나을 때까지 푹 쉬어요."

굳은 정이선을 침대에 눕힌 사현이 이불까지 덮어 줬다. 정이선은 너무 당황한 나머지 그 행동이 끝날 때까지 휩쓸려 가다 뒤늦게 의견을 냈다. 겨우 팔뼈에 금이 갔다고, 그것도 금방 나을 거란 의사의 말에도 VIP 병실에 강제로 입원시킨 사현의 충격적인 행동을 잠깐 까먹을 뻔했다.

"다시 말하지만 정말 입원까지 할 필요는 없는데……. 회의에 참석할 수 있어요."

"방심하다가 다시 삐끗하면 그땐 부러지겠죠?"

"그렇게 쉽게 부러지지는 않는데요……."

이번엔 아예 사현이 그 말을 들은 체도 하지 않았다. 정이선은 꽤 불만스러운 얼굴로, 전혀 졸리지 않는다고 치워 낸 이불마저 다시 덮는 사현의 행동에 중얼거리듯 말했다.

"가끔…… 일부러 일을 크게 벌이고 나서 제 반응 보는 걸 그쪽이 재밌어하는 것 같단 생각이 들어요."

자신을 놀리냐는 질문을 최대한 완곡하게 풀어서 전달했다. 정이선은 스스로가 생각해도 굉장히 정중히 표현했다고 여겼는데 어쩐지 사현에게서 답이 없었다. 설마 이런 말에 기분이 나빠졌나 싶어서 슬그머니 사현을 올려다보았는데, 그가 조금은 의아한 얼굴로 있는 것을 발견했다.

정이선이 한 말이 놀라운 듯, 그러다 이내 무언가를 깨달은 사람처럼 느리게 눈만 깜빡이다가.

"그러게요?"

"……네?"

"재밌나 봐요. 이선 씨가 반응하는 게."

정이선의 표정이 미묘하게 변했다. 이건 자신을 놀리는 고도의 수법인 걸까. 대체 어떤 반응을 보여야 할지 모르겠어서 정이선은 결국 조금 불편한 얼굴로 시선만 돌렸다.

더 대화 나누고 싶지도 않아서 아예 이불로 얼굴을 덮어 버리기까지 했다.

◁ ◆ ▷

정이선은 겨우 팔을 조금 다친 걸로 VIP 병동에 입원하게 된 현 상황도 황당했지만, 입원했단 소식이 알려져 병문안을 받게 될 줄은 상상도 못 했다. 그중에서도 가장 먼저 찾아온 기주혁은 침대 앞에 무릎을 꿇고 훌쩍훌쩍 울기까지 했다.

"죄송합니다. 흑. 절 죽이세요."

자신이 4차 던전에서 어그로를 끌어서 이런 일이 벌어졌다며, 이 모든 건 자신의 잘못이라며 대성통곡했다. 정이선은 무척 심란해졌다. 왜 이렇게 주위 사람들이 저마다 잘못을 가져가고 싶어서 안달인지 모를 일이었다.

일단 기주혁을 일으키기 위해 침대에서 일어서려고 하니 화들짝 놀란 그가 안 된다며 정이선의 무릎을 붙잡았다.

"어떻게 성치도 않은 몸으로……!"

"저는 팔을 다친 거지, 다리를 다친 게 아니에요……."

"복구사님한테 가장 중요한 손과 팔을 제가 다치게 했어요! 이런 쓰레기 같은!"

그렇게 말하며 이마를 바닥에 찧을 기세기에 정이선이 놀라 그를 말렸다. 팔도 살짝 금이 간 게 전부이며 절대 중환자가 아니라고 해명했다. 아무래도 병원에 입원했다는 게 무척 큰일처럼 여겨지는 듯했다.

그렇게 일으키려는 정이선과, 바닥에 이마를 붙여야 한다며 울부짖는 기주혁이 실랑이를 벌이는 사이 누가 병실로 들어왔다.

"어휴, 이선 복구사 쉬는데 시끄럽게 굴지 좀 마라."

바닥에 무릎 꿇고 있는 기주혁의 팔을 잡고 덜렁 일으켜 버린 사람은 바로 한아린이었다. 기주혁은 마치 종이 인형처럼 끌려 일어나 자신은 더 사죄해야 한다며 발버둥 쳤고, 한아린이 괜히 이선 복구사 부담 주지 말라며 그를 옆 소파로 던져 버렸다. 분명 가벼운 손짓이었는데 기주혁은 휙 날아가 소파 위로 떨어졌다. 심지어 벽에 살짝 부딪쳤다.

그 모습을 당황스럽게 지켜보는 정이선에게 한아린이 살갑게 웃으며 다가왔다.

"이선 복구사, 많이 다쳤다면서요. 괜찮아요?"

"조금 전에 날아간 기주혁 헌터가 더 다쳤을 것 같은데……."

"괜찮아요. 소파에 떨어졌는데 뭐."

그녀는 방긋방긋 웃으며 침대 옆 협탁에 음료수 박스를 올려 두었다. 정이선은 다시금 자신이 중환자가 아니니 이런 병문안 선물까진 필요 없다고 했지만 한아린은 넣어 두라는 소리만 하며 침대 옆 의자에 앉았다. 여전히 기주혁은 소파 위에서 죽어 가는 소리를 내며 덜덜 떨고 있었다.

"쟤가 원래 어두운 곳이랑 벌레 엄청 싫어하거든요. 그래서 이번에 4차 때 이선 복구사한테 민폐 크게 끼쳤네요. 저래도 싸요."

"아…… 저는 정말 괜찮아요. 던전이 많이 기괴했으니 이해돼요."

"이선 복구사는 진짜 사람이 너무 착하네. 좀 때려도 되는데. 내가 대신 때려 줄까요?"

"네……?"

"장난이에요, 장난. 아무튼 지금 쟤가 워낙 욕먹고 있어서 더 눈치 보는 것도 같고……. 이선 복구사가 자기 싫어할까 봐 저렇게 유난인가 싶네요."

한아린의 말에 정이선이 의아한 낯을 했다. 일단 자신이 기주혁을 싫어할 일도 없거니와 그가 욕을 먹고 있단 상황이 의아했다. 그러다 빠르게 깨달음을 얻은 정이선이 나직이 탄식했다. 사람들은 현 레이드에 무척 관심이 많으니 4차 던전 공략도 모두 방송으로 지켜봤을 것이고, 그래서 그가 신전 안에서 화 속성 마법을 썼던 행동이 현재 크게 비난받는 듯했다.

기주혁이 인터넷을 활발히 하는 편이란 걸 알기에 정이선은 조금 안타까운 눈빛을 했다. 한아린은 고개를 절레절레 내저으며 이야기를 이었다.

"기사도 쓸데없이 자극적으로 나오고 있긴 하거든요. 뭐, 관계 불화설이니 뭐니……."

"그건 정말 왜죠?"

"이선 복구사 일주일 동안 코드에 안 왔다고 기사화하는 거죠, 뭐. 2차 때도 닷새쯤에 왔었고, 3차 재진입 전에는 하루인가 이틀 만에 다시 왔으니까요. 그러니 일주일 동안 오지 않는다, 관계에 마찰이 있다…… 이런 식으로 떠들어요."

황당하단 정이선의 표정을 보며 한아린이 이해한다는 듯 웃었다. 그러다 문득 그녀가 조금 심각한 얼굴로 중얼거렸다.

"그런데 이번엔 좀 유난히 기사가 많이 나오긴 하네요. 사윤강이 손쓰나……."

사윤강이 최근 부쩍 위상이 높아진 코드를 견제하고 있다고 했다. 고대 7대 불가사의 레이드에서 4차 던전까지 코드가 모두 클리어하고 있으니, 어쩌면 일부러 그런 루머 기사를 퍼트렸을지도 모른다며 질린 낯을 했다.

"여기 병원 오는 것도 기자들이 찍던데. 오늘은 무슨 기사가 뜰지……."

"레이드를 코드가 모두 클리어하면 길드 입지를 넓힐 수 있지 않나요? 그래서 부길드장님도 헌터 협회에 코드가 1순위 독점 진입권 받도록 로비 넣었다고 들었는데…….”

"그건 그런데, 또 너무 커지면 안 된다 이거죠. 자기가 길드장 될 거라고 자신만만해서 코드로 길드 좀 키우려던 건데, 계속 코드가 클리어하니까 사현이 다음 길드장 해야 하는 거 아니냔 말 쏟아지고 있거든요.”

한아린의 말을 경청하던 정이선이 무언가를 질문하려 할 때쯤 기주혁이 끄으윽, 소리를 내며 일어났다. 그는 창백한 낯으로 잠깐 저승에 발 도장 찍고 왔다고 중얼거렸는데, 정이선은 그에게 진심으로 걱정하는 눈빛을 보냈다. 왠지 이 병실에는 자신이 아닌 그가 입원해야 할 것 같았다.

그러다 정이선이 아, 탄식과 함께 자리에서 일어서더니 옷걸이가 있는 곳으로 가서 주섬주섬 후드 집업을 입었다. 의사는 반깁스로도 충분하다고 했는데 군이 깁스를 해 둔 사현 때문에 옷을 입는 데에 조금 시간이 걸렸다. 한차례 작은 전쟁을 치른 정이선이 짧은 한숨과 함께 기주혁에게 말했다.

"바깥에 나가요.”

"엡……?”

"음, 그러니까…… 저기 음료수 들고 같이 나가면 되겠네요.”

주위를 둘러본 정이선이 마침 한아린이 가져왔던 음료 상자를 가리키며 말했다. 그즈음 한아린은 정이선이 무엇을 노리는지 알아챘는지 와, 짧게 감탄하고는 먼저 상자를 열어 음료수 세 병을 챙겼다. 그러곤 어리둥절한 표정의 기주혁을 잡아끌어 바깥으로 나갔다.

정이선은 반사적으로 후드를 쓰긴 했지만 결국 머뭇거리는 손길로 후드를 살짝 뒤로 당겼다. 언제나 후드를 푹 눌러쓰고 다녔는데 오늘은 얼굴이 보일 정도로 썼다.

병원에는 정원도 무척 잘 조성되어 있었다. 환자들을 위한 산책로를 조성해 둔 건데, 담벼락으로 둘려 있어 오직 병원을 방문한 사람들만 이용할 수 있는 공간이었다. 정이선이 담벼락을 흘끔흘끔 쳐다보고 있으니 한아린이 자신에게 맡기라 말하곤 주위를 휙휙 둘러본 후 둘을 이끌고 벤치에 앉았다.

기주혁은 여전히 의아한 얼굴로 주변을 두리번거리다 이내 걱정이 가득한 목소리로 말했다.

"그런데 복구사님, 진짜 이렇게 걸어 다녀도 돼요?"

"팔만 다친 거라니까요……."

"일주일째 상처가 안 낫잖아요! 우리 복구사님 저보다 연약한가 봐요, 흑."

"……."

"야, 기주혁. 이선 복구사가 욕하지 말란 눈으로 보는데."

"예에?!"

기주혁이 화들짝 놀라며 정이선을 쳐다보았지만 정이선

은 차마 한아린의 말을 부인하지 못하고 시선만 돌렸다. 그 행동에 기주혁이 더 충격받은 표정을 짓자 한아린이 정말 숨이 넘어갈 듯 웃음을 터트렸다.

그들은 꽤 오랫동안 바깥에 있었다. 어느덧 날씨가 완연한 봄으로 접어들면서 바람이 포근했다. 한두 시간 가까이 벤치에 앉아 담소를 나누고 간간이 주위를 함께 걷기도 했다. 나누는 대화는 주로 5차 던전에 관한 내용이었는데 이번에는 한아린뿐만 아니라 기주혁도 메인 딜러로 나서야 한다는 소식을 들었다.

"바다에서 싸울 테고, 태양신이면 화염 사용할 확률이 높아서요. 그러니까 화 속성이랑 수 속성 동시 캐스팅 가능한 제가 좀 나서야 해요."

"보스 몬스터랑 같은 속성이면 데미지가 적게 들어가지 않나요? 그래서 3차 던전 때 태신길드가 제우스 몬스터 상대하기 힘들었다고 들었는데…….."

"적게 들어가는 거지, 아예 완전히 안 들어가는 건 아니니까요. 그리고 리더는 제가 몬스터의 공격을 뺏을 수도 있다고 보고 요즘 계속 굴리는, 아니, 훈련시키고 계시죠……."

기주혁이 조금은 초췌한 낯으로 웃었다. 정이선은 그의 눈 밑에 자리한 다크서클을 보며 조금 더 안타깝다는 표정을 지었다. 사현이 직접 훈련을 주관한다는 게 얼마나 힘든 일인지 알기에 응원하는 의미로 그의 어깨도 토닥였다. 조금은 바깥의 시선을 의식한 행위기도 했다.

정이선은 기주혁이 현재 자신과의 불화 논란에 휩싸였다는 한아린의 말을 듣고서 일부러 그와 함께 바깥으로 나왔다. 병원으로 오는 길에도 기자가 따라붙었다고 하니 아마 이 모습도 어딘가에서 찍고 있을 것이다. 정이선은 이런 상황을 만드는 게 무척 어색하고 조금 불편하기도 했지만 기주혁이 괜한 논란에 휩쓸리기를 원하진 않았다. 자신은 욕을 먹어도 아예 신경 쓰지 않으니 상관없지만 기주혁은 활발히 인터넷을 사용하니 더욱 눈치를 볼 터였다.

그래서 두 시간을 채운 후에야 기주혁과 함께 건물로 들어왔다. 그리고 그때쯤 한아린이 끝까지 눈치채지 못한 기주혁에게 조금 전 상황을 간단히 알렸다.

"너랑 불화설 떴다니까 이선 복구사가 걱정해서 일부러 외출한 거 아냐."

그 말에 기주혁의 눈동자가 커다래졌다. 눈물이 그렁그렁 맺힐 것만 같았다.

"너는 진짜 이선 복구사한테 고맙다고 절이라도 해야 한다."

"저 지금 당장도 가능합니다."

"아니, 제가 안 받고 싶은……."

복도에서 잠깐의 실랑이를 벌이며 겨우겨우 병실로 들어왔는데, 들어오자마자 정이선의 눈 앞에 이상한 상황이 펼쳐졌다. 코드의 헌터들 약 열 명이 병실에 옹기종기 모여서 떠들고 있는 것이다. 그들은 정이선을 보자마자 자리에서 벌떡 일어나며 안부를 물었다.

"입원하셨다고 해서 곧바로 왔어요. 괜찮으세요?"

"죄송합니다. 저희가 제대로 처리했어야 했는데⋯⋯."

저마다 자신들이 똑바로 했어야 했다며 사과했다. 비전투계 각성자와 함께 들어가면 그 사람의 안위를 가장 신경 써야 하는데 자신들이 부족했다는 내용이었다. 그 절절한 반성문을 들으며 문득 정이선은 이게 사현이 코드 헌터들을 주의시키는 방법인가 의심했다. 자신을 일부러 입원시켜서 그들이 더 큰 죄책감을 느끼게 하려는 속셈이었나? 새로운 경고인가?

정이선은 조금 민망한 기분으로 후드 깃을 만지작거렸다.

"이렇게까지 안 오셔도 됐어요. 정말 사소하게 다친 거고, 한창 다음 던전 준비하느라 바쁘실 텐데 괜히 시간 뺏는 것 같네요⋯⋯."

"복구사님이 왜 눈치를 보세요!"

"에이, 이거 다 이선 복구사한테 잘 보이려고 하는 거예요. 우리가 던전에 쉽게 진입하는 게 다 이선 복구사 덕분인데!"

기주혁에 이어 한아린이 빠르게 말을 덧붙이며 정이선을 향해 씩 웃어 보였다.

"그리고 상처가 큰지, 작은지가 중요한가요. 그냥 우리가 이만큼 걱정한다는 거지."

그 말에 정이선이 잠깐 멈칫했다. 불현듯 그가 다쳤을 때 호들갑을 떨며 걱정하던 친구들이 떠올랐기 때문이다. 물건은 복구하고, 남은 해하지도 못하는 이롭고 선한 정이선이 종이에 손이 베였다고, 물건에게 배신당한 거냐며 마구 난리를 치던 그때가 문득 생각났다. 정이선은 두어 번 입술만 달싹거리다 결국 입을 꾹 다물었다.

그러다 열린 문 너머로 낮은 구두 굽 소리가 들려왔다. 두 명의 인기척이라 정이선의 시선이 의아하게 그곳을 향할 즈음, 그는 아주 미묘한 냄새를 맡았다. 희미한 향이 점점 가까이 다가오는가 싶더니 마침내 문틈으로 두 사람이 나타났다.

"늦었습니다."

가슴께까지 내려오는 머리칼을 하나로 깔끔히 올려 묶은 이는 신지안이었다. 그리고 그런 신지안의 옆에 한 명이 함께했는데, 나이를 알리듯 희끗희끗 센 회백발을 단정히 정리한 여인은 짙은 회색의 스리피스 정장을 입고 있었다.

재킷을 어깨에 걸친 채로 들어온 여인을 보는 정이선의 눈이 느리게 깜빡였다. 정이선은 헌터에 대해 잘 모르지만 그녀는 알았다. 한국 2위 길드인 태신의 길드장이자, 뇌전 계열 S급 마법 헌터인 신서임이었다.

대체 왜 태신길드의 길드장이 이곳에 왔는지 알 수 없어서 멍하니 있는데 기주혁과 한아린이 반갑게 그녀에게 인사했다.

"우와! 오랜만에 뵙네요, 길드장님!"

"오랜만입니다!"

우렁찬 인사에 상황을 모르는 정이선만 점점 어리둥절해하니 기주혁이 에엥, 하며 놀란 소리를 냈다. 그러다 이내 고개를 끄덕거리며 신서임과 신지안을 차례로 두 손으로 가리켰다. 아주 공손한 손짓이었다.

"태신길드의 신서임 길드장님, 그리고 우리 코드의 신지안 헌터님. 둘이 친척입니다. 이모, 조카 사이."

"……네?"

정이선의 얼굴이 당황스러움과 의아함으로 물들었다. 처음엔 친척이란 사실에 놀랐다가, 그다음엔 그렇다면 대체 왜 신지안이 HN길드의 코드에 있는지 의아해졌다. 일가가 한국 2위 길드의 길드장이라면 그 길드에 갈 텐데, 대체 왜? 그리고 그런 의문은 한아린이 해결해 주었다.

"지안 헌터는 좀 격하게 싸우는 거 좋아하는데, 태신길드 장님은 어린 조카 험한 던전에 못 보내겠다고 하셔서 마찰 좀 있었죠. 그러다 마침 코드 스카우트받고 당장 나가 버린 거고."

거의 독립 선언이었다는 그녀의 말에 정이선이 나직이 탄식하며 고개를 끄덕였다. 그리고 그 이야기가 끝날 즈음 신서임이 손에 든 하얀 상자를 살짝 들어 올리며 말했다. 조금 전부터 정이선이 계속해서 맡고 있는 달달한 냄새의 원인인 듯했다.

그리고 그건 갓 구운 빵 냄새였다.

"예전부터 한번 만나고 싶었는데, 이번에 입원했단 소식을 지안이한테 듣고 왔습니다. 정이선 복구사가 갓 구운 빵을 좋아한다고 지안이가 얘기해 줘서 챙겨 왔는데……."

웃음기 하나 없는, 딱딱하게마저 들릴 목소리였으나 그런 어조로 내미는 상자엔 빵이 한가득 들어 있었다. 정이선은 그녀가 신지안과 혈육이란 점을 확신하며 낯선 눈으로 상자를 보았다. 신지안이 그런 말을 했단 점이 내심 놀라웠다.

정이선이 나직이 탄식하고 있으니 신지안이 의아하단 표정으로 그를 보았다.

"좋아하지 않습니까?"

4차 던전에 관해 회의할 때 그녀가 호텔 라운지를 예약했었다며, 당연히 빵을 좋아하는 줄 알았다고 말했다. 무뚝뚝한 신지안마저 이렇게 기억하고 병문안을 올 줄은 몰라서 정이선은 말을 머뭇거리다 결국 고개를 끄덕였다.

"아, 네……. 감사합니다……."

그리고 그때쯤 기주혁이 당장 테이블로 달려가며 환호했다.

"와! 빵이다!"

"야, 이선 복구사 먼저 먹어야 한다고."

"당연히 복구사님 먼저 가져다드리지! 내가 진상하려고 이렇게 달려온 거라고요!"

"넉넉히 사 왔으니 다들 먹을 수 있을 겁니다."

신서임이 테이블에 올려 둔 상자 안의 빵을 기주혁이 하나둘 바깥으로 꺼내며 싱글벙글 웃었다. 돕겠다며 다가간 다른 코드 헌터들이 정이선을 보며 어떤 빵을 가져다줄지 물었다. 타르트, 몽블랑, 애플파이, 스콘 등 종류를 쭉 나열하는데 대체 얼마나 많이 사 온 건지 말이 무척 길었다.

"⋯⋯."

그 이야기를 듣는 정이선은 정말로 이상하고도 어색한 기분에 휩싸였다.

조금 전엔 잠깐 친구들을 떠올렸었는데 지금은 전혀 그 생각이 들지 않았다. 상념에 빠지기엔 너무 많은 사람이 앞에 있었고, 그들이 대화하며 내는 소란이 귓가를 가득 채웠다. 심지어 빵 냄새를 맡고도 떠오른 것이 옛 과거가 아닌, 얼마 전 호텔 라운지에서의 일이라 정이선은 무척 낯설어졌다.

겨우 사소하게 다친 것뿐이지만 자신이 아플 때 주위가 소란스러운 경험이 너무 오랜만이어서, 그리고 그 기분이 꽤 나쁘지 않아서 눈만 느리게 깜빡이다가.

결국 아주 희미하게 웃음을 터트렸다.

봄볕이 따사롭게 창문으로 들어오는 어느 날이었다.

◁ ◆ ▷

입원 사흘 차에도 병문안은 꾸준히 이어졌다.

사현은 아침과 저녁에 한 번씩 찾아와서 상태를 확인했
고, 그럴 때면 옆에 초췌한 인상의 기주혁도 함께 왔다. 5차
던전 발생일이 다가올수록 훈련의 강도를 높여 가는지 기주
혁의 다크서클이 볼 때마다 짙어졌다.

코드의 헌터들도 한두 번씩 방문했는데 그때마다 병문안
선물을 챙겨 왔다. 정이선은 아무리 생각해도 자신이 퇴원
할 때까지 그걸 다 처리하지 못할 거란 확신을 받아 외려 헌
터들이 찾아올 때마다 그들에게 강제로 음식을 먹였다.

그렇게 차근차근 음식을 해치워 나가며 정이선은 병원 안
에서 여유롭게 지냈다. 병원에서 계속 지내는 건 꽤 불편하
다고 알고 있었는데 VIP 병동은 정말로 지내기 쾌적한 공간
이었다. 병원보단 호텔에 온 기분이었다.

게다가 VIP 병동 고객을 위한 특별 라운지까지 따로 제공
되었으니 정이선은 간간이 그곳에서 바깥의 정원을 구경하
곤 했다. 부쩍 봄바람이 따뜻해지면서 외출하기 좋은 날씨

였지만 그는 여전히 시선이 부담스러웠다. 아마도 자신이 조금 더 과하게 의식하는 경향이 있겠지만 혼자 산책하기엔 다른 사람들의 시선이 느껴져서, 정원은 부러 다른 헌터들과 함께할 때만 나갔다.

그러니 혼자 있을 때는 라운지에 가만히 앉아 있었다. 현재 한백병원에서 VIP 병동을 사용하는 사람은 그와 HN의 길드장뿐이었다. 고로 바깥에 나올 수 있는 사람은 정이선뿐이란 소리였다.

병실도 넓고 쾌적하지만 라운지는 전면 유리창이라 햇빛이 그대로 들어왔다. 정이선은 그 햇빛 아래에서 로도스 거상 주위의 항구 이미지를 열심히 들여다보았다. 바닥만 제대로 복구하면 된다지만 36미터짜리 거상을 상대하면서 수없이 많이 부서질 터였다. 게다가 하위 몬스터가 어떤 형태일지 선뜻 짐작 가지 않는 상황이니 더욱 기본을 챙겨야 했다.

그렇게 한창 태블릿 화면을 들여다보고 있는데 갑자기 옆에서 인기척이 느껴졌다. 누군가가 옆으로 다가와 소파에 털썩 앉은 것이다.

"왜 연락에 답을 안 합니까?"

"……?"

라운지에는 자신밖에 없었기 때문에 정이선은 그 질문이 정확히 자신을 향하는 걸 알았다. 다만 상대가 전화하는 중

일 수도 있다는 일말의 가능성을 두고 시선을 돌렸는데, 그렇게 상대를 확인한 정이선의 얼굴에 미묘한 빛이 서렸다.

천형원이었다.

머리칼을 뒤로 시원하게 넘겨 사나운 인상이 훨씬 더 잘 드러나는 사내였다. 얼굴은 살짝 긴 편에 눈매가 유독 날카로웠는데, 그의 얼굴을 확인한 정이선이 느리게 눈을 깜빡였다. 낙원길드의 차기 길드장인 그가 대체 왜 여기에 있는지 모를 일이었다.

"무슨 연락이요?"

"하. 문자로 분명 제안하겠단 연락이 갔을 텐데?"

정이선이 인사도 하지 않는 점에 천형원이 황당하단 눈빛을 보냈지만 오히려 정이선이 황당해해야 하는 입장이었다. 갑자기 옆에 나타나서 다짜고짜 제안 이야기를 꺼내니 이해가 되지 않는단 듯 정이선이 살짝 눈가를 찡그리다, 이내 짧게 탄식했다.

「좋은 제안을 하고 싶은데, 만납시다.」

4차 던전에 진입하기 전에 그런 문자를 받았던 기억이 어렴풋하게 났다. 뜬금없는 제안 소리와 함께 아래로 주소가 붙었는데, 누구인지 전혀 모르겠어서 답장하지 않았었다. 당연히 상대가 문자를 잘못 보낸 줄 알았는데 그게 천형원

일 줄은 상상하지도 못했다.

정이선은 대체 자신의 번호를 그가 어떻게 알았는지 몹시 의아해졌지만, 기분 나쁜 티를 팍팍 내고 있는 천형원에게 그런 상식적인 질문은 통하지 않을 듯해 담담히 말했다.

"누가 보냈는지도 모르는데, 느닷없이 제안하고 싶다며 장소를 보내는 연락에 답하는 게 더 이상하지 않나요?"

"주소가 낙원길드 건물인데, 그 정도도 모르나?"

정이선의 표정이 이상해졌다. 그쪽 도로명이 낙원로인 것도 아니고, 동이 낙원동인 것도 아니면서 무슨 헛소리인지 모르겠단 표정이었다. 게다가 제안하고 싶다면서 상대가 아닌 그 자신을 기준으로 장소를 잡다니, 더 어이가 없었다. 심지어 그 사현마저 제안할 때는 직접 용인에 찾아왔었다.

자의식 과잉이 굉장한 사람을 본다는 듯 천형원을 응시하는데 다행히 침묵의 의미가 고스란히 전달되었는지 천형원의 미간이 좁혀졌다. 결국 천형원은 홀로 주먹을 쥐었다 펴기만을 반복한 끝에 겨우 미소를 지어 보였다. 작위적인 티가 잔뜩 묻어나는 미소였다.

"아무튼, 낙원길드에서 함께 일해 보자는 제안을 하고 싶은데."

"……."

"코드에서 받는 것 그 이상으로 내줄 용의가 있습니다. 집? 두 채, 세 채도 가능하고 계약금은 몇 배로 드리죠."

낙원길드는 한국의 3위 길드지만 포션으로 유명해서 자금 면은 HN길드 바로 다음이었다. 게다가 천형원은 태생부터 재벌가 자식이라 돈이 많았고, 그러다 S급 각성자가 되어 낙원길드에 들어갈 때까지만 해도 승승장구했다. 순식간에 임원진이 되어 길드장의 총애를 받았으니 당연한 이야기였다.

그러나 HN길드의 사현이 헌터 데뷔부터 당장 1차 대던전, 한국 최초 S급 던전을 클리어하면서 단숨에 입지를 넓혔고 그다음엔 Chord324를 이끌면서 한국 최정예 팀이란 이름을 따냈다. 사윤강이 코드에 HN의 특수 정예 팀이란 이름을 붙였다면, 그 팀을 한국 최정예라고 불리게 만든 건 사현이었다.

천형원이 코드를 라이벌처럼 인식하며 어떻게든 이기려고 한다는 것은 꽤 유명한 이야기였다. 특히나 지금은 한창 길드장 승계가 이루어지는 상황이니 그는 더더욱 코드보다 큰 성과를 내고 싶어서 안달 난 상태였다.

대형 길드의 길드장 승계는 보통 길드장의 동의와 이후 임원진 과반수의 동의가 있어야만 하는데, 최근 낙원길드가 3차 던전에서 시간을 과하게 끌며 부진한 모습을 보여 천형원을 향한 지지율이 떨어졌다.

그러니 천형원은 코드의 성공 요인을 S급 복구사인 정이선이라 분석하고, 그를 스카우트하기 위해 이곳까지 온 것이다. 조건에 대해 줄줄 이야기한 천형원이 자신만만하게 웃으며 정이선에게 손을 내밀었다.

"이번 레이드에 낙원과 함께합시다."

천형원은 가만히 침묵하는 정이선에게 당장 5차 던전부터 이적하면 계약금을 몇 배로 쳐주겠다고 말했고, 그때까지도 정이선은 눈만 깜빡이다가.

"아뇨. 관심 없습니다."

몹시 단조로운 답변을 내뱉으며 자리에서 일어섰다. 천형원이 지금껏 한 말에 일말의 관심도 없다는 듯 아주 담백한 태도였다. 그 반응에 천형원이 당황하며 벌떡 자리에서 일어섰다.

"원하는 조건은 뭐든지 맞춰 준다니까! 집, 차, 돈, 뭐든지!"

"이만 가 보겠습니다."

"레이드가 성공적으로 끝나면 낙원길드에 좋은 자리도 내줄게! 그래, 이사 자리 어떻습니까. 내가 길드장이 되면 그 정도는 당연히 내줄 수 있습니다."

횡설수설 말이 쏟아졌다. 그런데도 정이선은 그저 천형원에게 고개를 살짝 숙여 인사하고 돌아가려 했고, 천형원이 그런 정이선의 손목을 거세게 쥐었다. 정이선이 인상을 찌푸릴 정도로 강한 악력이었다.

"멍청하게 굴지 말고 미래까지 보고 계산해! 사현이야 코드의 리더일 뿐이지 길드장은 아니니까, 후일을 염두에 둔다면 당연히 낙원에 와야 하는 거 아닌가? 레이드가 끝나면 코드에서 복구사가 할 일이 뭐가 있다고!"

레이드가 끝난 후에도 낙원길드에 자리를 주겠다며, 복구사로 활약할 길도 만들고 몸값도 높여 주겠다고 천형원이 마구 소리쳤다. 그런데도 정이선은 그가 말한 '미래'란 단어에 잠깐 생각이 멎은 사람처럼 뚝, 멈춰 있다가…… 이내 작게 웃었다.

천형원이 한 제안에 대한 긍정적인 반응이라기보다는, 그저 자조적인 미소에 가까웠다.

느닷없는 웃음에 의아해하는 천형원에게 정이선이 손목을 가리켰다. 그나마 다행인 건 깁스한 팔을 붙잡지 않았단 점이었다.

"제가 환자라서, 일단 놔주시겠어요."

잠깐 과열되었던 분위기 위로 낯설도록 차분한 목소리가 떨어졌다. 천형원은 순간 당황해서 어, 어어…… 하다 손을 놓았고 그때쯤 정이선이 한 발자국 뒤로 물러났다. 그러곤 아주 담담한 어조로 말했다.

"코드에서 일하는 게 미래까지 보고 계산한 거라서요. 제 안은 감사하지만 제가 낙원에서 함께할 일은 없으니, 이만 가 보겠습니다."

깔끔히 거절한 정이선은 그대로 몸을 돌려 병실로 걸어갔다. 혹시나 천형원이 올까 싶어서 S급 헌터에게는 통하지도 않겠지만 문도 잠갔다. 몇 분이 지나서야 성난 발걸음이 멀어지는 소리가 들렸는데, 다행히 문을 부술 정도로 무뢰한은 아닌 듯했다.

그렇게 정이선은 문에 등을 기대고 서서 물끄러미 창밖을 바라보았다. 조금 전에 그와 나눴던 대화가 꽤 어지럽게 머릿속을 돌아다녔다. 아니, 정확히는 단 한 단어만이 머리에 새겨져서, 정이선은 아주 오랫동안 그 자리에 선 채로 생각에 잠겼다.

◁ ◆ ▷

정이선은 천형원의 방문을 이야기할지, 말지 고민했지만 그 고민은 꽤 짧게 끝났다.

한아린이 정이선을 찾아왔다. 그녀는 오전 훈련이 끝났다며 함께 점심을 먹자고 정이선을 찾아왔고, 정이선은 식사 후 정원을 산책할 즈음에 천형원에 대한 이야기를 꺼냈다. 몇 시간 전에 천형원이 레이드에 함께하자고 제안했지만 잘 거절했다고 담백히 말했는데 한아린이 정말 놀라운 표정을 했다.

"와. 그 새끼 여기까지 찾아왔다고요? 어휴, 진짜 끈질긴 새끼."

단박에 험한 말이 튀어나와 정이선이 조금 놀랐다. 하지만 한아린은 천형원을 무척 싫어하는지 표정을 구긴 채로 한참 동안 욕하며, 예전에도 그가 코드 헌터들에게 몇 번 접근한 적이 있다고 알렸다.

넘어간 코드 헌터는 없지만 정말 구질구질한 새끼라고 한아린이 눈살을 찌푸리다, 결국 한숨과 함께 고개를 내저었다.

"사현한테는 내가 말해 볼게요. 이선 복구사는 신경 안 써도 돼요."

그들은 현재 정원 끝의 벤치에 함께 앉아 있었다. 정원 펜스에 절묘하게 가려져 외부에서 사진을 찍기 어려운 공간이니, 가끔 나오고 싶으면 이곳에 있으란 한아린의 말에 정이선이 어색히 고개를 끄덕였다.

그러다 문득 정이선은 이전부터 품었던 의문을 떠올렸다. 한아린은 사현보다 두 살 많은데, 같은 S급 헌터라 그런지 다른 팀원에 비해서 그와 꽤 많은 대화를 나눴다. 그러니 어쩌면 그에 대해 잘 알지도 모른단 생각이 들어 정이선이 조심히 물었다.

"혹시, 사현 헌터가 왜 그렇게까지 레이드를 모두 클리어하려는지 아세요?"

"응? 이번 레이드 올 클리어하면 코드 위상이 하늘을 뚫을 테니 당연히 노력하죠……?"

"아, 그러니까…… 그, 팔에 상처 내면서까지 하는 게 조금 놀라워서요."

그 말에 한아린이 아아, 소리를 내며 고개를 끄덕였다. 정이선의 질문이 정확히 무엇을 의미하는지 이해했단 반응이었다.

코드에 처음 합류했을 때 정이선은 사현이 7대 레이드를 모두 클리어하려 하는 이유를 들었었다. HN길드의 다음 길드장이 사윤강이 아닌 그가 되도록, 일부러 레이드를 올 클리어할 때까지 길드장의 죽음과 유언장을 숨기다가 코드의 위상이 까마득하게 높아진 뒤 사실을 밝히는 판을 준비 중이라고 했다.

사윤강을 완벽히 짓밟기 위해서라고 듣긴 했지만, 정이선으로서는 그게 그렇게 피를 내면서까지 해야 할 일일까에 대한 의문이 자꾸 들었다. 더 솔직하게 표현하자면 사현과 사윤강 사이의 일이 궁금해졌다.

인터넷에서 조금 찾아보긴 했지만 정보가 확실한지 알 수 없었다. 그래서 한아린에게 질문했고, 그녀는 벤치에 등을 기댄 채로 한쪽 팔을 올리며 웃었다.

"사실 나도 다는 모르는데, 일단 사현한테 잘못 찍힌 인간은 차라리 빨리 자살하는 게 현명한 거란 생각은 좀 해요."

가벼운 어조로 서문을 연 한아린이 말했다.

"사윤강이 옛날부터 엄청 유치하게 사현 괴롭힌 건 알

죠?"

"아, 조금 찾아봤어요."

"기사 나온 것도 적을 텐데? 아무튼 진짜, 일곱 살이나 차이 나면서 애새끼처럼 굴었죠. 사현이 여덟 살일 때부터 같이 살았으니, 뭐, 사윤강도 당시엔 열다섯 살이었다지만 성인 돼서도 똑같았어요. 걘 외가를 등에 업고 있으니까 더 난리였지."

사현은 사윤강과 배다른 형제로, 사윤강의 어머니가 살아 있을 때 길드장이 외도해서 낳은 자식이었다. 첫째 부인이 살아 있는 동안엔 바깥에서 사현을 숨기며 키우던 둘째 부인은 첫째 부인이 지병으로 사망했을 때 사현을 데리고 나타났다. 이전까진 돈만 지원받으면서 조용히 지냈으나 길드장의 집으로 들어갈 기회가 생기자 공식적으로 기자회견을 열어 버린 것이다.

첫째 부인, 그러니까 사윤강의 어머니는 한국에서 이름 있는 기업의 딸이었기에 외가의 영향력이 상당했다. HN길드도 한때 그 기업과 강한 유착 관계를 맺고 있었다. HN길드가 만드는 포션이나 아이템은 모두 그 기업이 유통을 맡았고, 길드 임원 자리도 해당 기업 사람이 절반가량을 채웠었다.

"사현이 어떻게 여덟 살에 각성했는지는 알죠?"

"네……. 유명하니까요."

한국에서 가장 빠른 나이에 S급 능력이 발현된 사현의 각성은 많은 이들의 이목을 끌었다. S급이 그만큼 대단하기도 했고 또한 당시 상황이 더욱 그를 주목받게 했다.

운전기사와 함께 집으로 향하는 길에 교통사고가 났다. 둘째 부인은 먼저 집으로 들어왔고, 사현만 따로 들어오는 길에 난 사고였다.

아주 커다란 화물 트럭에 그대로 들이받힌 차는 형체도 알아보기 힘든 수준으로 찌그러졌는데, 사현의 능력이 그때 발현되었다. 차에 치이는 순간 인근 건물의 그림자로 이동해 살아남은 것이다.

당시 사현은 그저 사고 현장을 가만히 보기만 했다. 8살에 일어난 일인데 전혀 놀란 기색 없이, 그저 눈앞에서 차가 찌그러지다 폭발하는 모습을 모두 지켜보았다. 헌터 협회에서 엄청난 마나를 감지해서 찾아오는 게 해당 CCTV 영상의 끝이었다.

"그거 사운강 외가 짓이에요."

"……정말요?"

"네. 이런 걸로 왜 거짓말을 하겠어요. 소수만 알긴 하는데, 뭐, 둘째 부인도 죽이려다가 일단 애부터 죽이려 한 거죠. 외가에선 일찍부터 사운강을 차기 길드장으로 만들려고 준비 중이었는데 웬 걸림돌이 들어온다니 처리할 속셈이었고."

한아린의 말에 정이선이 멍하니 고개를 끄덕였다.

"그런데 갑자기 S급 헌터라고 측정 뜨니까, 감히 죽이려 들 수가 있겠어요? 아무리 죽이려고 해도 못 죽이는 게 S급인데. 그래서 그 뒤로는 진짜 교묘하게 괴롭혔어요. 길드장도 외가 눈치는 보는데 아들이 한국 역사상 가장 어린 나이에 S급 떴으니 조금씩 챙기고…… 물론 그것도 정말 조금이었지만, 어쨌든 공식 행사에도 여러 번 데리고 나갔으니까요."

가만히 한아린의 말을 경청하던 정이선의 표정이 점점 미묘하게 변했다. 둘째 부인도 10년 뒤쯤 병으로 사망했는데 사실 그 10년 동안 사현을 돌보진 않았다고, 부인은 그저 집에서 편하게 사는 게 목표였을 뿐 그를 길드장으로 만들 생각까지는 없어 보였다고 한다. 거의 각자도생하는 관계였단 평가였다.

그래서 사현이 사윤강과 외가의 교묘하고도 유치한 괴롭힘을 받을 때도 신경 쓰지 않았다는데, 정이선은 가까스로 입을 열어 물었다.

"혹시…… 그게 유년 시절의 아픈 기억인가요?"

"와, 세상에 이런 개소리가. 아, 이선 복구사한테 나쁜 말 쓰면 안 되는데."

다급히 한아린이 자신의 입을 찰싹 때렸다. 그 반응에 정이선만 조금 당황하고 있으니 한아린이 어색히 웃었다. 그가 한 말은 대단한 헛소리지만 일단 웃어 주겠단 티가 나는 미소였다.

"이선 복구사. 사현이 괴롭힘 당할 사람으로 보여요?"

"아…… 뇨?"

"그런데 아픈 기억이란 말이 성립할까요?"

"……."

정이선의 침묵에 한아린이 고개를 끄덕거리며 웃었다. 그저 예전부터 사현한테 외가는 귀찮은 날파리였을 뿐이라고, 그리고 그게 단적으로 드러난 일화가…….

"HN길드랑 그 기업이랑 협업 몇 주년 기념식 연 적 있거든요. 호텔 크게 빌려서 관련 사람들 다 모이고, 외가도 모두 참석한 그런 행사였는데……. 가족, 친지들끼리 식사할 때 하필 외가가 계속 사현한테 시비를 텄어요. 그때가 한 열 살 때였나? 별거 아닌 걸로 꼬투리 잡아서 못 배워서 이런다, 교양이 없다, 어쩌고저쩌고."

"아……."

"길드장은 외가 눈치 보니까 차마 그만하란 말은 못 하고 결국 지 부인만 끼고 밖에 나갔거든요. 그런데 조금 뒤에 난리 나서 돌아오니까 식장 샹들리에 깨져 있고, 인간들은 다 천장에 대롱대롱 매달려 있었어요. 교수형 당하듯이."

"오……."

정이선의 탄식이 감탄사로 바뀌는 것에 한아린이 소리 내어 웃었다. 모두가 놀라서 아무런 말도 못 하는 공간에서 사현만 태연하게 앉아서 식사하더라며, 한아린이 직접 그 장면을 봤다고 했다. 그녀의 부모가 한때 그 기업의 계열사에서 일해 어린 그녀도 운 좋게 참석했는데 하필 그런 참사를 목격했단 것이다. 이 일은 정말 극비라 바깥에도 퍼지지 않았다고 말하며…….

"그런데 마지막에 길드장이 들어와서 한 말도 대박이에요."

"뭐라고 말했는데요?"

"그, 특유의 웃음 있잖아요. 예전에도 똑같이 지었거든요. 딱 그 모양으로 웃으면서 '아직 어려서 그런지 능력 제어가 제대로 안 되네요.' 이러더라니까? 진짜, 와…….'"

한아린의 감탄에 따라 정이선도 탄사를 터트리며 고개를 끄덕였다. 잠깐이나마 유년 시절의 기억으로 삐뚤어진 건가 생각했던 자신을 반성하게 하는 일화였다.

"그땐 나도 열두 살이었으니, 진짜 충격적이었어요. 세상에 저런 인간도 있구나, 절대로 안 얽혀야지 생각했는데…… 이렇게 됐네…….'"

어쩐지 감회가 새롭단 낯으로 씁쓸해하던 한아린이 이내 팀으로서는 나쁘지 않다고 말했다. 사현의 분석력이 좋아 팀원 개개인의 능력을 모두 파악해서 발전시키는 방향으로 이끈다고, 헌터들 중에는 자신의 능력에 취해 계발에 태만한 이들도 많은데 코드에서는 절대로 불가능한 일이라 했다.

까다로운 지도만큼 확실한 성장을 유도하고, '한국 최정예'라는 이름을 붙여주니 팀원들도 자부심을 느껴 사현을 잘 따른다는 부연 설명이 붙었다.

정이선은 그 이야기를 경청하다 조금 의아하게 물었다.

"그런데…… 그 외가 기업 지금 망했지 않나요?"

"네. 정말 놀랍게도 길드장 쓰러진 이후부터 짜잔, 망하기 시작했죠."

한아린의 해맑은 대답에 정이선이 느리게 눈을 깜빡이다, 이내 깨달음의 탄식을 내뱉었다. 사윤강의 외가는 길드장과 강한 유착 관계를 맺고 계속 사윤강에게만 투자하는 등 길드 내에서 끝없이 영향력을 행사했는데, 길드장이 쓰러지자마자 망했다. 정확하게는 1년 동안 건드리는 사업마다 망하고, 망하고, 망하다가 결국 파산과 부도의 길을 걸은 것이다. 그렇게 2년 차엔 완전히 기업의 문을 닫았다.

그렇게 되면서 HN길드에 있던 사윤강의 외가 출신 임원들도 모두 사라졌다. 이제 길드장 승계 과정에서 사윤강을 전폭적으로 지지할 이들이 없어진 것이다.

"사현 헌터가 손쓴 건가요?"

"그것까진 나도 자세히 몰라요. 나는 그냥 이쪽 라인이란 거에만 감사해하면서 살려고."

같은 S급이라지만 사현은 정말로 적으로 두고 싶은 사람이 아니라며 한아린이 고개를 내저었다.

"아무튼 나도 이렇게 생각하면서 마찰을 안 빚는데, 사윤 강은 계속 시비 트잖아요. 외가 잃고 나니 좀 주춤하긴 했는 데 그래도 여전해요. 그러니까 제대로 짓밟으려고 지금 레 이드 올 클리어 노리는 거죠."

"그렇군요……."

"예전에 한번은 사현한테 장난처럼 말한 적 있거든요. 사 윤강이 포션 제작자로 활약하고 있으니까 차라리 그 팔 잘 라 버리는 게 어떻겠냐고. 아니면 손목이나."

장난이라고 불러야 할지 말아야 할지 모를 말에 정이선이 애매한 얼굴로 고개를 끄덕이고 있으니 한아린이 돌연 헛웃 음을 터트렸다. 대화하던 순간이 생각나기라도 했는지 고개 를 숙인 채로 한참 웃다가 겨우겨우 웃음을 진정시키며 말 했다.

"그런데 사현이 그렇게 하면, 사윤강이 본인은 능력이 있 는데 손 때문에 밀려난 거라고 부들대면서 정신 승리할 거 래요. 그래서 그 꼴 보기 싫대요. 와, 정말……."

"아……."

"그러니까 일부러 사윤강이 할 수 있는 최대로 날뛰게 하 고, 그걸 다 하는데도 자기한테 안 된다고 알려 주려는 거 죠. 정성 들인 엿이에요."

꽤 단적인 표현이었지만 아주 정확하게 이해가 되는 말이 었다. 문득 정이선은 예전에 사현이 죽이는 건 너무 쉽고 시시하다고 말했던 걸 떠올렸다. 그리고 열등감으로 가득 찬 사윤강을 가장 비참하게 하는 방법이 그가 아등바등 노력한 분야에서 패배시키는 거란 이야기도 생각나 조금은 섬찟해졌다.

"안 죽이는 대신 그렇게 하는군요⋯⋯."

"네. 사현이 사람은 안 죽여요."

"⋯⋯정말요?"

"이선 씨, 저 사람 안 죽여요."

한아린의 담백한 답에 정이선이 조금 놀랍단 낯을 하는데, 바로 위에서 다른 목소리가 들려왔다. 상대를 확인하지 않아도 곧바로 나긋한 목소리의 주인이 누구인지 알 수 있었다. 사현이었다.

한아린도 갑작스러운 그의 등장에 꽤 놀랐는지 흠칫 어깨를 떨다가, 이내 눈가를 찡그리며 그의 인기척은 유독 느끼기가 어렵다고 중얼거렸다. 그사이 사현은 고개를 뒤로 젖힌 정이선과 눈을 맞추며 빙긋 웃었다.

"저 사람 죽인 적 없는데."

"그렇지⋯⋯ 몬스터만 죽이지⋯⋯."

사현의 말에 한아린이 몹시 복잡한 표정을 지었다. 그러다 문득 무언가 떠올랐는지 한아린이 자리에서 일어서더니 사현에게 잠깐 대화 좀 하자며 몇 발자국 멀어졌다. 간간이 들려오는 말에 '천형원'이란 이름이 있는 것으로 보아 조금 전에 정이선에게 들었던 소식을 전하는 듯했다.

그리고 그 끝에 사현은 '아⋯⋯' 소리와 함께 고개를 비스듬히 기울여 웃었다. 흘끔 그곳을 보던 정이선이 괜히 움찔하게 되는 미소였다.

이후 그는 정이선에게 다가오며 물었다.

"그 인간이 무슨 헛짓은 안 했나요?"

"아, 그냥 찾아와서 제안한 게 전부예요. 모두 거절했고요."

딱히 숨길 만한 내용도 아니니 있는 그대로 모두 전달했었다. 험한 단어들만 뺐을 뿐, 천형원이 낙원길드에서 자리를 주겠다 했다고도 전했다. 사현은 정이선의 앞에 서서 가만히 그 상태를 훑어보는가 싶더니 이내 왼쪽 손목에서 시선을 멈추었다.

"손목은 왜 그렇죠?"

"네? 아⋯⋯."

천형원에게 붙잡혔던 부위가 붉게 부어올라 있었다. 당시에도 아프다 생각하긴 했지만 정말 손자국이 그대로 남아서 정이선도 놀란 표정을 지으니 당장 한아린이 험한 욕을 짓씹어 뱉었다.

사현이 내민 손에 자연스럽게 정이선이 손을 올렸고, 뒤늦게 그가 스스로의 행동에 의문을 가지는 동안 사현은 찬찬히 그 상처를 훑었다. 새까만 눈동자가 한층 어두워졌다.

"오전에 마킹해 두고 갈 걸 그랬네요."

페널티 때문에 마킹이 풀렸다고 뇌까린 사현이 이내 한아린에게 다가가 무언가를 이야기했다. 한아린이 꽤 심각한 얼굴로 듣고 있어서 마킹에 대해 물을 기회를 놓친 정이선만 시선을 굴렸다. 짧은 대화 끝에 한아린은 알겠다는 듯 고개를 끄덕였다.

이후에 그녀는 사무실로 돌아가 보겠다며 인사하고 물러났다. 정이선은 그녀에게 인사한 후 제 옆자리에 앉는 사현에게 질문했다. 한아린도 마킹에 대해 아는 것 같은데 자신만 모르는 그것이 무엇인지 의아했다.

"마킹이 대체 뭔가요?"

"별거 아니에요."

"별거 아니면 말해 줘도 되지 않나요?"

정이선의 질문에 사현이 미묘한 웃음을 지었다. 마킹을 굳이 숨길 필요는 없지만 이렇게 궁금해하는 표정을 보니 이상하게도 말하고 싶지 않았다. 사실 이미 여러 번 그의 그림자 속에서 나타났는데도 전혀 모르는 모습이 조금 우습기까지 해서, 언제쯤 눈치챌까 싶은 의문도 들었다.

그래서 사현은 그저 평소처럼 미소하며 말했다.

"그냥 제가 이선 씨한테 굉장한 신경을 쏟는 일이에요. 툭하면 다치고, 툭하면 우니까요."

"대체 제가 언제……."

황당해서 반박하려던 정이선은 문득 제 손등을 토닥거리며 다가오는 온기를 느꼈다. 부드럽게 손등을 도닥이고 이후엔 손가락을 자연스럽게 얽으면서 붙잡는데, 정이선은 순간 말문이 막혀서 입을 꾹 다물어 버렸다. 결국 그는 사람의 온기가 자신의 약점이란 걸 받아들일 수밖에 없었다.

　그리고 사현은 마치 그걸 알기라도 하는 사람처럼 느긋하게 미소하며 아예 대화의 화제를 돌려 버렸다.

　"조금 전에 한아린 헌터랑 대화하면서 놀라던데. 제가 사람 죽일 것 같았어요?"

　"아, 그게…… 그쪽이 사람 쉽게 죽일 거라고 생각한 건 아니에요."

　"네. 각성자, 특히 헌터는 일반인한테 함부로 능력 사용하면 안 돼요."

　순간 정이선이 놀란 낯을 했다가 다급히 표정을 숨겼다. 그가 사람은 죽이지 않는단 점에도 놀라고, 또 저러한 구분을 하고 있단 점에도 놀라는 반응을 보이면 안 됐다. 저게 상식적인 말이 맞는데도 자꾸 흠칫하게 돼서 문제였다.

　정이선이 부러 고개를 열심히 끄덕이고 있으니 사현이 나직이 실소했다. 생각하는 게 훤히 보인단 듯한 미소였다.

　"헌터랑 상대하더라도 죽이면 꽤 복잡해져서요. 협회가 그 부분은 엄격한 편이라."

　"아……."

"죽이는 건 꽤 비효율적인 일인 것 같아요."

단조로운 목소리에 정이선은 가만히 침묵했다. 대체 어떤 시각으로 봐야 죽음의 효율과 비효율을 구분할 수 있는가 의문이 들었으나, 차마 사현에게 묻고픈 마음은 들지 않아 얌전히 의문을 삼켰다.

때마침 봄바람이 불어왔다.

정원에 잔뜩 심어 둔 꽃나무가 흔들리며 꽃잎을 흩날려 보냈고, 정이선은 허공에서 꽃잎이 날리는 평화로운 광경을 잠깐 눈에 담았다. 한아린과 함께 정원에 나온 순간부터 사람들이 멀찍이 떨어지긴 했는데, 사현까지 나타난 후엔 아예 정원에 사람이 사라진 수준이었다.

그러니 빨리 정원에서 나가는 게 일반인들을 위한 일이라고 생각하면서도 정이선은 현재 풍경이 가져다주는 고요하고도 평온한 감각을 곱씹고야 말았다. 언제 마지막으로 꽃을 봤더라? 기주혁의 대학교에 갔을 때 꽃이 피려는 나무들을 보긴 했지만 지금처럼 만개한 모습은 아니었다. 1년 전 이후로는 그다지 바깥에 다니지도 않았으니 더욱 지금 풍경이 새삼스럽게 다가왔다.

아니, 그 이전에는 꽃을 본 적이 있던가? 사내 친구들이었던 터라 딱히 꽃구경을 하러 가지도 않았던 것 같다. 겨우 병원 정원에 앉아서 꽃을 보는 상황을 꽃구경이라고 말할 수도 없겠지만 문득 그런 생각이 들었다.

그래서 눈을 느리게 깜빡이며 현재 풍경을 지켜보는데 돌연 바람이 그가 있는 방향으로 불었다. 자연히 꽃잎이 휘날려서 무의식적으로 눈을 감았다가 떴는데 갑자기 눈앞에 손이 보였다.

"······?"

순간 정이선이 흠칫, 크게 몸을 떨었다. 사현의 손이 그의 얼굴로 다가온 탓이다. 몸 전체가 떨릴 정도로 크게 놀라자 사현의 표정이 이상해졌다. 얼굴에서 멀어져 가는 손가락에 분홍색 꽃잎이 보였다. 그렇게 반응한 게 꽤 민망해지는 상황이었다.

"왜 그렇게 놀라요? 내가 이선 씨 해쳐요?"

"······."

그냥 잠깐 놀랐을 뿐이라고 해명하려 했는데, 사현이 덧붙인 말에 정이선의 표정이 미묘하게 변했다. 어떤 관점으로 보자면······ 사현은 자신을 해친 사람이 맞지 않을까? 그가 잠깐 고민하고 있는데 갑자기 사현이 웃음을 터트렸다. 아주 작은 실소였지만 눈매를 휘며 웃는 모습은 그가 꽤 즐겁단 걸 드러냈다.

"이선 씨 왜 자꾸 그렇게 반응해요?"

"제가 뭘요?"

"자꾸 재밌게 반응해요."

그 말에 정이선의 얼굴이 황당함으로 물들었다.

"저는 특별하게 반응한 게 없는데요……?"

"아닌데."

꽤 부드러운 목소리에 순간 정이선이 멈칫하는데, 그런 그에게 손이 다가왔다. 길쭉한 손가락이 눈가를 스치듯 지나가 옆머리를 감쌌다. 그러곤 엄지로 살살 눈꼬리를 훑으며 말했다.

"약간 민망해할 때마다 이선 씨 눈가가 살짝 찌푸려져요. 이렇게."

군이 말하면서 눈가를 꾹, 누르기에 정이선의 미간이 설핏 좁아졌다. 대체 왜 이걸 구태여 알려 주는 건지 알 수가 없어서, 게다가 얼굴이 가까워지니 괜히 부담스러워서 시선이 옆으로 돌아갔다.

"그리고 어색해할 때면 이렇게 시선 돌리고."

"……대체 왜 그렇게 뜯어봐요?"

어쩐지 놀리는 듯한 목소리라 정이선이 휙 그를 쳐다보며 말했다. 그리고 그 순간 똑바로 마주한 새까만 눈동자에 다시금 멈칫했다. 그는 언제나 초점이 또렷한 눈동자에 시선을 빼앗길 수밖에 없었다. 살아 있음을 알리는 모든 것들 앞에서 그는 약했다. 제 얼굴을 잡은 손이 품은 온기도, 또 그의 또렷한 눈동자에도.

그렇게 군은 정이선에게 나긋한 읊조림이 떨어졌다. 이렇게 반응할 걸 일찍이 알았다는 듯이 부드럽게 속삭였다.

"그러다가 눈이 마주치면 시선을 못 피해요."

"……."

"무서워하는 건가? 아니, 그렇다기보다는 불안? 부담스러워하는 건 아닌 듯한데……."

사현이 정이선을 똑바로 내려다보며 말했다. 정이선은 그 그림자 속에 완전히 갇혀서 얽매인 듯 그를 올려다보았다.

그렇게 한참 동안 얼굴이 붙잡힌 채로 분석당하다가 가까스로 그 손을 떨쳐 내며 얼굴을 뒤로 물렸다. 순간 숨을 쉬지 못하기라도 했는지 턱 끝까지 차오른 숨이 터졌다. 살짝 호흡이 흐트러졌다.

"원래 이렇게 사람 표정을 분석해요?"

"딱히 그런 편은 아닌데, 이선 씨는 케어해야 하니까 살펴봐요."

남들에 비해 다소 표정이 없는 편이긴 하지만 자세히 들여다보면 변화가 보인다는 사현의 정리에 정이선은 또 살짝 눈가를 찌푸렸다가, 이내 짜증스러운 소리를 내며 손을 세워 얼굴을 가렸다. 또 분석당하고 있을 것 같았다.

결국 정이선은 아예 사현과 더 대화하지 않고 휙 일어나서 건물로 들어와 버렸다. 혹시나 사현이 따라오면서 말을 걸까 경계했는데 다행히 그런 일은 일어나지 않았다.

다음 던전 발생까지 며칠 남지도 않았는데 대체 왜 여기에 와서 이런 장난 같은 걸 거는지도 모르겠고, 왜 그가 제 반응을 재밌다고 여기는지도 알 수 없었다. 예전부터 이해할 수 없는 사람이었다지만 매번 황당해졌다.

별 소용없을 짓이란 걸 알면서도 정이선은 병실로 돌아와 문을 잠갔고, 대체 왜 자신을 괴롭게 하는 인간들이 모두 S급인가에 대한 고찰의 시간을 가졌다.

봄바람만 맞았을 뿐인데 꼭 찬 바람을 맞은 것처럼 얼굴에 열이 돌았다.

◁ ◆ ▷

병원에서의 시간은 평화롭게 흘러갔다.

처음에 입원했을 땐 일주일이나 병원에 있어야 하는 상황에 무척 황당해했지만 VIP 병동이 워낙 지내기 편했고, 또 간간이 찾아오는 코드 헌터들 덕분에 딱히 지루하지도 않았다.

특히나 나흘 차부터는 한아린이 오랜 시간 정이선과 함께 있었는데, 그 이유는 굳이 묻지 않아도 어렴풋이 예상이 되었다. 천형원이 방문한 다음 날부터였으니 아마 사현과의 대화 끝에 그녀가 자신을 보호하기로 이야기되었을 것이다.

사현은 5차 던전에서 기주혁을 활용하기 위해 그의 훈련을 주관하고 있다고 했고, 그 외에도 던전 진입이 다가올수록 회의가 잦아져 바빴다. 한아린도 코드의 메인 딜러이니 몇 번쯤 신지안과 통화하며 공략 방향에 대해 의논하긴 했지만 그래도 그녀는 대개 여유로운 모습이었다. S급 헌터기도 하고, 또 3차 던전 때와는 달리 진입하는 날 날씨도 맑다고 하니 걱정할 게 없었다.

그렇게 시간이 흘러 드디어 퇴원하는 날이 다가왔다.

오후에 마지막으로 팔 상태를 확인하고 퇴원하는 일정이었는데, 정이선은 오전부터 흘끔흘끔 시계를 확인했다. 딱히 병원 생활이 답답했던 건 아니지만 퇴원이라는 말 자체가 주는 자유로운 감각이 있는 듯했다.

"빨리 나가고 싶나 봐요, 이선 복구사. 어디 갈 곳 있어요?"

"아, 음…… 코드 사무실 가야 하지 않을까요?"

"뭐요? 아니, 퇴원해서 간단 곳이 거기라고?"

"그렇게 안 봤는데, 이선 복구사 일 중독자인가? 그, 워커홀릭인가 하는 그거?"

현재 정이선은 한아린, 나건우와 함께 병원 정원을 산책하고 있었다. 상대적으로 사람의 인적이 드문 정원 뒷길이었는데, 정이선이 사람의 시선을 불편해한다는 것을 눈치챈 나건우가 알려 준 장소였다. 한백병원에서 일하는 그의 지인에게 연락해 알아낸 비밀 장소란 것이다.

그곳을 셋이서만 걸으며 정이선은 조금 머쓱하게 말했다.

한창 던전 준비로 바쁠 텐데 굳이 자신 때문에 병실에 왔으니 그들의 시간을 빼앗고 있다고 생각했다.

"던전도 이틀 뒤에 발생하는데……."

"에헤이, 쉬어야죠, 쉬어야 해. 휴양지 이런 곳으로 갑시다."

"전 지금도 이미 많이 쉬어서 괜찮아요. 일주일 내내 쉬기만 해서……."

"이번 5차 던전에서는 이선 복구사 무리 안 해도 됩니다! 그러니까 퇴원하면, 그래, 이 근처에 유명한 디저트 전문점 있던데. 거기 갈까요?"

한아린과 나건우가 번갈아 가며 정이선의 말을 막았다. 정이선은 조금 이해가 되지 않는단 듯한 표정으로 그들을 보며 물었다.

"저 때문에 계속 병실에서 시간 버리신 거 아니에요?"

"허어? 누가 그런 말 합니까? 완전 휴가인데?"

"……네?"

"아린 헌터야 이선 복구사 지키려고 옆에 붙어 있었지만, 다른 헌터들은 병원 오는 거 사실 휴가나 다름없었어요. 리더가 이선 복구사 병문안 가는 외출만 허락해 줘서."

정이선의 얼굴이 멍해지는 것을 보며 나건우가 껄껄 웃었다. 그래서 지난 일주일 동안 헌터들이 계속 병문안을 왔던 거라고 말하다가, 그런 수단으로만 이선 복구사를 이용한 건 아니라고 다급히 덧붙였다.

하지만 정이선은 그 말을 제대로 듣지 못하고 있었다. 그저 헌터들이 계속 병문안을 왔던 게 사현 때문이라고 생각하니 몹시 이상한 기분이 들었다. 자신이 외로움 타는 걸 케어하려고 일부러 코드 사무실에 데려다 놓고, 호텔 조식 라운지도 빌렸던 사람이니 이번에도 그런 맥락으로 일을 벌였단 걸 알면서도 기분이 미묘했다. 복잡한 것 같다가도, 꼭 어딘가 한 대 맞은 것처럼 멍했다.

정이선이 그렇게 혼란스러워하는데 문득 정원 쪽에서 소란이 들려왔다.

"……?"

누군가가 갑자기 쓰러진 듯 다급히 의료진을 찾는 소리가 들렸고, 나건우가 흘끗 그쪽을 보더니 잠깐만 다녀오겠다고 말했다. 그는 마나를 사용하는 각성자지만 응급 치료에 대한 지식도 갖고 있었다.

그런데 그가 사라진 후 갑자기 벽 너머에서 쿵, 큰 소리가 퍼졌다. 현재 정이선과 한아린은 정원 뒷길의 담장 근처를 걷고 있었는데 그 너머에서 일어난 소란이었다. 느닷없이 가로수 나무가 쓰러지면서 아래에 사람이 깔린 듯했다. 한아린은 잠깐 고민하는 얼굴로 벽을 쳐다보다 이내 정이선에게 말했다.

"잠깐만 여기에 있어요. 금방 다녀올 테니까."

정이선을 나무 주위의 둥근 벤치에 앉힌 한아린이 그대로 도움닫기를 해서 담장을 타고 넘어갔다. 분명 담장이 높았는데 순식간에 벽을 잡고 휙, 넘어가는 모습에 정이선이 조금 놀랐다. 벽 너머에서도 놀랐는지 헉 소리가 들렸다.

각기 소란을 수습하는 상황 속에서 정이선은 그저 가만히 앉아 있었다. 조금 전에 그를 혼란스럽게 했던 소식이 다시금 스멀스멀 머릿속을 장악하려 해, 부러 고개를 저어 떨쳐 냈다.

"하……."

소리 내어 숨을 내뱉은 정이선이 멍하니 하늘을 올려다보았다. 몇 시간 뒤면 드디어 이 병원을 나갈 테고, 그러면 코드 사무실로 돌아가야 할 것이다. 조금 전 나건우가 말했던 디저트 전문점에 들러서 디저트를 잔뜩 사 가는 것도 나쁘진 않을 듯했다. 아니, 한아린과 나건우는 사무실로 빨리 돌아가기 싫은 눈치이니 사 들고 가자고 하면 싫어하려나.

그렇게 평온히 생각하는 정이선의 시야에 하늘에 뜬 먹구름이 잡혔다. 오늘 저녁부터 내일 밤까지 쭉 비가 온다고 했던 것 같다. 서서히 하늘의 햇빛을 덮어 가는 짙은 구름을 멍하니 눈에 담는데.

"읍……!"

갑자기 뒤에서 뻗어 나온 손이 그의 코와 입을 수건으로 틀어막았다. 어떤 알싸한 향이 나서 다급히 상대의 손을 떨치려 했지만 능력의 조건 때문에 거세게 쳐 내지도 못했다. 그저 홀로 발버둥 치며 바르작거리는 것밖에 할 수 없었다.

결국 손이 파르르 떨리다가, 고개를 돌려 상대를 채 확인하기도 전에 그대로 시야가 점멸되었다.

온통 암흑이었다.

◁　◆　▷

한아린과 나건우는 각기 소란을 처리하고 돌아왔다.

먼저 돌아온 사람은 나건우였다. 갑자기 사람이 쓰러졌다기에 심폐 소생술이 필요한 줄 알고 달려갔는데, 바닥에 쓰러져서 바들바들 떠는 사람은 CPR이 필요한 사람처럼 보이지 않았다. 발작 증상과 언뜻 닮았지만 그것도 아니었다. 일반인들은 구분하지 못하겠지만 A급 헌터인 나건우는 분간했다.

"이게 왜……?"

쓰러진 사람에게서 마나의 흔적이 느껴졌다. 어디선가 마나에 잘못 스친 듯했다.

하지만 이 공간은 병원 안이었다. 그는 의아하게 주위를 둘러보았지만 별다른 흔적을 찾을 수 없었다. 정말 가끔씩 대기에서 마나가 스파크처럼 터질 때가 있다고 하던데, 그런 현상인가? 아니면 던전 브레이크 전조인가? 나건우는 의 아했지만 일단 빠르게 치유 마법을 걸었다.

로드를 챙겨 오지 않아서 세밀한 마법은 불가능했으나 정 말 약한 마나에 공격당한 거라 수습이 가능했다. 달려온 의 료진들도 당황해서 헤매다가 나건우에게 거듭 감사 인사를 전했다.

그 이후에 돌아왔는데 정이선이 없었다. 그래서 그는 한 아린과 정이선이 어딘가로 이동한 줄 알고 한참 헤매다가 길을 끝까지 둘러보았는데도 그들이 없어 투덜대며 병원 안 으로 가려고 했다. 그들끼리 먼저 병동으로 돌아간 줄 알았 다.

그런데 그때 한아린이 돌아왔다. 갑자기 담장을 타고 휙 넘어오기에 나건우는 '허어억!' 소리를 질렀다가 뒤늦게 큼 큼 헛기침하며 자세를 바로 했다. 그러곤 마치 아무런 일도 없었단 듯 태연하게 말했다.

"어어, 아린 헌터. 이 근처에 마나 흔적 느껴지던데. 너무 작긴 하지만 일단 헌협에 전화해야 하나?"

"네? 어디에서요?"

"조금 전에 저쪽 정원에서 쓰러진 환자 있잖아. 보니까 마 나에 잘못 스친 것 같더라고. 가끔 던전 발생하기 전에 주위 마나가 요동치기도 하니까, 그런 건가 싶은데."

"어…… 저도 바깥에서 마나 느꼈는데. 바깥에 갑자기 나무 쓰러져서 사람 깔렸다길래 구하고 온 거거든요. 근데 나무 근처에서 마나가 느껴져서 뭔가 했는데…….”

한아린의 말에 나건우가 놀란 낯을 했다. 그는 동그란 안경을 고쳐 쓰며 더듬더듬 말했다. 마나의 흔적이 하나가 아니라 둘이라면 충분히 경계할 만했다. 던전이 발생할 지역이 하필 병원이라니? 눈앞이 깜깜해졌다.

“이러면 병원에서 던전이 터지는 건가? 이거 당장 헌협에…….”

“아니에요. 던전 브레이크 때 나오는 마나랑 좀 달라요. 누가 사용한 후의 흔적 같은데…….”

놀란 나건우를 한아린이 단호한 어조로 진정시켰다. 한아린은 마법 계열 S급 헌터기에 마나의 흔적에 더 예민했고, 그런 그녀가 던전 브레이크가 아니라고 말하면 아닌 게 확실했다. 나건우가 안도의 한숨을 내쉬었지만 한아린의 표정이 더 이상해졌다.

“그런데 갑자기 왜? 누가 이 근처에서 마나를 쓰지? 병원 쪽에선 쓰면 안 된다고 헌협이…….”

의아하단 듯 말하던 한아린의 말이 뚝 끊겼다.

“이선 복구사는 어딨어요?”

“응? 어, 그러고 보니 갑자기 어디 갔지? 나는 여기 다 둘러봤는데 없길래 아린 헌터랑 같이 병동에 먼저 들어간 줄 알았지. 그런데 왜…….”

한아린의 눈이 당장에 날카로워졌다. 기운을 예민하게 세워 당장 주위 인기척을 확인했지만 근방엔 아무도 없었다. 혹시 먼저 병실로 들어갔나? 하지만 정이선의 성격상 말없이 떠날 리가 없었다. 그렇게 생각하던 그녀의 시선이 문득 수풀에 닿았다.

몇 분 전에 한아린이 정이선을 앉혀 둔 벤치 쪽이었다. 그 벤치는 나무 주위를 둥글게 감싼 형태였는데, 인근의 수풀이 짓뭉개져 있었다. 마치 손으로 긁은 것만 같았다. 그 모습을 가만히 내려다보던 한아린이 이내 아, 소리와 함께 뛰어갔다.

"차!"

갑자기 병원을 재빠르게 빠져나가는 차 엔진 소리가 들렸다. 병원으로 들어오는 차도 아니고 나가는 차가 저렇게 속도를 낼 이유가 없었다. 하필이면 그들이 있는 곳과 차가 나가는 출구가 꽤 멀어서 한아린과 나건우는 미친 듯이 뛰어갈 수밖에 없었다.

병원 정원을 가로지르며 질주하는 코드의 두 헌터들 때문에 공간이 순식간에 소란스러워졌다. 사람들이 놀란 소리를 내며 당장 몸을 비켰고, 둘은 그렇게 인파를 가르며 뛰었다.

"천형원 이거 미친 새끼 아냐!"

한아린이 뛰어가면서 욕을 내뱉었다. 아직 정이선이 사라진 정황이 확실히 파악된 것은 아니지만 천형원이란 확신이 섰다. 마침 그가 이끄는 공대에 원거리 계열 마법 헌터가 많았다.

그러다 기어코 병원의 출구가 보였을 때, 한아린은 그쪽 문까지 가는 대신 아예 벽 담장을 타고 넘어가는 수를 택했다. 나건우에겐 혹시 모르니 일단 병실을 확인해 보라고 말하며 당장 달려갔다.

담장 앞에서 멈춰 선 나건우는 헉헉거리며 병원에 전화를 걸었다.

"거기, 지금 VIP 병동에 정이선 복구사 있습니까?"

우선 본론부터 내뱉은 다음에 횡설수설 그의 신원을 밝혔다. 수화기 건너편에서 잠깐만 기다려 달라고 친절히 답했지만 나건우에겐 그 잠깐이 억겁처럼 흘렀다. 그러다 1분쯤 지났을 때, 마침내 건너편에서 없다는 답변이 들려왔다.

병원에서 던전이 발생하는 줄 알고 눈앞이 깜깜해졌던 나건우는 이제 다른 의미로 눈앞이 깜깜해졌다.

그사이 한아린은 계속해서 거리를 뛰고 있었다. 하필 병원 주위가 번화가라 사람이 너무 많았다. 미친 듯이 뛰어가는 S급 헌터의 모습에 사람들이 당황하며 길을 비켰다. 욕을 짓씹으며 달려가는 한아린의 머리칼이 정신없이 흩날렸다.

그녀의 눈은 정확히 조금 전에 병원을 빠져나간 차를 향했다. 회색 중형 승용차. 신호조차 제대로 지키지 않고 달려가는 모습이 딱 도망치는 꼴이었다. 한아린은 무의식중에 허리춤을 더듬거리다 봉을 챙겨 오지 않았음을 떠올리며 아악, 소리 질렀다.

빠르게 거리를 훑은 한아린이 가게 앞의 천막 지지대를 발견했다. 가게 주인이 주섬주섬 천막을 치고 있었는데, 한아린이 당장 그것을 집어 들며 달려갔다. 그러곤 놀란 표정의 주인에게 잠깐 뒤돌아서 소리쳤다.

"코드에 청구!"

이후 한아린 다시 속도를 높여 달려가며 지지대의 굵기와 무게를 확인했다. 그녀가 쓰는 봉에 비해선 얇았지만 던지기에 적절했다. 그냥 때린다면 차에 흠을 주지 못하겠지만, 아주 거센 힘이 있다면 충분히 가능해 보였다. 한아린은 지지대를 쥔 채로 미친 듯이 거리를 달려가다 기어코 그것을 차로 던졌다.

쐐액. 지지대가 엄청난 파공음을 내며 날아갔다. 십자로에서, 모두 신호가 걸린 타이밍에 유일하게 홀로 달려가는 차를 향해 날아간 지지대가 마치 창처럼 꽂혔다. 바퀴에 정확히 꽂혀서 차가 옆으로 끼익, 돌았다가 다시 속력을 내며 앞으로 달려갔다. 하지만 바퀴가 덜컹거려 속도가 느렸다.

입매를 비틀어 웃은 한아린이 당장 뛰어갔다. 그러다 마침 차가 육교 아래로 지나가려는 것을 파악하고 그곳으로

몸을 날렸다. 허공으로 휙 날아오른 한아린이 육교 난간을
붙잡은 후 빠르게 위로 올라갔다. 육교에서 추격전을 보던
사람들이 비명을 질렀지만 한아린은 그들 사이로 재빨리 달
려가 아래로 뛰어내렸다.

쿵! 커다란 소리를 내며 한아린이 차 위에 떨어졌다.

한 바퀴 굴렀다가 가까스로 차 천장을 긁듯이 쥐며 붙었
다. 몸을 한껏 낮춘 채로 버텨 낸 한아린이 곧장 차 천장을
으그러뜨렸다. 운전석 위의 두꺼운 천장이 마치 종잇장처럼
구겨지다 기어코 확, 뜯겨 나갔다.

"헉……!"

"술래잡기 참 재밌다. 그치?"

비아냥거리며 상냥히 웃는 한아린을 운전사가 놀란 눈으
로 올려다보았다. 그도 이렇게 천장이 사라져 버릴 줄은 몰
랐는지 경악한 낯빛이었는데, 그보다 한아린의 표정이 더
이상해졌다. 얼굴이 익숙한 걸로 봐서 천형원의 공대원이
맞는데 정작 천형원이 차 안에 없었다.

"너 뭐야."

"그, 그, 그게……!"

"차 멈춰, 새끼야."

덜덜 떨면서도 운전하던 사내가 당장 끼익, 브레이크를
밟았다. 순간 한아린이 앞으로 굴러갈 뻔해서 다급히 천장
을 쥐며 버텼다. 미쳤난 고함과 함께 다시금 천장이 부서지

는 소리가 들려 사내는 거의 기절할 것처럼 떨고 있었다.

그러거나 말거나 한아린은 빠르게 차량 안을 훑었다. 조수석에도, 뒷좌석에도 사람이 없었다. 안을 확인한 한아린의 인상이 사정없이 구겨졌다.

갑자기 도로를 달리던 차가 멈춰 서면서 혼란이 초래됐지만 차마 그 어떠한 차도 경적을 울리지 못했다. 뒤에서 상황을 보지 못한 차가 잠깐 빵빵거리긴 했으나 그들도 곧 원인을 눈치채고 금방 조용해졌다.

고요한 공간 속에서 한아린이 차 위에 선 채로 가만히 있다가, 천천히 아래로 내려와 차량 트렁크까지 확인했다. 거의 트렁크 문을 뜯어내듯 쾅 열었다. 하지만 그 안에도 아무것도 없었다.

텅 빈 트렁크 앞에서 한아린이 나직이 욕을 짓씹었다. 교란 작전에 그대로 휘말린 것이다. 그녀는 머리를 한차례 신경질적으로 헤집은 후 핸드폰을 확인했다. 나건우에게서 병실에 정이선이 없고, 병원 CCTV를 모두 확인했는데 건물 안 어느 곳에서도 찾을 수 없단 문자가 와 있었다.

화면을 훑은 한아린이 결국 한숨과 함께 전화를 걸었다. 통화 버튼을 누르기까지 꽤 심각한 고민의 시간을 가져야 했지만 상황이 악화되는 것보단 빠르게 소식을 전달하는 게 나았다. 한아린은 초조한 얼굴로 잘근잘근 입술을 깨물었다.

곧 상대가 전화를 받았다.

–무슨 일인가요?

차분하고 나긋한 목소리. 사현이었다.

수화기 너머로 무언가 터지는 소리가 들리는 걸 보면 분명히 기주혁을 훈련시키는 중이었다. 상황이 꽤 급박한 듯한데 그의 숨소리는 흐트러짐 하나 없었으며, 어렴풋하게 기주혁이 죽어 가는 목소리로 살려 달라고 하는 것도 들렸다.

한아린은 잠깐 숨을 참았다가 이내 그것을 한숨처럼 터트리며 상황을 모두 전달했다.

이야기가 이어지는 동안 사현은 조용히 경청했다. 한마디도 묻지 않고 그저 한아린이 전하는 이야기만 들었다. 어느새 건너편의 소란은 모두 뚝 끊긴 상태였다.

"……정확하게는 모르는데, 일단 천형원 짓일 확률이 높다. 차 몰던 새끼가 기절해서 더 물을 수는 없지만 낙원 소속 확실해."

침묵이 꽤 길게 이어졌다. 아니, 분명 짧은 시간이었지만 주위의 모든 상황이 그것을 길게 느껴지도록 만들었다. 수십 대의 차가 멈춰 섰음에도 고요한 도로, 눈치를 보는 사람들, 흐려진 하늘.

문득 도로 위로 싸늘한 바람이 불었다. 흐릿한 하늘 아래 서늘하고도 차가운 바람이 땅을 훑고 지나갔다.

그런 스산한 바람 소리 끝에 마침내 사현이 입을 열었다.

─아…….

하하.

탄식의 뒤로 따라붙는 것은 분명한 웃음이었으나, 한아린은 그것이 꼭 누군가가 받는 사형 선고 같다고 여겼다.

◁　◆　▷

정이선이 완전히 눈을 떴을 때는 그 앞에서 인기척이 느껴진 순간이었다.

이전까지는 계속 정신이 가물가물했다. 쏟아지는 잠기운 속에서 겨우 눈을 깜빡이며 버텨 보려다 다시 기절하는 일의 반복이었다. 어떤 공간에 있는 것 같은데, 시야가 온통 어두워 제대로 확인도 못 하고 다시금 까무룩 잠들었었다. 그의 앞으로 누군가 의자를 끌고 와 앉았을 때에야 마침내 잠에서 깼다. 갑자기 머리 위로 시원한 물이 쏟아지는 것만 같았다.

"아…….'

실제로 물이 쏟아진 건 아니지만 감각이 그러했다. 나건우에게서 치유 마법을 받았을 때 이런 감각을 느꼈던 것 같다. 몽롱한 기운이 씻겨 내려가는 기분 속에서 멍하니 눈을 깜빡이는 정이선에게 누군가 말을 걸었다.

"이제 정신이 좀 드나?"

다소 사나운 기가 묻어나는 목소리. 천형원이었다. 정이선이 느리게 눈을 감았다 뜨며 그를 보았다가 천천히 눈동자를 굴려 주위를 확인했다. 갑작스러운 상황이 당황스럽긴 했지만 일단 상황을 파악해 보기로 했다.

공간은 호텔 방처럼 보였다. 암막 커튼을 치고 전등도 켜지 않아서 내부가 무척 어두웠다. 그나마 커튼 옆으로 희미하게 들어오는 햇빛으로 구조를 겨우 구분할 수 있는 정도였다. 햇빛이 들어오는 것으로 보아 일단 날이 저물지는 않은 듯했다. 내부는 꽤 낡았는데 구석으로 갈수록 관리되지 않은 게 티가 났다. 어쩌면 오래전 문을 닫은 호텔일지도 몰랐다.

그렇게 정이선이 공간을 확인하는 동안 천형원이 말했다.

"이런 짓까지는 안 하고 싶었는데, 아무래도 지금 기회를 놓치면 안 될 것 같아서."

"무슨 속셈인가요?"

"안 놀라네? 특이하긴."

담담한 정이선의 질문에 천형원이 꽤 의외란 낯을 했다. 약 기운이 가시지 않아서 멍한 줄 알았는데 초점이 또렷해진 후에도 표정에 큰 변화가 없었다. 이런 일은 그다지 놀랄 일도 아니란 듯한 반응이었다.

"설마 이게 제안하려는 행동은 아닐 테고⋯⋯."

게다가 살짝 비꼬듯 말하기까지 하니, 천형원으로서는 웃음이 나왔다. 지금껏 레이드 공략 영상에서 엄청난 일을 해내면서도 무기력한 낯이기에 마냥 순한 성격인 줄 알았더니 그런 건 아닌 모양이었다.

천형원은 다리를 꼬며 꽤 즐거운 어조로 말했다.

"그쪽이 낙원에서 일할 생각이 없다고 하니, 그 마음이 바뀔 때까지 기다려 보려고."

"⋯⋯뭐라고요?"

"사현이 복구사 활용하는 걸로 기세등등하는 모습이 너무 꼴 보기가 싫어서 말입니다. 이틀 뒤에 5차 던전 발생하니까, 그때 복구사 없이 공략하는 모습 좀 봅시다."

그 말에 드디어 정이선의 표정이 변했다. 납치됐다는 사실보다도 다음 5차 던전에 코드와 함께 들어가지 못한다는 것에 어떤 충격을 받은 듯 얼굴이 창백해졌는데, 그 변화를 보며 천형원이 여유롭게 말했다.

"다른 공대는 던전에서 무너진 길 때문에 고전하는데 코드만 수월히 입장하는 게 불공평하지 않나? 코드가 1순위 입장 권한 갖는 것도 공정하지 않은데, 이제 복구사까지? S급 던전을 클리어하면 얻는 위상과 아이템, 마정석이 엄청난데 그걸 다 코드가 독점하잖아!"

갈수록 격양된 말의 끝에 기어코 천형원이 옆의 협탁을

쾅, 내려쳤다. 비록 던전에서 얻는 아이템 중 일부는 헌터 협회에 넘기는 것으로 말이 되었다지만 천형원은 코드가 1순위로 들어가는 게 무척 못마땅한 듯했다. 그는 인상을 구긴 채로 뇌까렸다.

"S급 던전 클리어하려고 진입 2순위, 3순위 공대도 다 준비하는데 계속 코드에서 끝내 버리니, 우리는 똥개 훈련이나 하란 소린가? 기회가 공평히 와야 할 거 아냐!"

던전이 7개나 발생하니 돌아가면서 진입하면 하면 좀 좋냐고 천형원이 짜증을 냈다. 그때쯤 정이선도 겨우 충격을 갈무리하고 살짝 눈가를 찌푸렸다. 진입 1순위 선에서 계속 클리어됐으니 아예 던전 입장 기회가 없었던 진입 3순위로서 아쉬울 수야 있겠지만, 그건 헌터 협회에 따져야 할 일이었다.

게다가 이번 레이드는 그런 서운함을 개입시키기엔 잘못될 시 일어날 피해가 어마어마했다. 이건 그의 사사로운 감정으로 결정할 일이 아니라 국가적인 문제였다. 게다가 3차 던전에서 낙원 공대가 진입한 모습을 보면 그다지…….

마지막 생각을 적당히 흘려보내며 정이선이 말했다. 상대가 흥분한 상태이니 자신이라도 차분해야 했다.

"이 레이드가 S급 던전인데, 잘못되면 피해가 엄청나잖아요. 폭발하면 도시가 그대로 날아갈 텐데 그런 생각으로 방해하면……."

"그렇게 피해가 걱정되면 낙원에서 함께하면 되잖습니까?"

씩 웃는 천형원의 행동에 정이선이 기가 차단 표정을 지었다. 사현과도 말이 통하지 않는다 생각하긴 했지만 천형원은 다른 방향으로 말이 통하지 않았다. 아예 상식이 없는 사람과 대화하는 기분이었다.

결국 정이선이 인상을 찌푸리며 말했다.

"이런 황당한 짓을 저지르는데, 제가 그쪽이랑 들어간 던전에서 복구해 줄 것 같아요?"

"그러면 끝까지 여기에서 지내는 거지, 뭐."

"……."

"이곳에서 오래, 조용히 지내다 보면 생각 좀 바뀌지 않겠나? 난 그렇다고 보는데."

황당하단 얼굴의 정이선을 보며 천형원이 웃음을 터트렸다. 그 모습을 아예 보고 싶지 않아서 시선을 휙 돌렸는데도 귓가로 시끄러운 웃음소리가 다가왔다. 사람을 정말 싫어하게 되면 웃음소리마저 불쾌하게 들린단 걸 정이선은 새삼 깨달았다.

침대에 앉은 채 아예 등을 돌린 정이선에게 천형원이 달래듯 말했다.

"실제로 공격대 바꾸는 헌터들 꽤 많습니다. 던전 공략 함께하기로 했는데, 어라? 공대를 보니까 자기랑 합이 잘 안

맞을 것 같다. 그러면 다른 곳으로 가는 거죠. 특히 귀한 힐러들 같은 경우는 자기들 마음에 차는 대우 못 받는다, 싶으면 흔히 공대 바꾸고 합니다."

그러니 이건 절대 이상한 일이 아니라며 천형원이 다시금 협상을 시도했다. 비록 이렇게 그를 납치해서 데려오긴 했지만 낙원과 일하겠단 계약서만 작성하면 이전에 말했던 대가들도 모두 내줄 의향이 있단 이야기였다. 심지어 병원 라운지에서 말했던 것보다 한층 더 좋아진 조건이었으나 정이선은 반응하지 않았다. 집과 차, 돈 등을 말하는 소리가 의미 없이 공간에 떨어졌다.

"그러니까 갑자기 잠수 탔다가 낙원과 함께 일하게 된 걸로 합시다. 어떻습니까?"

"⋯⋯."

"복구사 없으면 5차 때 코드 실패할 테니, 태신까지 실패하고 한 사나흘 뒤에 함께 입장하면 되겠군요. 생각할 시간이 필요하다면 5차 던전은 넘어가고 6차 던전부터 함께해도 되고."

당연히 정이선이 낙원과 함께한단 선택지를 고를 거라 생각하는지 천형원이 자신만만하게 말했다. 그러나 사실 그동안 정이선은 공간을 확인하고 있었다. 좀 더 또렷해진 정신으로 주위에 전화할 것이 있는지 확인하고, 그다음으론 방에 다른 사람은 없는지 살폈다. 버려진 호텔이라 그런지 전화기는 없었고 다행히 방에 있는 사람은 자신과 천형원뿐이었다.

문을 열고 나가면 복도에 다른 사람들이 있을지도 모르지만, 일단 정이선은 침대에서부터 문까지의 거리를 계산했다.

"정이선 복구사."

마침내 천형원이 그를 부른 순간, 정이선이 다급히 문으로 달려갔다. 자신이 계속 말하는데도 전혀 반응하지 않는 정이선의 모습이 불쾌해서 이름을 불렀던 천형원은 갑자기 그가 문 쪽으로 뛰어가니 덩달아 급히 일어났다.

"이봐!"

정이선이 이런 식으로 뛰어 갈 줄은 몰랐는지 천형원이 욕을 짓씹으며 그를 쫓았다. 다행히 문은 잠겨 있지 않아 정이선은 곧바로 복도로 나갈 수 있었지만 유감스럽게도 복도에 다른 사람들이 있었다. 꽤 떨어진 곳에 있었지만 그들은 모두 천형원이 이끄는 공대 소속 헌터였다.

도망가는 정이선의 뒤로 순식간에 헌터들이 쫓아왔다. 복도는 쓸데없이 길었고, 등도 모두 꺼져 있어 어두웠다. 복도의 창문은 모두 덧창을 닫아 두었는데, 제일 끝 계단 앞의 창문만 열려 있어 그곳으로 들어오는 햇빛이 유일하게 방향을 알렸다. 하늘에 먹구름이 꼈는지 그마저도 흐릿한 수준이었지만 정이선은 복도의 어둠 속에서 미친 듯이 뛰었다.

"당장 잡아! 이 멍청한……!"

사람들의 손을 가까스로 피하며 정이선이 내달렸다. 엘리베이터는 탈 수 없어 보이니 어떻게든 계단까지 뛰어가야 했다.

하지만 헌터들과의 추격전에서 정이선은 당연히 약자였다. 겨우겨우 피했지만 결국 누군가에게 팔이 거세게 붙잡혔고, 그다음엔 천형원이 한껏 인상을 구긴 채로 다가와 그의 팔을 뺏어 쥐었다. 억센 손길에 정이선의 인상이 절로 찌푸려졌다.

"지금 내가 그쪽이랑 술래잡기하자고 데려온 줄 알아?! 말귀를 제대로 못 알아듣나? 내가 제안하고 있잖아, 제안! 원하는 조건 다 맞춰 주겠다는데 왜 도망가!"

천형원의 고함에 정이선이 힘겹게 심호흡하며 그를 노려보았다. 정말, 대화가 통하지 않으니 어떤 말을 꺼내야 할지 모르겠단 상황이 바로 지금을 가리키는 듯했다. 진짜로 말귀를 못 알아듣는 건 그면서 왜 자신에게 화를 내는지 모를 일이었다.

밭은 숨을 토해 내며 정이선이 다시 고개를 돌려 복도를 확인했다. 조금만 더 가면 계단이었는데 코앞에서 붙잡혔다. 그는 발치 너머로 떨어지는 햇빛을 보다 겨우겨우 침착한 목소리로 말했다.

"후…… 그래요. 그러면, 조건에 대해 다시 이야기해 봐요. 일단 팔 좀 놔주시겠어요?"

정이선의 말에 천형원이 여전히 의심스러운 표정을 하면서도 천천히 손에서 힘을 풀었다. 그리고 그걸 확인하자마자 곧바로 정이선이 팔을 돌려 빼며 뛰었다.

쿠당탕! 하지만 그것도 잠깐이었다. 천형원은 마법 계열이라지만 S급 헌터였고, 그 앞에서 비전투계 각성자가 도망갈 수 있을 리가 없었다. 다시 팔이 붙잡혔고, 도망치려던 정이선은 몸부림을 치다가 아예 바닥으로 넘어져 버렸다. 뒤로 쓰러진 정이선이 바닥을 짚은 팔에 찌르르 올라오는 통증을 느끼며 눈살을 찌푸렸다.

천형원은 정말 황당하단 듯 허, 숨을 터트리며 몸을 낮췄다. 뒤로 넘어진 정이선과 눈높이를 맞춘 그가 짓씹어 내뱉듯 말했다. 분노가 꾹꾹 눌러 담긴 음성이었다.

"코드에서 보복할까 봐 두려운 건가? 왜? 사현이? 겨우 그런 새끼가 무서운 거면 낙원에서, 그래, 내가 전담으로 지켜 줄 테니-!"

그때, 해가 저물면서 햇빛이 비스듬하게 방향을 바꿨다. 구름 사이로 가려져 있던 해가 나타나며 서서히 창가 앞에 넘어진 정이선을 비추고, 복도의 어둠에서 벗어난 정이선에게 비로소 그의 그림자가 생긴 순간.

"뭘를 지켜요?"

몹시도 낯설도록 나긋하고 온화한 목소리가 공간에 떨어

졌다. 과열된 분위기와 전혀 어울리지 않는 괴리감이 선명하게 공간을 갈랐다. 정이선은 자신의 뒤에서 어깨를 감싸오는 존재를 멍하니 보았다. 갑자기 나타난 존재가 믿기지 않는 듯 눈이 충격으로 물들었다.

사현.

그와 눈을 마주한 순간 정이선은 벼락같은 깨달음을 얻었다. 마킹. 자신의 그림자가 생긴 순간 나타난 그를 설명할 단어는 그것밖에 없었다.

놀란 정이선의 상태를 슥 훑어본 사현의 시선이 곧 그의 앞에서 입을 벌린 채로 굳은 천형원을 향했다. 그림자 속에 존재하는 사현의 얼굴 위로 더없이 아름다운 미소가 떠올랐다.

"그쪽 목숨도 못 지킬 것 같은데."

◁ ◆ ▷

콰앙, 쾅. 귓가가 멍멍할 정도의 굉음이 쉴 새 없이 공간에 울려 퍼졌다.

누군가가 나타났다가 휙 사라지고, 인영 두 개가 다시 맞부딪치면서 커다란 폭발음이 터지는 일의 반복이었다. 굉음이 울릴 때마다 건물이 함께 무너졌다.

정이선은 너무 큰 충격 속에서 멍하니 그 모습만 보았다. 건물 주위를 휩쓰는 열기에 절로 몸이 움찔 떨렸다가, 그다음으론 건물 아래의 그림자가 일어나 불길을 찍어 누르는 모습을 볼 땐 이상하게도 한기가 돌았다.

거의 30분 넘게 공방이 이어지고 있었다. 호텔에 갑자기 나타난 사현을 마주한 천형원이 당장 얼굴을 구기며 그를 공격하면서 일이 시작되었다. 예전부터 그 자신만만한 태도가 마음에 들지 않았다며 욕을 쏟았는데 사현은 그 상황을 예상한 듯 여유로워 보였다. 그저 휙, 복도의 그림자를 일으켜 불을 막아 내곤 빙긋 웃었다.

"싸울 거면 제대로 싸우죠. 아, 혹시 내 쪽이 핸디캡이라도 하나 달아 줘야 할까요?"

사현은 정이선을 흘끗 눈짓하며 말했고, 천형원이 미간을 좁히며 제대로 하자고 외쳤다. 쉽게 도발에 넘어온 것이다.

그래서 둘만 빼고 모두 건물을 나왔는데, 그 건물이 순식간에 무너지기 시작했다. 건물 전체를 잡아먹을 듯 불길이 치솟고, 건물의 그림자가 그것을 막아 내는 일이 빠르게 이어졌다.

슬슬 낙원길드의 헌터들이 그들끼리 눈빛을 주고받으며 정이선을 보았다. 상황이 안 좋게 돌아가는 듯하니 일단 정이선을 데리고 도망쳐야 하나 의논하는 눈빛이었는데, 그들의 수작은 누군가의 등장으로 끊겼다.

"꺼지세요들."

한아린이었다. 그녀는 병원 인근에서 나건우와 함께 있다가 서울 외곽에서 소란이 났단 SNS 소식을 보자마자 이곳으로 왔다. 가장 빠르게 소식을 전달하는 건 속보보다도 사람들이 퍼트리는 말이었다. 택시를 타고 기사를 재촉해 오는 길에 헌터 협회에서 한차례 전화가 왔는데, 상황을 확인해 달란 연락이었다.

불을 쓰는 헌터야 많지만 그림자 능력을 사용하는 헌터는 드물었다. 게다가 압도적인 크기의 그림자가 움직이니 사건 현장에 있는 사람이 사현이라는 건 명백했다. 헌터 협회는 한아린에게 현재 문제를 파악하고 수습을 도와 달라고 했는데, 그녀는 알겠다고 말하긴 했지만 사실 그럴 마음이 없었다. 애초에 S급 헌터끼리의 싸움을 막을 수도 없거니와 이 구경을 놓치고 싶지도 않았다.

"이선 복구사. 안 다쳤어요?"

"아, 네…… . 그런데 지금 저기…… ."

"괜찮아요, 괜찮아. 우린 보고 있기만 하면 돼."

굳은 정이선에게 한아린이 웃어 보이며 주위를 확인했다. 낙원길드 헌터들이 열 명 가까이 있긴 하지만 그녀가 온 이상 정이선에게 허튼짓을 할 리는 없었고, 마침 주위에도 사람이 없었다. 저 멀리 건물에서 이 상황을 핸드폰으로 찍는 사람들이 보이긴 했지만, 일단 한아린은 주위의 인기척이 없단 것만 제대로 확인했다.

S급 헌터끼리의 싸움은 잘못하면 그 자체만으로도 S급 던전이 터진 수준의 재앙을 불러일으킬 수 있었다. 실제로 외국에선 S급끼리 싸워서 작은 도시 하나가 그대로 쑥대밭이 된 적이 있으니 주의해야 했다. 물론 사현은 그렇게까지 피해를 키울 사람이 아니지만, 천형원이 문제였다.

그러다 갑자기 택시 하나가 인근으로 다가와 멈추더니, 기주혁이 내렸다. 그는 헐레벌떡 뛰어 한아린과 정이선이 있는 곳까지 왔는데, 손에 로드가 들려 있었다.

"너 그거 왜 들고 있냐?"

"나 훈련하다가 곧바로 왔잖아. 그리고 리더가 자기 사라지면 로드 들고 오라던데?"

기주혁은 사현에게 훈련받던 도중 정이선의 소식을 들었다. 정말 죽기 직전이라고 생각하며 괴로워하고 있었는데, 납치 소식을 듣자마자 정신이 번쩍 깼다. 평소 그의 성격이라면 어떻게 하냐며 마구 소란을 떨었을 테지만 조용히 웃는 사현을 보고 그도 얌전히 입을 다물고 있었다.

사현의 마킹은 대상의 그림자에 한정되기 때문에 그 대상이 다른 그늘 속에 있으면 이동할 수가 없었다. 그래서 사현은 정이선의 그림자가 생길 때까지 기다렸고, 그러다 곧바로 이동해 버렸다. 기주혁에겐 자기 위치가 파악되면 곧바로 로드를 들고 오라고 미리 일러 뒀는데, 그 말을 들은 한아린이 나직이 탄식했다.

"와, 제대로 조질 생각인가 본데……."

화 속성 마법 헌터인 천형원을 보러 가면서 수 속성 마법 사용자인 기주혁을 부르는 건 비상시를 위한 준비로밖에 보이지 않았다. 불이 크게 번지면 기주혁이 수습해야 하는 것이다.

그동안에도 커다란 호텔은 계속 무너지고 있었다. 20층이 훨씬 넘어 보이는 건물이 순식간에 불타고 허물어졌으며, 그 사이로 둘이 빠르게 공격을 주고받았다. 천형원도 혹시 모를 상황을 대비한 건지 손에 로드가 들려 있었다. 사현을 향해 쉴 새 없이 마법이 쏟아졌다.

정이선은 살짝 입을 벌린 채로 그 모습을 보았다. 천형원도 S급 헌터가 맞단 것을 새삼스럽게 확인하고 있었다. 거대한 건물 전체에 불길이 소용돌이치는데도 천형원은 전혀 지친 기색이 없었다.

새빨간 공격과 새까만 공격이 뒤섞이는 광경은 어쩐지 무섭기까지 해서, 정이선은 눈치를 보며 한아린에게 말했다. 그들은 지금 호텔 입구에 세워진 담장 근처에서 싸움을 지켜보는 중이었는데 계속 이렇게 있어도 되는지 걱정이 들었다.

"안 말려도 되나요……?"

"저걸 어떻게 말려요."

"저 싸움은 헌협도 못 말릴걸요? A급 헌터끼리 싸우면 S급 헌터가 끊을 수 있다지만, S급 헌터끼리 싸우면 아무도 못 말려요. 그냥 결판날 때까지 기다려야죠."

기주혁이 말을 덧붙이며 고개를 내저었다. 한아린은 아예 흥미진진하단 듯 그 싸움을 구경하면서도 꽤 어이없단 어조로 말했다.

"아무리 코드에 밀려서 부들댄다고 해도, 어떻게 사람을 납치하지?"

"복구사님 탐났나 봐."

"쟤는 낙원 차기 길드장이라더니, 개념이 낙원 갔나."

그 말에 기주혁이 킥킥거리며 이제 곧 목숨도 낙원행이라고 덧붙였다. 분명히 상황은 심각한데 무척 여유롭게 장난을 주고받는 둘의 모습에 정이선의 얼굴이 의아함으로 물들었다.

"걱정은 안 되세요……?"

"……누구를 걱정해요?"

"……."

"아, 혹시 천형원 걱정? 와, 어떻게 그걸 걱정하시지. 복구사님 너무 착하다."

그들이 동시에 놀랍다는 반응을 보여 순간 정이선은 어떤 표정을 지어야 할지 헤맸다. 그래도 S급끼리의 싸움인데 자신이 너무 과하게 받아들였나? 고민하고 있으려니 한아린이 나직이 말했다.

"뭐, 어느 정도 출혈은 있겠지만……."

말보단 직접 보는 게 낫다며 그녀가 건물을 눈짓했다.

어느새 건물은 모두 무너진 상태였다. 모조리 불타 기본 골조만 남은 건축물은 허물어져 갔고, 그 사이로 천형원과 사현이 보였다. 천형원의 로드 끝에서 튀어나온 불길이 마치 용처럼 쐐액, 날아가 사현에게 꽂혔다. 사현이 그림자로 빠르게 이동하면서 피했지만 불길은 집요하게 그를 쫓아갔다.

정말로 흉흉한 기세라 정이선은 다시금 놀랐다. 기주혁이 화 속성 마법을 쓸 때도 매번 감탄했지만, A급과 S급의 차이가 확연히 느껴졌다.

그러다 기어코 골조마저 무너진 잔해 위에 둘이 섰다. 천형원은 마나가 부족하다기보단 점점 숨이 차는지 헉헉 헐떡였으나 사현은 무척 여유롭게 서 있었다. 그는 새까만 단검을 한 바퀴 허공으로 던져 올리는 일을 반복하며 느긋한 낯으로 웃었다.

"벌써 쓰러지려고요?"

"덤벼, 이 새끼야!"

천형원이 악을 지르며 로드를 내뻗었다. 백금으로 도금한 흰 로드가 뻗어지며 그 끝에서 푸른 불길이 터져 나왔다. 이전보다 훨씬 더 거센 공격이었다. 사현이 몸을 옆으로 움직여 가뿐히 그것을 피하고, 이후에 더 큰 불길이 돌아왔을 땐 아예 천형원의 그림자로 이동했다.

그렇게 뒤에서 나타나 몸을 반쯤 숙이며 촤아악, 바닥을 긁어 흙먼지를 일으켰다. 때마침 뒤돌았던 천형원은 갑자기 흙을 맞아 악 소리를 내질렀다.

"이렇게 유치하게……!"

"유치하단 개념이 뭔지는 알아서 다행이네요. 지금까지 벌인 행동을 보면 생각이 없는 것 같아서 걱정했거든요."

자각은 하는 듯하니 다행이라며 사현이 미소했다. 그 조롱에 천형원의 얼굴이 붉게 달아올랐다. 그의 주위로 아지랑이가 위험할 정도로 피어오르다 이내 천형원이 로드를 콱, 바닥에 꽂았다. 그 순간 일대 전체에 엄청난 열기가 퍼지는가 싶더니.

콰르르, 땅의 거대한 울림과 함께 부지 전체에 불길이 솟아올랐다.

호텔 건물보다도 훨씬 큰 규모의 불기둥이었다. 일대의 마나가 확 요동치는 것이 느껴져 정이선이 숨을 짧게 들이켰다. 불길이 너무 커서 담장까지 불씨가 튀려고 했다. 한아린이 짜증스러운 소리를 내며 팔로 얼굴을 가리고 정이선을 제 뒤로 이끌었다. 비전투계는 저항력이 없으니 보호해야 했지만 사실상 한아린은 정이선보다 한 뼘 작아서, 정이선은 어정쩡하게 그녀의 뒤에 서 있어야 했다.

그런데 그때 갑자기 사현이 기주혁의 뒤에서 나타났다.

"기주혁 헌터. 연습하세요. 내가 여기 구경하러 오라고 했나요?"

싸늘한 말에 기주혁이 헉, 놀라며 답하기도 전에 다시 사현이 사라졌다. 정이선은 갑작스러운 상황을 이해하지 못해 눈만 깜빡이고 있는데 이내 기주혁이 훌쩍이는 소리를 내며 앞으로 나서 로드를 들었다. 그리고 곧 정이선은 놀라운 광경을 보았다.

그들의 앞에 있던 불길이 마치 홍해가 갈라지는 것처럼 서서히 양옆으로 벌어지는가 싶더니 이윽고 인근으로 번지는 범위가 줄어들었다. 불길을 앞으로 밀어 압축한 듯한 모습이었다. 이건 기주혁이 추가로 화 속성 마법을 쓴 게 아니라, 천형원이 일으킨 불길을 기주혁이 흩트린 것이다.

불현듯 정이선은 며칠 전에 기주혁이 사현에게서 공격을 분산시키는 법을 배우고 있다 말했던 것을 떠올렸다. 5차 던전에서 보스 몬스터가 화 속성 마법을 사용할 확률이 높으니 기주혁이 준비해야 한다 했었다.

상황을 확인한 한아린이 크게 감탄했다. 마법 헌터들 중 속성이 같은 경우는 간간이 상대의 공격을 역으로 이용하기도 했는데, 그 컨트롤이 무척 까다로웠다. 특히나 등급이 다르면 더더욱 상대의 공격을 사용하기가 어려운데, 기주혁은 현재 S급 헌터인 천형원의 마법을 흩트리며 범위를 제한하고 있었다.

"와, 이거 가르쳤네. 대체 어떻게 배웠냐?"

"마, 말, 말 걸지 마."

기주혁이 덜덜 떨며 답했다. 그것도 겨우 한 말인 듯 어느 덧 그의 이마에는 땀이 송골송골 맺혀 있었다. 그렇지 않아 도 몇 시간 전까지 계속 훈련하다가 왔는데 이젠 실전이냐 며 잠깐 우는소리를 냈다.

한아린은 사현이 기주혁을 여기로 데리고 온 진의가 이거 였냐고 진심으로 놀라워했다. 정이선도 순간 앞에서 S급 헌 터끼리 싸우는 중이란 것을 까먹고 덩달아 감탄했다.

그사이 천형원은 거대한 불길 사이에서 미친 듯이 웃고 있었다. 그는 엄청난 규모의 불기둥을 만들어 사현이 이동 하는 곳을 따라 이동시켰다. 불길은 사현의 시야를 완전히 막아 그가 그림자로 이동하는 것을 차단하려는 듯 고집스럽 게 그의 앞을 따라다녔다. 교란할 작전인지 불길이 장막처 럼 넓어졌다가 화악 줄어들기를 반복했다.

사현은 차분하게 불길 너머를 보며 빠르게 이동했고, 이 내 천형원이 그 불기둥을 아래로 확 내리꽂았다. 담장 근처 에 있던 낙원길드의 헌터들이 휩쓸릴 정도로 엄청난 공격이 었다. 정이선과 한아린은 기주혁이 앞에서 공격을 막아 내 고 있어 멀쩡했다.

곧 불길은 높이 솟아오르는 대신 천형원의 주위로 넓게

퍼졌다. 반경 3미터가 무릎 높이의 불로 일렁였는데 천형원은 불 속에서도 멀쩡히 존재하며 킥킥 웃었다.

"이렇게 하면 어떻게 올 건데? 어?!"

천형원이 멀찍이 서 있는 사현을 보며 조롱했다. 천형원은 원거리 딜러였고, 사현은 원거리도 가능하지만 메인은 근거리인 딜러였다. 이미 건물은 무너졌으니 커다란 그림자도 없고, 주위를 불길로 메웠으니 가까이 다가올 수도 없었다. 천형원은 사현이 가만히 있는 것을 보며 승기를 붙잡았다 생각했다.

하지만 사현은 표정 변화 하나 없이, 그저 잔해 위에 선채로 물끄러미 천형원을 내려다보았다.

"가끔…… 그쪽을 볼 때마다 놀라워요."

"뭐?"

"S급인데 어떻게 이렇게 됐을까……. 어렸을 때부터 오냐오냐 자라면 이런 식으로 본인의 사고를 의심도 못 하고, 허점도 못 찾고 멍청하게 크는 걸까요? 비판적인 사고의 결여? 분석적인 시각의 부재?"

담담한 뇌까림에 천형원의 표정이 당장에 일그러졌다. 그가 다시 로드를 내뻗으며 사현에게 공격하려는 순간 갑자기 잔해 뒤의 그림자가 거대하게 일어났다. 흡사 땅이 일어나는 것만 같은 모습의 끝에 바닥의 잔해가 모두 그림자에 들려 떠올랐다.

입을 벌린 천형원에게 곧장 건물 잔해가 날아갔다. 천형원이 다급히 불길을 솟게 해서 그것을 막았지만 큰 건물이 무너진 만큼 그 잔해도 많았다. 수십, 수백 개의 잔해가 그에게 던져졌다.

점점 그것을 막아 내기 벅찰 즈음, 기어코 아주 커다란 벽면이 허공에 떠서 천형원의 위로 드리워졌다.

"헉……."

그림자가 완전히 천형원을 뒤덮었다. 그리고 그와 동시에 또다른 그림자가 마치 벽면에서 뻗어 나온 손처럼 아래로 휘둘러져 불길을 확, 꺼뜨렸다. 그다음엔 벽이 쿵 떨어졌는데 천형원은 옆으로 몸을 굴려 가까스로 그것을 피했다. 그는 바닥에 손을 짚은 채로 헉헉 숨을 내뱉었다.

사현은 몹시 느긋하게 천형원의 뒤에서 나타나며 중얼거렸다.

"그쪽은 내가 어떻게 능력을 사용하는지도 모르는 것 같아서 놀랍네요. 다른 공대 공략 영상을 안 보나요? 스스로가 가장 잘나서 안 보려나?"

천형원이 뒤를 돌아보며 무어라 답하기도 전에 사현이 그의 목 뒷부분 옷깃을 잡아 휙, 던져 버렸다. 간신히 로드를 쥐고 날아간 천형원이 바닥을 한 바퀴 굴렀다가 겨우 일어나며 다시 주위로 불길을 솟게 했다.

"내가 마법 헌터라고 근접전을 못 하는 줄 알아?!"

하지만 그가 마법을 완전히 캐스팅해 내기 전에 사현이 먼저 그 앞으로 이동했다. 천형원이 본인이 떨어진 곳이 잔해의 그림자 속이란 걸 확인하지도 못한 탓이다.

"네."

사현이 단조롭게 답하며 천형원의 허리를 벴다. 천형원이 비명을 지르며 로드를 휘둘렀으나 제대로 먹히지 않았다. 사현이 몸을 숙여 그것을 피했고, 이후 천형원이 꽤 빠른 속도로 발을 뻗어 그를 차려 했지만 사현이 너 기민하게 이동했다. 그림자 속에 있는 이상 사현이 우위였다. 곧바로 천형원의 뒤에서 나타난 사현이 그가 내뻗은 다리의 오금을 발로 차 버렸다.

악! 소리를 지르며 천형원이 비틀거렸고, 그렇게 중심을 잃은 그의 등을 사현이 팔꿈치로 내리찍었다. 천형원이 허무하게 바닥으로 쓰러졌다.

"크윽, 윽……."

그나마 마법 계열 헌터란 자각은 있는지 로드는 놓지 않기에, 사현이 그의 손목을 가볍게 짓밟았다. 결국 천형원이 고통에 찬 비명을 지르며 로드를 놓자 사현이 그것을 발로 차서 멀리 날렸다. 바닥을 구르는 로드의 소리가 고요한 공간을 섬뜩하게 울렸다.

엄청난 공격이 오갔지만 그 끝은 꽤 허무했다. 놀란 정이선을 보며 한아린이 작게 웃었다.

"천형원이 딜은 센데, 그냥 마나 때려 박아서 하는 공격밖에 모르는 놈이에요. 그런데 사현은 공격력 만만찮게 높은데다가 상황 분석까지 잘하니까. 그럼 끝이지."

"아⋯⋯."

정이선이 멍하니 탄식하는 동안 사현은 바닥에 쓰러진 천형원을 뒤로한 채로 이곳으로 걸어오고 있었다. 조금 전까지 전투를 했다고는 볼 수 없을 정도로 몹시 차분한 태도였다. 옷 끝이 살짝 그을리긴 했지만 상대가 S급 헌터였던 점을 고려하면 무척이나 작은 손상이었다.

그런데 사현이 가까이 다가오는 순간, 갑자기 대기가 불안정하게 일렁였다. 몇 분 전 천형원이 호텔 규모의 불길을 솟아오르게 했을 때와 비슷한, 아니, 그보다도 훨씬 더 불길한 일렁임이었다. 무언가가 폭발할 것처럼 아지랑이가 피어오르다가.

콰르륵, 천형원이 쓰러져 있던 곳 주위로 폭발하듯 불길이 퍼졌다.

"이 미친 자식이!"

한아린이 급히 소리치며 한 발로 바닥을 쾅, 내리찍었다. 그와 동시에 쿠르르 진동한 일대 주위의 땅이 순식간에 벽처럼 솟아올랐다. 호텔 주위를 완전히 둥글게 감싸듯 땅을 일으킨 것이다.

갑작스럽게 어스퀘이크 능력을 사용한 것이지만 그녀의

판단은 현명했다. 화르르륵, 불덩어리가 벽에 부딪치며 아래로 떨어졌다. 천형원이 폭발시킨 마나가 엄청나서, 만약 한아린이 땅을 일으켜 막지 않았더라면 근방 100미터는 족히 불길에 휩싸였을 것이었다. 그러면 저 멀리서 지켜보고 있던 일반인들마저 피해를 받을 수 있었다.

다급히 능력을 사용한 한아린이 헉, 허억 거친 숨을 몰아쉬는 동안 천형원이 불 속에서 비틀대며 일어났다. 로드가 없는데도 이만큼의 광역 공격을 사용했다는 점에 정이선은 진심으로 놀랐다. 사현은 앞의 그림자를 일으켜 방패처럼 공격을 막아 냈다지만 코트 끝자락이 불타서 사라졌다.

"내가, 너는 꼭……."

"열등감 하나로 민간인한테까지 피해 입히고 싶나요?"

사현이 꽤 황당하단 목소리로 말했다. 예전부터 자신을 라이벌로 인식하고 혼자서 발버둥 치는 인간이란 건 알았지만 이 정도로 수준이 낮을 줄은 몰랐다. 사현이 놀랍단 눈을 하니 천형원이 미친 듯이 웃었다. 눈이 어느덧 붉게 충혈되었다.

한아린이 세운 땅으로 둘러싸인 공간은 마치 돔 경기장 같았는데, 그 안 전체가 불길로 일렁이는 상태였다. 낙원길드의 헌터들은 돌벽 바깥에 있었지만 그들은 진작 천형원의 공격에 휩쓸려서 쓰러졌었다. 더는 바깥의 누구도 안을 확인하지 못하는 상황이었다.

불길 속에서 천형원이 웃다가, 돌연 사라졌다. 사현의 표정이 미묘하게 변했고, 겨우겨우 불길을 막아 내고 있던 기주혁이 잠깐 탄식했다.

"엇, 미친. 히든인가."

천형원도 S급이니 히든 능력이 있을 터였다. 그리고 그것이 불 속에 스며드는 능력인지 불길이 한층 더 거세게 일렁였다. 이전보다 훨씬 강렬한 불길이라 숨을 쉬기가 어려웠다. 단순한 불이라기보단 마나가 실린 공격이라 그런지 심각한 압박감을 동반했다.

정이선이 힘겨워하고 있으니 한아린이 허공을 향해 욕했다. 이곳에 비전투계 있는 거 모르냐 욕이 쉴 새 없이 쏟아졌다.

결국 한아린이 바로 뒤의 땅을 반으로 갈라내며 외쳤다.

"이선 복구사는 빨리 나가요. 코드 사무실에서 헌터들이랑 있는 게 낫겠다. 기주혁 너도 그냥 나가!"

"뭐? 여기로 오는 불길은 어떡하고! 차라리 같이 나가!"

"난 저걸로 안 뒈져. 천형원 저 새끼 지금 제정신 아니라서 그냥 사현이랑 같이 쓰러뜨려야겠다."

다급한 외침에 결국 기주혁이 고개를 끄덕이며 정이선과 함께 나가려 했다. 정신없는 상황 속에서 정이선도 바쁘게 움직이려는데, 순간 불길 속에서 붉은 손이 뻗어져 나왔다. 마치 불이 그를 붙잡는 것 같았다.

"헉, 복구사님⋯⋯!"

아, 짧은 탄식과 함께 정이선이 휩쓸려 갔다. 새빨간 불이 앞을 덮치듯 다가와 당황한 그가 멈칫했는데, 그 틈에 천형원이 불 속에서 나타나 정이선의 팔을 붙잡은 것이다. 자신이 쓰지 못하는 수단이라면 아예 사현도 쓰지 못하게 망가트릴 속셈이었다.

정이선의 시야가 불길로 뒤덮이려는 찰나, 갑자기 공간에 한기가 도는가 싶더니 새까만 어둠이 앞으로 쇄도했다. 한 아린이 올린 땅에 비스듬히 선 사현이 빠르게 천형원에게 달려든 것이다. 새빨간 불길 속에 숨어 있던 천형원이 정이선을 잡으려고 나왔으니 그 위치가 파악되었고, 곧바로 달려든 사현이 그의 얼굴 옆을 움켜쥐고 바닥으로 패대기쳤다.

쿵, 땅이 울리며 굉음이 퍼졌다. 사현의 손 아래에서 붉은 몸이 타오르는 불처럼 일렁이며 바들바들 떨렸다.

"커억⋯⋯."

바닥에 쓰러진 천형원이 다시 공격하려 했지만 번번이 캐스팅이 끊겼다. 사현의 반경 1미터 정도가 아예 그림자의 영역이 되어 불길이 다가오지도 못했다. 마나의 순도 싸움에서 천형원이 밀리는 것이다.

뒤이어 사현의 주위 어둠이 높이 솟아올랐다가 바닥을 내려쳤다. 모든 힘을 집중시켰는지 그림자가 위로 끝없이 솟앉다가 바닥으로 쏟아지는 광경은 마치 거꾸로 파도가 치는 것만 같았다. 일대의 불을 꺼뜨리는 행위였다.

바닥에 처박힌 천형원의 머리에서 피가 흘렀다. 사현은 무감한 눈으로 그 머리를 잡아 올렸다가 문득 짧게 탄식하며 시선을 돌렸다. 정이선이 그를 보고 있었다.

떨리는 눈동자로 바닥의 천형원이 아닌 사현을 보고 있었는데, 사현은 그 시선에 잠깐 의아해졌지만 이내 평온한 목소리로 말했다.

"기주혁 헌터. 이선 씨 데리고 나가세요."

기주혁이 조금 당황하며 버벅거렸지만 결국 정이선을 데리고 돌벽 바깥으로 나갔다.

사현은 그들의 인기척이 완전히 멀어지는 것을 확인하고서야 천형원의 머리를 다시 틀어쥐었다. 천형원이 반항하려는 듯 마법을 시전했지만 그림자 속에서 불씨가 허무하게 꺼졌다. 사현은 그의 마지막 발악을 지켜보며 온화하게 웃다가 이내 그 머리를 바닥에 처박았다.

쾅, 콰앙. 머리가 깨지는 소리와 함께 피가 터졌다.

"등급이, 높다고, 해서."

사현이 말을 쉴 때마다 소름 끼치는 굉음이 공간에 울려 퍼졌다.

"지능까지, 높지는, 않은가 봐요."

말을 끝낸 사현이 툭 손을 놓았다. 바닥에 떨어진 머리는 이미 피로 잔뜩 물들어 있었고, 상대는 간간이 움찔거리기만 할 뿐 고개도 들지 못했다. 그 상황 속에서도 사현의 표정은 몹시 차분했지만 평소보다 한층 더 싸늘해진 눈동자에 거슬린단 빛이 어렸다.

그는 바닥에서 덜덜 떨며 자신을 올려다보는 천형원과 친절히 눈을 맞춰 주었다.

"실력이 너무 없으니 불쌍해서 적당히 봐주고 돌아가려 했는데, 마지막에 이렇게 굴면 어떡해요."

"허억, 윽… 큽."

"사람 잘못 건드려서 이 꼴 났단 자각이 있으면, 다시 건드릴 생각은 말아야지. 학습 능력이 없나?"

바르르 떠는 천형원은 당장에라도 숨이 넘어갈 것 같았다. 죽을까 봐 두렵다는 비유적인 표현을 넘어서 그 머리에서 흘러나오는 피가 직관적인 사실을 알렸다. 사현은 그 상태를 확인하듯 시선을 가만히 굴리다, 품에서 자그마한 포션을 꺼냈다.

그러곤 그것을 천형원의 머리 위에 주르륵, 부었다. 희미한 빛을 퍼트리면서 얼굴에 스미는 그것은 치유 포션이었다. 최상급 포션인지 꽤 빠르게 천형원의 머리가 회복되었다. 피가 멎고, 상처가 아물어 갔다.

그리고 그런 천형원의 머리를 다시 사현이 붙잡고 바닥으로 내려쳤다.

"죽이는 건 꽤 비효율적이에요."

쾅, 소리가 섬뜩하게 공간을 울렸다. 기껏 아물었던 상처가 다시 벌어지면서 피가 나왔지만 바닥이 완전히 검붉게 물들 때까지 사현의 손짓은 멈추지 않았다. 한아린은 사현이 품에서 포션을 꺼낸 순간부터 예상한 듯 살짝 눈가를 찌푸리긴 했지만 그뿐, 가만히 지켜보았다.

천형원이 부들부들 떨며 사현의 팔을 잡아 보았으나 다시금 바닥으로 처박히며 손이 떨어졌다. 허물어지는 듯한 몸짓이었다.

"커억……!"

"나는 기분이 더러운데, 상대는 죽어서 그 기분에서 자유로워지잖아요. 너무 간단한 끝이지 않나?"

죽을 것처럼 숨을 들이켜는 천형원의 머리 위로 다시 치유 포션이 쏟아졌다. 회복될 때까지 사현은 또 가만히 기다리다가, 다시 그 머리를 잡고 바닥에 처박았다. 그 행위를 반복하는 사현의 새까만 눈동자에선 감정 한 점 찾아볼 수 없었다.

"차라리 두려운 기억을 심는 게 훨씬 낫겠더라고요. 평생 눈치 보면서 떨고, 숨고."

"헉, 끄윽… 그, 그만……."

"본능 중 가장 강렬한 게 생존 본능이래요. 그러니까 그 생존을 위협받는 순간을 쉽게 못 잊겠죠? 지금까지 본 사람들은 그렇던데. 그쪽은 많이 멍청하지만 이 정도는 기억하리라 믿어요."

사람은 공포 앞에서 나약하다는 사현의 말이 단조롭게 떨어졌다. 그는 마지막으로 한 번 더 천형원의 머리 위로 포션을 부어 준 후 자리에서 일어났다.

고요한 공간 위로 빗방울이 투둑, 툭 떨어지기 시작했다. 오늘 저녁부터 내리기로 한 비가 조금 일찍 내렸다. 바닥에 남아 있던 불씨마저 하나둘 꺼지는 모습을 보며 사현이 안타깝다는 듯 뇌까렸다.

"비까지 와서 유감이네요. 실력도 없고, 운도 없고……."

이후 사현이 한아린과 함께 돌벽 바깥으로 나왔다. 한아린은 잠깐 바닥에 쓰러진 천형원을 불쌍하단 눈으로 보았지만 이내 그 눈길도 거뒀다. 비전투계 각성자에게 S급 히든 능력까지 써 가며 해를 입히려 한 인간을 동정해 줄 필요는 없었다. 비전투계는 일반인이나 마찬가지였다.

저 멀리에서 헌터 협회의 차량이 다가왔다. S급 헌터끼리 싸움이 붙었으니 진상 조사를 위해 온 것이다. 협회에서 오래도록 조사받을 것이 뻔해 사현이 살짝 귀찮다는 듯 그곳을 훑어보았다. 그렇지만 일단 정이선이 있는 곳으로 다가가 그의 상태를 살폈다.

"다친 곳 없는지 제대로 확인해요. 또 손목이나……."

하필이면 천형원이 마나를 터트릴 때 정이선이 너무 가까이에 있었다. 게다가 직접 공격받을 뻔했으니 사현은 그의 상태를 꼼꼼히 확인하려 했다. 그런데 문득 볼에 온기가 닿아 왔다.

정이선이 덜덜 떨리는 손으로 사현의 볼을 감싼 것이다.

"피, 피가 흘러요……."

조금 전에 천형원을 거세게 바닥으로 처박으면서 건물의 잔해가 튀었는데, 그때 볼이 살짝 베였다. 손가락 한 마디 길이 정도로 실금이 가듯 가늘게 베여서 피가 주륵 흘렀으나 사현은 그 상처를 인지하지도 못했다.

사현이 느리게 눈을 깜빡이며 정이선을 내려다보았다. 바들바들 떨고 있기에 조금 전 전투로 충격을 받은 건가 싶었는데, 걱정으로 물든 옅은 갈색 눈동자를 보니 그건 아닌 듯했다. 또 겨우 이 정도 피에 그는 놀랐다. 사현은 그의 손가락이 제 볼을 스치며 간질거리는 감각을 가만히 느끼다가…….

이내 옅게 웃으며 고개를 숙였다.

"네. 다쳤어요."

미약한 웃음기를 담은 목소리였지만 정이선의 손에 기대듯 고개를 숙이는 움직임엔 꽤 느른한 감이 있었다. 마치 지쳤다는 듯한 몸짓이라 정이선이 더 놀라며 그 상처를 살폈다.

그런 둘의 뒤에서 한아린이 충격받은 낯으로 사현의 뒷모

습과 돌벽을 번갈아 쳐다보았다. 돌벽 안엔 단순히 다쳤다
는 단어로 표현할 수 없는 사람이 있었다.

빗방울이 떨어지며 바닥의 불길을 꺼뜨리는 소리가 공간
을 메꿨다.

◁　◆　▷

S급 헌터끼리의 싸움은 끝났다 해서 단순히 넘어갈 규모
의 일이 아니었다.

헌터 협회는 국가 기관으로써 헌터 간의 전투를 엄격히
제재했고, 특히나 등급이 높을수록 전투 시 일어날 피해가
크니 더욱 주의시켰다. 그런데 7대 불가사의 레이드 기간에
진입 1순위와 3순위 공격대의 공대장끼리 싸움이 붙었고,
그 때문에 협회는 비상이었다.

전투의 원인과 진상을 제대로 파악하기 위해 긴 조사가
이어졌다. 문을 닫은 호텔이라지만 그래도 커다란 건물을
모조리 붕괴시킨 싸움이었고, 다행히 일반인들의 피해는 없
으나 헌터들의 부상이 무척 심각한 상황이었다. 낙원길드
헌터들이 쓰러졌으며 천형원은 아예 응급실에 실려 가야 하
는 수준이었다. 차기 길드장이 그렇게 되었으니 낙원길드도
소란스러웠다.

정이선은 해가 저물 즈음에 헌터 협회 건물에 들어갔다가, 한밤중에야 겨우 건물을 나올 수 있었다. 그는 취조실처럼 보이는 공간에서 무척 침착하게 상황에 대해 진술했다. 정이선은 현재 명백하게 피해자의 위치에 있었다.

그리고 정이선의 이야기가 거짓이 아님은 한아린과 나건우가 증명했다. 정원 뒷길에는 CCTV가 없었지만 정이선과 그들이 함께 뒷길로 향하는 모습이 정원 카메라에 찍혔고, 한아린이 잠깐 병원 담장 바깥으로 넘어간 모습은 외부 차량 블랙박스에 찍혀서 증명되었다. 공신력 있는 헌터들의 증언에 명백한 증거까지 뒤따르니 정이선의 진술은 한 치의 거짓도 없단 게 확실했다.

조사는 거의 다섯 시간 가까이 이어졌다. 해당 장소에 있었던 천형원의 공대 소속 헌터들은 쓰러져서 취조가 안 되고, 또 한아린이 도로에서 추격해 붙잡은 헌터도 기절해서 아직까지 깨어나지 못하고 있었다. 천형원은 협회 건물의 응급 회복실에 들어간 상태라, 다음 조사는 그들이 깨어난 후에 진행하기로 했다.

이미 상황은 확실해 보였지만 한쪽의 이야기만 듣고 결론지을 수는 없으니 협회는 사건에 얽힌 코드 헌터들에게 전원 대기 명령을 내렸다. 일단 지금은 돌려보내 주지만 다시 연락하면 협회로 와서 수사에 협조하라는 명령이었다.

한아린은 건물을 나가면서 신경질을 부렸다.

"어휴, 끝까지 걸림돌인 새끼들."

"저도 이렇게 헌터 협회에 오게 될 줄은 몰랐는데……."

정이선이 탄식하듯 말하며 협회의 높다란 건물을 돌아보았다. 협회 건물은 입구에 서면 고개를 뒤로 젖혀 올려다봐야 할 정도로 무척 높고 컸다. HN길드 건물이 더 높긴 하지만 협회 건물에는 국가 기관이란 이름이 주는 위압감이 있는 듯했다.

"아, 이선 복구사는 비전투셰니까 헌협에 올 일 없었겠네."

정이선이 신기하단 듯 건물을 보고 있으니 나건우가 고개를 끄덕이며 말했다. 한아린은 한층 더 험악해진 인상으로 이선 복구사가 처음 협회에 오는 일이 이런 이유여야 했냐며 욕했고, 옆에서 기주혁도 함께 천형원을 비난했다.

다 같이 건물 입구에 서서 바깥에 내리는 비를 보고 있는데, 사현이 정이선에게 다가와서 말했다.

"오늘은 그냥 코드에서 헌터들과 함께 있어요."

전투의 당사자인 사현은 아직 조사가 끝나지 않은 상황이라 조금 더 협회에 있어야 했다. 그러니 그가 옆에 없는 집으로 정이선 홀로 보내기엔 아직 위험하다 판단했는지 코드 사무실에 있으라 말했고, 정이선은 고개를 끄덕였다. 던전 진입이 가까워지면 코드 헌터들은 거의 길드 건물에서 사는 수준이라 사무실에 있는 게 더 안전했다.

HN길드 건물에서 코드가 사용하는 42층은 사무실 반대편에 숙박 장소까지 마련되어 있었다. 거의 호텔 수준이었다. 널따란 한 층 전체를 20명만 사용하니 웬만한 편의 시설을 모두 갖추었고, 기주혁도 최근 훈련하느라 집에 갔다가 돌아올 체력이 없다며 그냥 길드 건물에서 생활 중이었다.

헌터 협회 건물을 나와서 차를 타러 가는 길엔 꽤 많은 기자가 따라붙었지만 한아린의 표정이 몹시 좋지 않았기에 차마 가까이는 오지 못했다. 그녀는 HN길드 건물 안까지 정이선과 기주혁을 데려다준 후에 돌아갔다.

밤이 깊어질수록 비가 많이 왔다. 유리창에 부딪치며 떨어지는 빗줄기가 거세 공간이 다소 소란스럽게 느껴질 정도의 폭우였다.

"와, 이거 내일 저녁에 그치는 거 맞겠죠?"

"모레 아침까지 올 수도 있다곤 하는데……."

"5차 던전 들어갈 때 비 오면 최악인데. 바다잖아요, 거기."

기주혁이 창밖을 바라보며 걱정했다. 5차 던전은 항구에서 로도스의 거상을 상대해야 하는데 비가 온다면 상당한 고전이 예상되었다. 까딱 잘못하면 바다의 폭풍이나 거센 파도와 마주해야 할지도 몰랐다.

"그런데 안에서 비 오면 태양신 공격력은 좀 떨어지지 않을까요?"

"우리 공격력도 같이 떨어질걸……. 항구에서 싸우다가 쓸려 가겠다."

기주혁의 가설에 나건우가 답하며 고개를 내저었다. 일단 현재 예보로는 빠르면 내일 저녁, 늦어도 모레 오전엔 비가 그칠 테니 기대해 보자고 말했다. 이후 나건우는 집에 가야 겠다며 분주히 옷을 챙겼다.

사무실에는 대여섯 헌터들이 있었다. 그들은 5차 던전에 대해 이야기하면서도 간간이 정이선의 상태를 살폈다. 그들 모두 속보로 사현과 천형원이 싸운다는 소식을 보았고, 병 문안을 갔던 나건우에게서 자세한 전말을 전해 들었으니 당 연히 정이선을 걱정했다.

"복구사님은 정말 괜찮으신 거 맞아요? 납치까지 당했으 니 많이 놀랐을 텐데……."

"따뜻한 차라도 한잔 드실래요?"

"아…… 정말 괜찮아요."

하지만 정이선은 거의 30분마다 상태를 확인받고 있으니 꽤 부담스러웠다. 그렇지 않아도 헌터 협회에 가기 전에 먼 저 병원에 들러 깁스도 풀고, 문제가 없는지 추가로 검사했 었다. 그때 전혀 이상이 없단 게 확인됐는데도 헌터들은 그 를 걱정했다. 아무래도 전투 계열 헌터들에게 비전투계는 유리처럼 연약하게 보이는 듯했다.

결국 정이선은 숨듯이 자신의 방으로 들어왔다. 널따란

사무실 내에 헌터들의 개인 집무실이 있는데, 그는 사현의 바로 맞은편 집무실을 받았었다. 그는 잠깐 유리창 너머로 사현의 집무실을 바라보다 이내 블라인드를 반쯤 내리고 소파에 앉았다.

집무실의 불은 켜 두지 않았지만 사무실 중앙등의 불빛이 희미하게 들어왔다. 정이선은 그 빛을 등진 채 습관처럼 5차던전에서 복구해야 할 길을 확인하다 문득 빗소리를 인식하고 창밖을 응시했다. 깊은 밤에도 꺼지지 않는 도시의 불빛이 유리창의 빗물 속에서 이지러지고 있었다. 산란하는 불빛들을 물끄러미 눈에 담는 정이선의 얼굴에 어렴풋하게 흐린 기운이 스쳤다.

비. 비가 오는 날은 늘 정이선이 무겁게 가라앉는 날이었다.

대개 침체된 기분으로 살고 있는 그이지만 비가 오는 날은 유독 그런 기운이 더했다. 친구들을 잃은 날의 기억이 마치 족쇄처럼 따라다녀, 그는 불현듯 자신이 죽은 그들을 데리고 집으로 돌아가던 날 걸은 길을 떠올렸다. 하지만 그런 회상도 잠깐이었다. 그보다도 오늘 떨어졌던 빗줄기가 머릿속에 더욱 선명하고 강렬하게 자리했다.

몇 시간 전, 사현이 천형원과 싸웠을 때 엄청난 불길이 일대를 뒤덮었다. 사현의 말에 따라 기주혁과 함께 돌벽 바깥으로 피하면서도 안의 상황을 걱정했었다. 마지막으로 본

게 사현의 얼굴에서 흐른 피였기 때문일지도 몰랐다. 그러다 최후에 비가 내리는 모습을 보고, 그는 한숨을 터트렸었다.

비가 와서, 다행이라고 생각했었다.

끼익, 갑자기 문이 열리는 소리가 들렸다. 반사적으로 흠칫 떤 정이선이 시선을 그곳으로 옮겨 갔고, 이내 놀란 표정과 함께 자리에서 일어났다.

"왜 여기에 있어요?"

"일, 일찍 왔네요. 벌써 조사 끝난 건가요?"

사현이었다. 마침 그를 생각하던 와중에 나타나니 놀라서 질문에 제대로 된 대답도 못 하고 말을 돌려 버렸다. 괜히 어색해진 정이선이 빠르게 당황을 갈무리하는 동안 사현이 앉으란 시선을 던졌다. 굳이 정이선이 불을 켜 두지 않은 공간을 밝게 할 생각은 없는지 그는 어두운 길을 걸어와 소파 옆에 따로 놓인 의자에 앉았다.

"상황이 확실한데 더 조사할 것도 없죠. 일단 천형원이 일어난 후에 다시 조사받기로 했어요."

관련된 헌터가 모두 일어나서 진술을 끝내면 협회는 다시 진상 파악에 들어갈 것이었다. 헌터 협회가 헌터끼리의 싸움을 엄격히 다루는 터라 조사 기간은 보통 나흘을 훌쩍 넘길 만큼 길었지만 현재 코드가 이틀 뒤 5차 던전에 진입해야 하는 상황이니 그나마 중간중간 돌려보내 주는 것이었다.

하지만 사현은 전투를 벌인 당사자이니, 아마도 다시 불려 간다면 이튿날 아침에야 협회에서 나올 터였다. 이것도 배려 축에 속했지만 코드 입장에선 괜히 시간을 빼앗기는 일이나 마찬가지였다.

"조사를 아예 안 받으러 갈 수는 없나요? 협회 연락을 안 받는다든가……."

"……."

"……왜 그런 표정으로 봐요?"

"이선 씨가 그런 말을 할 줄은 몰랐어요. 뭐든 순응하는 줄 알았는데."

"네? 아니, 이건…… 솔직히 우리 쪽은 괜히 이상한 사람 때문에 휘말린 거니까……."

사현의 꽤 놀랍단 시선은 마냥 착한 학생이 처음 반항하는 모습을 본단 눈빛이라 살짝 민망해졌다. 하지만 정이선은 이 상황이 나름 억울하고 황당했다. 잘못은 천형원이 저질렀는데 왜 사현이 피해를 입어야 하는지 알 수 없었다.

사현의 도발로 전투로까지 이어졌다지만 어쨌든 원인은 모두 천형원의 열등감이었다. 어떻게든 코드의 발목을 붙잡고 싶어서 안달 내던 천형원의 수법이 통한 듯해 기분이 조금 좋지 않았다.

"뭐, 안 간다면 안 가도 되긴 해요. 협회에도 S급 헌터가 있긴 하지만 강제로 끌고 가진 못할 테니까요. 그런데 괜한 마찰 빚는 게 더 비효율적이라."

이쪽의 잘못이 없으니 피하는 것보단 협조해서 빠르게 결론 짓는 게 낫다고 사현이 담담히 말했다. 어쩐지 자신 때문에 사현이 괜한 귀찮은 일에 휘말린 듯해 정이선은 복잡한 낯으로 고개를 끄덕였다.

그리고 그런 정이선을 보며 사현이 빙긋 웃었다.

"그런데 왜 사무실에 있어요? 피곤해서 일찍 잘 줄 알았는데."

"아직은 잠이 안 와서요. 조금 이따가……."

"친구들 생각하고 있었어요?"

말을 끊으며 툭, 던지는 질문에 정이선의 입이 다물렸다. 어두운 공간 속에서도 사현의 새까만 눈동자는 똑바로 자신을 향하고 있었다. 그는 이곳에 들어오기 전에 정이선의 뒷모습을 봤다고 단조롭게 말했다.

"계속 창밖만 보고 있던데."

"아…… 음, 아니에요. 딱히 생각 안 했는데……."

순간 정이선이 말을 헤맸다. 자신이 그런 상념에 잠겼던 게 들켰단 점에 대한 놀라움보다도 비가 오는 날 그가 제 상태를 확인하는 것이 조금 새삼스럽게 다가왔기 때문이다. 게다가 사실 비 내리는 모습을 보며 친구들만 생각한 것이 아니기에 대충 말을 흐리는데, 사현의 손이 불쑥 다가왔다. 자연스럽게 볼을 붙잡으며 엄지로 눈가를 살살 문질렀다.

"이선 씨, 거짓말하면 꽤 많이 티 나는 거 알아요?"

목소리에 나직이 섞인 웃음기가 공간을 울렸다. 비가 내리면서 차갑고 무겁게 가라앉은 공기가 그 웃음소리를 더욱 울려 퍼지게 하는 것만 같았다. 어쩐지 귓가가 간질거려 정이선이 침묵하고 있으니 사현이 돌연 산뜻한 어조로 말했다.

"겉옷 좀 벗어 볼래요?"

"……네?"

"상처 확인하려는 거예요. 병원에선 급하게 나오느라 상처를 제대로 못 봤으니까요."

잘못 들었단 듯한 정이선의 반응에 사현은 아무렇지 않게 말했다. 그 평온한 답에 이상하게도 민망해져 정이선은 곧바로 후드 집업을 벗었다. 안에는 반팔을 입어서 겉옷을 벗자마자 공간의 서늘한 공기가 확 느껴졌다.

살짝 움츠러든 맨팔 위로 사현의 손이 닿아 왔다. 그의 손은 언제나 적당한 수준의 온기를 갖고 있어서, 차가운 팔을 쓰다듬는 부드러운 손길에 어쩐지 소름이 돋았다. 약간 몸이 움찔 떨렸는데, 그 반응에 사현뿐만 아니라 정이선의 표정도 동시에 변했다. 이건 단순히 접촉에 놀란 게 아니라…….

"……이선 씨는 왜 아픈 걸 늘 말하지 않죠?"

"저도 몰랐는데……."

"대체 왜 모르는 거예요?"

사현이 황당하단 듯 정이선을 보았다. 천형원이 히든 능력으로 불길 속에 숨어서 정이선을 덮칠 때 왼팔을 붙잡으려 든 탓에 화기에 덴 듯했다.

팔에 물집이 생긴 정도는 아니지만 붉게 달아오른 상태나 무언가와 닿았을 때 따끔한 감각이 이상을 알렸다. 병원에선 오른팔의 깁스와 상처만 확인하느라 왼팔을 살펴보지 않았고, 그 후엔 협회에서 취조받느라 팔의 상태는 완전히 잊고 있었다.

사현이 아예 의자에서 일어서서 소파 앞으로 다가와 상처를 확인했다. 그는 살짝 눈가를 찡그리다 이내 한숨과 함께 포션을 꺼내 정이선의 팔에 뿌렸다. 그는 아무래도 문제가 있을 듯해서 챙겨 왔는데 정말로 예상이 맞아 들 줄은 몰랐다며 황당해했다.

"다른 사람이 피 조금 흘리는 거엔 그렇게 놀라면서, 정작 본인 상처엔 아픈 내색도 안 하네요. 통각이 둔한 편인가요?"

"딱히 그런 건 아닌데……."

"가끔은 이선 씨가 스스로의 상처를 신기해하는 것 같아요."

"……네?"

"마치, 스스로가 다칠 리가 없는데 다쳤단 표정을 지어요."

나직하게 따라붙는 말에 순간 정이선의 표정이 멍해졌다. 정이선은 지난 1년 동안 수없이 스스로를 다치게 하려 했기에, 그런데도 언제나 실패했기에 무의식중에 상처를 신기해했다. 사현이 관찰력이 지나치게 좋은 사람이라 그런지 결국 그 이상 행동마저 들켰다.

아무런 말도 할 수가 없어서 침묵하고 있는데 사현이 팔을 계속 매만졌다. 포션이 제대로 스며들게 하려는 손짓이었는데 맨팔 위로 스치는 감각이 간지러워 정이선이 몸을 움찔움찔 떨었다.

"제가 할게요."

사현의 손을 밀어내려고 했는데 그 손은 고집스레 팔을 붙잡고 있었다. 힘을 주어 쥔 것도 아닌 듯한데 떨쳐 낼 수가 없었다. 어느덧 사현은 정이선의 앞에 서 있었고, 정이선은 소파에 앉은 채 그를 올려다보았다.

"······어느 부분을 놓치고 있는 것 같은데, 어딘지를 아직 모르겠어요."

조용한 읊조림이 다시금 고요한 공간을 먹먹하게 울렸다. 창문을 두드리는 빗소리도 들렸지만 꼭 그의 말소리만 귓가에 메아리치는 듯했다. 정이선은 사현이 이렇게 아무런 표정도 없이 자신을 내려다볼 때마다 어떻게 반응해야 할지 아직 알아내지 못했다.

빗물로 불빛이 가득 번지는 유리창을 등진 채로 사현이

정이선의 얼굴을 내려다보았다. 밖을 반쯤 가린 블라인드를 통해 들어오는 빛이 그의 눈가를 어슷하게 스쳤다. 정이선은 문득 이 순간에 대한 위화감과 동시에 조마조마한 기시감을 느꼈다. 그러니까, 이건……

─지잉, 돌연 테이블에서 진동 소리가 들렸다.

사현의 핸드폰에서 난 소리였는데, 화면 위로 협회가 보낸 문자가 떴다. 천형원이 일어났으니 추가 조사를 받으러 오란 내용이었다. 사현은 고개를 돌려 그것을 확인하더니 이내 짧게 탄식했고, 이상하게도 정이선은 안도의 한숨을 내쉬었다. 이유는 알 수 없지만 그는 한결 긴장이 풀린 낯으로 사현을 보며 말했다.

"이제 가셔야……"

"까먹을 뻔했어요."

"네?"

"지금 협회에 가면 던전이 발생하는 날 아침에야 돌아올 테니까, 지금 하고 가야 하네요."

"뭐, 뭐를……"

차츰 불안으로 물들던 정이선의 눈동자가 이내 해일 같은 충격을 맞이했다. 비도 오니 생각을 끊어 둘 필요가 있다고 말하며 서서히 몸을 낮추는 사현의 모습은, 그에게 간신히 잊고 있었던 일을 떠올리게 하기에 충분했다.

이윽고 정이선의 앞에 무릎을 꿇은 사현이 그를 올려다보며 미소했다.

"뭐 하려는지 알겠으면 다리 좀 벌려 줄래요? 빨리하고 가야 해서."

◁ ◆ ▷

한때 정이선은 자신이 성적 행위에 큰 감흥이 없다고 생각했었다. 또한 1년 전에 충격적인 사고를 겪은 이후론 웬만한 자극에도 무뎌져 대개 무덤덤했고, 큰 반응을 보이지 않았다. 그는 대부분의 시간을 무감각하게 보냈다.

그러나 정이선의 그러한 생각은 현재 자극 앞에서 모두 무너질 수밖에 없었다.

그는 성적 행위와 그것이 주는 자극에 면역이 전혀 없어서, 눈앞에서 벌어지는 상황에 숨도 제대로 쉬지 못하고 손끝만 덜덜 떨었다. 소파 위를 긁는 소리가 원망스러우리만치 선명하게 공간에 떨어졌다. 비가 와서 공기가 가라앉은 집무실은 유독 소리가 잘 울렸다.

"아, 흐윽…… 읏……."

사현이 고개를 움직일 때마다 몸 전체가 움찔움찔 떨렸다. 이번에도 사현이 그 앞에 무릎을 꿇고, 자신은 위에 있는데도 자신이 그에게 매달리는 것만 같은 상황이 벌어졌다. 하지만 그를 밀어내려 할 때마다 그가 더 깊숙이 성기를 머금는단 걸 안 이후로는 차마 그를 밀어내려 들지도 못했다.

정이선은 진심으로 자신의 상태에 괴로워졌다. 겨우 손으로 몇 번 만졌다고 곧바로 반응하는 제 아래가 너무했다. 상황이 주는 어마어마한 괴리감이 아무래도 자신과 아랫도리마저 괴리시켜 버린 게 분명했다.

그 사현이, 불과 몇 시간 전까지 S급 헌터를 상대로 엄청난 진투를 벌이며 S급 1위로 꼽히는 이유를 몸소 보였던 사람이 자신의 앞에서 무릎을 꿇었다. 굳은 정이선의 다리를 달래듯 붙잡고 벌려서 자세를 잡은 뒤 고개를 숙이는데, 충격에 빠진 정이선이 정신을 차렸을 땐 이미 그가 입으로 성기를 머금은 후였다.

여기까진 이전과 같았지만 그때와 다른 부분이 미묘하게 오싹한 기분을 안겼다. 그때는 바지가 벗겨져서 맨살에 그의 손이 닿았는데 이번엔 얇은 면바지 위를 붙잡혔다. 바지 버클만 풀고 이뤄지는 행위였다. 게다가 그땐 골반을 붙들었다면 이번엔 허벅지를 스치듯이 붙잡고 간간이 그 손가락에 힘을 주었는데, 그때마다 정이선이 파드득 놀랐다. 그의 커다란 손에 허벅지가 모두 쥐었다.

"허, 허벅지, 흐으, 웃, 간지러운……."

예전부터 허벅지에 간지럼을 잘 타긴 했지만, 한동안 잊고 지냈던 부분을 사현이 건드렸다. 그런데 사현은 그저 성기를 삼킨 채로 고개만 살짝 올려서 정이선을 보기만 할 뿐, 손을 놓지는 않았다. 그가 고개를 움직임에 따라 성기 방향도 옮겨져 정이선이 헉, 숨을 들이켰다. 그의 입천장 끝에 귀두가 닿는 느낌이 선명했다. 그 부분은 특히나 뜨겁고 여려서 제 뭉툭한 끝이 닿을 때마다 소름이 끼쳤다.

정이선이 들이켠 숨을 엇박자로 끊어서 내뱉고 있으니 사현이 혀로 기둥을 꾹꾹 누르며 고개를 틀었다. 그러곤 아무렇지 않게 허벅지에 올렸던 손을 위로 쓸어 올리며 말했다.

"은근히, 예민, 한 부분이, 많네요."

골반 쪽으로 손을 옮겨 준 건 고마운데 굳이 그 과정에서 허벅지를 쓸어서 정이선의 잇새로 투둑 신음이 터졌다. 현재 자극에 간지러움까지 더하니 정신을 차릴 수가 없었다.

"하으으, 아! 흐윽…… 간, 간지럽다니까아……."

흐느끼는 듯한 소리를 내며 몸을 비트니 사현이 골반 옆을 꽉 쥐었다. 움직이지 말란 듯한 손짓이었으나 하필이면 그 긴 손가락이 또 허벅지를 스쳐서 정이선의 몸이 들썩였다. 바싹 긴장한 허벅지가 예민해졌는지 손가락이 살짝 스치는 것만으로도 파드득 놀랐다.

"움, 직이지, 말아요."

"아, 흐읏, 그, 그러면, 거길 잡지를 말고……."

허벅지가 몇 번이고 긴장하면서 아래까지 덩달아 움찔거렸다. 성기의 혈관이 움찔댈 때면 사현의 혀가 그곳을 휘감아서 눅진한 수준을 넘어 저릿저릿한 자극이 쏟아졌다. 마치 물속에 잉크가 퍼지는 것처럼 열감이 온몸에 번져서 정신을 차릴 수가 없었다. 분명히 서늘한 공간이었는데 지금은 너무도 더웠다.

떨리는 숨을 내뱉으며 정이선이 더듬더듬 사현의 손 위를 붙잡았다. 손가락 사이를 얽어 오는 손짓은 제발 허벅지에서 떨어지란 행동이었으나, 그 행위가 몹시 간절해 보여 사현이 잠깐 실소했다. 그리고 그가 터트린 숨결은 고스란히 성기에 닿아서 정이선이 더 놀랐다.

"어리광, 피워요?"

"하아, 아, 아니이…… 손…….."

몰아치는 자극 속에서 정이선은 거의 흐느끼는 상태였다. 발갛게 달아오른 눈가가 살짝씩 경련했는데 언제부터인지 그 눈꼬리에 눈물까지 맺혀 있었다. 그 모습을 올려다보는 사현의 얼굴에는 꽤 흡족한 기운이 어려 있어서, 정이선은 정말로 그가 괘씸했지만 그에게 애원조로 말할 수밖에 없었다. 자신의 힘으론 그의 손을 떨어뜨릴 수가 없었고 또한 능력의 조건 때문에 쳐 낼 수도 없었다.

"제발요…….."

겨우 손가락 몇 개에 매달리며 간절히 말하니 사현의 얼굴에 미묘한 웃음이 떠올랐다. 그 미소에 이상하게도 허벅지가 더 파르르 떨렸다. 손을 움직이지 않았는데도 그랬다.

어느 순간부턴가 몸이 덜덜 떨리는 게 간지럼 때문인지 자극 때문인지 구분되지 않았다.

사현은 잠깐 고민하는 것처럼 느릿하게 시선을 내리더니 이내 부탁대로 순순히 허벅지에서 완전히 손을 치웠다. 그러나 그 대신이기라도 한 듯 정이선의 손을 한쪽씩 붙잡아 소파 위로 누르고 다시 성기를 머금었다. 고개를 비스듬히 기울여 혀로 성기를 휘감고, 기둥을 꾹꾹 눌러 입천장에 닿게 하면서 조금 전의 행위를 이어 갔다.

사현의 손 아래에 붙잡힌 정이선의 손이 바르르 떨렸다. 몇 번쯤 벗어나려는 듯 꿈틀댔지만 손가락 사이로 잠깐씩 빠져나가는 게 전부였다. 외려 그렇게 손가락이 얽힐 때마다 또 이상한 자극이 찾아오는 것만 같았다.

그렇게 점점 자극에 뇌가 절여지는 순간, 갑자기 바깥에서 발소리가 들려왔다. 누군가가 이곳으로 오고 있는 것이었다.

"헉……."

놀란 정이선이 당장 고개를 돌려 바깥을 확인했다. 반쯤 가린 블라인드 너머로 인영이 보였다. 정이선이 기겁하는데도 사현은 아무렇지도 않게 계속 성기를 핥으며 입 안을 조이기까지 했다. 축축하고 뜨거운 압박에 다시 밖을 보지도 못하고 넘어갈 듯 숨을 삼키는데 기어코 바깥에서 문을 두드리는 소리가 들렸다.

똑똑. 맞은편의, 사현의 집무실 문을 두드리는 소리였다.

이곳으로 오지 않는 점은 다행이지만 거리가 너무 가까웠다. 정이선이 덜덜 떠는 동안 몇 번 더 문을 두드리는 소리가 났다. 그러다 이내 그 사람이 끼이익, 조심히 문을 여는 소리까지 들렸다.

"어라? 리더 돌아오지 않았어요?"

기주혁이었다. 그는 빈 집무실을 확인하고 의아하단 듯 사무실 안의 헌터들에게 물었다. 그들은 꽤 멀리 있어서 목소리를 키워야 했는데, 그 목청에 되레 놀란 정이선이 상체를 푹 숙였다. 헌터 협회에서 사현과 연락이 안 되어 기주혁에게 연락을 넣었단 말이 들렸지만 머릿속에 담기지 못하고 그대로 흘러나갔다.

정이선은 정신없이 몸을 낮췄다. 블라인드로 가렸다지만 반밖에 치지 않아서, 혹시나 이곳을 본다면 소파에 앉아 있는 제 뒷모습이 보일 터였다.

"다시 나가셨나……."

중얼거린 기주혁이 이내 발을 돌렸다. 정이선은 그 점에 잠시 안도했는데, 돌연 그가 다시 멈춰 서며 말했다.

"응? 복구사님은 언제 자러 가셨대요? 불 꺼져 있는데?"

바로 뒤, 유리창 너머에서 기주혁의 말소리가 들렸다. 정이선은 이러다가 자신이 심장을 토해 낼 수도 있겠단 생각을 했다. 정말 미친 듯이 심장이 뛰었기 때문이다. 이 공간이 코드의 사무실 안이란 걸 새삼 깨닫고 엄청난 배덕감을 느꼈다. 호흡이 엉망으로 흐트러졌다.

그리고 그즈음, 여전히 아래에서 성기를 핥고 있던 사현이 말했다.

"숨, 뱉는 거…… 너무 옆에서는, 하지 말아 줄래요?"

정이선이 놀라서 옆으로 시선을 돌렸다. 그가 바깥에 보이지 않기 위해 몸을 숙이면서 사현과 얼굴이 무척 가까워진 상태였다. 그 자세로 정이선이 덜덜 떨면서 숨을 터트렸으니, 그의 숨결은 고스란히 사현의 귓가에 닿고 있었던 것이다.

"간지러워서."

잠깐 고개를 뒤로 물리며 성기를 놓아준 사현이 담담히 말했다. 이런 행위를 하고 있다곤 믿을 수 없을 정도로 평온한 어조였지만 그 점에 외려 정이선이 당황했다. 얼굴에 화아악 열이 돌았다. 배덕감과 뒤섞인 부끄러움이 몰려와 잠깐 표정을 제어할 수가 없어졌다.

언제 기주혁이 저 멀리 돌아갔는지도 몰랐다. 정이선은 붉어진 얼굴로 입술을 꽉 깨물었고, 사현의 손이 입 위를 스쳤다. 손마디 뒤의 뼈로 툭툭, 가볍게 두드린 것이다.

"다쳐요."

사현은 그 말을 끝으로 다시 고개를 숙이며 성기를 머금었다. 그리고 그때부터 쏟아지는 자극은 이전과 달랐다. 사정을 유도하려는 듯 고개를 숙였다가 뒤로 당기며 빠르게 왕복했다. 앞으로 쏟아지는 머리칼을 뒤로 휙 쓸어 넘겼다가 별 소용이 없단 걸 파악하고 결국 정이선의 골반을 붙잡고 행동했다. 오늘따라 유독 예민하게 반응한단 건 알지만 협회에서 다른 이들에게까지 연락을 돌린 이상 슬슬 가야 할 때였다.

뿌리까지 삼켰다가 뒤로 물러나면서 핥는 사현의 행동에 정이선이 앓는 소리를 냈다. 이 공간을 새삼 인식한 탓에 이전보다 훨씬 소리가 작아졌는데, 그 인식이 이상하게도 그를 더 진득하게 흥분시켰다. 아주 이상하고 질척한 흥분이었다. 온몸에 열이 돌고 머리가 어질어질할 정도로 정신을 못 차리다가.

"헉…… 나, 나올, 것 같……."

기어코 사정의 단계에 도달했다. 정이선이 당황해서 재빨리 상태를 알렸는데 어쩐지 사현이 물러나지 않았다. 저번에 했을 때는 사정 단계에서 멀어졌는데, 이번엔 계속 입에 머금고 있었다. 오히려 입을 조여 압박하기까지 해서 정신이 아찔했다.

끊길 것 같은 이성을 가까스로 유지하며 정이선이 그의 어깨를 붙잡았다. 손가락 아래로 마구잡이로 셔츠가 구겨졌지만 상대는 물러나지 않았고, 그러다 결국 그 손끝이 오므라지는 순간.

짧게 숨을 들이켜는 소리와 함께 정이선이 사정했다. 잠깐이지만 온몸의 긴장이 확, 터지면서 나른한 기운이 돌아 이성이 저 멀리로 쓸려 가는 것 같았다. 마치 거대한 해일이 휩쓴 후의 고요함 같은 것이었다. 하지만 해일의 진상은 그렇지 않았다.

뒤늦게 상황을 파악한 정이선의 얼굴이 곧바로 충격으로 물들었다. 자신이 사정할 때까지 사현은 물러나지 않았고, 이건 곧…….

"아, 아니, 그걸 왜…… 왜 삼키는……."

차마 말조차 완성하지 못하고 정이선이 파르르 떨었다. 고개를 든 사현은 무언가를 뱉어 내지도 않았고, 심지어 그 입 아래로 흐르는 것마저 없었다. 그저 사현은 손가락으로 입술을 살짝 훑고서 어쩐지 미묘한 표정만 짓고 있다가, 이내 담담한 낯으로 돌아와 정이선을 보았다.

"사무실에 뭐 흘리는 거 별로 안 좋아해서요."

말을 끝마친 사현이 무의식적으로 아랫입술을 슬쩍 핥았다. 닦아 내는 듯한 행위였는데 정이선의 시선이 찰나 나타났다가 사라진 붉은 혀에 꽂혔다.

이후 사현은 나갈 준비를 하기 위해 자리에서 일어섰다. 이번엔 한 번밖에 못 했지만 유난히 반응이 많았으니 한 번으로도 괜찮을 듯했다. 그렇게 생각하면서 사현이 몸을 반쯤 일으키는 순간 그의 시선이 아래로 떨어졌다.

"······."

잔뜩 붉어진 얼굴의 정이선이 손등으로 입을 가리고 있었는데, 사현의 시선이 잠깐 그 얼굴에 머물렀다 더 아래로 향했다. 방금 막 사정한 성기가 다시 반쯤 일어서 있었다. 저번에는 한 번 사정한 후에 사현이 다시 세우는 과정을 거쳐야 했는데 이번엔 정이선이 먼저 반응한 것이다.

물끄러미 그것을 보는 사현의 시선에 정이선이 더듬더듬 말했다. 그도 이렇게 될 줄은 몰랐단 듯 몹시 민망한 낯으로 중얼거렸다.

"제, 제가 알아서 처리할게요."

꼭 울음을 숨기는 것처럼 목소리가 떨렸다. 정이선은 이 순간 정말 어디론가 숨고 싶었다. 대체 어째서 자신이 다시 반응했는지도 알 수 없었다. 그저 무릎 꿇은 사현이 그가 사정한 것을 삼키고, 이후 입술을 훑는 모습만 보았을 뿐인데 갑자기 아래로 열이 쏠렸다. 무척이나 담담한 낯으로 그러한 행위를 하는 게, 그 괴리감이 아무래도 머리를 세게 치고 지나간 듯했다.

그래서 정이선이 한껏 부끄러워하며 시선을 돌리려는 때, 사현이 먼저 몸을 낮췄다. 커진 정이선의 눈동자에 사현이 다시 무릎을 꿇는 모습이 그대로 담겼다. 그 행위가 무엇을 의미하는지 이젠 너무 명확히 알아서 정이선이 당황하며 말했다.

"가, 가도 되는……."

"아뇨. 늦게 가도 상관없어요. 협회에서 못 끌고 간다고 말했잖아요."

정이선은 어느 순간부턴가 자신의 사고가 제대로 굴러가지 않는단 걸 알았지만, 그 고장 난 사고를 가까스로 움직여 의문을 찾아냈다. 분명히 사현은 협회에 비협조적으로 구는 것이 비효율적이라고 말했었다. 그런데 그는 굳이 그 선택지를 골랐고, 이내 다시금 정이선의 다리 사이에 자리를 잡으며 미소했다.

자신을 올려다보며 짓는 미소엔 작위적인 감이 전혀 없었고, 오히려 꽤 즐겁게마저 보이는 미소라 정이선의 얼굴이 차츰 붉게 물들었다. 발개진 눈가를 살짝 찡그리는 것이 그의 상태를 고스란히 드러냈다.

"그쪽의 손해를 감수할 만큼의 결과가 여기에서 오는데, 내가 왜 그곳으로 가겠어요?"

사현이 웃으며 고개를 숙였다.

다시금 공간엔 빗소리와 함께 질척이는 소리, 그리고 누군가가 자극에 휩쓸려 가며 터트리는 숨소리만 자리했다.

◁ ◆ ▷

5차 던전이 발생하는 날이 밝았다.

이틀 전 밤부터 내렸던 비는 오늘 새벽까지 거세게 이어지다 해가 뜨면서 서서히 그쳤고, 정오쯤엔 완전히 하늘이 갰다. 구름 한 점 없이 맑은 하늘에 햇빛이 환했으며 바람도 선선하게 불었다.

날이 좋아서 수월한 던전 진입이 예상되었지만 정작 코드 헌터들의 표정은 그다지 좋지 않았다. 그날 정오가 지날 때까지도 그들의 리더, 사현이 아직 헌터 협회에서 돌아오지 않았기 때문이다.

이틀 전, 서울 외곽에서 사현과 천형원이 전투를 벌였다는 소식이 퍼져 시끌시끌했다. 헌터 협회는 정확한 진상 파악을 위해 관련 헌터들을 불렀고, 정이선과 다른 코드 헌터들은 금방 돌려보내 주었지만 전투 당사자는 오랜 시간 붙잡았다. 협회의 느린 일처리를 많은 사람이 비난했지만 협회는 묵묵부답이었다.

그러다 기어코 던전 브레이크 발생 전조가 떴단 연락이 올 때까지도 사현이 돌아오지 않았다. 게이트가 열릴 기미가 나타나면 코드 전원이 던전 발생지 앞에서 대기를 타야했기에, 결국 한아린이 초조한 헌터들을 이끌고 건물 바깥으로 움직였다.

"자자, 일단 나갑시다."

이번 5차 던전의 메인 딜러는 한아린으로 정해졌다지만

리더가 없다는 것이 모종의 불안감을 안기는 듯 모두의 얼굴에 심란함이 자리했다. 1시간 뒤에 던전 게이트가 열릴 텐데 그때까지 리더가 오지 않으면 어떻게 해야 하냔 말이 오갔다. 나건우는 협회가 아무리 느려도 그 정도는 아닐 거라며 헌터들을 달랬다.

그렇게 HN길드 건물 바깥으로 코드 전원이 나왔을 때, 건물 앞으로 새까만 차가 와서 멈췄다. 그 차를 보자마자 모두의 얼굴이 반가움으로 물들었다.

"오래 걸렸네요."

차에서 내리는 사람은 사현이었다. 협회가 이틀 전 밤에 호출했었는데 사현이 계속 불응하다가 새벽에야 협회에 나타났으니, 아마도 그 일로 약간의 마찰이 있었던 듯했다. 하지만 사현은 아무렇지도 않게 단정한 모습으로 나타났고, 리더의 등장에 헌터들이 기쁘게 인사했다.

사현은 우선 한아린과 준비가 제대로 되었는지 대화한 후 정이선에게 다가갔다. 헌터들 옆에서 은근히 숨어 있던 정이선은 그가 가까이 오자마자 시선 처리를 하지 못했다. 이미 눈이 마주쳤는데도 반사적으로 고개를 숙여 못 본 척하려다 스스로의 반응에 더 민망해져서 결국 고개를 들었다.

그렇게 정이선이 혼란의 시간을 갖거나 말거나 사현은 무척 태연하게 그 상태를 확인했다.

"팔은 이제 어때요?"

"아…… 다 가라앉았어요. 포션이 좋은 거여서 그런 지…….."

굳이 붙이지 않아도 될 말을 붙이며 어색하게 시선을 돌리는데 사현이 그의 소매를 휙, 위로 끌어 올려서 팔을 확인했다. 그 손에 잡힌 순간 정이선이 과하게 움찔, 놀랐다가 가까스로 스스로를 진정시켰다. 사현은 정말 평온한 눈으로 상처를 살펴보는데 자신만 과민반응하는 게 점점 민망해졌기 때문이다. 대체 이 사람은 어떻게 해서 이렇게나 담담한지 모를 일이었다.

"잠은 안 설쳤어요? 식사는?"

"잘, 잘 잤고, 잘 먹었어요."

어쩐지 어린애 취급을 받는 기분이었다. 정이선이 눈가를 살짝 찡그리고 있으니 사현이 그를 보며 웃었다. 그 미소를 보고서야 정이선은 또 그가 제 표정을 분석했음을 알아챘다. 민망해할 때마다 눈가가 찡그려진다고 했으니 감정이 그대로 드러났을 터였다.

어떤 표정을 지어야 그에게 생각을 들키지 않을지 모르겠어서 헤매고 있으니 사현이 꽤 흡족스러운 낯으로 팔을 놓아주며 말했다.

"거짓말은 안 하는 것 같네요."

이후 사현은 태연하게 출발하자고 말했고, 정이선은 애써 어색한 기운을 감추며 움직였다. 문득 그가 왜 잠을 잘 잤냔 질문까지 했는지 의문이 뻗었다가 곧바로 답이 나왔다. 오늘 아침까지도 비가 내렸으니, 비 오는 날 자신이 처진다는 걸 아니까 그런 질문을 했을 테다. 게다가 예전에 친구들과 관련된 악몽을 꿨었던 걸 기억할 확률이 높았다.

어쩐지 정이선은 조금 멍해졌다. 그날 사현이 떠난 이후로 단 한 번도 친구들을 생각하지 않았단 사실이 무척 놀랍게 다가왔으나 이내 그 미묘한 충격마저 빠르게 사라졌다. 사현이 차 앞에 서서 그를 보고 있었기 때문이다. 그의 새까만 눈동자와 마주하자마자 모든 생각이 스르륵 자취를 감추었다.

그렇게 정이선은 흐려지는 죄책감 속에서 걸음을 옮겼다.

◁　◆　▷

이번 5차 던전은 고대 7대 불가사의 중 로도스의 거상으로 예측되었다. 그런데 지금까지 진입한 던전과 꽤 큰 차이가 있었다. 아니, 단순히 이번 레이드뿐만 아니라 역사적으로 발생한 던전들과도 분명한 차별점이 존재했다.

"여기 왜 하늘이 맑지?"

"이런 던전은 또 처음 보는데……."

"다른 나라에서 이와 유사한 던전이 발생한 사례가 있긴 합니다. 한국에서도 있었고요."

헌터들의 의문에 신지안이 답했다. 원래 던전의 하늘은 대부분 검붉었고 간간이 새까맣거나 황토빛을 띠기도 했다. 그런데 현재 진입한 던전은 정말 구름 한 점 없이 맑아서, 딱 바깥의 상황과 똑같았다. 아니, 오히려 바깥보다 훨씬 더 환한 듯했다.

간간이 이렇게 던전이 맑은 경우가 있는데, 한국에선 몇 번 없지만 1차 대던전이 이런 하늘을 보였었다. 그리고 코드에는 그 던전에 진입한, 1차 대던전 클리어의 주역이었던 사현이 있었다.

"기존 던전이랑 별 차이는 없으니 신경 쓰지 마세요. 다만…… 태양신의 공격이 더 강해지긴 하겠네요."

헌터들은 앞말에 안도했다가, 뒷말에 슬퍼했다. 특히나 기주혁은 안색이 새하얘져서 덜덜 떨기까지 했는데, 이번 던전에서 그가 해야 할 일 때문에 큰 부담을 느끼는 눈치였다. 한아린과 정이선은 며칠 전 호텔에서 이미 그의 역할이 무엇인지 지켜보았기에 동시에 응원한단 눈빛을 보냈다.

그들은 현재 던전의 진입로, 즉 항구 앞에 서 있었다. 바닷가의 부두와 똑같은 모습이었다. 넓은 길이 점점 좁아지다가 방파제와 함께 일자 길로 쭉 이어지고, 그 너머는 아예 무너져서 바닷물에 잠겨 있었다. 건너편에도 길이 있었는데 원래 로도스의 거상은 각 항구에 한 발씩 올리고 웅장하게

서 있었다.

36미터짜리 거상이니 멀리서도 보여야 정상이었지만 현재 그들의 눈앞엔 무너진 부두만 보였다.

"보스 몬스터 어떻게 숨었다냐……."

나건우가 짧게 탄식했다. 큰 덩치로 숨기가 쉽지 않을 텐데 대체 어디에서, 어떻게 나타날지 가늠할 수가 없었다. 현재 가장 큰 가능성은 바닷속에 숨어 있다가 나타나는 것이었다.

그런 상황이니만큼 길을 완벽히 복구할 필요가 있었다. 특히나 현재 지형에선 자칫 잘못하다 바다에 빠질 수도 있으니 더더욱 안전하게 만들어야 했다. 정이선의 시선이 천천히 공간을 훑었다.

길이 엄청나게 무너져 현재 시야에 잡히는 잔해만으로는 완전한 복구가 불가능해 보였다. 아마도 잔해 일부가 물 아래에 잠긴 듯했다.

앞으로 나선 정이선이 몸을 숙여 바닥을 짚는 순간 바닷가의 시원한 바람이 불어오며 후드가 뒤로 훅, 벗겨졌다. 그가 잠깐 멈칫하면서 후드 깃을 잡아 보았으나 바닷가라 그런지 바람이 많이 불었다. 다시 써도 그대로 벗겨질 듯했다. 그의 갈색 머리칼이 바람 속에서 시원하게 나부꼈다.

정이선은 조금 허전한 기분으로 깃을 만지작거리다 결국 포기하고 바닥을 짚었다. 무너진 길을 스윽 훑는 눈동자에 이채가 서렸다.

곧 잔해가 하나둘 허공에 떠오르기 시작했다. 조각나서 바닷가 근처에 엉망으로 뒤섞여 있던 잔해들이 가볍게 부웅, 떠올랐다. 커다란 방파제마저 무척 가볍게 들어 올렸다. 그런데 이번엔 그의 시야에 닿는 조각들뿐만 아니라 바닷속에 떨어진 조각마저 떠오르기 시작했다.

촤아아― 바다에 잠겨 있던 조각이 떠오르며 물이 떨어지는 소리가 사방에 퍼졌다. 그 광경에 헌터들이 고개를 뒤로 젖히며 감탄사를 터트렸다. 정이선의 복구는 언제나 그들을 놀랍게 했지만 갈수록 창조에 가까워지는 상황은 경외감마저 안겼다. 나부끼는 바람 속에서 또렷하게 앞을 응시하는 그는 꼭 공간의 지배자처럼 보였다.

이윽고 산산조각 난 길이 연결되기 시작했다. 우선 앞에 일자로 쭉 뻗은 길은 지진이라도 난 것처럼 사방으로 갈라져 있어서 그것들부터 먼저 연결했다. 갈라진 땅이 쿠구구구, 거대한 소리를 내며 서로 붙어 갔다. 그렇게 붙은 길엔 잔해가 부족해 남은 흠이 존재했는데, 그 위로 마치 물이 흐르는 것처럼 스쳐 간 황금빛이 서로를 연결했다. 정이선이 히든 능력을 쓸 때마다 나타나는 아주 작은 금가루가 바닥을 붓처럼 부드럽게 훑었다.

그다음으론 허공에 둥둥 떠 있던 조각들이 날아오며 원래의 장소로 돌아갔다. 바다에서 떠올랐던 거대한 방파제 잔해가 날아가 항구 옆에 쿵, 쿵 안착했다. 누군가가 스크래치를 내 엉망이 되었던 그림이 원래의 모습을 찾아가는 것만 같은 광경이었다.

맑은 하늘에서 쨍하게 내려오는 일광 아래, 그의 옅은 갈색 눈동자에 어렴풋하게 황금빛이 어렸다. 빛이 수면에 반사되면서 나타나는 현상이었다. 허공에 퍼져 있던 금빛 조각들이 정이선의 새하얀 얼굴 위로 빛을 비추었다.

마침내 모든 조각이 연결되면서 확, 바람이 불었다. 복구사들이 능력을 끝낼 때면 종종 나타나는 바람이었다. 시간 조절이 끝났음을 알리는 것이었다. 하지만 정이선이 히든 능력을 써서 복구를 끝냈을 땐 마지막으로 부는 바람에 희미한 황금빛까지 섞여 있었다.

그래서 그 복구를 끝마치고 자리에서 일어서 서서히 고개를 돌리는 정이선의 모습은, 헌터들 모두가 손뼉을 치게 하기에 충분했다.

"와…… 이번 복구 진짜 레전드……."

"장난 아니다……. 정말 대단합니다."

이번 던전에서 정이선이 할 복구는 무척 단순하다고 예상되었었다. 일자로 뻗은 항구만 복구하면 되었으니 다들 다행이라 생각하면서도 묘한 아쉬움을 갖고 있었는데, 그들의 아쉬움을 채우다 못해 감동까지 안겼다. 하늘이 맑아서 그런지 던전을 복구한 게 아니라 명소를 복구해 낸 것만 같았다.

나건우는 진심으로 감탄하며 고개를 내저었다.

"이선 복구사는 복구가 아니라 예술 하는 거 아닌가?"

"진짜요, 진짜. 눈물 날 것 같아요, 저."

격하게 동의한 기주혁이 아름다운 수준이었다며 훌쩍훌쩍 눈물을 닦았다. 정이선은 평소보다도 더 많이 쏟아지는 감탄에 민망해하면서도 굉장히 복잡한 기분으로 길을 둘러보았다. 복구가 잘된 것은 현재 던전의 지형을 생각하면 무척 다행인 일이지만……

"그런데 이선 복구사. 점점 복구 잘되는 것 같아요. 4차 때보다도 더 완벽한데? 그땐 80퍼센트였다면 이번엔 90퍼센트? 빈말 아니고 정말이에요."

미묘한 표정으로 항구를 보는 정이선에게 한아린이 말했다. 지금껏 정이선을 지켜봐 온 결과 그가 호의적인 말을 꽤 낯설어한다는 걸 알아채서, 그래서 일부러 더 분명한 말로 그를 칭찬했다. 그녀가 말할수록 더더욱 복잡해지는 정이선의 얼굴을 보며 한아린은 단호하게 고개를 끄덕이기까지 했다.

그리고 그런 한아린의 행동에 정이선은 대체 어떠한 표정을 지어야 할지 알 수 없어졌다. 그녀가 호의가 분명히 느껴지는데도 어쩐지 숨고 싶은 기분을 떨칠 수 없었다. 이건 단순히 칭찬에 대한 면역이 없는 게 아니라……

"능력 썼는데, 피곤하진 않나요?"

어느새 사현이 그의 앞으로 다가와 말을 걸었다. 순간 당

황한 정이선이 흠칫했다가 빠르게 당황을 가라앉혔다. 그
래도 차마 사현을 쳐다보진 못하겠어서 그저 고개를 끄덕여
답하는데 그가 더 자세하게 상태를 물어 왔다.

이번에는 길 복구를 여러 번 해야 한다며, 길이 하나라 피
할 공간도 없으니 중간에 회복 마법을 걸어 주기 어렵단 말
이 한쪽 귀로 들어왔다가 반대쪽 귀로 흘러나갔다. 정이선
은 그저 괜찮단 답밖에 할 수 없었다.

"……정말 괜찮아요. 별로 안 피곤해요."

가까스로 내뱉은 답에 사현이 빙긋 웃었다. 그러곤 정이
선의 경직된 어깨 위로 손을 올려 가볍게 토닥였다. 그의 습
관적인 행동이란 걸 알면서도 정이선은 괜히 또 몸을 움찔
떨었다.

"이렇게면 곧 100퍼센트도 보겠네요."

그 말에 희미하게 섞인 만족스러운 기운에 정이선은 아주
조금, 아니 꽤 많이 숨고 싶어졌다.

이번 던전은 길이 일자로 뻗어진 만큼 진입이 쉬웠지만,
대신 양옆에서 다가오는 몬스터들을 상대해야 했다. 모두가
예상한 대로 바닷속에서 몬스터들이 나타나기 시작했다.

퀘에엑, 괴상한 소리를 내며 기어 오는 몬스터들은 딱 심
해어처럼 생겼다. 초롱 아귀와 비슷하게 생긴 것들이 펄떡

날아오르기도 하고 바다뱀 형태의 몬스터가 방파제를 기어 올라 접근하기도 했다. 사람 크기의 피라냐마저 나타나 공격하는데 기주혁이 정말 질린 낯을 했다. 다행히 이런 수준의 징그러움은 버틸 만한지 4차 던전 때처럼 덜덜 떨지 않았다.

"와씨, 심해어 종합 선물 세트."

코드의 헌터들이 앞에서 차근차근 몬스터를 상대하고 있지만 점점 바다에서 올라오는 수가 많아졌다. 항구 끝까지 가지 못하도록 저지하는 듯한 공격이었다. 그곳이 보스 몬스터와 맞닥뜨릴 위치란 건 모두가 알기에 계속 전진해야만 했다.

어느 정도 상황을 파악한 기주혁이 준비됐다는 말을 했고, 미리 이야기가 되었던 듯 나건우가 그에게 따로 버프를 걸어 주었다. 지금까지 보아 왔던 버프 마법진과는 다른 형태라 정이선이 신기하게 내려다보고 있으니 한아린이 친절하게 마법 데미지를 높이는 버프라고 설명해 줬다. 나건우는 헤이스트 버프 계열의 일인자라 불리지만 그 외 다른 버프에도 뛰어난 힐러였다.

마침내 모든 버프를 받은 기주혁의 몸 주위에 희미하게 푸른빛이 흘렀다. 기주혁은 스스로의 상태를 확인한 후, 이내 힘찬 기합과 함께 앞으로 나섰다.

"으아아압!"

기주혁이 치켜든 로드가 빙글, 크게 한 바퀴 돌았다. 이후 서서히 수면이 요동쳤고, 코드 헌터들도 사현에게 언질받은 것이 있는지 몇 발자국 뒤로 물러났다. 앞서 가던 이들이 일행 쪽으로 돌아오면서 몬스터의 접근을 막아 내는 이가 사라졌다. 그걸 확인한 몬스터들이 포효하며 달려들려는 순간.

　촤아아악, 요동치던 수면이 마침내 위로 솟아올랐다. 무려 열 개에 달하는 물기둥이 소용돌이치며 다가오는 몬스터들을 쳐 내고, 심지어는 바닷속에서 숨어 접근하려던 몬스터들마저 위로 올렸다. 엄청난 소용돌이에 몬스터들이 속절없이 휩쓸려 가며 비명을 질렀다.

　열 개의 물기둥은 이곳저곳 돌아다니며 바람을 일으켰는데 흡사 허리케인처럼 보였다. 강한 물살을 일으켜 바닷속의 몬스터들을 낚아 올리는 게 마치 그물 같았다. 공격 하나에 마나를 집중하는 것이 아니라 일부러 물기둥을 여러 개 만들어 공격력을 분산시키고, 몬스터들의 접근을 차단하는 동시에 숨은 몬스터를 붙잡았다.

　이후엔 신지안이 물기둥에서 벗어나려는 몬스터를 붙잡아 바닥에 패대기쳤다. 곧 코드 헌터들도 예정되었던 대로 물속에서 버둥거리는 몬스터를 차례로 공격했다. 몬스터들은 제대로 된 반항도 못 하고 죽어 갔다.

　"월척이네, 월척."

한아린도 이 상황이 퍽 재밌는 듯 키득거리며 봉을 훅, 내뻗어 몬스터들을 공격했다. 순식간에 5미터가량으로 길어진 봉에 몬스터가 꿰뚫렸다. 간간이 갑각류처럼 단단한 껍질을 가진 몬스터는 봉 끝에서 칼날을 꺼내 베어 냈다. 움직임이 묶인 몬스터를 사냥하기는 무척이나 쉬운 일이었다. S급 던전이니만큼 몬스터들의 데미지 저항력이 높다고 하더라도 코드는 그것을 충분히 파훼할 만큼 강한 헌터 집단이었다.

그렇게 긴 힝구를 반쯤 걸었을 때, 갑자기 땅이 울렸다. 던전 전체가 진동해서 정이선이 잠깐 비틀거렸다. 사현은 자연스럽게 정이선의 팔을 잡아 똑바로 서게 하며 진동의 근원지를 보았다. 바다 저편에서부터 이어지는 진동이 서서히 그들이 있는 곳으로 다가오는가 싶더니 마침내.

—쿠우우, 굉음과 함께 바다가 일어나는 것만 같은 장면이 연출되었다. 바다에서 솟아오른 것은 바로 거대한 크라켄이었다. 겨우 머리만 나타났을 뿐인데 그 크기가 어마어마했다. 물기둥으로는 절대 붙잡을 수 없는 규모라 기주혁은 굳이 마나를 낭비하지 않고 마법 캐스팅을 끊었다.

"이야, 크라켄 안 나오면 서운할 뻔했다."

"허…… 보스 몬스터가 크다고 하위 몬스터까지 크네."

기주혁이 감탄하고 그다음으로는 나건우가 질린 얼굴을 했다. 그렇지 않아도 보스 몬스터가 36미터짜리라 어떻게 상대해야 할지 이야기가 많았는데, 크라켄까지 나타났다. 서서히 드러나는 수십 개의 다리가 굉장히 징그러웠다. 심지어 그 다리 하나의 굵기가 사람의 몸체만 했다.

크라켄의 머리엔 눈동자가 수십 개 붙어 있었는데, 그 모습이 꽤 기괴하여 사현의 뒤에서 보고 있던 이선의 눈이 찌푸려졌다. 그리고 그때 마침 크라켄의 눈동자 하나가 정이선을 향했다. 눈앞에 보이는 적 중에서 가장 공격력이 약한 상대를 찾은 것이다. 그 외에도 여러 개의 눈동자로 각각 힐러와 마법사를 찾은 크라켄이 곧장 공격을 시도했다.

거대한 다리 몇 개가 항구에 내리꽂히려 들었다. 다소 느린 속도지만 그만큼 엄청난 힘을 담고 아래로 향하려는 때, 갑자기 크라켄이 포효했다. 몬스터의 뒤로 진 그림자가 솟아올라서 크라켄의 머리를 붙잡고 반대 방향으로 사정없이 당긴 것이다.

사현의 능력은 그림자 범위가 넓을수록 공격력이 높아지는데, 덩치가 큰 크라켄이니 사현이 사용할 수 있는 그림자가 더 많았다. 떠올랐던 다리 아래의 그림자가 솟아올라 그 다리를 묶었다. 크라켄이라지만 보스 몬스터만큼의 저항력은 없기에 S급 헌터의 능력에 그대로 붙잡혔다.

"공격하세요."

순간 놀란 헌터들에게 사현이 명령했다. 비장하게 등장한 크라켄이 그림자에 붙잡혀 버둥거리고, 심지어는 가까이 다가오지 못하게 뒤편으로 잡아당겨지고 있으니 상당히 우스운 꼴이었다. 다리 몇 개가 그림자 제어에서 풀려나 아래를 공격하려 들었지만 그때쯤 헌터들이 재빨리 공격을 퍼부었다. 한아린은 물비린내가 난다며 잠깐 싫은 소리를 냈다.

무척 순조롭게 일이 진행되었다. 몬스터들이 자꾸 올라오면서 길이 무너졌지만 정이선이 뒤에서 빠르게 바닥을 복구해 헌터들은 실수로나마 발을 헛디딜 일이 없었다.

헌터들 대부분의 시선이 위를 향해 있다면 정이선은 주로 아래를 살펴봐야 했다. 그랬기에 정이선은 가장 먼저 수상한 움직임을 발견해 냈다. 방파제 쪽에서 스멀스멀 기어올라온 몬스터들이 몰래 접근하려 하고 있었다.

정이선은 그 수를 잠깐 가늠하다, 이내 머릿속으로 그것들을 묶을 방안을 하나 떠올려 냈다. 복구사의 능력 사용에 기본 전제 조건이 있었는데, 그건 바로 잔해 아래 사람이 있으면 안 된단 것이었다. 건물이 무너져서 사람이 그 밑에 깔렸을 때 복구 능력을 사용하면 그들이 벽이나 기둥에 끼일 가능성이 있기에 각성자 본부가 그런 상황에서의 능력 사용을 제한했었다.

다만 사람이 잔해 아래가 아닌 잔해 위에 있으면 능력을 세밀하게 조절해서 끼이는 걸 막을 수 있었다. 현재 정이선이 코드 헌터들이 밟고 있는 바닥을 복구하는 게 바로 그런 방식이었다.

그렇다면 현재 방파제에서 서서히 접근해 오는 몬스터들

은…….

정이선은 자신이 이것을 해 낼 수 있을지에 대한 확신은 없었지만, 복구 능력이 90퍼센트 가까이 돌아왔으니 어쩌면 가능할지도 모르겠단 생각이 들었다. 마침내 결심을 내린 정이선이 조용히 방파제 쪽으로 접근했다.

"어? 복구사님……?"

한창 크라켄을 처치하는 데에 집중하던 기주혁의 시선이 문득 정이선에게 닿았다. 그가 의아함을 드러내는 순간 정이선이 아래를 향해 손을 내뻗었다. 방파제 쪽에서 금빛 가루가 파아아, 흩어지는가 싶더니 이내 작은 바람과 함께 정이선이 있는 방향으로 불어왔다. 그가 히든 능력을 거둔 것이다.

그렇게 방파제가 모두 무너졌고, 올라오려던 몬스터들이 순간 우왕좌왕하며 헤맸다. 그 모습을 본 정이선이 곧바로 바닥을 짚으며 다시 방파제를 복구했다. 허공에 흩어졌던 조각들이 다시 날아와 기존의 모습을 갖추면서…… 몬스터들이 모두 방파제에 끼었다. 단순히 겹쳐 놓은 방파제 사이에 낀 것이 아니라 그 구조물 자체에 팔이나 다리가 갇혔다.

"헐…….."

"와아……."

그 모습을 본 몇몇 헌터들이 감탄했다. 크라켄을 상대하는 데 집중하던 헌터들은 보지 못했다며 아쉬워했다. 정이선은 무의식적으로 사현을 쳐다보았다가 곧바로 그와 눈이 마주쳤다.

진작부터 자신이 하는 행동을 지켜보았는지 사현의 얼굴 위로 꽤 만족스러운 미소가 떠올라 있어, 정이선은 조금 민망해지면서도 이상하게 뿌듯해졌다. 그가 몬스터들을 묶으면서 사냥할 시간을 벌었기 때문이다. 몬스터들이 몸부림치며 차츰 방파제가 부서져 가긴 했지만, 그가 아니었더라면 헌터들이 기습을 낭할지도 몰랐다. 크라켄은 거의 잡은 상황이었기에 몇몇 헌터들이 분담해서 아래의 몬스터들을 처리했다.

그렇게 드디어 크라켄을 죽인 후 모두가 항구 끝에 다다랐다. 그런데도 여전히 보스 몬스터가 나타나지 않았다. 건너편에 또 일자로 뻗은 항구가 있었는데 그곳까지 갈 다리는 따로 없었으며 그쪽 길도 지금껏 걸어온 길과 그다지 다르지 않아 보였다.

"혹시 저쪽 몬스터까지 다 처리해야 하는 걸까요?"

"글쎄요. 이미 물기둥으로 웬만한 바다 몬스터는 모두 처리했으니 그건 아닐 듯한데……."

기주혁의 말에 사현이 차분한 어조로 답하며 주위를 훑어보았다. 물기둥 10개로 바다 전체를 헤집으며 아래에 숨어 있던 몬스터마저 그물처럼 낚아 올렸으니 그럴 확률이 적었다. 4차 던전에서 하위 몬스터들을 무시하고 지나갔다가 보스 몬스터가 그들을 모두 부르려 해서 귀찮아진 적이 있었으니 이번엔 일찍부터 하위 몬스터를 전멸시켰다.

그런데 보통 하위 몬스터를 모두 죽이고 나면 보스 몬스터가 나타나는데 아직도 항구는 잠잠했다. 36미터짜리 거상이 숨기가 쉽지도 않을 텐데 전혀 보이지 않았다. 고요한 항구 끝에서 괜히 초조해진 기주혁이 로드를 쥐며 질문했다.

"일단 바다 한 번 더 쓸어 볼까요?"

주위는 바다만 펼쳐져 있고 저 멀리로 어렴풋하게 로도스섬의 형태만 보이니 일단 바다를 쓸어 보겠다며 기주혁이 나서려 했다. 하지만 사현이 단호히 고개를 내저었다. 아직 보스 몬스터도 안 나타났는데 마나를 낭비하는 건 그다지 좋은 생각이 아니라고 말하며 그가 주위를 훑었다.

"로도스섬……."

조용히 뇌까린 사현이 이내 무언가를 생각해 냈는지 한아린에게 다가갔다. 한아린은 그 이야기를 경청하곤 꽤 가능성이 있다며 고개를 끄덕였다. 그런데 이후 한아린이 향하는 방향은 부두가 아니라 바다 쪽이었다. 아예 방파제 아래로 내려가기 시작한 것이다.

가뿐하게 점프해서 내려가는 모습에 정이선이 당황했다. 갑자기 입수하려는 생각인가? 기주혁도 똑같은 생각을 했는지 왜 느닷없이 해수욕을 즐기냐 물었다. 한아린은 무릎 높이까지 물에 들어가다 말고 기주혁에게 닥치란 말을 내뱉었다.

그러곤 그에게 말할 때와는 전혀 상반된 어조로 정이선에게 상냥히 말했다.

"내가 차마 이선 복구사가 복구한 길을 부술 수가 없어서."

꽤 뜬금없는 말에 정이선이 의아해졌고, 기주혁은 옆에서 '이미 많이 부쉈으면서……'라는 말을 했다가 한 번 더 닥치란 일길을 받았다.

이윽고 한아린이 땅을 세게 박찼다. 물이 찰박이는 소리나 발을 구르는 소리는 꽤 작았으나 그 행동이 불러일으키는 여파가 컸다. 갑자기 땅 전체가 거대하게 쿠구구- 진동하는가 싶더니.

콰과과광, 마치 벼락이 치는 듯한 소리가 들리며 땅이 솟아오르기 시작했다. 일전에 천형원과 전투할 때 보았던 것과 같이 돌벽이 바닷속에서 솟았다. 게다가 이번엔 한아린이 몇 번이고 땅을 굴러서 수십 개의 벽이 바다 위로 떠올랐다. 아예 일대의 지반을 모두 난장판으로 만든 것이다.

지진이라도 난 것처럼 땅이 떨렸다. 뜬금없이 로도스섬 전체를 박살 낼 것처럼 지반을 일으키는 한아린의 행동에 다들 당황하며 바삐 중심을 잡을 때, 정이선은 깨달음을 얻었다. 로도스섬의 항구를 지켰던 헬리오스 거상은 곧 섬을 보살피는 수호신이나 다름없었다. 게다가 마케도니아의 침공으로부터 섬을 지켜 낸 후 승전을 기념하기 위해 제작되었으니, 신상의 역할은 곧 섬의 수호였다.

그러니 한아린이 땅을 일으켜 로도스섬을 뒤덮으려는 행위를 한 끝에 거대한 꿍음이 울려 퍼지는 것은 당연한 수순이라고 볼 수 있었다. 그녀가 능력을 사용할 때와는 다른, 오히려 돌벽을 부수는 듯한 소리가 공간을 시끄럽게 메꾸다가.

마침내 로도스의 거상, 보스 몬스터가 나타났다.

"감히 로도스를 침공하려 들다니⋯⋯."

아직 저 멀리에 있는데도 고개를 뒤로 완전히 젖혀야만 얼굴이 보일 정도로 까마득히 높은 거상이었다. 사진으로 여러 번 보았지만 실제로 맞닥뜨리니 충격적인 수준의 위압감을 안겼다. 한아린은 보스 몬스터를 정말로 유인해 낸 점이 흡족한 듯 꽤 즐겁게 웃었다.

곧 한아린이 바로 앞의 평평한 바닥에 몸을 낮췄다. 그녀가 지반을 마구잡이로 일으키면서 바닷물이 이동해 방파제 바로 주위에 지면이 드러났다. 한아린은 곧바로 히든 능력을 쓰려는지 그 바닥 위로 쾅, 손을 찍었다. 선명히 남은 손자국을 보며 정이선은 이번에 그녀가 쓸 보석이 무엇일지 궁금해했다.

보스 몬스터는 앞의 돌벽을 부수면서 다가오고 있으니, 그 돌벽이 모두 사라지기 전에 얼른 히든 능력을 써야 했다.

한아린이 허리춤에 매달아 둔 주머니를 열었는데 그 안에서
곧바로 보석이 나오지 않고 또 다른 주머니가 하나 더 나왔
다. 그 주머니의 끈을 끄르는 한아린의 손이 살짝 떨렸다.

하지만 결국 한아린은 주머니의 끈을 완전히 연 후, 그것
을 거꾸로 쥐었다. 촤르륵, 수십 개의 보석이 아래로 떨어졌
다. 맑은 하늘 아래 선연한 붉은빛을 자랑하는 보석은 바로
루비였다.

2, 3개럿 크기의 루비 약 서른 개가 주머니에서 쏟아졌고,
정이선이 그 모습에 감탄하는데 어쩐지 그녀는 미친 듯이
웃고 있었다.

"누나, 우는 거 아니지……?"

"내가 왜 울어! 안 울어!"

기주혁의 안타깝단 말에 한아린이 격하게 부정했다. 그
말에 서린 울음기를 헌터들은 애써 모른 척해 주기로 했다.

마침내 그 장소에서 거대한 기둥이 솟아올랐다. 흡사 넝
쿨이 서로 얽혀 가는 것처럼 두 개의 돌기둥이 뒤엉키며 위
로 쭈욱, 솟았고 한아린은 그 안에서 검을 꺼내 쥐었다. 부
두 가까이에서 고개를 기울이고 있던 기주혁이 가장 먼저
감탄사를 터트렸다.

"와…… 흉기다, 흉기……."

푸르른 바닷가를 등지고 선 한아린의 손에 들린 새빨간
검은 이제껏 보아 온 검과 전혀 다른 모습이었다. 3차 던전

에서 그녀가 꺼냈던 검은 검신 전체가 다이아몬드로 투명하게 반짝였다면, 이번엔 검신이 루비로 이뤄져 붉게 빛나고 있었다. 뿐만 아니라 서른 개의 작은 루비를 박아 넣은 탓에 검면이 뾰족뾰족하게 솟아 있었다.

그 형태는 정말 기주혁의 표현 그대로 흉기 같았다. 저건 베는 문제를 넘어서 찍었을 때 엄청난 파괴력을 자랑할 듯했다. 마치 검의 형태를 한 철퇴 같았다.

그때쯤 드디어 보스 몬스터가 바로 앞의 돌벽을 부수며 나타났다. 거상은 몹시 진노한 목소리로 뇌까렸다.

"이곳은- 내 허락 없이 지나가지 못한다-."

씁쓸한 낯으로 검을 내려다보던 한아린이 이내 고개 숙여 큭큭 웃었다. 그녀는 그 상태로 땅을 일으켜 위로 떠올랐다. 이번 거상의 높이는 예전에 상대했던 제우스 신상의 두 배나 되어서 땅이 끝없이 솟아올랐다.

그리하여 마침내 거상과 눈높이를 맞춘 한아린은 무척 작아 보였지만 전혀 위축되는 기색이 없었다. 검을 비스듬하게 늘어뜨려 쥔 한아린이 나긋이 웃으며 뇌까렸다.

"애초부터 그곳을 지나갈 생각은 없었고요, 이 자리에서 결판냅시다."

5차 던전의 보스 몬스터는 지금까지 상대한 레이드 던전의 보스 중 가장 거대했지만 코드는 침착하게, 전략적으로 싸워 갔다. 3차 던전에서의 경험으로 보스 몬스터의 눈높이와 가장 가까운 상대에게 주로 어그로가 끌린단 것을 확인했기에 이번에도 거상의 주의를 끄는 역할은 한아린이 맡았다.

그녀가 위에서 보스 몬스터의 시선을 붙잡고 있는 동안 아래에선 코드의 헌터들이 공격을 쏟아부었다. 사현도 S급 보스 몬스터의 움직임을 제한하기 위해 완전히 그림자에 빙의해서 거상의 행동을 막았다.

3차 던전의 제우스 신전에서는 한아린이 솟아오르게 한 땅바닥과 신전의 기둥을 번갈아 밟으면서 공격의 범위를 넓혔는데, 현재는 주위에 마땅한 구조물이 하나도 없었다. 한아린은 오직 자신이 띄워 올린 땅만 이용할 수 있었지만 그점은 딱히 그녀에게 불편함을 주지 못하는 듯했다.

보스 몬스터의 몸집이 커서 밟을 부분이 많았고, 처음 보스 몬스터를 이곳까지 부를 때 솟아오르게 했던 엄청난 양의 돌기둥 위로 뛰어다녔다. 거상이 커다란 팔을 휘둘러 그것을 모두 부쉈지만 잔해만 해도 높이가 상당했다.

한아린은 나건우에게 틈틈이 헤이스트 버프를 받으며 잔해 사이를 빠르게 뛰어다니고, 위로 높이 도약해서 검으로 콰앙 공격했다. 분명히 검날로 베는 것 같은데 마치 검으로 패는 듯한 소리가 들렸다.

푸르른 바닷가를 배경으로 새빨간 검을 휘두르는 한아린의 모습은 경외감을 안기면서도 한편으론 서먹한 기분이 들게 했다. 한아린이 철퇴 같은 검을 휘두르는 것에 재미가 들렸는지 계속 웃음을 터트렸기 때문이다. 기주혁은 그녀가 보석을 너무 많이 써서 드디어 정신이 나간 것 같다고 옆에서 속닥거렸다.

위아래에서 동시에 공격이 쏟아지고, 그 와중에 움직임이 묶여 제대로 반항도 못 하던 보스 몬스터가 기어코 포효하며 팔을 크게 휘둘렀다. 한아린이 솟아오르게 했던 땅이 와르르 무너지고 심지어는 그녀가 검을 꺼냈던 기둥마저 옆으로 쿵, 쓰러졌다. 그 기둥의 끝이 옆 항구에 닿아서 절묘하게 항구를 연결하는 다리가 되었다.

그 상황 속에서 보스 몬스터가 하늘을 향해 높이 손을 치켜들었다. 뒤따르는 그림자가 막으려 했지만 안 되는 것으로 보아, 일정 데미지 이상 들어갔을 때 나타나는 보스 몬스터의 고유 스킬인 듯했다.

"너희를— 태양으로 불태우리라—."

순간 대기의 공기가 갑갑해질 정도로 달아올랐다. 한여름 폭염이 찾아올 때처럼 답답하게 열이 오르고 사방에 아지랑이가 피어올랐다. 바닷가라 그런지 습한 기운마저 함께해 순식간에 숨을 쉬기가 어려워졌다. 그리고 서서히 열기가 가까워진다는 감각이 들었는데, 정이선의 시선이 반사적으로 뒤로 향했다.

"와, 태양을 끌어오네."

다른 헌터들도 하나둘 뒤의 상황을 확인하며 나직이 탄식
했다. 맑은 하늘에서 보이는 태양이 점점 가까워지고 있는
것이었다. 작열하는 태양 아래 정이선은 살갗이 불타는 것
만 같은 고통을 느꼈다. 그나마 상급 수호 아이템을 여러 개
두르고 있어서 숨을 쉴 수 있지, 아니었다면 진작에 쓰러졌
을 깃 같은 압박감과 열기였다.

그리고 그때쯤 기주혁이 초조한 얼굴로 고개를 좌우로 기
울이며 몸을 풀었다. 그는 다가오는 태양을 보며 입술을 잘
근잘근 깨물었다.

"자, 그래……. 내가 결국 태양과 맞짱 뜨는 거지."

한탄 같은 읊조림 끝에 마침내 기주혁이 비장한 낯빛으로
뛰어가기 시작했다. 갑작스러운 그의 질주에 정이선의 얼굴
이 의아함으로 물들 즈음, 드디어 보스 몬스터도 스킬 캐스
팅이 끝났는지 본격적으로 태양을 터트리려 들었다.

순식간에 태양이 붉어지며 거대한 불길이 주위에 일렁였
다. 그 불길이 하나둘 옆으로 나뉘는가 싶더니 이윽고 아래
로 내리꽂히려 했다. 메테오처럼 보이는 공격이었다. 지켜
보던 헌터들이 숨을 들이켰다.

"너희를……."

"이야아아압!"

그때, 기주혁이 조금 전 거상이 무너뜨린 기둥 위에 서서 다가오는 태양을 향해 로드를 내뻗었다. 그는 정확히 던전의 한가운데, 즉 태양과 일직선상에 서 있는 상태였으며 하늘로 치켜든 팔이 부들부들 떨리는 것과 동시에.

콰르릉, 하늘에서 불길이 거세게 요동치는 소리가 들렸다. 아래로 떨어지려던 불덩이들이 허공에서 멈춘 채로 진동했는데, 마치 역방향으로 불어닥치는 바람과 대항하는 모습이었다. 메테오를 내리꽂으려는 보스 몬스터와 그 공격력을 흩트리는 기주혁이 팽팽히 기 싸움을 했다.

지난 훈련의 성과가 빛을 발하는 순간이었다. 심지어 며칠 전엔 천형원의 S급 마법을 막아 내면서 실전 연습까지 했기에 기주혁은 성공적으로 그 공격을 막아 냈다. 순식간에 기주혁의 이마에 송골송골 땀이 맺히며 바들바들 몸에 경련이 일었다.

둘이 대치 상황에 들어간 것을 파악하자마자 한아린이 다시금 보스 몬스터에게 달려들었다. 코드 헌터들도 재빨리 대열을 갖춰 아래를 공격했다.

쿠웅! 쾅! 분명히 검으로 내려치는데 마치 커다란 트럭에 치이는 것 같은 소리가 공간을 울렸다.

"너희를, 로도스에서…… 쫓아낼……."

"아, 애초에 들어갈 생각 없다니까!"

거상이 다시금 태양을 이끌어 오려는 듯 손을 내뻗었다.

헌터들의 공격을 받으면서 집중이 흐트러졌었는지 새롭게 공격을 캐스팅하려 했는데 한아린이 자의식이 과하다며 거상의 어깨를 마구 내리쳤다. 그녀가 검을 크게 휘두를 때마다 가까워진 태양 빛 속에서 검신이 반짝반짝 사정없이 빛났다.

"누나, 손⋯⋯!"

"뭐?!"

"손! 손! 손 부수라고⋯⋯!"

기주혁이 정말 다급하게 외쳤다. 무언가를 파악해 낸 듯한 눈치였는데 한아린은 바로 알겠다고 외치며 어깨에서부터 팔목까지 쭉 미끄러졌다. 그러곤 손목까지 순식간에 달려가다 아예 도움닫기를 해서 하늘로 잠깐 날았고, 마침내 손목 쪽으로 쿵! 떨어지며 검을 내리찍었다. 공격을 캐스팅하기 위해 위로 뻗었던 손이 휘청이며 아래로 내려갔다.

그리고 그때 기주혁이 다시금 커다란 기합을 넣으며 로드를 더 높이 치켜들었다. 부들거리는 로드에서 불씨가 마치 스파크처럼 튀는 기현상 끝에.

마침내 허공에 떠올랐던 메테오의 불빛이 바뀌었다. 이전엔 태양빛과 가까운 환한 주황색이었는데 지금은 붉게 물들었다. 보스 몬스터의 스킬 캐스팅이 끊기는 순간을 노려서 기주혁이 곧바로 공격의 주도권을 빼앗은 것이다.

그 상황은 감탄과 동시에 고양감을 안겼다. 보스 몬스터가 기껏 소환한 메테오가 이젠 기주혁의 스킬이 되었다. 그가 로드를 아래로 휘두르는 것과 동시에 메테오가 거상을 향해 내리꽂혔다.

쾅과쾅, 엄청난 굉음 끝에 기어코 거상의 무릎이 부서졌다.

실제 로도스섬의 거상은 세워진 지 1~2세기 뒤에 대규모 지진으로 무릎이 부서져 무너졌다고 하니, 그곳의 저항력이 약할 것이라 미리 분석했었다. 그래서 기주혁은 메테오를 무릎에 조준하여 꽂았고 결국 거상이 쓰러졌다.

충격적인 모습에 뒤이어 감탄할 일이 한 가지 더 벌어졌다. 거상이 무릎을 꿇으면서 파도가 높게 쳤는데 그 순간 기주혁이 로드를 쥐지 않은 손을 옆으로, 즉 코드의 헌터들이 있는 방향으로 확 내뻗은 것이다. 높이 솟았던 파도가 잠깐 허공에서 요동치는가 싶더니 스르륵 떠올라 마치 보호막처럼 헌터들의 위를 둘렀다.

메테오가 꽂히면서 엄청난 열기가 주위에 불어닥치고 게다가 파도까지 치니 헌터들이 피해를 입지 않도록 동시에 수 속성 마법을 캐스팅한 것이었다.

"와……."

흡사 수족관 안에 들어온 기분이었다. 푸르른 물 너머로는 어마어마한 메테오가 거상에게 내리꽂히고 있었고, 헌터들도 보호막 속에서 시원하게 보스 몬스터를 향해 공격을 쏟아 냈다.

굉장한 상황에 정이선은 진심으로 감탄했고, 나건우는 옆에서 껄껄 웃으며 기주혁이 괜히 동시 캐스팅으로 유명한게 아니라고 말했다.

이윽고 보스 몬스터의 하체가 모두 부서지면서 거상의 몸이 바닥으로 허물어졌다. 그 상태를 확인한 한아린이 솟아오르게 한 땅에서 가볍게 점프했다. 거상의 높이가 낮아졌기 때문에 그녀보다도 낮은 곳에 보스 몬스터의 몸체가 있었다. 그녀는 거상의 어깨에서부터 복부까지 지그재그로 달려가며 검상을 남겼다. 저항력이 떨어진 보스 몬스터의 몸이 쩌저적, 갈라졌다.

이번 보스 몬스터는 핵이 목에 없는지, 핵을 찾기 위해 한아린이 마구 뛰어다녔다. 거상이 그녀를 붙잡기 위해 팔을 내뻗으려 했으나 뒤에서 그림자가 단단히 붙들었고, 한아린은 수월하게 몸체를 뛰어다녔다. 외려 가까이 다가오려던손으로 점프해서 그 손목부터 어깨까지 쭉 올라가며 검으로난도질을 했다.

쩌저적, 분명히 검으로 베면서 올라가는데 땅이 갈라지는소리가 났다. 거상의 몸체에서 조각들이 우수수 떨어지며부서지기 시작했다. 폐허를 만들어 가는 붉은 검이 흉흉하게 빛났다.

순식간에 한아린이 상체 전체를 베어 냈다. 처음엔 앞을 베어 내고, 그다음엔 왼팔에 올라서 손목부터 어깨까지 길게 벤 후에 등으로 주르륵 떨어지며 조각내고, 그 후엔 오른팔로 올라서 다시 반복했다. 온몸을 베어 내는 그녀의 공격은 흡사 회오리가 불어닥치는 것만 같았다.

그러나 그렇게 전신을 공격했는데도 보스 몬스터의 핵을 찾아낼 수가 없었다. 갈라졌던 몸이 서서히 다시 붙어 가는 모습을 보며 한아린이 이상하단 듯 거상을 올려다보았다. 그런데 순간 보스 몬스터가 슬그머니 시선을 옆으로 피했다. 무자비하게 쏟아진 공격에 움츠러들기라도 한 듯 애써 시선을 바다로 던졌는데, 마치 한아린이 무엇을 찾고 있는지 전혀 모르겠단 듯한 몸짓이었다.

그 행동을 발견한 한아린이 이내 탄식하듯 뇌까렸다.

"대가리가 저렇게 큰데 내가 아직 머리를 공격 안 했구나……."

한아린의 읊조림을 듣기라도 한 듯 보스 몬스터가 더더욱 시선을 바다 쪽으로 고정했다. 안 들리는 척하려는 것 같은데 유감스럽게도 한아린의 눈에는 모두 보였다. 지금껏 보스 몬스터의 핵이 대부분 목이나 상체 한가운데에 있었던 터라 두 곳만 집요하게 공격했었다.

거상의 어깨에 서 있는 한아린이 이내 검을 들어 올려 검면을 쭈욱 훑어보았다. 그녀는 조금 복잡한 기분으로 중얼거렸다.

"내가 왠지 머리 깨는 거엔 거부감이 들어서 안 하려고 했는데……."

이유를 알 수 없는 말을 나직이 뇌까린 한아린이 마침내 검을 높이 쳐들었다. 그러곤 아예 검으로 거상의 머리를 내려치기 시작했다. 베는 것이 아니라 그 뾰족한 검면을 이용해 마구잡이로 쳤다. 조금 전까지 거부감이 든다고 했던 것이 믿기지 않을 정도로 과격한 공격이었다.

서서히 얼굴 옆이 부서져 갈 즈음, 햇빛 아래에서 무언가가 반짝 빛을 발했다. 순간 한아린이 눈가를 찡그릴 정도로 엄청난 빛이었다.

거상의 머리 한가운데에 숨겨져 있던, 마치 태양빛을 그대로 담은 것 같은 핵을 발견한 한아린이 이내 입꼬리를 올려 웃었다. 그녀는 그대로 검을 꽂아 핵을 꿰뚫었다.

쨍그랑, 소리가 들리는 것과 동시에 공간을 채우던 열기가 차츰 사라졌다.

"와아……."

보스 몬스터도 서서히 뒤로 넘어가다 기어코 쿠웅, 거대한 굉음을 내며 완전히 쓰러졌다. 그리고 그때쯤 기주혁도 함께 바닥으로 풀썩 엎어졌다. 이번 던전에서 보스 몬스터의 핵심 공격을 무력화한 공을 세운 그는 클리어와 동시에 기절해 버린 것이다.

그런데 거상이 바다로 쓰러지면서 높게 파도가 솟았다.

한참 고개를 뒤로 꺾어야 할 정도로 물길이 높다랗게 치솟고, 그것은 곧바로 아래로 내리꽂혔다. 그 파도를 막을 기주혁이 쓰러진 상태였기에 항구에 서 있던 헌터들이 다급히 도망쳤다. 저 물에 치이면 그대로 바다까지 쓸려 갈 것만 같았다.

정이선도 뒤늦게 그 상황을 파악하고 피하려 했지만 어느새 코앞까지 파도가 왔다. 그대로 그가 물에 휩쓸리려는 순간, 앞에서 사현이 나타나 그를 확 끌어당겼다. 순식간에 그림자 빙의를 풀고 온 사현이 정이선의 앞으로 진 그림자로 이동해 팔을 붙잡아 당긴 것이다.

촤아악, 뒤로 바닷물이 쏟아지는 소리가 시끄럽게 귓가를 울렸다.

정이선은 순간 자신에게 일어난 상황을 이해하지 못해 눈만 느리게 깜빡거리다 뒤늦게 파드득 놀라며 몸을 일으켰다. 사현에게 폭 안긴 자세였기 때문이다.

다급한 상황이었다지만 이선의 얼굴이 당황스러움으로 물들었다. 도움을 받은 상황이니 간단히 감사 인사만 전하면 될 텐데, 그러면 끝날 일인데 안긴 순간 몸에 닿았던 온기에 온몸이 긴장했다.

정이선은 사현에게서 한 발자국 뒤로 물러난 채로 굳어 있었는데, 그의 입술에 문득 손이 닿아 왔다. 너무 놀라서 입술을 꽉 깨문 정이선의 아랫입술을 사현이 아무렇지도 않게 엄지로 꾹 누른 것이다.

"입술 다쳐요."

습관이네.

나직이 말을 덧붙인 사현이 이내 미소하며 정이선의 어깨를 토닥였다. 수고했단 손짓을 끝으로 그는 아래에 쓰러져 있는 기주혁을 확인하러 이동했지만 차마 정이선은 그와 함께하지 못했다. 그저 무언가에 쫓기듯 후드를 푹 눌러써 버렸다.

심장이 터질 것만 같았다.

정이선은 애써 갑자기 들이닥친 높은 파도 때문에 놀란 것뿐이라고, 그리고 그다음에 나타난 사현 때문에 놀란 것이라고 스스로에게 강박적으로 되뇌었다.

레이드의 5차 던전이 성공적으로 끝난 상황 속에서 정이선은 홀로 태풍 같은 혼란에 빠졌다.

정이선 병원에 입원했을 때

제목: ㅈㅇㅅ 보러 병원 가는 캐쳐.. 좀 민폐 아닌가;

며칠 전에 ㅈㅇㅅ 한백병원 입원했단 소식 퍼지니까 썬캐쳐들 병원 쪽 카페
찾아가고 난리던데;;;
거기까지 찾아가는 거 좀 민폐 아냐? 진짜 극성이다....

댓글

병원에 들어가는 것도 아니고 근처 카페에 있는건데――???; 이렇
게 예민해서 어떻게 사냐?
└ㅋㅋㅋㅋ저쪽 길 애초에 번화가인데 카페 방문자 다 민폐캐쳐
라고 머리채 잡히겠네ㅋㅋ
└22.... 직접 접근하는 거 아니구 이선이랑 가까운 공간에라도 있
고 싶단 거잖아ㅠ 그게 그렇게 민폐야?
└3 그리고 실제로 병원 1층 카페도 내원환자 전용아님
└44444444 병원 방문자한테 실제로 피해 끼치는 것도 아닌데
왜;
└그쪽 카페 매출 올랐다는데 개이득인 부분 아님??? 555

(w)ㅎㅎ고마워 편하게 갈게
ㄴ아 기출변형;
ㄴ또 낚였네
ㄴㅋㅋㅋㅋㅋㅋㅋㅋㅋㅋㅋㅋㅋㅋㅋㅋㅋㅋㅋㅋㅋㅋㅋㅋㅋㅋㅋㅋㅋ
ㅋㅋㅋㅋㅋㅋㅋㅋㅋㅋㅋㅋㅋㅋㅋㅋㅋㅋㅋㅋㅋㅋ

이선아... 병원 입원했다길래 혹시나 복도에서 스쳐 지나가듯 만날
수 있지 않을까 싶어서ㅠㅠ 건강검진 핑계로 병원 갔다가 간에 문제
있다고 진단받고 입원해서 치료받았다... 귀찮아서 계속 미루던 검
진이었는데ㅠㅠ 너때문에 살았어 내가ㅠㅠ 사랑해 빛이선
ㄴ와ㄷㄷㄷㄷ
ㄴ이롭고 선한 정이선ㅠㅠ 캐처 구했네

썬캐처 건강검진 릴레이 열림ㅋㅋㅋㅋㅋㅋㅋㅋㅋㅋㅋㅋㅋㅋㅋ
ㄴ정이sun과 가까운 곳에라도 있고 싶어서...^^
ㄴ이선이 앉았던 벤치 거의 병원명물 ㅋㅋㅋㅋㅋㅋㅋㅋ
ㄴ그 주위 서성이는 사람들끼리 서로 (당신도...캐쳐?) 이런 눈으로
보자너...
ㄴ(야나두 짤)

나 헌터팬질 한지 좀 오래된 할미팬인데 캐쳐들은 좀...ㅇㅇ... 개념
있는거같아. 정이선이 시선 부담스러워하는 거 알고 가까이 안 가
잖아. 가끔 악개 수준의 사생 같은 애들 있는데 여긴 팬이 같이 수
줍어하고 있네ㅋㅋ 귀엽다

ㄴ할무니ㅠ 용돈주세요

ㄴ예끼 개념있단 말 취소

ㄴㅋㅋㅋㅋㅋㅋㅋㅋㅋㅋㅋㅋㅋㅋㅋㅋㅋㅋㅋㅋ예끼ㅋㅋㅋ
ㅋㅋㅋㅋㅋㅋ

ㄴ근데 진짜ㅋㅋㅋㅋ 이선이 혼자 정원 나올 때 있는데 다들 막 의
식적으로 모른 척하곡ㅋㅋㅋㅋ 누가 가까이 가려는 기미 보이면
그사람한테 가서 "죄송한데 가지 말아 주세요;;" 이럼ㅋㅋㅋㅋㅋ
ㅋㅋㅋ

ㄴ부담스럽게하면 이선이 안 나와서ㅠㅠ;ㅋㅋㅋㅋ 진짜 간절하다

이선아ㅠㅠ 누나가 맛있는거 사줄까? 나 위험한 사람 아니야ㅠ

ㄴ이미 맛있는 거 많음

ㄴ(위험한 사람도 이미 있음)

ㄴ특정헌터 저격하지 말아줄래

ㄴㅇㄴㅋㅋㅋㅋㅋㅋㅋㅋㅋㅋㅋㅋㅋㅋ아니 헌터 이름 말 안 했는
데 그쪽은 왜 아시냐고요ㅋㅋㅋㅋㅋㅋㅋㅋㅋㅋㅋㅋㅋㅋ

근데 ㄱㅈㅎ이랑 ㅈㅇㅅ 관계 불화설 뜨지 않았었나? 기사 한창
쏟아지던데

ㄴㅇㅇㅋ 근데 병원에서 둘이 같이 앉아 있는 사진 뜨면서 종-식-

ㄴ기레기들ㅉㅉ 존나 루머 싸지르면서 애들 싸우게 하고 있음

ㄴㄹㅇ...대학교까지 같이 구경 갔는데 꼭 그러고싶나 으휴

ㄴㅎㅎ이런 말하면 안 되겠지만 그 기사 사진에서 이선이 잘 나왔
더라

ㄴ후드도 좀 벗었더라고 ✕ 얼굴 보여

불화설 루머 아니고 사실이야;
내 동생 사촌 한백병원에서 일하는데 둘이 대화할 때 존나 험한말 오간다고 했음;; ㅈㅇㅅ 실제로는 말 개 더럽게 한다고... 가끔 찾아오는 코드 헌터들이랑도 분위기 존나 싸늘해서 그쪽 회진 돌때마다 무섭데

└니 동생 사촌이면 니 사촌 아님?

└머리가 나쁘면 주작을 못해요

└무섭데(X) 무섭대(O)

└코드 사이 좋은데 꼭 이러고 싶냐ㅉ

└이선이가 애초에 말을 많이 안 하는데 뭘 더럽게해시발 개빡치게 이딴루머 싸지르지마라 너같은새끼때문에 이선이가 말 안 하는거아냐 ㅆ비ㅏㄹ

└캐쳐야 진정해ㅋㅋㅋㅋㅋㅋㅋㅋㅋㅋㅋ

나 한백병원 근처 빵집에서 알바하는 캐쳐인데 태신길드장님이랑 지안언니 왔어ㅠㅠ!! 둘이 이선이 병문안 선물로 빵 사가던데!!!!

└뭐야뭐야뭐야 썰 더 풀어줘ㅠㅠ

└ㅋㅋㅋ ㅠㅠ 태신길드장님 넘 무서워서 가까이 못갔어... 근데 막 빵 앞에서 되게 오래 고민하시다가 갑자기 여기서부터 저기까지 다 달라고 해서ㅠㅠㅠㅋㅋㅋ 사장님이랑 같이 포장지옥에 빠짐... 갓 구운 빵 있으면 그것도 추가로 포장해 달래서 진짜 정신 업ㅅ었다ㅠ

└태신길쨩님 플렉스.. "여기서부터 저기까지 다 포장" bbb

ㄴ와 그쪽에서 둘 목격담 뜨는거 이거 때문이구나ㄷㄷ

ㄴ어케ㅠㅠ 이선이 빵 좋아하나 봐ㅠㅠㅠㅠㅠㅠㅠㅠㅠ

ㄴ빵이선ㅠㅠㅠㅜ푸ㅜㅜㅍㅍㅠㅠㅜㅜㅠㅠ

ㄴ귀여워서 돌아버려 나 지금 풍차야

ㄴ난 미쳐서 피아노야

ㄴ<[속보], 급기야 인격을 포기하는 캐쳐들 속출>

코드 관계 불화설 루머는 많이 나오는데 1도 소용없는거 같아ㅇㅅ
ㅇㅋㅋ 병원 정원에서 거의 소풍하고 있던데???

ㄴ이선이 헌터들 다 먹이구 있어ㅋㅋㅋㅋㅋㅋ

ㄴ코드 헌터들 갈때마다 병문안 선물 잔뜩 사가석ㅋㅋㅋㅋ 그거
처리하려고 먹이나봐 어떡해ㅠㅠㅋㅋㅌㅋㅋ

ㄴ이것도 드세요 저것도 드세요 안돼요 드세요ㅠ 하면서 먹임 커
여어 이선이 와랄ㄹ라라라 마구볼먹어버려 호로록

ㄴ아니 니가 왜 이선이 볼을 먹어;

ㄴㄱㅋㅋㅋㅋㅋㅋㅋㅋㅋㅋㅋㅋㅋㅋㅋㅋㅋㅋㅋㅋㅋㅋㅋ
ㅋㅋㅋㅋㅋㅋㅋㅋㅋㅋㅋㅋㅋㅋ

정원에 있는 이선이 진짜 청량하다... 기사사진 속 정이선 진심 국
민 첫사랑ㅠ 기억조작 되는 중

ㄴ환자복 입고 있는 것도 너무... 품 헐렁헐렁한 거 너무... 너무...
병원에서 만난 내 첫사랑... ☆

ㄴ이선이 천국에서 추락사고 나서 병원 입원한거라며ㅜ?

ㄴ이선아 그때 기억해...? 우리 수업 째고 운동장에 있다가 학주 쌤
한테 걸렸을 때... 너는 햇빛인 척해서 나만 잡혀갔잖아ㅜ

ㄴㅋㅋㅋ이선아 빛나는 사람 보고 너무 감탄하면 단기 기억상실
증에 걸린대 너무 웃기지 않아? 무슨 기억을 잃어ㅋㅋㅋ 아맞아
이선아 빛나는 사람 보고 너무 감탄하면 단기 기억상실증에 걸린
대 너무 웃기지 않아? 무슨 기억을 잃어ㅋㅋㅋ 아맞아 이선아 빛
나는 사람 보고 너무 감탄하면 단기 기억상실증에 걸린대 너무 웃
기지 않아? 무슨 기억을 잃어ㅋㅋㅋ 아맞아 이선아

정이선 이름 이롭고 선하게 살란 뜻이래 ㄷㄷ 닉값한다
ㄴ성도 바를 정 아님?ㅋㅋㅋ 바르고 이롭고 선하게 살라
ㄴ우와 그럼 사현은 뭐야?
  ㄴ죽을 사 검을 현
  ㄴ헐 진짜?
  ㄴㅁㅊㅋㅋㅋㅋㅋ 너 집에 옥장판 많지
  ㄴㅋㅋㅋㅋㅋㅋㅋㅋㅋ성으로 죽을 사 쓰는 사람이 어딨냐고ㅠㅠ
  ㄴ사현이라서 그럴듯했다;;
  ㄴ그건 ㅇㅈ.....

사현vs천형원 속보 떴을 때

제목: 헐 사또랑 천원 현피뜸

ㅇㅌㅂ에 라이브 영상 떴는데 이거 봤어??????? https://wetube.com/
FdilfDFWs

아직 헌협에서 공식 발표는 없는데 저렇게 불 쓰는 애 천원 형 아냐??? 그림 자 쓰는 거에서 이미 사또 빼박인데 뭐야 갑자기 둘이 왜 싸워?

댓글

이유는 모르겠고 일단 팝콘 튀기는 중
ㄴ저 근처에 옥수수 들고 서 있으면 팝콘 되게땅ㅎㅎ
ㄴ너도 팝콘될 수 있어 조심해

ㄷㄷ 갑자기 왜 사또 PVP 뜨지?
ㄴ사또 재주는 많이 넘어도 실제로 피빚 뜬적은 없는데...
ㄴ솔직히 누가 사또한테 덤벼ㅋㅋㅋㅋㅋ 공략 영상만 봐도 넘사
인데;
ㄴ그치만 예전에 경매장에서 사또한테 시비 건 헌터들 있잖어...
걔네 다 벽에 처박혔는데 그건 피빚 아냐?
ㄴ그건.. 일방적 학살 아닌지
ㄴ사노사이드
ㄴPVP (X), PK (O)

한시간? 전에 한오공 도로에서 추격전 벌엿다던데??
ㄴ한백병원에서부터 난리났었음ㅇㅇ; 나 그쪽에 있어서 알아
ㄴ뭐야 상황 브리핑좀ㅠ
ㄴ병원 동문쪽 카페에 있었거든ㅇㅇ 갑자기 나무 쓰러져서 사
람들 다 뭐야뭐야??? 하면서 창문 몰려갔는데 한아서가 병원 안쪽

에서 담장넘고 튀어나와서 다들 놀랐단 말야ㅋㅋ 난 속으로 '와 존나 한오공;' 이러고 있었는데 금방 나무 치우고 다시 들어가더라고. 근데 몇 분 지나니까 갑자기 병원에서 조오오온나 쎄게 뛰어나옴;;; 또 담장 튀어 넘어서 달려가더라 차랑 레이싱 뜨는줄

└2222 나도 그쪽 외근 나갔다가 봤어... 아니 봤다기보단 바람을 맞음ㅋㅋㅋㅋㅋㅋㅋ 길 걷다가 갑자기 앞에서부터 점점 소란스럽길래 뭐지? 했는데 옆으로 돌풍이 쌩!!!! 불더라고ㅋㅋㅅㅂ 뒤돌아보니까 한아서 달려가고 있었음

└눈으로 담지 못할 속도ㅋㅋㅋㅋ

사또는 천원이랑 뜨고 한아서는 차랑 뜬 거야?

1차전 한아서vs자동차 / 2차전 사또vs천원형

└코드가 다 이긴다에 840원 걸어봅니다^^

└뭐야 그 쪼잔한 금액은;

└내 전재산이야 (통장 잔액 스샷)

└전부를 걸었구나;; 진심을 몰라봤네 미안

└ㅁㅊㅋㅋㅋㅋㅋㅋㅋㅋㅋㅋㅋㅋㅋㅋㅋㅋㅋㅋㅋㅋㅋㅋㅋㅋㅋㅋㅋㅋㅋㅋㅋㅋㅋㅋㅋㅋ아 코드에 전재산을 몰빵한 사람이 있다~? 삐숑빠숑뿌숑

피빛 존나 본격적으로 뜨네... 퇴계형원 주위에 일반인 없는거 알고 저러는 거겠지...?;

└아닌거 같음ㄷㄷ 바닥보면 그림자가 일정 범위 너머로 불길 못나가게 막고 있어...

└저쪽 근처 사람들 더워서 점점 도망치고 있다더라ㅠㅠ 지인

피셜임 영상 왼쪽에 나오는 회사에 잇는데 열기 엄청나서 대피 중 이래;;

└PVP (X), PK (O)

????????? 야 저기 구석에 있는 사람 정이선이라는데???

└뭐?

└영상화질구지인데 저 담장쪽에 환자복+후드집업 정이선임 확실 (영상 확대 사진)

└헐 이선이 왜 저깄어

└시발씨발쓰ㅣ발!!!!!!!!!! 이선아!!!!!!!!!!!!

└쓰ㅂ 이거 무슨 상황인데 ——

저기 구석에 오는 거 한아린 아냐??? 이거 진짜 병원 일이랑 관계 있나봐ㄷㄷ

└기주혁까지 오는데... 야 이거 뭐냐 진짜

└시발 이거 추형원이 공대원 빼돌리기 하려한거 아냐?

└아직 궁예는ㄴㄴ라고 하고 싶은데 팩트일거 같음;

└가까이에서 뭔 대화하는지 너무 궁금하다ㅜㅜ

└드론 몇 개 접근 시도했다가 불길 때문에 막힘ㅎㄷㄷ

아 ㅈㄴ 어이없는데 일단 지금 사또랑 추형원 피빟 뜨는 이유 정이선 때문인거지 ???

└현재 정황상으론ㅇㅇㅇㅇ

└지하철인데 이선이 거기 있단 소식 듣고 '뭐?!?!?!?!' 하고 벌떡

일어났다가 다시 앉음ㅠㅠㅠㅠㅠ 너무 민망한데 너무빡쳐 뭔데이
거
┗PVP (X), PK (O)
　┗아니 이새끼 또왔어
　┗피케이충 그만햌ㅋㅋㅋㅋㅋㅋㅋㅋㅋㅋㅋㅋㅋㅋㅋㅋㅋ

근데... 불길이 세서 그렇지 사또가 이기는 거 같지 않아?
┗ㅇㅇ그런듯?? B급 헌터가 지금 영상 보면서 실황중계 중인데 그
사람도 사현이 오히려 방향 조절 중이라고 함
┗역시나 스급 1위
┗와씨 건물 다 무너졌는데 잔해 사이로 슉슉슉 나가는거 왜이렇
겔ㅋㅋㅋㅋㅋㅋㅋㅋㅋㅋㅋㅋㅋㅋㅋㅋㅋㅋㅋ 든든한데 왜이렇게 무
서워
┗사또괴담

멀리 있어서 뭐라 하는지는 안 들리는데... 추형원 지금 형원하고
있을 듯
┗22222... 지 근처로 불 쫙 깔아놓고 뭐라뭐라 하는데 왠지 '여기
못오지? 못오지~~??' 이러고 있을거 같애
┗얘걔 맷얘재~~~~
┗추형원 존나;;; 사현이 혁신적인 스카웃했다고 박수받으니까 탐
났나; ㄹㅇ찌질의 극치... 어떻게 사람을 납치하나
┗애새끼ㅋㅋㅋㅋ ㅉㅉ
┗태어날 때부터 잘못큰듯... 재벌가 외동아들에 낙원에서도 길드
장 총애받앗으니까 존나 세상이 지꺼인줄 알았겠지 ㅉ

└대가리 천원에 샀나

사또가 던지는 건물 잔해에 천원 개처맞는뎈ㅋㅋㅋㅋㅋㅋㅋ
ㅋㅋㅋㅋㅋㅋㅋㅋㅋㅋㅋㅋㅋㅋㅋㅋㅋㅋㅋㅋㅋㅋㅋㅋㅋ
└우리 나리... 친절하게 요단강 크루즈 티켓 끊어줌
└근접전 가자마자 개처발리네ㅋㅋㅋㅋㅋㅋ 끝났음
└딜찍누vs딜+컨신 싸우는데ㅋㅋ 어승사 아닌지ㅎ 어차피 승자
는 사현~~

????????????????????? 갑자기 한아서가 다 막았어
└뭐야 아무것도 안보여ㅠㅠ
└ㅠㅠㅠㅠㅠㅠㅠㅠㅠㅠㅠㅠㅠㅠㅠㅠㅠㅠㅠㅠㅠㅠ??????? 뭐야
내 시청권 돌려줘요
└잉ㅠㅠ 한아서왕님 신민들에게도 시청 권한을 주세요ㅠㅠ
└아냐 이거 돌벽 세우기 직전 영상 분석인데 천형원이 불 폭발시
키려고 했대..: https://wetube.com/RYwjkgSw
└헐시발 뭐야
└와ㄷㄷ 저새끼 헌터란 자각 있는거야...? 다 뒤질 뻔했던 거임??
ㄷㄷㄷ

돌벽 옆으로 ㅈㅇㅅ이랑 ㄱㅎㅎ 빠져나온다
└안에서 개판 벌어지나 봐... 아 진짜 찐으로 궁금하다
└ㅗㅠㅠㅠㅠㅠㅠㅠ나도ㅠㅠㅠㅠ 멀어서 소리도 안 들리고 답답...
└영상에 이선이 너무 쪼그맣구 작아ㅠㅠ 귀엽네..

└옆에 기주는 안 보여?

└(정-적)

어어어 사또랑 한아서 나옴

└이걸로 봐선... 결과 나왔네ㅋㅋㅋㅋ

└이미 시작부터 어승사

└어승사2222

└33333333333

└나 갑자기 무서운 생각들어... 돌벽 두른 거 일부러 자체검열 아

님? ㅋㅋㅋㅋㅋㅋㅋㅋㅋㅋㅋ 안에서 죽인 거 아냐....?

└마침 한아서가 어스퀘이크 능력이네.. 땅 사이로 버려졌을 수도

있음 ㄷㄷ

└완벽 증거인멸

└루머 퍼트리지 말라고 하고 싶은데 존나 그럴듯하네;;; ㅋㅋㅋㅋ

ㅋㅋㅋㅋㅋㅋㅋㅋㅋㅋㅋㅋㅋㅋ

피케이충... 너는 다 계획이 있었구나

└ㅋㅋㅋㅋㅋㅋㅋㅋㅋㅋㅁ춫ㅋㅋㅋㅋㅋㅋㅋㅋㅋ

5차 던전

제목: 7레 5차 던전 코드 공략_불판

(실시간 영상링크)

ㅈㄱㄴ

나 저 던전 좀 마음에 든당ㅎㅎ 바람 부네ㅎㅎ

└맞아 예쁜 바다 보는 것 같아 ^^

└바람도 선선하구 ^ㅅ^ 다음 던전도 이러면 좋겠당~

└사실대로 말해 ㅈㅇㅅ 후드 벗겨져서잖아

└(나는 눈치가 빠른 것들을 싫어해 쨀)

#Hood_Out 우리는 승리했습니다

└간절히 바라면 우주가 도와준다더니 바람이 마침 저렇게...

└후드 벗겨지는 순간 기립박수함 퍄퍄

└외국 캐쳐들ㅋㅋㅋㅋㅋㅋ 가지고 있는 후드달린 옷에서 후드
다 자르면서 고사 지냈는데 성공했다고 인증샷 서로 올리고 있
어ㅋㅋㅋ

└요즘 외국 돌아다니는 짤방

Scientist: The sun rises in the east.

Me: No, korea.

Scientist: But...

Me: K.O.R.E.A.

└위아더월드 노래 갑자기 차트인 ;;;;

└ㅋㅋㅋㅋㅋㅋㅋㅋㅋㅋㅋㅋㅋㅋㅋㅋㅋㅋㅋㅋㅋㅋㅋㅋㅋ

ㅋㅋㅋㅋㅋㅋㅋㅋㅋㅋㅋㅋㅋㅋㅋㅋㅋㅋㅋㅋㅋ

이선이 이번 복구는 좀 허전하네... 명불허전

ㄴ앗씨 순간 앞문장 보고 피뎊딸 뻔했다가 스샷해서 프사함^^

ㄴㅋㅋㅋㅋㅋㅋㅋㅋㅋㅋㅋㅋㅋㅋㅋㅋㅋㅋㅋㅋㅋㅋ

ㅋㅋ 캐쳐 ㄹㅇ 반사 작용처럼 스샷 찍는다고

ㄴ아 눈 버렸네—— 정이선 때문에 시력 나갔으니까 복구하러 우
리집 와라. 혼인 신고서는 내가 준비함

ㄴ탕

ㅈㅇㅅ 복구 점점 좋아지는 거 같지 않아??? 업그레이드 되는거
같어

ㄴ복구 숙련도 Lv UP!

ㄴ그니까... 옛날 영상보면 100퍼센트 복구하다가 레이드 땐 70
퍼센트??? 정도밖에 안 되는 것 같더라고ㅜㅜ 그것도 좀 들쭉날쭉
했고... 근데 점점 복구 완벽해짐ㄷㄷ 능력 돌아오고 있나봐

ㄴ마저 상ㅅㅔ 비교영상 뜨더라!! 4차때도 예전보다 잘하더니 5차
는 ㅎㄷㄷ 이러다 6차에 백퍼 찍겠당ㅇㅁㅇ)b

정이선 저러는 거 점점 걱정된다...

ㄴ뭐가???

ㄴ너무 완벽해서... 이러다 100퍼센트 되면 신 돼서 승천하는거
아냐?

ㄴ아나ㅋㅋㅋㅋㅋㅋㅋㅋㅋㅋㅋㅋㅋㅋㅋㅋㅋㅋㅋㅋㅋㅋㅋ

ㅋㅋㅋㅋㅋㅋㅋㅋㅋㅋㅋㅋㅋㅋㅋㅋㅋㅋㅋ

이선아 무슨 종교 믿어?

나는 정이선 당'신'

└이선이는 계란 한판 사면 계란 하나 없겠다... 빛이sun의 복구에

한계란 없으니까... ㅁ7ㅁ8

└영상 보는데 풀 냄새난다... 정이선 원더풀

└정이선 복구 찬양하는데 난 좀 거품 낀거같아... 언빌리버블

└캐쳐들 오늘 주접 왜이러냐;; 과다주접 노잼죄로 신고할거

　└캐쳐들 이미 감옥 갔는데 ㅇㅅㅇ;

　└??

　└이선이 복구 보고 눈물 훔치다가 감옥갔어ㅇㅅ유

　└아 돌겠네ㅋㅋㅋㅋㅋㅋㅋㅋㅋㅋㅋㅋㅋㅋㅋㅋㅋㅋ

ㅋㅋㅋㅋㅋㅋㅋㅋㅋㅋㅋㅋㅋㅋㅋㅋㅋㅋㅋㅋㅋ

　└웃었네^^ 너도 캐쳐됐어

　└〜캐쳐 바이러스〜

　└으아악(썬캐쳐 가입신청 완료창 스샷)

　└재림이선님 오늘도 한놈 보냈습니다^^)〉

이여어어얼 기주기주 물기둥 오젓는데〜〜〜〜

└그물기둥 스킬이라고 이름 붙이면 될듯

└아 렬루;;; ㅋㅌㅋㅋㅌㅌㅌㅋㅋ 수산물 시장 온 거 아니냐고

└4차 때 좀 욕먹엇다고 5차 때 빡세게 훈련햇나봐ㄴ 내새끼ㄱ

└우쭈쭈 우리기주〜〜〜

└기주는 먼가 철부지 크는거 보는 재미가 잇어 ㄱㅇㅇ

와 빛이선 밑에 기습 저렇게 막네...bb

└ㅈㅇㅅ 헌터 자격증 외않나와?

└22222 바인드 스킬로 나올각

└ㅎㅎ내 남편 열일하네

　└탕

크라켄.. 등장은 비장했으니 끝은 초라하나

└그림자로 머리채 잡고 뒤로 당기는 거 너묵ㅋㅋㅋㅋㅋㅋ 너
묵ㅋㅋㅋㅋㅋㅋㅋㅋㅋㅋㅋㅋㅋㅋㅋㅋㅋ 그림자 능력 가지면
원래 저렇게 스킬 쓰는 걸까....?

└사또라서 가능해 보여.. ^^;

└커뮤에 가끔씩 헌터들 다른 능력 가지는 거 가정해 보는 플로우
돌잖아ㅋㅋㅋㅋㅋㅋㅋㅋ 근데 사현만 그림자흔 능력 고정이길래
첨엔 왜 그런가 했는데... 정말 200000% 이해된다

이선이 고생했으니까 상으로 나랑 결혼해

└이선이 착하게 살았어;;;

└스나이퍼야 여기도 와라

한아서님 좀 울고 있는거 같은데 내 착각?

└ㅋㅋㅋㅋㅋㅋㅋㅋㅋㅋㅋㅋㅋㅋㅋㅋ 아서왕님ㅜ 울지 마새
요ㅜ

└섬 박살낼 때까진 넘나 멋지고 듬직해 보엿는데... 보석 좌라라

락 흘리면서 ㅇㅏ하하하 웃는거 보니 왜이렇게 슬퍼..

ㄴ큐ㅠㅠㅠㅋㅋㅋㅋㅋㅋㅋㅜㅜㅜ 한아서는 진짜 돈 많이 받아야 해....

ㄴ코드 던전 클리어 보상금에서 한아서가 제일 많은 비율 가져가는거 핵ㅇㅈ..

와씨ㅋㅋㅋㅋㅋㅋㅋㅋㅋㅋㅋ 이번 엑스칼리버ㅋㅋㅋㅋㅋㅋㅋㅋㅋㅋㅋㅋㅋㅋㅋㅋㅋㅋㅋㅋㅋㅋㅋㅋㅋㅋㅋㅋㅋㅋㅋ 지금까지 본 것중 탑이다 존나 쎄보역ㅋㅋㅋㅋㅋㅋㅋㅋ

ㄴ저거 검 꺼낸 게 아니라 몽둥이 꺼낸거 아녀????

ㄴ몬스터 후드려 패려고;;

ㄴ타격감 러버 한아서를 위한 검

기주 태양 메테오 막는 거 보소ㄷㄷㄷㄷㄷㄷ

ㄴ코드를_빽으로_태양과_맞짱뜬다.jpg

ㄴ헐 던전 안에 태양 하나 더 있는데

ㄴ???????????????? 어디

ㄴ정이sun...

ㄴ아나 캐쳐 이 커뮤에서 추방시켜 ㅅㅂㅋㅋㅋㅋㅋㅋㅋㅋㅋㅋㅋ

ㄴ유감이지만 여긴 캐쳐가 더 많다 ^^)~

와;;;;;;;;; 기주 공격 빼앗는다 역관광 개오져~!!~!~!!!~!!!!

ㄴ진짜 개ㅏㅏㅏ릿하다 ㅠㅠㅠㅠㅠㅠㅠㅠㅠㅠㅠㅠ

ㄴ보스몹 스킬 저렇게 인터셉트할 줄은 상상도 못함 ㄴㅇㄱ

ㄴ스킬 동시 캐스팅bbbbbbbbb

가라 기주리타! 몸통 박치기!!!!!!
ㄴ안돼 기주 종이 인형이라 박치기하면 기주가 부서져..
ㄴ아;

보스몹... 덩치는 압도적이엇으나 한아서 앞에선... 초라한 무일 뿐ㅠ
ㄴ한아서의 회오리 공격에 만신창이 됨,,,ㅋㅋㅋㅋ
ㄴㅇㄴㅋㅋㅋㅋㅋㅋㅋㅋ보스몹 시선 피하는덱ㅋㅋㅋㅋㅋㅋㅋㅋ
ㅋㅋㅋㅋㅋㅋㅋㅋㅋㅋㅋㅋㅋㅋㅋㅋㅋㅋㅋㅋㅋㅋㅋ
ㄴ시박ㅋㅋㅋㅋㅋㅋㅋㅋㅋㅋㅋㅋㅋ 4차부터 시작해서 스급
던전 보스들 왜이렇게 짠핵ㅋㅋㅋㅋㅋㅋㅋㅋㅋㅋㅋㅋㅋㅋㅋㅋ
ㅋㅋㅋㅋㅋㅋㅋㅋㅋㅋㅋㅋㅋ
ㄴ하필 상대하는 게 사또랑 한아서라;;;;
ㄴ조선과 영국의 콜라보

영국에서 한아린한테 러브콜 넣엇다는데 진짜냐?
ㄴㅋㅋㅋㅋㅋㅋㅋㅋㅋㅋㅋㅋㅁㅊㅋㅋㅋㅋㅋㅋㅋㅋㅋㅋㅋ 다른 나
라에서 스급헌터 서로 영입하려는건 아는데 하필 영국ㅋㅋㅋㅋㅋ
ㅋㅋㅋㅋㅋㅋㅋㅋㅋㅋㅋㅋㅋ
ㄴ거기도 한아린 별명 아는 거냐곸ㅋㅋㅋㅋㅋㅋㅋㅋㅋㅋㅋㅋ
ㅋㅋ
ㄴ한아서왕.. King Arin
ㄴ거기에서 아나이티드 킹덤 따로 만들어 주겟대???

ㄴ진짜 섬 주는 거 아냐????

ㄴ작은 섬으로 만족할수 없다 영국 국호 UK에서 Anited
Kingdom으로 바꾸면 생각해봄

????? ㅈㅇㅅ 해일에 휩쓸릴 뻔했는데 ㅅㅎ이 안아줌...

ㄴ뭐야 나 갑자기 또 심장 벌렁대

ㄴ아니진짜;;; 사또 잰 어떻게 저렇게 아무렇지도 않게 훅들어와;;

ㄴ그것이 우리 나리의 매력 ^^)7

"입술 다쳐요."

"습관이네."

뭔데

뭔데

뭔데

ㄴ입술 왜 만져???????

ㄴ그게 습관인 건 어떻게알아??????????????

ㄴ야 4현2선 뭔관겐데 빨리 기자회견열어 빨리 나 현기증 와

ㄴ(그만 정신을 잃고 쓰러졌습니다 짤)

정이선; 귀엽긴 한데 데리고 다니기 힘들듯;; 애가 넘 무기력해 보여

ㄴ뭐래 일단 데리고 가려 하면 사현한테 죽을걸

ㄴ천원 형 처발린거 보고도 못배웟니?

ㄴㅋㅋㅋㅋㅋㅋㅋㅋㅋㅋㅋㅈㄴ 가까이 가면 죽음

이틀 전에 사현이 천형원 pk 했을 때말야ㅇㅇㅇㅇ 거기 영상 끝에
사현 돌벽에서 나오고 나서 이선이한테 가는 장면!!! 그 영상에선
사현 뒷모습에 이선이 다 가려셔서ㅠ(쬬끄미귀여워) 안 보엿는데
다른 앵글로 사진 뜸!!!!!!!!!!!!!!!!!!! 답댓에 링크달겡
  └https://www.hunters.kr/38901820
  └헐?
  └이선이가 사또 볼 만지고 잇는데???? 이거 뭐여
  └??????????????????????????
  └머지...? 이것도 좀 화질 흐리긴 한데... ㅅㅎ이 고개 숙여주고 잇
는거 같지 않나...???????
  └쟤 ㅅㅏ또 아닌거 아냐?
  └한아서가 돌벽 안에서 돌로 크리쳐 만들고 나온 거란 이야기 있
음ㅇㅇ
  └저 링크 게시글 댓글에서도 다 물음표인거 왜이렇게 웃곀ㅋㅋ
ㅋㅋㅋㅋㅋㅋㅋㅋㅋㅋㅋㅋㅋㅋㅋㅋㅋㅋㅋㅋㅋ

돌벽 안에서 뭔 일 있었는지도 미스테리인데 ; 돌벽에서 나온 존재
도 미스테리 됨;;;;
  └사또 복제본 생김
    └야 무슨 그렇게 무서운 소리를 해...
      └ㅋㅋㅋㅋㅋㅋㅋㅋㅋㅋㅋㅋㅋㅋㅋㅋㅋㅋㅋㅋㅋㅋㅋ
ㅋㅋㅋㅋㅋㅋㅋㅋㅋㅋㅋㅋㅋㅋㅋㅋㅋㅋㅋㅋㅋㅋㅋㅋ
ㅋㅋㅋ

나 진짜 촉 개좋거든ㅇㅇ??? 지금까지 있었던 의혹도 한가득인데
일단 이번 5차 던전만 정리해봄
(1)던전 진입하는 길에 ㅈㅇㅅ 팔 상태부터 확인하는 ㅅㅎ -> 여기
서도 ㅈㅇㅅ 움찔함(+어색한 시선처리)
(2)레전드 복구 후에 ㅅㅎ한테 토닥임 받고 움찔하는 ㅈㅇㅅ
(3)방파제 바인드 스킬 써내고 ㅅㅎ 먼저 보는 ㅈㅇㅅ
(4)마지막에 포옹 + 입술 만지기??????
답 나온거 아님????????????
　└이거 폭행설 돌던데
　　└ㅁㅊㅋㅋㅋㅋㅋㅋㅋㅋㅋㅋㅋㅋㅋㅋㅋㅋㅋㅋㅋㅋㅋㅋㅋ
ㅋㅋㅋㅋㅋㅋㅋㅋㅋㅋㅋㅋㅋㅋㅋㅋㅋㅋㅋㅋㅋㅋㅋㅋㅋㅋㅋㅋ
ㅋㅋㅋㅋㅋㅋ
　　└아나 그래서 눈치 보는거냐곸ㅋㅋㅋㅋㅋㅋㅋㅋㅋㅋㅋㅋ
　　└연애설vs폭행설... 무엇이 더 나은지 알기 힘든수준;
　　└그래도 사또가 일반인 폭행은 안 하지 않냐ㅜ 각성자라지만 이
선이 비전투계인데... 이선이가 뭘 잘못했다고 때려 저 귀여운 햄
져를...
　　└근데 그거 아니면 또 연애야.. 뭘 잘못했다고 연애를....
　　└.........

야 근데 이런 플 도는거 사또 팬들한텐 좀 실례 아니냐..
　└2222 폭행설은 자제하자;;
　└3...ㅠ 나도 극성 캐처긴 하지만 이건 좀......
　└사또 팬카페 상황: (게시판 스크린샷)
[나리 갑자기 인간됨]
[빛이선빛이선 하더니 결국 나리 인성마저 복구한 건가:]

[무에서 유를 창조해낸 ㅈㅇㅅ 그는 도대체]

ㄴ아 역시; 사또팬들도 멘탈 만만치 않다;;

ㅋㅋㅋㅋㅋㅋㅋㅋㅋㅋㅋㅋ 썬캐처랑 암행어사현 ㅌㅇㅌ지들 위치대화하는 거 볼사람

[JPG]

1. @secret_royal_SH

▽ 그쪽이ㅣㅏ리 인성을 복구해준 것 같습니다

2. @Sun_Catcher_

▽ 햄져의 다양한 표정을 보게 해주는 점에 감사합니다

ㄴ이게 뭐약ㅋㅋㅋㅋㅋㅋㅋㅋㅋㅋㅋㅋㅋㅋㅋㅋㅋㅋㅋㅋ

ㄴ아 왜 저긴 또 훈훈하고 난린뎈ㅋㅋㅋㅋㅋㅋㅋㅋㅋㅋㅋㅋㅋㅋㅋㅋㅋㅋㅋㅋㅋㅋㅋㅋㅋㅋㅋㅋ

ㄴ각자 서로 못본 애들 표정 보는 거에 만족하는 중;;;

ㄴ이게 바로 찐팬의 향기ㄷㄷ

얘들아 이거 움짤 봤닠ㅋㅋㅋㅋㅋ 영상 구석에서 돌아오던 한아서 4현2선 수상한 현장 목격하는 표정ㅋㅋㅋㅋㅋㅋㅋㅋㅋㅋㅋㅋㅋ

[GIF]

ㄴ(쟤...누구지...??)

ㄴ와 표정으로 저렇게 물음표 표현하는게 가능하구낰ㅋㅋㅋㅋ

ㄴ사현 가는 방향으로 성호 긋는뎈ㅋㅋㅋㅋㅋㅋㅋㅋㅋ 아시발ㅋㅋㅋㅋㅋㅔㅋㅋㅋㅋㅋㅋㅋㅔㅔㅌㅋㅋㅋㅌㅋㅋㅌㅋㅌㅌㅌㅌㅌㅋㅋㅋㅋㅋㅋㅋㅋㅋㅋㅋ

ㄴ다른 사탄 깃든 건가 싶은 얼굴로 구마 시도중ㅋㅋㅋㅋㅋㅋㅋ

ㅋㅋㅋㅋㅋㅋㅋㅋㅋㅋㅋㅋㅋㅋㅋㅋㅋㅋㅋㅋㅋㅋㅋㅋㅋㅋㅋㅋㅋㅋㅋㅋㅋㅋ

ㅋㅋㅋㅋㅋㅋㅋㅋㅋㅋㅋㅋ

ㄴㅋㅋㅋㅋ미쳐ㅋㅋㅋㅋㅋㅋㅋㅋㅋㅋㅋㅋㅋㅋㅋ

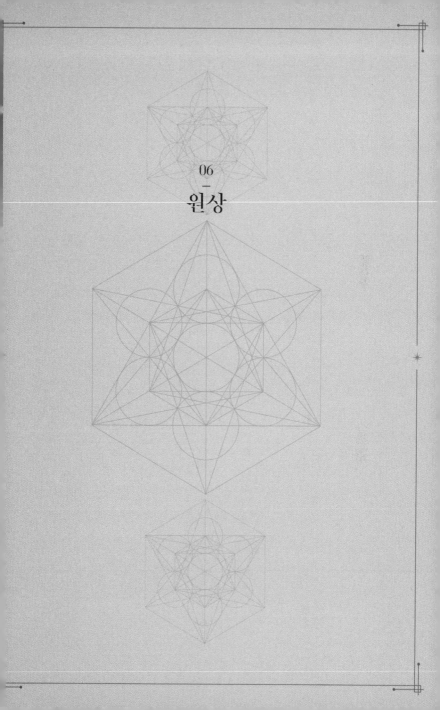

06
—
원상

정이선의 히든 능력 페널티는 일주일 동안의 몸살이지만, 이번 5차 던전에서 그가 히든 능력으로 복구해 낸 부분은 극히 일부분이라 그런지 예전에 비해선 상대적으로 괜찮았다. 다만 그것도 아픈 상태와 아픈 상태의 비교일 뿐이라 정이선은 얌전히 집에서 시간을 보냈다.

페널티 기간 동안 정이선은 대개 침대에 누워서 자거나, 혹은 창가 근처의 커다란 의자에 앉아서 멍하니 바깥을 보곤 했다. 그는 넓은 집에서 홀로 지내기에 무척 고요한 시간을 보냈다.

닷새 차인 오늘은 상태가 많이 좋았지만 정이선은 그저 커다란 의자에 파묻히듯 앉아서 창밖만 보았다. TV는 틀어 놓을 생각도 하지 않고 적막한 공간 속에서 느리게 눈을 깜빡였다.

"……."

정이선은 새삼스럽게 자신이 페널티로 일주일 동안 조용한 시간을 보내게 되는 것을 다행이라고 여겼다. 그 시간은 이전에 일어났던 여러 일들로부터 그를 한 발자국 떨어지게 해 줬기 때문이다. 정이선은 어느새 몹시도 담담히 스스로를 보게 되었다.

이제 며칠이 지나면 다음 친구를 죽게 해 줄 수 있을 테고, 그러면 남은 친구는 두 명이었다. 정말로 끝이 다가오고 있었다. 그 생각을 곱씹다 보면 무척이나 차분해져서, 닷새 전에 느꼈던 혼란마저 흐릿하게 지워져 버렸다. 심장이 빠르게 뛰었던 기억 자체는 남았으나 다시 떠올렸을 때는 낯설기만 했다.

어쩌면 스스로가 그 감정과 거리를 가지려고 의식했기 때문일지도 모르지만, 정이선은 익숙하게 자신을 감각으로부터 괴리시켰다. 그때의 일은 그저 단순한 사고였고, 자신은 놀랐었던 것뿐이라며 그것을 억눌렀다.

정이선은 오히려 적막한 공간 속에서 얼룩진 안정감을 찾았다. 그래서 그 고요한 기분에 가라앉아 가는데 문득 초인종 소리를 들었다.

"……?"

간병인이라면 몇 시간 전에 돌려보냈고, 사현은 아예 카드 키가 있으니 벨을 누를 일이 없었다. 혹시나 간병인이 무언가를 두고 간 걸까 싶어 의아하게 인터폰을 확인한 정이선은 몹시 당황할 수밖에 없었다. 그는 어떻게 할지 헤매다가 결국 얼떨결에 문을 열어 그들을 맞이했다.

"복구사님! 상태 괜찮으세요?"

"어어, 이선 복구사. 마침 깨어 있었네요. 다행이다."

기주혁과 나건우가 방문했다. 정이선은 조금 당황한 얼굴로 그들에게 괜찮다고 인사하곤 의아하게 시선을 뒤로 옮겼다. 그들의 뒤에는 한아린이 있었는데, 어째서인지 그녀는 손목에 수갑을 차고 있었다. 흡사 죄인이 호송되어 온 것 같은 장면이었다.

그리고 그런 정이선의 시선에 기주혁이 고개를 내저으며 말했다.

"페널티 터져서요. 오늘 아침에 터졌는데 아닌 척하다가 회의실 테이블을 돌 책상으로 만들어서 잡아 왔어요."

"아……."

"여기, 우리 노트북도 이렇게 돌로 만들어 버렸다니까."

정이선이 나직이 탄식하니 나건우가 들고 온 커다란 가방에서 돌덩어리를 하나씩 꺼내기 시작했다. 회의실에 있는 물건 중 거의 절반이 돌이 됐는데 그중에서 수습이 시급한 것들만 들고 왔다고 말했다. 한창 다음 던전을 준비하고 있는데 장비가 돌이 되어 버렸으니 갑작스레 제동이 걸렸단 것이다.

이야기가 이어지는 동안 한아린은 내내 죄인처럼 고개를 숙이고 있었고, 결국 정이선이 그것들을 하나하나 수습해 갈 즈음에야 조심히 입을 열었다.

"페널티 기간에…… 미안해요, 이선 복구사."

"아니에요. 이번엔 히든 능력을 많이 안 써서 괜찮아요.

그리고 이 정도는 간단해서, 뭐……."

정이선은 일부러 담담히 대답했다. 한아린이 언제나 그를 챙겨 주려 한단 걸 알기에 아무렇지도 않단 반응을 보였고, 옆에서 기주혁이 역시 S급이라며 감탄했다. 복구 능력은 특히나 정신력을 많이 소모해서 하루에 사용 가능한 횟수가 제한되어 있는데 정이선은 상대적으로 그런 제약에서 떨어져 있었다.

페널티 기간이라서 50퍼센트밖에 복구해 내지 못했지만 얼추 기계를 사용할 수 있는 정도는 되어서, 그들이 곧 소란스럽게 노트북 앞으로 모였다. 정이선은 옆에서 흘끗 화면을 보며 물었다.

"6차 던전 단서 분석 끝났나요?"

"아뇨, 아직 분석 중이에요. 그런데 이제 남은 불가사의 건물이 2개밖에 없으니까 뭘 보든 확률은 50퍼센트죠."

"이번 단서가 또 부서져서 나온 게 찜찜하긴 한데……."

보스 몬스터가 죽고 나면 보통 그 시체 앞으로 아이템이 뜨는데, 이번엔 웬 돌조각이 나왔단 것이다. 산산조각 난 채로 나와서 현재 조각들을 붙이고 있다며 나건우가 한숨을 푹 내쉬었다.

현재 남은 고대 7대 불가사의는 마우솔로스의 능묘와 파로스의 등대뿐이었다. 그런데 두 건물 다 지진으로 무너졌기 때문에 단서가 조각났단 것만으론 던전을 정확히 추론하기 힘들었다. 둘 다 가능성이 있기 때문이다.

"전 이제 단서 훼손됐다고 하면 불안해요. 또 4차 던전처럼 공포 영화 찍는 거 아냐?"

"마침 능묘 있네. 이번엔 진짜 귀신 보겠다. 능묘엔 시체 안치실도 있다더라."

"으악!"

기주혁이 팔을 버둥거리며 발악했다. 그렇지 않아도 1차 던전 때 피라미드에서 미라형 몬스터를 상대하느라 괴로웠는데 또 무덤이냐며 흐느끼는 소리를 냈다.

"왠지 5차 던전의 날씨가 좋더라니……."

"그런데 다음 던전이 등대여도 넌 개고생하는 거 아니냐? 바다에서 싸울 테니까."

한아린이 툭 던지는 말에 기주혁이 아연한 낯을 했다. 그런 기주혁의 반응이 재밌는지 나건우가 등대면 또 리더가 그의 훈련을 주관할 거라고 한마디 얹었고, 기주혁은 점점 사색이 되었다. 차라리 공포 테마 던전이 나은 것 같단 말이 횡설수설하게 쏟아져 나왔다.

정이선은 그 대화에 작게 웃다가 문득 낯선 기분을 받았다. 이렇게 집이 소란스러운 적이 처음이었기 때문이다. 이 공간을 딱히 자신의 집으로 인식한 적이 없긴 하지만, 그래도 언제나 고요했던 공간이 시끌시끌해지는 건 꽤 새삼스러웠다.

그는 잠깐 머뭇거리다 자리에서 일어나 부엌으로 향했다. 선반을 확인하고, 냉장고를 열어 보며 부산스러워진 정이선의 행동에 나건우가 따라와 뭘 하는지 물었다.

"집에 오셨으니 뭐라도 내 드려야 할 것 같아서……."

"어허, 괜찮아요, 괜찮아. 환자한테 찾아온 건 우린데 더 민폐 끼치면 리더한테 혼나요."

"……네?"

"여기 집에 온 것도 리더 허락받고 왔는데? 뭐라 했더라…… 집에 사람이 있는 편이 나을 거라고 했던가. 아무튼 뭐라 말하곤 가 보라고 했어요."

나건우의 이야기에 정이선의 얼굴이 멍해졌다. 원래 한아린의 페널티가 터지고도 여기까지 올 생각은 없었다며, 이틀 뒤 그가 돌아올 때까지 기다리려고 했는데 사현이 집에 찾아가는 걸 허락했단 것이다.

문득 정이선은 예전에 그에게 7명이 함께 용인의 작은 빌라에서 지냈기 때문에 이렇게 크고 넓은 집은 낯설다고 말했었던 걸 떠올렸다. 아주 오래전 일이었는데 사현은 또 그걸 기억했다.

그렇게 정이선이 멍하니 굳어 있는 동안 나건우가 자연스럽게 과일을 깎았고, 결국 정이선은 음료수만 잔에 따랐다. 그런데 그걸 들고 와서 앉아 있는 이들에게 건넬 때 문제가 발생했다.

기주혁에게 먼저 잔을 건네주고 그다음에 한아린의 앞에 잔을 줬다. 그녀는 무의식적으로 수갑 찬 양손을 내밀어 공손히 받았고, 정이선도 그 손에 잘 잡히도록 했는데…… 그대로 잔이 돌이 되었다.

"……."

너무 비현실적인 페널티라 깜빡해 버렸다. 유리잔이 돌이 되는 모습을 보며 조용히 감탄하고 있으니 한아린이 정말 복잡한 얼굴로 한숨을 내쉬었고, 기주혁은 터지려는 웃음을 간신히 참았다. 다행이라 할지, 안에 든 음료까지 돌이 되지는 않았다.

그런데 그다음엔 나건우가 깎아 온 사과를 먹기 위해 포크를 쥐었다가, 그 포크마저 돌로 만들어 버렸다. 이제 기주혁은 웃음을 참는 걸 포기하고 거의 오열하는 상태였고 나건우도 아차 하면서 웃음을 터트렸다.

"아, 끄읍, 흑. 죄송한데 혹시 석기 시대에서 오셨어요?"

"야……."

"잔이 섬세한 걸 보니, 역시 구석기보단 신석기?"

"너 죽는다."

쾅, 한아린이 돌이 된 포크로 사과를 내리찍었다. 절묘하게 그릇은 깨지지 않게 힘 조절을 한 것 같은데 그 대신 그녀의 손목을 묶고 있던 수갑이 쩌그적, 소리와 함께 깨졌다. 기주혁이 순식간에 입을 다물고 얌전해졌고 나건우도 큼큼

거리며 웃음을 잠재웠다. 정이선이 멍하니 아래로 떨어지는 수갑 조각을 보고 있으니 한아린이 상냥하게 미소했다.

"이건 복구 안 해도 돼요."

"네⋯⋯."

고요해진 거실에서 아삭아삭 사과를 먹는 소리만 들렸다.

그러다 갑자기 기주혁이 아, 소리를 내며 TV 리모컨을 찾았다. 한아린은 부산스럽게 굴지 말라고 하다가 거실 시계를 보고 무언가를 눈치챘는지 얼른 TV를 켜라고 성화였다. 어리둥절한 정이선의 눈동자에 곧 뉴스가 담겼다.

'헌터 협회, S급 헌터 천형원에 대한 처분 결정해⋯⋯'

화면에서 헌터 협회의 높다란 건물이 로우 앵글로 잡혔다. 며칠 전에 정이선이 올려다본 그대로의 모습이었지만 한낮에 보는 건물은 또 다른 위압감을 풍겼다. 그는 조금 놀란 눈으로 화면에 뜬 글자를 읽었다.

코드가 5차 던전에 입장하기 직전, 협회는 관련인의 진술을 모두 확보했으며 근시일 내로 천형원에게 처벌을 내리겠다고 발표했었다. 사현과 천형원이 싸우는 영상이 널리 퍼지고, 또 해당 사건에 정이선이 휘말렸단 것도 알려지면서 사람들이 어서 천형원을 처벌하라고 아우성이었다.

하지만 천형원은 한국에서 10명도 되지 않는 S급 헌터 중한 명이라 처분을 결정하기까지 짧지 않은 시간이 걸렸다. 그리고 마침 오늘 그 결정이 공개되는지 채널을 옮기는 곳마다 천형원에 대한 속보가 떴다.

헌터 협회장이 해당 사건에 대한 깊은 유감을 표하며 천형원이 저지른 일을 읊었다.

"마나 사용 제한 구역인 일반 병원에서 마나를 사용한 점, 또 비전투계 각성자를 대상으로 한 납치, 감금, 협박, 상해, 살인 미수……."

줄줄이 이어지는 말에 점점 정이선의 표정이 미묘해졌다. 그를 납치했을 때 한아린을 교란하기 위해 따로 움직였던 차가 도로에서 일으킨 소란도 모두 다뤄지면서 죄목이 하나하나 추가되는데, 정이선은 꽤 떠름해졌다. 따져 보면 자신이 겪은 일이 맞긴 한데…….

그리고 그런 정이선의 표정에 한아린이 웃으며 말했다.

"사현이 왜 협회에 오래 있었겠어요."

아주 산뜻한 답변이 한순간에 많은 의문을 해결해 주어 정이선이 나직이 탄식하며 고개를 끄덕였다. 화면 속의 협회장은 헌터들의 의무를 중시하기에 이번 사안을 엄중히 처벌하기로 했다며, 결정된 처분을 발표했다.

"4년간 헌터 활동 정지 및 대기 명령을 내립니다."

헌터 활동 정지는 말 그대로 헌터 자격증의 사용 정지를 뜻했다. 다만 천형원이 S급 헌터이기에, 국가 재난급 비상 상황이 발생하면 협회의 감시하에 던전에 진입해야 한다는 대기 명령이 따라붙었다.

해당 발표에 대한 반응은 두 개로 나뉘었다. 기주혁은 너무 약한 처벌이 아니냐며 와왁거렸고, 한아린은 예상보다는 처벌 강도가 꽤 높게 나왔다고 감탄했다.

헌터를 일반적인 감옥에 집어넣는 것은 아무 의미가 없으며, 마나 운용을 제한해 능력 사용을 막는 장치가 있다곤 하지만 S급에게는 별 효능을 발휘하지 못했다. 또한 천형원의 집안과 낙원길드에서 어떻게든 처벌을 막기 위해 무수히 많은 로비를 했을 텐데 결국 4년 형이 떴으니, 생각보다 큰 처벌이란 것이다.

헌터 쪽 사정에 밝지 않은 정이선에게 한아린이 간단하게 설명했다.

"사실 S급은 제한할 만한 게 얼마 없어서, 명예 실추시키는 거죠. S급인데 헌터 자격증 정지 떴다는 건 전 세계로 퍼질 일이라."

정이선이 이해했다는 듯 끄덕이는 사이 속보는 계속 이어졌다. 낙원길드에서도 천형원을 어떻게 처분할지 긴급 회의에 들어갔단 것이다.

'천형원, 차기 길드장 논의 무산⋯⋯.'

"저렇게 될 줄 알았지."

"꼬리 자르기 빠르네요."

나건우와 기주혁이 한마디씩 얹으며 쯧쯧 소리를 냈다. 협회의 처분이 내려올 때까지 가만히 있다가 일이 완전히 틀어진 후에야 태세를 바꾸는 거라며 비판했다.

낙원길드는 당장 길드장 승계 절차를 중단하고, 천형원이 이끌던 공대 또한 해산시켰다. 협회에서 자격증 정지 처분을 내린 헌터를 길드장으로 내세울 수도 없고 해당 사건에 함께한 헌터들도 곧 처벌을 받을 것이기에 아예 해산시켜 버린 것이다.

다만 천형원을 아예 낙원길드에서 방출하지는 않을 거라고 나건우가 분석했다. 한국의 S급 헌터는 극히 소수고, 낙원길드는 곧 자리에서 물러날 길드장 외에 다른 S급 헌터가 없기 때문에 천형원을 놓치면 너무 큰 손해란 것이다. S급 헌터 소속 여부로 길드의 영향력이 결정된다고 봐도 과언이 아니었다.

하지만 천형원이 이끌던 공대가 해산되면서 현재 한국에서 진행 중인 7대 레이드의 진입 3순위가 공석이 되었다. 비록 현 레이드가 1순위 선에서 해결되고 있다곤 하지만 진입 권한을 가지는 것만으로도 상징적인 의미가 있기에 낙원은 빨리 새로운 공격대를 협회에 등록해야만 했다.

"한창 시끄럽겠네요, 저긴."

기주혁이 인과응보라며 고소하다고 말하는 사이 화면에서 고개를 푹 숙인 천형원이 낙원길드 건물로 들어가는 모습이 보였다. 그의 주위로 수십 명의 기자가 마이크를 들이밀며 질문을 쏟아 냈지만 그는 어떠한 답변도 하지 못했다. 가끔씩 주위를 두리번거렸는데 덜덜 떨리는 눈동자나 어쩐지 초췌해 보이는 듯한 낯은 불안증에 걸린 사람 같았다.

그 모습에 기주혁이 꽤 놀랍단 목소리로 말했다.

"와, 저 사람 저렇게 기죽은 모습 처음 보네."

"진짜 죽을 뻔하면 사람이 저렇게 되지……."

한아린은 혼잣말처럼 중얼거리며 복잡한 얼굴을 했는데, 정이선이 의아하게 그녀를 쳐다보자 아무것도 아니라며 고개를 내저었다. 그는 평생 모르는 게 좋다면서 어깨를 토닥이려다, 스스로의 페널티가 끝나지 않았단 걸 떠올렸는지 흠칫하며 손을 물렸다. 정이선은 그 행동에 작게 웃으면서 자연히 관심을 옮겼다.

◁ ◆ ▷

나흘 뒤, 6차 던전 단서 분석 결과가 나왔다.

정이선의 페널티 기간이 끝나고도 이틀 뒤에야 결과가 나왔지만 코드 헌터들은 딱히 조급해하지 않았다. 어차피 7대 레이드에서 남은 장소가 두 개이니 두 방향 모두 준비하고 있었기 때문이다.

HN길드의 코드 사무실에 모두 모여 6차 던전 브리핑을 시작했다. 사무실의 중앙엔 스무 명 모두 둘러앉을 수 있는 테이블이 있었고, 신지안이 그 앞에서 TV를 켜 분석 결과를 말하기 시작했다.

"이번에 나온 돌조각들을 모두 연결했을 때 나타난 형상이 '묘석'이라고 합니다."

TV 화면에 약 30센티 길이로 보이는 묘석이 나타났다. 지금까지의 경험으로 미루어 보면 단서의 형태나 재질도 어느 정도 다음 던전과 연관이 있었는데, 단서가 묘석의 형상이라면 다음 던전이 이미 결정된 상황이나 마찬가지였다.

"묘석에 새겨진 글자는 고대 그리스어로, '카리아에서 공평한 안식을 얻으리라'는 문장이라고 합니다. 카리아는 과거 그리스의 지방 중 하나로, 그 지방을 대표하는 도시가 바로 할리카르나소스입니다."

신지안이 리모컨을 누르자 화면에 커다란 건축물이 떴다.

"할리카르나소스 도시에선 페르시아제국의 총독 마우솔로스를 위해 세운 무덤 기념물이 있었으며, 그것을 마우솔로스의 능묘, 혹은 영묘라고 부릅니다. 이곳이 다음 6차 던전으로 예상됩니다."

마우솔로스 능묘, 이른바 마우솔레움이라 불리는 건축물은 총독의 생전에 착공되었다. 마우솔로스는 당시 반란으로 혼란스럽던 페르시아에서 반란 세력과 페르시아왕 사이에서 중심을 잡으며 서로의 이합을 이끌어 내 세력을 확장한 사람이었다. 공식적으론 총독의 위치에 있었지만 사실상 카리아 지방의 왕이나 다름없었다.

마우솔로스는 그리스 예술을 무척이나 사랑해서 그리스 예술가를 초청해 자신의 무덤을 생전에 만들기 시작했다. 완공 시기는 총독이 사망한 후였으며, 해당 무덤 기념물은 무척이나 웅장하고 아름다워 사람들이 오래도록 그의 업적을 기리게 했다.

능묘는 둘레 125미터에 높이 50미터로 어마어마한 규모를 자랑했다. 기록에 따르면 능묘는 4층 건물로, 기단 부분인 1층엔 널따란 사각형 대리석 토대가 있었고 그 토대의 네 모서리엔 말을 탄 전사들의 조각상이 세워졌다. 2층이 건물의 중심이자 영안실이 있는 층으로, 금을 씌운 대리석으로 만든 36개의 높은 기둥이 사방에 세워져 있고, 원주 사이로 신들의 조각상이 배치된 형태였다고 한다. 2층 중앙엔 벽을 두르고, 그 안에 광택 나는 백대리석으로 만든 영안실을 놓았다.

3층은 24단 피라미드형 지붕, 4층은 지붕 꼭대기로 최상 단에 대리석으로 화려하게 조각된 마차가 있었다. 거대한 규모뿐만 아니라 정교하고 아름다운 장식으로 7대 불가사의 에 꼽혔다.

마우솔레움은 불가사의 건물 중 그나마 최근인, 12세기에 지진으로 파괴되었다. 그래도 그때는 어느 정도 형태가 남아 있었는데 15세기에 침입한 십자군이 능묘의 석재를 가져 가 요새를 쌓는 데에 이용했다. 그래서 현재는 기초 골조 일 부만 남아 있는 상황이었다.

정이선이 침착하게 화면을 보는 동안 기주혁은 덜덜 떨면 서 두려워했다.

"안 그래도 손상돼서 나와서 불안했는데, 하필 묘석이라 니……."

이러다 저 무덤에 자기도 묻히는 거 아니냐며 기주혁이 무서워했고, 나건우가 영안실에 들어가지는 않도록 신경 써 주겠다고 그의 등을 토닥였다. 기주혁이 참 고마운 위로를 한다며 훌쩍거렸다.

"이번엔 보스 몬스터가 어떤 형태인 거지?"

"영안실에서 나오지 않을까요? 마우솔로스의 능묘니까, 어쩌면 그 총독의 시체가……."

한쪽에서 숨이 넘어가는 소리가 들렸지만 헌터들은 익숙 하게 그 소리를 한 귀로 흘려 넘기며 회의에 들어갔다. 2차 때 입장한 바빌론의 공중정원에서는 옥상에 있던 거대한 나무가 보스 몬스터였으니 이번에도 인간이 아닌 다른 형태일지도 모른단 의견이 나왔다.

"일단 이번 던전에선 한아린 헌터의 어스퀘이크 능력은 최소화하는 게 좋겠네요."

사현도 가만히 화면을 보다 한아린에게 말했다. 아마도 보스 몬스터와 싸울 공간이 건물의 2층일 것 같은데, 그곳에서 능력을 썼다간 건물이 무너질지도 몰랐다. 그래서 건물에 들어가기 전에 미리 히든 능력으로 검을 소환해서 입장할지에 대한 이야기가 오갔는데 사현은 다소 회의적인 반응이었다.

"1차 때를 생각하면 물리 데미지가 세게 들어갈 것 같지 않은데……."

7대 레이드 1차 던전에 입장한 사람은 코드의 주축 5인뿐이었다. 쿠푸왕의 피라미드에서 했던 전투가 떠올랐는지 한아린과 나건우가 탄식했고, 기주혁은 더더욱 아연한 표정이 되었다. 그들 사이에 오가는 눈빛을 의아하게 보던 정이선이 문득 사현과 눈이 마주쳤다.

정이선은 사현의 바로 옆자리에 있었기 때문에 그의 시선을 그대로 받았다. 또렷한 눈동자가 똑바로 그를 응시하자 정이선은 이상하게도 속이 울렁인다고 생각했다.

그 상태로 사현은 아주 객관적인 정보를 전한다는 듯 평온한 목소리로 말했다.

"시체가 부리는 술수는 꽤 까다로워서요."

"……아, 네……."

"게다가 그쪽은 물리적인 공격보단 마법을 써서, 저주를 사용할 가능성이 가장 커요."

시체란 단어에서 정이선이 잠깐 멈칫했지만 이내 알아들었단 듯 고개를 끄덕였다. 아무렇지도 않게 말하는 사현의 차분한 태도에 정이선도 덩달아 담담해졌다. 과민 반응하고 싶지 않기도 했고, 이건 어디까지나 던전에서 맞닥뜨릴 몬스터에 대한 이야기였다.

"그나마 수월한 상황이라면 언데드형 몬스터가 무덤에서 뛰어나오는 건데, 이것들도 끈질긴 편이라."

"HP 1 상태에서 안 죽고 계속 달려드는 거죠. 으……."

쿠푸왕의 피라미드에서 상대한 미라형 몬스터가 딱 그랬다며 기주혁이 질린 소리를 냈다. 그사이 신지안은 화면 속의 이미지를 확대하며 말했다.

"영안실이 있는 2층의 기둥 사이사이에 신들의 조각상이 있었다고 하니, 하위 몬스터가 신일 확률도 높습니다."

"1층에서도 말 탄 기사들이랑 싸울 것 같은데……. 이러면 1층에선 기사 몬스터랑 싸우고, 2층에선 신이랑 싸우고, 최종엔 시체 아니면 귀신이랑?"

한아린이 귀찮게 됐다는 듯 인상을 구겼다.

곧 코드 헌터들이 차근차근 의견을 냈다. 이미 지난 일주일 동안 꾸준히 준비해 왔기에 한결 정리된 예상안이 쏟아졌다. 다만 그럼에도 까다로운 던전이라는 사실은 변하지 않아 회의가 꽤 길어졌다.

그나마 이번 던전은 발생하기까지 날짜가 여유로워서 준비할 시간이 많았다. 세 시간 동안 회의를 이어 가다 잠깐 휴식을 취하기로 했고, 정이선은 마저 건물의 복원도를 들여다보려는데 옆에서 슬그머니 기주혁이 다가왔다.

"복구사님. 바깥에서 간식 사 오려고 하는데, 같이 나가실래요?"

마침 길드 사옥 근처에 맛있는 베이커리 카페가 새로 생겼다며 기주혁이 함께 가자고 말했다. 정이선은 자신이 예전에 갓 구운 빵 냄새를 좋아한다고 말했던 것이 어쩌다 디저트를 좋아한단 정보로 와전되었는가 고민하다가 결국 고개를 끄덕였다.

이상하게도 나가는 길에 한아린과 나건우가 기주혁을 보며 고개를 끄덕였는데, 정이선은 그들 사이에 오가는 눈빛이 의아했지만 곧 소란을 떠는 기주혁에게 끌려 사무실 바깥으로 나갔다.

그런데 엘리베이터를 타고 나가는 길에 본 길드 분위기가 평소와 많이 달랐다.

"조금 시끌시끌하네요? 무슨 일이라도 있나요?"

"아아, 곧 길드 창립 기념 행사 열리거든요."

40주년이라 행사가 크게 열린다며 기주혁이 로비에 세워진 화환들을 가리켰다. 아직 행사 날까지는 조금 남았지만 이번엔 꽤 크게 열릴 거라며, 어쩌면 지금까지 열렸던 행사 중 가장 클지도 모른다고 말했다.

이후 기주혁은 잠깐 주위를 두리번거리는가 싶다니 목소리를 낮춰 정이선에게 속닥거렸다.

"부길드장님이 자기 이미지 살리려고 일부러 파티 크게 여는 거예요. 코드가 계속 7대 레이드 클리어하고 있으니까 부길드장님 입지 좁아졌거든요. 그래서 자기가 파티 주관하고, 행사에서도 중심 잡으려고 할걸요."

"아아⋯⋯."

"아마 우리도 불러서 들러리 시키려 들 거예요. 물론 리더가 그렇게 안 두겠지만."

"⋯⋯코드도 참석하나요?"

"당연하죠! 우리도 HN길드 소속인데?"

정이선의 의아하단 반응에 기주혁이 푸하 웃음을 터트렸다. 그 반응에 정이선이 다급히 손을 내저으며 그런 의미로 물은 게 아니라고 해명했다.

"레이드 기간인데, 진입할 공대가 그런 행사에 참석해도 되는지 모르겠어서요. 사람들이 헌터들 행동에 예민하다고 하지 않았나요? 던전이 곧 발생하는데 놀고 있다고 할까 봐…….”

“아아아, 괜찮아요. 이번 행사는 워낙 큰 행사니까. 그리고 또 우리가 계속 잘하고 있잖아요? 못하면 몰라, 3차 빼곤 다 원 클리어 중인데.”

S급 던전 원 클리어는 정말 어려운 일이며 심지어 모든 던전을 진입 10시간 안에 해결하고 있으니, 이건 세계 신기록 감이라고 기주혁이 강조했다.

“그래서 오히려 더 행사 크게 여는 것도 있을 거예요. 요즘 여론은 코드가 저렇게 잘하는데 HN길드는 뭐 해 줬냔 식으로 흐르고 있거든요. 저번에 2차 클리어했을 때 부길드장이 앞으로 코드를 전적으로 지원하겠다 어쩌구 이야기했는데 실제로 지원한 게 없으니까.”

아마 행사에서 형식적인 상여금이나 트로피를 줄 것 같다며 기주혁이 심드렁하게 반응했다.

“리더랑 부길드장 사이는 꽤 알려져 있긴 한데, 그래도 공식적인 자리에서까지 마찰을 빚진 않거든요. 물론 부길드장이 시비를 걸지 않는 선에서.”

그런 이야기를 나누는 사이 둘은 어느덧 길드 사옥 바깥까지 나왔다. 마침 오늘 하늘이 맑았고 바람도 선선하게 불어왔다. 딱 산책하기 좋은 날씨라 정이선은 잠깐 고개를 뒤로 젖히고 하늘을 올려다보았다.

푸르른 하늘에 하얀 구름이 평화롭게 떠다녔으며 구름 사이로 나타나는 쨍한 햇빛이 반짝거려 눈이 부셨다. HN길드 건물은 번화가의 중심에 있어서 거리에 사람이 적지 않았다. 다만 한낮에, 대부분 한창 일할 시간대에 나와서 그런지 그나마 고요했다.

정이선이 주위의 수많은 카페를 훑어보며 기주혁이 말한 베이커리가 어디쯤에 있을까 가늠하는데 기주혁이 슬그머니 물어 왔다.

"저어, 그런데 복구사님. 복구사님은 혹시 갖고 싶은 거 있으세요?"

"……네?"

"아, 그러니까, 우리 던전 클리어하면서 보상금 많이 받잖아요. 혹시 그걸로 계획 있으신가 해서? 예전부터 사려고 염두에 둔 거 있으세요?"

의아하단 정이선의 표정에 기주혁이 횡설수설하게 말했다. 꽤 놀랍게도 정이선은 그의 질문을 받고서야 그런 종류의 생각을 한 번도 해 본 적이 없단 걸 깨달았다.

통장에 돈이 들어온다는 건 알았는데 마땅히 확인하지 않았고, 그걸로 무언가를 해야겠다 생각한 적도 없었다. 과거 4년 동안 큰돈을 갚으면서 살긴 했지만 정작 스스로가 큰돈을 쓴 적은 없어서 낯선 건지, 어쩌면 아예 무언가를 갖고 싶단 욕망 자체가 없었던 건지 구분이 되지 않았다.

새삼 혼란스러워하는 정이선에게 기주혁이 눈치를 보며

다시 물었다.

"그러면 하고 싶은 거라든가……?"

"……갑자기 그건 왜요?"

"네? 아, 그으, 우리 레이드 잘 해결하고 있잖아요! 보통 이렇게 어려운 던전 끝내고 나면 우리끼리 축하하고, 뭐, 휴가를 간다거나 하거든요."

기주혁이 꽤 두서없이 말을 쏟아 냈다. 이제 슬슬 7대 레이드가 끝나가고 있으니 벌써부터 헌터들이 끝난 후에 무슨 일을 할지에 대해 이야기하고 있다며, 레이드 기간 동안에는 공식 행사 외의 마땅한 외출도 못 해서 다들 근질근질해한다는 것이다.

"그러니까 복구사님도 하고 싶은 거 없으세요? 레이드 끝나고 나면 이런 걸 하고 싶다, 뭐가 필요하다, 그래서 갖고 싶다……."

그 질문에 정이선의 눈이 느리게 깜빡거렸다. 그는 기주혁을 물끄러미 보았다가 스르륵 눈동자를 옆으로 굴려 거리를 보고, 잠깐 바닥으로 시선을 떨어뜨렸다.

정이선은 종종 그렇게 말없이 침묵할 때가 있었는데, 그럴 때마다 그는 생기가 없어 보였다. 언제나 생기가 없는 낯이긴 하지만 유독 그런 기운이 더할 때가 있었다. 감정이랄 것을 찾아볼 수 없는 무기질적인 얼굴로, 그저 그렇게 존재하다 어느 순간 아무렇지도 않게 동작을 멈춰 버릴 인형처럼 보였다.

가끔씩 그런 이상한 괴리감이 들 때면 한없이 동떨어진 거리감마저 함께 느껴져 기주혁이 낯설어하는 사이, 이내 정이선이 아무렇지 않은 목소리로 질문을 돌렸다.

"기주혁 헌터는 레이드 끝나면 뭘 할 계획인가요?"

"저, 저요? 어…… 저는 아마 잠깐 쉬다가 곧바로 졸작 준비해야 할 것 같아요."

이번 학기를 레이드 때문에 거의 통으로 빠지게 돼서 학기 진도를 맞추려면 빠듯할 것 같다고 기주혁이 한숨을 푹 내쉬었다. 게다가 졸업하려면 졸업 작품도 구상해야 하니 바쁘다고 이야기하다가 돌연 눈을 반짝이며 말했다.

"아, 복구사님! 저 졸업 작품 전시회 때 와 주실 거죠? 제가 복구사님한테 제 예술혼을 아직 못 보였는데!"

"네? 언제 하는데요?"

"다음 학기에, 올해 말에 해요! 아마 12월?"

기주혁의 기대로 가득 찬 눈빛에 정이선이 입을 다물었다. 현재 레이드는 보름에서 한 달 주기로 하나씩 던전이 열리고 있어서, 아무리 늦어도 올해 상반기에는 레이드가 끝날 상황이었다. 그가 느리게 눈을 깜빡이고 있으니 기주혁이 애원조로 말했다.

"레이드 끝난다고 인연 끝나는 거 아니죠? 그죠?"

이렇게 미래의 확실한 일정이 다가온 적이 없어서 정이선은 조금 머뭇거리다, 그저 가까스로 표정을 숨기며 그때 상황을 보겠다고 답했다. 기주혁은 확답이 아닌 점이 조금은 아쉬운 눈치였지만 이내 해맑게 웃으며 고개를 끄덕였다.

"그때 상황 되면 꼭 오시는 거예요!"

정이선은 답하지 않고 어색하게 미소만 지어 보였다.

그러다 곧 둘은 베이커리에 도착했다. 무척이나 넓은 가게였고, 기주혁의 말대로 맛있다고 유명한 곳이 맞는지 들어서자마자 달콤한 빵 냄새가 풍겼다. 평일 오후인데도 사람이 적지 않아서 정이선은 후드를 고쳐 썼다.

그사이 기주혁은 신나게 빵을 골라 담았고, 옆에서 지켜보던 정이선의 시선이 문득 케이크 진열대로 향했다. 투명한 유리 너머에 온갖 종류의 홀 케이크와 조각 케이크가 있었는데 무척 섬세한 모양새였다. 정이선이 그것을 가만히 들여다보고 있으니 기주혁이 불쑥 물어 왔다.

"복구사님 혹시 딸기 케이크 좋아하세요?"

"네? 아…… 음, 싫어하진 않아요."

애매하게 말꼬리를 흐리며 정이선이 시선을 돌렸다. 자신도 모르게 딸기 케이크를 보고 있었던 듯했다.

딸기 케이크는 몇 달 전, 자신이 친구 강영준에게 마지막으로 챙겨 준 생일 케이크였다. 이미 죽은 친구에게 생일 케이크를 주는 것이 기만이란 걸 알면서도 그는 차마 기일을 챙기지 못하고 생일을 챙겼었다.

갑작스레 떠오른 과거의 일에 미묘하게 기분이 가라앉았지만 정이선은 익숙하게 그것을 숨기며 질문을 돌렸다.

"기주혁 헌터는 딸기 케이크 좋아해요?"

"저는 다 잘 먹어요! 그래도 굳이 하나 꼽으면 초코? 모카도 좋고……."

기주혁은 꽤 말이 많은 사람이라 그에게 질문하면 답변이 아주 길게 쏟아져 나왔다. 정이선은 그가 줄줄 잇는 말을 경청하며 고개를 끄덕이다 이내 기주혁이 화들짝 놀라는 걸 보았다. 또 휘말려 버렸다며 알 수 없는 혼잣말을 내뱉곤 다시 정이선에게 선호하는 케이크를 물었다. 정말 간절한 시선이었다.

"복구사님은 무슨 케이크 좋아하세요? 딸기? 생크림? 초코? 블루베리?"

"음……."

"그리고 깜빡했는데, 갖고 싶은 건 따로 없으세요? 생각나는 거 아무거나……."

정이선이 느리게 눈을 깜빡였다. 그의 표정이나 태도에서 느껴지는 묘한 어색함이 그에게 한 가지 사실을 떠올리게 해 줬다. 이제야 깨달은 게 놀라울 정도로 의도가 명확한 행동들이었다. 어쩌면 나건우와 한아린이 기주혁에게 눈짓한 이유도 그 때문일지도 몰랐다.

찰나 흐려졌던 옅은 갈색 눈동자가 이내 익숙하게 평온을 가장하며 케이크 진열대로 향했다. 그 사건 이후로 완전히 잊고 있었고, 작년엔 죽은 듯이 누워 있어 생각도 나지 않는 나날 중 하나로 스쳐 보냈지만…….

"……."

곧 자신의 생일이었던 것 같다.

◁ ◆ ▷

외출하고 돌아온 정이선은 개인 사무실에서 계속 복원도를 확인했다. 복구 능력의 컨트롤이 어느 정도 수준까지 올랐다고 판단한 사현이 더는 그를 훈련시키지 않아서, 그는 던전에 진입할 때까지 복원도만 완벽하게 외우면 되었다.

4층 구조의 마우솔레움에서 코드가 가장 큰 전투를 벌일 공간은 2층일 거라, 3층과 4층도 모두 복구해야 할지 고민이 되었다. 3층은 지붕이니 무너질 가능성을 염두에 두고 복구한다 쳐도, 4층은 꼭대기 조각상이 있으니 애매했다.

하지만 3차 던전에서 제우스 신상의 의자를 복구해서 하위 몬스터의 공격을 막았으니 어쩌면 4층의 조각상 또한 어떠한 단서일지도 몰랐다. 마침 4층의 조각상이 마우솔로스 총독과 그의 아내가 마차를 타고 있는 형상이니 이것도 세밀하게 복구해야 할 듯했다.

그렇게 판단한 정이선은 고요한 공간 속에서 반복적으로 복원도를 들여다보았다. 눈을 감아도 머릿속에서 그려질 정도로 외워야 하는데, 이번 마우솔레움이 섬세함과 정교함으로 유명한 건축물이라 그런지 외우기가 까다로웠다.

그래도 외울 때까지 봐야 한단 생각으로 봤으나…… 공간이 조용한 탓인지, 혹은 낮에 잠깐 외출을 한 탓인지 점점 몸이 나른해졌다. 심지어 창문으로 따사로운 햇살까지 한가득 쏟아지니 눈꺼풀이 무거웠다.

한 번도 집무실에서 졸아 본 적이 없어서 어떻게든 잠에서 깨어나려 했으나 결국 몸이 졸음을 버티지 못했고, 그대로 눈이 감겼다.

그렇게 평화롭게 낮잠을 자다가, 문득 미묘한 인기척을 느끼며 정이선이 눈을 떴다. 아직 졸음기를 떨치지 못해 나른하게 풀린 눈을 깜빡이며 초점을 잡아 가는데, 앞에 손이 보였다.

"……?"

정이선은 책상에 팔짱 낀 팔을 올리고 그 위로 고개를 비스듬히 기댄 채로 잠들었는데, 제일 처음 시야에 잡힌 것이 허공에 있는 손이었다. 얼굴로 쏟아지는 햇빛을 가려 주는 듯한 위치에 있는 손을 멍하니 올려다보다 천천히 시선을 앞으로 굴렸고, 마침내 누군가와 눈이 마주쳤다.

사현이 앞에 있었다.

그제야 정이선이 화들짝 놀라며 몸을 일으켰다. 얼마나 놀랐는지 책상에 팔이 쿠당탕 부딪치는 소리마저 났다.

어떻게 보면 상사한테 자고 있던 현장을 들킨 상황이라 정이선은 몹시 민망한 기분으로 고개를 숙였다. 자면서 머리칼이 눌린 것 같아 무의식적으로 머리칼을 매만졌다가 그마저 부끄러워져 두 손을 책상에 포개어 얹었다. 머뭇머뭇 죄송하다는 말을 하려는 때, 사현이 나긋하게 물었다.

"많이 피곤한가요?"

"아, 아뇨. 잠깐…… 아주 잠깐 졸았어요."

"제가 여기에서 몇 분쯤 있었을 거라 생각해요?"

"……."

말을 잘못 꺼냈다고 생각하며 정이선이 자책하다가, 문득 이상한 기분에 휩싸였다. 여기에 오래 있었단 소리인가? 자고 있는 자신을 봤더라면 곧바로 깨우거나 아니면 무시하고 지나가면 될 텐데 대체 왜?

갑자기 손으로 그늘을 드리워 줬던 사현이 떠오르며 속이 미친 듯이 울렁거렸다. 심장이 제멋대로 뛰었는데 아무래도 잠에서 깰 때 놀란 탓이라 생각하며 정이선이 힘겹게 심호흡했다.

"이제 여기가 편해졌나 봐요."

"죄송합니다……."

"아뇨. 비난하려는 말이 아니고, 비꼬려는 의도도 아니었어요. 처음에 이선 씨가 여기에 왔을 땐 굉장히 긴장하고 불편해했던 것 같아서."

꽤 부드럽게 다가오는 말에 정이선이 천천히 고개를 들었고, 이내 눈을 마주한 사현이 입매를 둥글게 하며 미소했다.

"5차 던전 진입하기 전에 이곳에서 그런 일을 했으니 혹시나 공간을 기피할까 싶었는데, 그렇진 않네요."

한 번, 두 번, 세 번. 느리게 눈을 깜빡인 정이선이 이윽고 엄청난 불편함을 떠안았다. 이전까진 편하게 여겼던 공간이 순식간에 불편해졌다. 하필이면 사현의 뒤로 소파가 너무 잘 보여서 더욱 그랬다.

정이선이 차마 어떤 표정을 지어야 할지 알 수 없어 헤매는데 사현이 손을 아래로 내뻗었다. 정이선은 무의식적으로 그에게 손을 내밀었다. 이번에도 마킹을 한다고 생각했다.

그런데 사현의 얼굴에 의문이 떠올랐다. 그는 갑자기 자신의 손바닥에 손을 얹는 정이선을 의아하게 보며 말했다.

"이선 씨. 저 아직 페널티 기간 안 끝났어요."

잠깐 이해하지 못한 정이선이 멍하게 있다가 이내 흠칫하며 손을 거뒀다. 바로 어제 자신의 친구에게 무효화를 걸어줬으니, 아직 그의 페널티 기간 이틀이 지나지 않은 상태였다. 그렇다면 지금은 마킹을 하려는 의도가 아니었단 건데 자신이 습관처럼 손을 내밀어 버렸다.

이젠 불편함에 이어 민망함까지 생겨 손을 아래로 내리려는데, 사현이 다시 그 손을 턱 붙잡아 끌더니 아무렇지 않은 얼굴로 손목을 매만졌다. 아마 처음부터 목표가 손목을 확인하는 것인 듯했다.

"식사는 챙기게 하는데도 여전히 마른 편이네요. 페널티로 일주일 동안 앓아서 그런가……."

정이선이 민망해하거나 말거나 사현은 손목만 확인한 후 정이선을 일으켜 상체를 훑었다. 객관적으로 상태를 파악하는 눈치였는데 문득 사현의 손이 정이선의 머리칼로 다가왔다.

정이선은 저도 모르게 긴장했다가 그가 몹시 태연하게 머리칼 끝을 매만지는 것을 보았다. 옆으로 구른 시선이 바로 옆에 다가온 손을 훑었다. 길쭉하고 곧게 뻗은 손가락이 눈에 담겼다.

"머리칼은 끝만 다듬고……."

사현이 무어라 읊조리더니 이내 앞 머리칼을 살짝 흩트렸다. 뒤로 한 번 가볍게 쓸어 넘겼다가 옆으로 옮기는 등 무언가를 확인하는데, 정이선은 제 바로 눈앞에서 그의 손이 움직인다는 점에 조금 불편해졌다. 이마에 살짝씩 닿는 손가락의 감촉도, 또 스치는 머리칼이 주는 간지러운 감각도 낯설었다.

정이선은 이상하게도 옴짝달싹하지 못한 채로 굳어 있다가 가까스로 질문했다.

"갑자기 뭐 하는 건가요……?"

그때쯤 사현의 손이 물러났는데, 그는 흐트러진 머리카락도 굳이 직접 정리해 줬다. 그 손길이 괜히 부담스러웠던 정이선은 부러 고개를 좌우로 흔들어 머리칼을 흩트렸다. 그런 반응에 사현이 묘한 낯으로 웃었다.

"이선 씨를 어떻게 꾸밀까 생각 중이에요."

"……네?"

불현듯 정이선은 몇 시간 전 기주혁에게 들었던 정보를 떠올렸다. HN길드 창립 40주년을 기념해 크게 파티가 열린다고 했고, 그 파티엔 코드도 참석한다고 했었다.

멍해진 정이선을 보며 사현이 빙긋 미소했다. 그는 이번엔 손을 내뻗어 정이선이 흔히 입는 후드 집업의 깃을 매만지며 말했다.

"제 사람이 다른 곳에서 흠 잡히는 건 별로라."

◁　◆　▷

파티가 열리는 날, 코드는 오전에만 간략한 회의를 하고 해산한 후 파티가 열릴 저녁에 회장에서 다시 만나기로 했다.

정이선은 아침부터 소란스러운 길드 건물이나 사람들의 얼굴에 떠오른 들뜬 기운을 낯설게 여겼다. 그는 한 번도 이런 식으로 열리는 파티에 참석해 본 적이 없었고, 그나마 현 분위기와 비슷한 걸 느꼈을 때라곤 중고등학생 때 있었던 축제뿐이었다.

그때는 교복을 입었는데, 오늘은 정장을 입어야 했다. 정이선은 단 한 번도 정장을 입어 본 적이 없어서 무척이나 어색했다. 한껏 낯선 기분 속에서 무의식적으로 머리칼을 매만지려다 움찔하며 손을 내렸다. 낮에 사현이 예약해 뒀다는 헤어숍으로 그를 보냈어서, 차마 스타일링된 머리칼을 만질 수가 없었다.

며칠 전에 맞춘 정장을 입는 일은 어렵지 않았지만, 고급스러운 셔츠의 감촉이나 우아하게 각이 잡힌 재킷이 자꾸만 그를 어색하게 만들었다. 옷 자체는 편했지만 꼭 안 맞는 옷을 입은 느낌이었다.

곧 그의 앞에 차 한 대가 멈춰 섰고, 정이선은 불편한 기분을 꾹 누르며 안으로 들어갔다. 뒷좌석 옆자리에는 너무나 당연하단 듯 사현이 있었다. 그는 태블릿을 보다 고개를 옆으로 해 정이선의 상태를 스윽 훑어보곤 이내 흡족하단 듯 미소해 보였다.

"잘 어울리네요."

"아…… 감, 감사합니다."

정이선은 말을 더듬고 싶지 않았지만 사현의 모습에 저도 모르게 목소리가 떨렸다. 사현이 저렇게 완벽하게 정장을 갖춰 입은 모습이 매우 낯설었기 때문이다. 평소에도 그는 정장풍의 깔끔한 오피스 룩을 입고 다녔지만 오늘은 깔끔하게 격식을 갖춘 블랙 스리피스 정장을 입었다.

하얀 셔츠의 깃 아래로 단정히 자리한 넥타이나 브이 라인으로 떨어지는 베스트가 말끔했다. 게다가 이번엔 평소 흔히 입던 코트가 아닌 정장 재킷을 갖춰 입어 이상한 거리감이 느껴졌다. 새까만 머리칼을 뒤로 넘겨서 훤히 보이는 얼굴에 순간 시선마저 빼앗겼다. 그는 언제나 웃는 얼굴로 속을 뒤집는 사람이었지만 그 얼굴이 정말로 빼어나단 것만큼은 인정할 수밖에 없었다.

정이선이 사현을 보는 동안 사현도 그를 응시하고 있었다. 정이선은 베스트까진 불편해서 투피스로 간단히 입었는데 사현이 단박에 이상한 점을 발견하고 물었다.

"넥타이는 왜 안 맸나요?"

"아, 그게……."

"그게?"

"……넥타이를 어떻게 매는지 몰라서……."

민망한 얼굴로 정이선이 시선을 떨어뜨렸다. 한 번도 정장을 입어 본 적 없는 그이고, 넥타이라곤 교복 넥타이처럼 간단한 형태뿐이었으니 처음 보는 복잡한 매듭 앞에서 엄청나게 헤맸다. 영상을 보고 공부했는데도 뜻대로 되지 않아서 결국 포기해 버렸다.

사현은 단조롭게 정이선에게 가지고 나왔냐고 물었고, 정이선은 머쓱하게 주머니에서 넥타이를 꺼내 보이다가 불쑥 사현이 가까이 다가오는 것을 느꼈다. 상체를 훅 기울여서 다가온 사현이 그의 셔츠 깃을 올리고 직접 넥타이를 매 주기 시작했다.

"……."

가까워진 얼굴에 정이선은 차마 숨도 쉬지 못하고 굳었다. 손가락이 움직이면서 공단 넥타이가 스치는 소리만이 유일하게 공간에 존재하는 것 같았다. 도로의 차량 소리가 분명히 들리는데도 정이선의 모든 청각과 시각이 사현에게 집중되었다.

눈을 아래로 내리뜬 사현이 아무렇지도 않은 얼굴로 넥타이를 매 주는데, 그 잠깐의 시간이 꼭 억겁처럼 흘렀다.

마침내 사현이 물러나며 눈을 휘어 미소했다. 이제 더 괜찮아 보인다는 말이 한쪽 귀로 들어왔다가 반대쪽 귀로 빠져나갔다. 정이선은 멍하게 있다가 가까스로 시선을 창밖으로 돌렸다. 감사 인사를 까먹었지만 그걸 챙길 정신이 없었다.

분명히 몸에 맞는 옷을 샀는데, 상체가 꽉 조이는 것 같은 압박감이 들었다. 가슴께가 뻐근했다.

HN길드 창립 기념 40주년 행사 파티는 무척이나 크게 열렸다.

다른 길드와 기업뿐만 아니라 유명인들도 초대했는지 회장이 북적였다. 사람들끼리 서로 인사를 나누며 대화하는 소리가 공간을 가득 채워 정이선은 조금 놀란 눈으로 주위를 둘러보았다. 사윤강이 그의 좁아지는 입지를 의식해 일부러 크게 파티를 연다는 정보는 들었지만 이 정도 규모일 줄은 몰랐다.

천장에 달린 화려한 샹들리에를 낯설게 보고 있으니 곧 코드 헌터들이 하나둘 다가와 사현과 정이선에게 인사했다. 먼저 모인 듯한 코드의 주축 인물들은 한껏 놀란 표정으로 정이선에게 말을 걸었다.

"우와! 복구사님 완전 멋져요!"

"와, 갖춰 입으니까 딴사람 같네."

"이선 복구사는 편하게 입고 다닐 때도 얼굴에서 귀티가 좀 났는데, 지금은 분위기가 아주……. 게다가 머리까지 했네?"

기주혁과 한아린, 나건우가 차례로 감탄사를 쏟아 냈다. 그들도 모두 정장을 갖춰 입고 있어서 정이선은 민망한 기분으로 그들도 멋지다는 이야기를 해 줬다. 기주혁은 브라운 체크 무늬 정장을, 나건우는 회색 정장을, 한아린은 새파란 정장을 입었는데 정말로 각자에게 잘 어울렸다.

정이선은 정장이 너무 어색해서 그냥 편하게 입고 가면 좋겠다고 생각했는데, 만약 그렇게 왔더라면 자신만 다른 방면으로 튈 뻔했다.

정이선이 낯설어하고 있지만 사실 그가 입은 정장은 무척이나 그에게 잘 어울렸다. 클래식한 정장이 슬림하게 핏을 잡아 줬으며 그의 창백한 낯도 새까만 수트와 어우러지니 특유의 분위기가 풍겼다. 게다가 눈을 덮을 정도로 내려오던 앞머리도 깔끔히 정리한 후에 살짝 말아 옆으로 넘겨 단정한 얼굴이 고스란히 드러났다.

곧 뒤에서 다가온 신지안도 정이선과 가볍게 눈인사를 주고받곤 그에게 정장이 잘 어울린다는 칭찬을 건넸다. 아주 객관적인 사실을 읊듯 담담한 목소리에 정이선은 버벅거리다 그녀도 정장이 잘 어울린다고 말했다. 하얀 정장 안에 새까만 셔츠를 갖춰 입은 그녀는 정말로 멋있었다.

이후 그녀는 사현과 대화하며 다른 곳으로 이동해 버렸고, 홀로 어색해하는 정이선을 기주혁이 이끌었다.

"여기 음식도 맛있어요. 이번에 케이터링 업체도 빡세게 준비했나 봐요."

이미 진작부터 간단한 음식을 챙겨 먹고 있었는지 기주혁이 열심히 메뉴를 추천했다. 정이선이 테이블 위에 올라온 3단 트레이를 보며 조용히 감탄하는 사이 한아린이 샴페인 세 잔을 받아서 다가왔다. 정이선은 술을 못 마신다고 이야기할까 고민하다가 결국 감사 인사만 전했다.

"이런 파티가 익숙하신가 봐요……."

"아무래도 대형 길드다 보니까 연례행사가 몇 개 있거든요. 다 참석하진 않지만 이번 행사는 좀 커서."

"리더가 우리 분위기 환기 좀 시켜 주려는 의도도 있을걸요?"

기주혁의 말에 한아린이 미묘한 표정으로 고개를 끄덕이며 동의했다. 완전히 그런 의도가 없지는 않겠지만, 더 큰 의도는 이 파티를 주최한 사윤강을 교묘하게 건드리는 걸지도 모른다고 중얼거렸다.

당장 지금 파티장에서 사윤강과 사현에게 다가가는 사람들만 봐도 그랬다. 사현이 오기 전까진 다들 HN의 부길드장에게 말을 걸었지만, 한국 7대 레이드를 클리어하는 코드의 리더가 나타나자 그에게 사람이 몰렸다. 심지어 사윤강과 대화 나누던 이마저 흘끔흘끔 사현을 보다가 자리를 이동했다.

한아린이 정이선에게 그곳을 눈짓해 보이며 웃었다.

"말했잖아요. 사현은 정말 정성 들여서 사윤강 엿 먹이고 있다고."

"이번 참석도 그런 일의 일환이군요……."

"어쩌면 이선 복구사 꾸며서 데리고 온 것도 그런 이유일지도 모르겠어요. 사윤강은 버림받게 양동 작전 쓰는 거지."

"……네?"

이해하지 못할 말에 정이선이 어리둥절하단 반응을 보이니 한아린이 둥글게 웃었다. 곧 알게 될 거라며, 너무 굳어 있지 말라고 그의 어깨를 토닥였다. 어쩐지 사현이 그녀에게 그의 옆에 붙어 있으란 말을 했다 싶었다며 미소하는데, 점점 의아해하는 정이선에게 이내 모든 말을 이해시켜 줄 일들이 벌어졌다.

"정이신 복구사님 맞으시죠?"

"정말 뵙고 싶었습니다."

사람들이 하나둘 다가와 정이선에게 인사하기 시작한 것이다. 다른 대형 길드의 유명한 헌터들뿐만 아니라 각성자 본부의 사람들까지 접근해서 그에게 말을 걸었다. 몇 주 전에 있었던 납치 사건을 걱정하며 상태를 묻고, 자연스럽게 레이드에서 그가 보여 준 복구를 칭찬하며 대화를 시도했다.

정이선은 유일한 S급 복구사로 예전부터 유명했지만, 스무 살부터 빚 때문에 한 길드에 잡혀 일했기 때문에 한 번도 공식 석상에 나타난 적이 없었다. 그러다 지난 1년 동안 잠적을 타서 서서히 잊혀 가다가, 갑자기 한국 7대 레이드에 코드와 함께하면서 이름을 전 세계에 떨쳤다. 현재 가장 유명한 사람이 정이선이라 해도 과언이 아니었다.

그랬기에 사람들은 그와 친분을 쌓을 수 있는 기회를 놓치고 싶지 않아 했고, 그 덕에 정이선은 엄청난 인파에 갇혔다. 그리고 그건 모두 한아린이 막아 냈다.

"예예. 정이선 복구사 맞는데 지금 이곳에 인터뷰하러 온 게 아니라서요. 파티에 놀러 온 거니까 부담스럽게 접근하지 마세요."

꽤 단호한 차단이었으나 차마 S급 헌터를 밀치고 접근할 정도로 무모한 사람은 없으니 다들 아쉬운 눈으로 물러났다. 몇몇은 기분 나쁜 기색을 드러내기도 했지만 한아린이 웃으며 불만 있냐고 묻자 아무것도 아니라며 돌아갔다.

그 모습에 새삼 정이선은 그녀가 왜 사현과 나름대로 가까운 관계인지 이해했다. 둘은 의외로 비슷한 부분이 있었다. 다만 이 말을 한아린에게 한다면 그녀가 아주 기겁할 것 같아서 조용히 삼키기로 했다.

"어유, 이거 내 헌터 데뷔 때보다 더하네."

"진짜요. 와, 이거 마카롱 한 입 먹을 때마다 사람이 오더라니까."

한바탕 소란이 휩쓸고 간 후에야 겨우 정이선에게 다가오는 이들이 사라졌다. 한아린이 철통 방어하고 있단 게 사람들 사이에 알음알음 퍼져서 아예 접근하지 않는 것이었다. 꽤 지친 기색의 한아린이 한숨을 푹 내쉬니 옆에서 기주혁이 발랄하게 말했고, 한아린이 황당하단 듯 그를 보았다. 옆에서 함께 막지는 못할망정 태평하게 마카롱이나 먹고 있었으니 어이가 없단 표정이었다.

그들이 대화 나누는 것을 보고서야 정이선이 한숨을 터트리며 겨우 긴장을 풀었다. 그는 여전히 사람들의 관심이 부담스러웠기에 직접 대화 나눈 게 아닌데도 기가 빨렸다. 기주혁은 안타깝단 듯 그의 등을 토닥였고, 정이선은 목이 타서 들고 있던 샴페인을 단번에 들이켰다.

그리고 그의 잔이 비자마자 자연스럽게 한아린이 샴페인을 한 잔 더 받아서 건넸다. 새삼 정이선은 그녀가 조금 전에 사람들을 막아 내면서도 계속 술을 마셨단 걸 떠올리고 놀란 낯을 했다. 자신이 한 잔을 마시는 동안 그녀는 최소 다섯 잔은 비웠던 것 같다. 옆에서 기주혁이 저 누나는 술에서 자연 발아해서 태어났다고 말하다가 한아린에게 등을 몇 대 맞았다.

그러다 한아린의 과거 길드 사람들이 찾아와 반갑게 인사를 걸어 자연히 그녀가 몇 발자국 떨어졌다. 멀어지는 길에 잠깐 정이선을 신경 쓰는 눈빛을 보냈지만 이미 소란이 지나갔으니 괜찮을 듯했다. 정이선도 그녀에게 다녀오라며 손으로 인사했다.

기주혁은 여전히 음식 탐방에 정신이 없었고, 정이선은 옆에서 간간이 그가 내미는 디저트를 맛보며 샴페인만 홀짝거렸다. 그런데 문득 앞에서 말소리가 떨어졌다.

"파티는 잘 즐기고 있나?"

정이선이 테이블을 살펴보던 시선을 슬쩍 올려 앞의 상대를 확인했다. 조금은 높은 듯하면서도 날카로운 목소리. 사윤강이었다. 옆에서 기주혁이 흠칫하며 그를 경계하는 눈으로 보자 사윤강이 퍽 황당하단 낯을 했다.

"왜? 같은 길드 소속으로 대화 정도는 할 수 있는 거 아닌가?"

코드가 HN길드에서 독립된 단체란 느낌이 강하다지만 엄밀히 따지면 HN길드에 소속된 조직은 맞았다. 기주혁이 아무런 말도 못 하고 있으니 정이선이 담담하게 대답했다.

"네. 부길드장님께서 직접 주관한 파티라고 들었는데, 신경을 많이 써서 그런지 둘러볼 것도 많고 분위기도 좋고. 신기하네요."

그 말에 사윤강의 입가에 묘한 웃음이 퍼졌다. 칭찬이 꽤 기분 좋았는지 그는 간단히 안부를 물었다. 천형원에게 납치당한 사건으로 꽤 놀랐다며, 그때 다치지는 않았는지 등을 물었다.

"한백병원에 아는 이들이 많아서, 앞으로 보안을 철저히 해 달란 당부도 전해 뒀네."

"아, 네……."

정이선은 떨떠름하게 감사를 표했다. 자신이 그 병원에 다시 입원할 일은 없었으면 하지만, 어쩌면 손가락이 베였단 사소한 이유로 또 VIP 병실에 갇힐 수도 있단 생각이 들었다.

"그나저나 계속 스카우트 제의를 받는 것 같던데……. 레이드가 끝나면 어떻게 할 생각이지?"

꽤 자연스럽게 이어지는 대화에 정이선이 잠깐 입을 다물었다. 실제로 사윤강이 말한 '스카우트'는 오늘 파티에서 그가 가장 많이 받은 제안이었기 때문이다.

정이선이 현재 코드 소속으로 한국 7대 레이드를 클리어해 나가고 있다지만, 사실상 코드가 복구 능력을 필요로 하는 건 이번 레이드의 특성 때문이니 레이드가 끝난 후에 그를 길드로 영입하고 싶다는 제안이 벌써부터 수없이 많이 쏟아졌다. 전 세계에 유명세를 떨치는 S급 복구사를 길드에 들인다면 자연히 길드의 영향력도 높아지리라 계산한 것이다.

그런 제안을 받을 땐 한아린과 기주혁도 옆에 있었다. 기주혁은 벌써 복구사님을 노린다며 씩씩거렸고, 한아린은 결정은 이선 복구사의 마음에 달렸다고 하면서도 은근히 아쉽단 기색을 보였었다.

정이선은 그들의 시선에 그저 침묵했었는데, 당장 주제를 꺼낸 사윤강의 행동에 머뭇거리다 결국 가까스로 답했다.

"……아직은 생각해 보지 않아서요."

"아, 지금은 레이드에 열중하고 싶단 건가?"

"네. S급 던전이 2개나 남았으니까요."

"신중한 건 좋지만 미래는 미리 생각해 두는 게 좋지. 끝이 다가오니까 말이야."

사윤강이 꽤 사근하게 말하며 웃었다. 안경알 너머로 보이는 미소에 정이선은 이쪽 핏줄들이 꽤 웃는 연기를 잘한다고 새삼 생각했다. 가식적으로 느껴지는 종류는 아니지만 딱 공적인 자리에서 지어내기 좋은 미소였다.

"원한다면 HN길드에서 따로 복구단을 만들어 줄 수도 있어. 알겠지만 HN길드는 복구사로만 이루어진 팀이 있고, 우리 길드의 공격대가 진입한 던전의 수습은 모두 그곳에서 하니까. HN길드가 처리하는 던전의 수를 생각하면 복구 건도 끊이지 않을 테고, 대우나 복지도 완벽히 해 줄 수 있네."

퍽 친절한 낯으로 사윤강이 계속 말을 이었다.

"그리고 영상에서 보니 던전에 들어가는 걸 꽤 불편해하는 것 같던데."

"……네?"

"아무래도 2차 대던전 사고를 겪었으니 던전이 꺼려질 법도 해. 사현이 그런 면으론 전혀 신경을 못 쓰니까. 생각이 짧은 건지, 배려가 없는 건지. 도움이 필요하다면 말하게. 좋은 상담사를 알아봐 주지."

사윤강의 말에 정이선이 느리게 눈을 깜빡였다. 의외로 상식적인 말을 하기에 놀란 것도 조금 있고, 의도가 명백히 느껴지는 말이라 떨떠름한 것도 있었다. 사윤강은 이번 레이드의 주역이 정이선이라 분석하고 당장 레이드가 끝나자마자 그를 자기 라인으로 들이려는 것이다.

하지만 정이선은 사윤강이 그를 팀장으로 한 복구단을 만들어 주겠단 이야기에도 그저 천천히 시선만 굴릴 뿐 큰 반응을 보이지 않았다. 그와 미래는 여전히 동떨어진 단어였다.

곧 사윤강이 미소하며 정이선에게 손을 내밀었다.

"나쁘진 않은 제안이라고 생각하는데. 지금 당장 답을 달란 소리는 아니니 편히 생각해 보도록 해."

정이선은 딱히 그와 악수하고 싶진 않았지만, 지금 악수해야만 대화가 끝날 것 같아 그에게 손을 내밀었다. 그리고 그 손이 닿으려는 즈음에.

"남의 팀원한테 쓸데없이 관심이 많네요."

불쑥 손등에 온기가 닿아 왔다. 언제 다가왔을지 모를 사현이 정이선의 뒤에 서서 자연스럽게 그의 손목과 손등을 감싸 잡으며 악수하는 것을 막아 버린 것이다.

그저 뒤에 그가 있을 뿐인데 어쩐지 품에 안긴 기분이 들어 등이 긴장했다. 정이선이 흠칫한 채로 굳어 있는 동안 사현이 빙긋 웃으며 사윤강을 응시했고, 사윤강은 한쪽 입꼬리를 올리며 말했다.

"길드 소속 각성자에게 신경을 쓰는 게 당연히 부길드장으로서 해야 할 일 아닌가?"

"원하지 않는 신경을 간섭이라고 표현하죠."

"성과를 강요당하며 무리하는 사람에겐 도움이겠지."

"남의 상태를 입맛대로 재단해서 본인의 생각을 주입하는 건 오지랖이 넓다고 표현하고요."

"너……."

"남한테 신경 쓸 시간에 본인 상태나 제대로 간수하는 게 어떨까요?"

사현이 나긋이 말하며 선심을 베푼다는 듯 미소했다. 사윤강은 조금 전까지 얼굴에 자리했던 평온이 무너져서 사정없이 인상을 구기다가 이내 조소하며 뇌까렸다.

"글쎄. 정말로 간수를 못 하는 게 누구인지는 제대로 알아봐야겠지."

결국 사윤강이 자리를 먼저 떠나 버렸고, 그제야 사현이 잡고 있던 정이선의 손을 놓아주며 옆으로 섰다. 정이선은 여전히 정지된 채로 있다가 가까스로 숨을 터트리며 사현을 올려다보는데 이번엔 볼에 온기가 닿아 왔다.

조금 전엔 손등을 감싸 잡더니 이번엔 볼에 손을 댔다. 다시금 굳어 버린 정이선에게 사현은 아무렇지도 않은 목소리로 물었다.

"술 마셨나요?"

"네? 아, 어…… 네. 조금……."

상태를 확인하듯 아주 단조로운 목소리일 뿐인데 횡설수

설한 답이 튀어 나갔다. 정이선은 이게 단순히 자신이 취했기 때문이라고 믿고 싶었다. 분명 사현의 위치가 바뀌었는데도 여전히 등이 긴장해서 몸이 꼭 고장 난 것만 같았다. 그사이 사현은 엄지로 볼을 살살 훑으며 읊조렸다.

"볼이 조금 발갛네요. 게다가 열도 약간 돌고."

"많이 마시진 않았어요. 겨우 두 잔 정도……."

"저번엔 겨우 두 잔 마시고 비틀거린 건 알죠?"

"……"

새삼 정이선은 사현의 기억력이 원망스러웠다.

곧 메인홀에서 행사가 진행되었다. 그곳엔 원형 테이블 수십 개가 자리해 있었고, 사람들이 자연스럽게 지정 좌석에 앉았다. 수많은 사람이 참석하니 혼란을 방지하기 위해 테이블 위에 명패를 두었으며, 코드는 메인홀의 가장 앞자리 테이블을 차지했다.

코드의 인원은 모여서 다 함께 입장했는데, 정이선은 이곳에 기자들까지 있다는 점을 조금 부담스럽게 여겼다. 대형 길드의 큰 행사이니 당연하겠지만 수가 꽤 많았다. 정이선은 무의식적으로 후드를 쓰려고 손을 움직이다 결국 민망하게 손을 내렸다.

최대한 그쪽으로 시선을 두지 않은 채 걸어간 정이선이 사현의 옆자리에 앉았다. 원형 테이블은 딱 6명이 앉을 수 있어서 코드의 주축 5인방과 정이선이 한 테이블을 사용했다.

"이번엔 작년보다 기자들 많이 부른 것 같은데?"

"이미 행사는 크게 열겠다고 했으니 제대로 입지 굳히려나 봐요."

나건우가 주위를 휙 둘러보며 한 말에 기주혁이 소곤소곤 말을 얹었다. 7대 레이드 기간에 열리는 행사이니 적당히 기본만 챙기느냐, 아니면 아예 크게 여느냐, 두 가지 선택지가 있었을 텐데 사윤강은 후자를 택한 것이다. 게다가 코드의 연이은 클리어를 축하하기 위해 작년보다 규모가 훨씬 더 커졌는데, 기주혁은 꽤 우쭐한 듯 코를 높이며 말했다.

"우리가 5 연속 클리어한 게 좀 대단한 일이긴 하니까."

"양날의 검이지. 혹시나 다음 던전 잘못되면 코드 깎아내리기 딱이니까."

한아린이 꽤 단호하게 반응했다. 이런 파티를 가진 후에 6차 던전에서 실패하게 된다면 욕은 고스란히 코드에게 돌아온단 것이다. 그 부분까진 생각하지 못했는지 기주혁이 나직이 탄식했고, 한아린은 정치질이 원래 이런 모양이라며 고개를 내저었다.

하지만 마지막에 그녀는 여유롭게 씩 웃으며 말했다.

"그렇지만 우리는 이선 복구사가 있으니, 6차 던전도 무사히 클리어하겠지."

왠지 정이선은 좀 더 레이드가 부담스러워졌지만 차마 겉으로는 티 낼 수 없어 잘하겠단 소리만 했다.

곧 사윤강이 연단에 서서 행사 개최문을 읊었다. 길드의 창립 40주년을 맞아 이런 자리를 열게 된 점을 영광으로 생각하며, 찾아와 주신 분들에게 감사 인사를 올린단 인사말이 깔끔하게 첫 시작을 끊었다.

HN길드는 한국에서 1위 길드로서의 입지를 튼튼히 다지며 세계로 뻗어 나가는 길드였다. 그런 길드가 한 해 이뤄내는 성과는 어마어마해서 40년 동안의 업적을 간략히 읊기만 해도 길드의 규모를 알 수 있었다. 새삼 정이선은 자신이 소속하게 된 길드가 무척 큰 곳이란 걸 인식했다. 바로 이전에 일한 길드와 심히 비교되기도 했지만 그것을 빼더라도 대단했다.

연설의 끝에 사윤강이 잠깐 기자들의 질문을 받겠다고 이야기했고, 뒤에서 대기하던 이들이 너도나도 손들며 지목을 바랐다. 그러다 한 기자에게 질문권이 주어졌는데…….

"HN길드 소속 코드가 현재 한국 7대 레이드를 계속해서 클리어하고 있습니다. 코드가 처음 레이드에 입장한 시기는 몇 달 전인데, 왜 지금까지 코드에 마땅한 포상이 없었는지 궁금합니다."

다들 알지만 직접 입에 담지는 않았던 질문이 그에게서 튀어나왔다. 옆에 있던 기주혁이 작게 '오오……' 하며 감탄했고, 정이선도 조금 집중한 얼굴로 연단을 응시했다. 하지만 사윤강은 전혀 당황한 기색 없이 웃는 낯을 유지하며 답했다.

"예. 맞습니다. 코드가 1차 던전을 클리어한 시기를 고려하면, 5차 던전을 끝낸 지금에서야 공식적으로 포상하는 게 늦은 일이긴 합니다. 하지만 이건 코드 팀에 부담을 주고 싶지 않았기 때문입니다."

한국 7대 레이드는 2차 던전에 진입하기 일주일 전쯤에야 공식적으로 알려졌다. 코드가 1차 던전을 클리어했다지만 그건 A급 던전이었고, 그다음 2차 던전부턴 S급 난이도가 시작되니 많은 우려가 쏟아졌다. 전 세계에서 한국을 위한 기도가 이뤄질 정도였으니 당시 레이드가 일으킨 혼란은 엄청났다.

"초반부터 던전 클리어를 기념하는 행사를 열었다면 그것이 코드에 또 다른 부담이 되리라 생각했습니다. 이미 코드는 아주 많은 시선을 받고 있는 팀이니까요."

"축하하기엔 이르다 판단하신 겁니까?"

"팀을 위한 보호와 배려라고 생각해 주시면 감사하겠습니다. 코드는 HN길드의 특수 정예 헌터 팀이자 한국의 최정예라 불리는 팀이니 물론 훌륭히 해내리라 믿었지만, 부길드장으로서 팀에 과도한 부담이 가지 않도록 막아 내는 것이 제가 할 일이라 생각했습니다. 레이드에 집중할 수 있는 환경을 마련하는 일이요."

날카로운 질문에도 사윤강은 미소를 유지했다.

"신중을 기하며 가장 큰 행사 때 그들을 축하하고자 했습니다. HN길드의 창립 기념일이 그 뜻과 맞닿았다 생각하고요."

능숙한 답변에 정이선은 솔직히 놀랐다. 그 이후에도 몇 번이고 꽤 날카로운 질문들이 쏟아졌지만 사윤강은 아주 매끄럽게 받아넘겼고, 특별히 치우친 말을 하지도 않았다. 지금껏 사윤강과 만난 횟수는 적지만 볼 때마다 시비를 걸거나 날을 세웠기에 딱히 이미지가 좋지 않았던 사람인데, 이런 모습이 꽤 신기했다. 괜히 부길드장은 아닌 듯했다.

그러다 마침내 사윤강이 마지막으로 한 분에게만 질문을 받겠다고 했고, 지목된 기자가 입을 열었다. 그리고 기자가 던진 질문은 정이선이 앉은 테이블을 침묵에 빠지게 만들기에 충분했다.

"길드장님이 4년째 한백병원에 입원해 계십니다. 창립 40주년인데, 창립 이래 길드장의 공백이 가장 길지 않은가 싶습니다. 이렇게 길드장의 자리가 오래 비었는데…… 언제까지 공석으로 둘 것인지, 또 앞으로의 길드 운영 관리는 어떻게 해 나갈지 궁금합니다."

기주혁이 헉, 소리를 내다 다급히 입을 다물었고 한아린도 슬쩍 사현을 쳐다보았다가 아닌 척 시선을 돌렸다. 정이선은 그 질문에 괜히 불편해져서 테이블 위에 있던 샴페인을 쭉 들이켰다. 길드장에 대한 이야기가 나올 때마다 정이선은 눈치를 보게 됐다. 아무도 모를 일인데 혼자 찔려서 속이 무거웠다.

정적에 휩싸인 테이블 속에서 사현은 그저 말없이 웃으며 사윤강이 서 있는 연단을 볼 뿐이었고, 사윤강도 잠깐 침묵하다…… 이내 그 또한 미소했다.

"우선, 길드장의 자리가 비었다는 표현은 맞지 않다고 봅니다. 길드장님께선, 그러니까 아버지께선 현재 한백병원에서 최고의 치료를 받고 계시니까요. 물론 길드 건물에서 길드장 사무실은 비어 있는 상황이긴 합니다만……."

별다른 반응 없이 넘길 법한 '자리가 비었다'는 표현을 놓치지 않고 수정한 사윤강이 가볍게 장난까지 섞었다. 그는 오히려 이런 질문을 기다리기라도 한 것처럼 꽤 느긋해 보였다.

"길드장님의 부재를 걱정하시는 분들이 많단 건 알지만, 운영 방면에선 제가 부족함 없이 해 나가기 위해 노력하고 있습니다. 아버지께서 쓰러지신 4년 전부터 제가 부길드장으로서 모든 권한을 위임받아 운영 중이며, 현재까지 꾸준히 성과를 내고 있습니다. 아버지께서 언제 일어나시더라도 걱정하지 않도록 말이죠."

다시금 분위기를 환기한 사윤강이 자연스레 HN길드의 지난 4년간의 실적에 대해 이야기했다. 그가 길드의 모든 운영권을 가진 이후부터 길드에 있었던 변화와 신규 유입된 헌터들, 클리어한 던전의 개수, 또 그 확률. 그리고 매출까지 물 흐르듯 읊었다.

사윤강이 부길드장이 되면서 HN길드의 포션 제작 팀이 더욱 전문화되어 매출이 올랐고, 그는 이러한 경험에 기인해 다른 각 부서의 전문적 활동도 적극 장려해 제작 팀들의 매출이 전반적으로 올랐다. 무기 제작 팀과 마정석 가공 팀이 달성한 매출도 엄청났다.

이야기가 이어지면서 정이선은 솔직히 감탄했다. 실적에 대한 감탄이 아니라, 사윤강의 행동에 대한 감탄이었다. 부길드장이란 직책을 단순히 운으로 따낸 것은 아닌지 사윤강은 이러한 상황에 무척이나 익숙해 보였다. 분위기를 휘어잡으며 집단의 사기를 진작시키고 분위기를 고양시키는 것. 경영과 리더십 분야 학위를 여러 곳에서 내세우더니, 확실히 그는 이런 상황에서 영리하게 행동했다.

그리고 마지막엔 길드 공격대가 던전 1차 진입에서 클리어한 확률을 다뤘는데, 70퍼센트에 가까운 성공 확률은 무척이나 높은 치수였다. 그런데 가만히 그 이야기를 듣던 기주혁이 옆에서 꽤 불만스럽게 중얼거렸다.

"저거 우리 때문에 오른 건데……."

"딱 4년 전에 코드 만들어졌는데, 그때부터 오른 성공률을 자기 공으로 돌려 버리네."

교묘한 사윤강의 수법에 나건우도 인상을 찡그리며 동조

했다. 코드의 1차 진입 클리어 확률이 90퍼센트가 넘어가니, 코드를 빼면 전체 비율이 확 내려간단 것이다.

"코드가 현재 레이드에 주력하고 있지만 그 외의 던전도 HN길드의 1급 공대가 꾸준히 진입하여 해결해 나가고 있습니다. 다 함께 노력해 주었기에 가능한 성장이었습니다. 저는 부길드장으로서 길드장님의 부재가 느껴지지 않도록 더욱 열심히 할 것이며, HN길드는 안전한 한국을 위해 계속해서 노력하는 길드가 되겠습니다."

당당한 연설의 끝에 HN길드 소속 헌터들이 단체로 박수했다. 몇몇은 일어나서 환호하기까지 했고, 다른 길드의 사람들도 사윤강에게 감탄의 메시지를 보냈다. 이 분위기 속에서 오직 코드만이 미묘한 침묵에 휩싸였다.

사윤강의 연설은 아주 절묘하게 그를 차기 길드장의 위치에 두었다. 길드장의 부재를 메꿨을 뿐만 아니라 과거보다 실적이 더 높아졌다고 자랑하면서 당연히 그가 길드장이 될 것처럼 보이게 만들었다.

HN길드가 한국의 1위 자리에 오른 이유엔 분명히 사현이 있었다. 8년 전에 1위였던 길드는 한국에서 최초로 나타난 S급 던전을 해결하지 못해 몰락했고 사현이 그 던전을 클리어하면서 HN길드가 폭발적인 성장세를 밟았다.

그리고 4년 전부터 높아진 길드의 실적의 중심에도 사현이 이끄는 코드가 있었다.

길드장이 쓰러지면서 경영권을 쥔 사윤강이 사현의 직위를 모두 빼앗고 던전 진입도 막다가, 사현이 길드를 나가려 하자 그제야 급히 특수 정예 팀을 만들어 줬단 비하는 유명했다. 사현은 그 코드를 키워 한국의 최정예 팀으로 불리게 만들었다.

그런 코드가 HN길드에 있기에 헌터들이 더욱 HN을 선망했고, 길드의 영향력은 당연히 커졌다. 즉 HN길드가 던전 진입 권한을 많이 따내는 것도, 또한 국민의 신뢰와 세계의 관심을 받는 것도 모두 코드가 있기에 가능한 일이었다.

그러나 사윤강은 자연스럽게 그 공을 모두 자신에게 돌리고, 이후엔 팀의 성과를 칭찬하고 포상하는 시혜적 위치에서서 코드를 호명했다. 기주혁이 예상했던 대로 의례적인 상패와 상품 수여식이었다.

Chord324의 리더, 사현이 대표로 연단에 나가서 사윤강의 옆에 섰다. 사윤강은 미소하며 사현에게 크리스털로 만들어진 트로피와 유리 케이스를 건넸다.

"국가를 위해 노력해 줘서, 그리고 HN길드를 위해 힘써 줘서 항상 고마운 마음입니다. 그 수고와 공로를 치하하고자 선물을 준비했으니……."

유리 케이스 안에는 HN의 로고가 새겨진 포션과 상급 아이템이 들어 있었다. 일부러 투명한 케이스에, 장식용 계단까지 놓아 바깥에서도 모두 물건을 확인할 수 있게 만들었

다. 시중에서 판매되는 HN길드의 포션 케이스보다도 훨씬
더 고급스러운 모습은 오늘을 위해 특수 제작되었음을 알렸
다.

그 모습을 본 한아린이 기가 막히단 듯 헛웃음을 터트렸
다. 상품으로 자기가 만든 포션을 주는 새끼가 다 있다며 어
이없어했고, 기주혁은 다급히 표정을 관리하라 속닥였다.
기자들은 언제나 사윤강과 사현의 대립을 좋아했으니 지금
열심히 코드의 반응을 찍고 있을 거라 말했다. 하지만 한아
린은 됐다는 듯 손을 내저었다.

그렇게 코드가 앉은 자리에 묘한 기류가 흐르는 동안 사
현은 상품들을 받아서 흘끗 내려다보기만 하다…… 마침내
그의 얼굴에 아름다운 미소가 떠올랐다.

"치하, 라는 단어를 여기에서 쓸 줄은 몰랐네요."

사윤강의 표정이 미미하게 굳었다. 자연스럽게 넣어 둔
단어를 곧바로 집어내는 사현이 못마땅한 듯 잠깐 미간이
좁혀졌지만 겨우 다시 미소를 그려 냈다. 많은 사람이 지켜
보고 있는 상황이니 사현도 쓸데없는 소모전은 하지 않을
것이라 믿었다.

어서 받고 내려가란 의사가 고스란히 전해지는 시선에 사
현이 고개를 비스듬히 기울였다.

"주제를 알면 몸을 낮추겠고 염치를 안다면 입을 다물었
을 텐데……."

"······뭐?"

"정말 편하겠어요. 그 자리에선 말 몇 마디 하면 방치가 배려가 되고 견제가 자기 계획이 되니까. 부길드장께서 포션 제작과 판매에 힘을 쏟는 이유를 알겠네요."

굳어 가는 사윤강의 얼굴과 마주하며 사현이 미소했다. 사윤강은 그가 마지막으로 한 말에 입술을 꽉 깨물다가 이내 가까스로 웃음을 그려 내며 말했다. 입꼬리가 파르르 경련했다.

"내가 던전에 진입하지 않았던 건 길드장님의 부재를 메꾸기 위함이었습니다. 현재 길드를 운영할 사람은 오직 나뿐이니······."

"던전에 진입하지 않는 이유를 물은 것도 아닌데, 왜 갑자기 해명을 하는지 모르겠네요. 말에 뛰어난 재능이 있으니 제품 제작에 열중해서 길드의 가치를 높이신 것 같단 감탄이었어요."

"······."

"그리고 마지막 발언은 길드 임원들에게 실례가 되지 않을지 걱정됩니다. 다 함께 노력해서 HN길드가 성장했다는 조금 전의 연설과 어긋나지 않는지······."

운영을 자신의 몫으로만 두는 일은 곧 성과 또한 오직 자신 덕분이란 말과 같기에, 그 점을 짚은 사현이 눈매를 휘어 웃었다.

사윤강은 헌터가 된 지 15년이 되었는데도 던전에 진입한 경험이 10회도 되지 않았다. 적은 진입 횟수는 언제나 꼬리표처럼 사윤강을 따라다녔다. 사실 헌터 길드에서 던전에 들어간 경험이 적은 자가 부길드장의 직위에 오른 것만 해도 어불성설이었다. 길드장이 뒤를 봐주지 않았더라면 절대로 불가능했던 인사였고, 또한 당시 사윤강의 외가가 길드 임원 자리를 꿰차고 있었기 때문에 가능했던 파격적인 승진이었다.

던전에 진입하지 않는 헌터가 길드의 명예만 누린다는 건 약은 행동이었다. 일반 기업보다 헌터 길드가 사회에 더 강한 영향력을 가졌기에 사윤강은 부득불 길드에서 버텼고, 자신의 학위를 내세우며 경영을 강조했다. 다른 길드의 길드장, 부길드장도 모두 경영 공부를 하면서도 던전에 직접 진입한단 걸 고려하면 그는 현재 길드 사회에서 꽤나 이질적인 존재였다.

그 스스로 약점을 들춘 사윤강이 부들부들 떨고 있으니 사현이 유리 케이스를 살짝 들어 보이며 태연하게 말했다.

"하지만 부길드장께서 운영으로 바쁘신 건 맞나 봐요. 코드에까지 신경 쓸 여력이 없으셨던 것 같지만, 필요 없는 포션을 제외하면 이미 여기에 든 아이템은 팀원 전부가 가지고 있어서요."

사현이 상자를 사윤강 앞의 연설대에 올려 두곤 고개를

까딱 숙여 인사했다.

이후 사현이 몸을 돌려 연단에서 내려오는 동안 공간에는 싸한 정적이 자리했다. 그러나 기주혁과 나건우가 쏟아 내는 박수를 시작으로 코드 전체가 손뼉을 치고, 뒤이어 다른 이들도 얼떨결에 박수했다. 비록 상품을 거절하고 내려오긴 했지만 지금 차례는 분명히 코드가 세운 공로를 축하하는 시간이었다.

사윤강은 이를 꽉 깨문 채로 사현의 뒷모습을 노려보다 겨우겨우 표정을 관리했다. 아직 행사는 끝나지 않았으며 홀의 뒤편엔 기자들까지 한가득 있는 상황이었다. 힘겹게 심호흡하며 사윤강이 미소했지만 파들거리는 눈가마저 숨기지는 못했다.

행사는 계속 진행되었다.

코드뿐만 아니라 HN길드의 다른 공격대와 팀의 실적을 축하하며 트로피를 수여하는 시간도 가졌고, 헌터 협회와 각성자 관리 본부의 사람들이 길드의 안녕을 바란단 축사를 읊기도 했다.

그런 의례적인 행사가 끝난 후엔 자유롭게 파티를 즐길 수 있었다. 메인홀 옆에 있는 공간은 기자의 출입이 금지되어 다들 편하게 돌아다녔다. 파티에 초대받은 이들 중 몇은 다른 일이 있다며 지인들에게 아쉽게 인사하고 떠났는데, 그 모습을 발견한 정이선이 사현에게 물었다.

"이제 돌아가도 되는 건가요?"

지금까지 계속 불편한 기색이었다가 이만 나가도 되는 상황이란 걸 파악하자마자 정이선의 눈이 살짝 빛났다. 그 반응이 우습기라도 한 듯 사현이 정이선을 내려다보며 실소했다. 그새를 못 참고 정이선은 한 번 더 질문했고, 결국 사현이 고개를 끄덕여 주며 답했다.

"협회 부회장님이 잠깐 대화하자고 하셔서, 그 대화만 끝나면 돌아가죠."

마치 달래기라도 하듯 정이선의 어깨 끝을 두어 번 쓰다듬은 사현이 멀리 이동했다. 그 뒷모습을 지켜보는 정이선에게 한아린이 다가와 다시금 잔을 건넸다. 이번엔 뒤풀이 개념이라서 샴페인도 바뀌고 새롭게 칵테일도 추가되었다며 그녀가 신난 낯을 했다.

"사윤강은 싫지만 이번 술 리스트는 마음에 드네요. 업체가 잘하는 건가."

"어우, 저 누나 달리려나 봐요. 못 볼 꼴 보기 전에 저도 빨리 가야지."

옆에 있던 기주혁이 질색했다. 정이선이 의아해하자 기주혁은 한아린이 한 번 고삐가 풀리면 미친 듯이 마신다고 말하며⋯⋯.

"토하면서 난리 피우진 않는데, 그 대신 남한테 엄청 먹여요. 좋은 거니까 마시라고."

"지금 저한테 주는 것도……?"

"에이, 이건 아니고. 완전히 눈 돌아가면 아예 입에 퍼부어요. 아무나한테 그러진 않고 좀 평소 한 대 치고 싶었던 사람한테 그러는 것 같기도? 잠시만, 근데 왜 내가 몇 번 당했지?"

"왜 너겠냐."

"아니, 난 이미 평소에 한 대씩 맞는데 왜……."

억울하단 기주혁의 말에 한아린이 나직이 탄식했다. 이유를 설명해 주려 했는데 저런 방향으로 답할 줄은 몰랐단 탄식이었다. 그 대화를 지켜보던 정이선이 아하하, 소리 내어 웃자 기주혁과 한아린이 동시에 놀란 표정을 지었다.

동그랗게 커진 눈동자에 외려 정이선이 당황할 즈음 둘이 서로 시선을 주고받은 후 감탄처럼 중얼거렸다.

"복구사님 술버릇은 잘 웃는 건가?"

"괜찮은 술버릇이네. 이선 복구사의 귀한 웃음도 다 보고."

"아니, 딱히 그런 건……."

정이선이 해명하기도 전에 한아린과 기주혁이 함께 짠, 소리를 내며 잔을 부딪쳤다. 사실 정이선은 애초에 술을 많이 마시지 않아서 제 술버릇을 잘 몰랐다. 친구들의 말로는 그냥 자 버리는 무난한 술버릇이라고 했었는데, 정말로 웃음이 많아지는 건지 아니면 지금의 분위기가 즐거운 건지는 알 수 없었다.

어쩌면 이곳의 샴페인과 칵테일이 고급이라서 맛있는 걸 수도 있고, 또 한아린과 기주혁에게서 듣는 코드의 이야기가 재밌는 걸 수도 있다는 이유로 정이선은 한 잔, 두 잔, 차례로 잔을 비워 나갔다.

4년 동안 함께 일한 그들에겐 이야깃거리가 무척이나 많았다. 던전 안에서 있었던 일들이나 가끔 다른 길드와 있었던 갈등, 또 HN길드 내에서 벌어졌던 여러 사건 사고들이 끝없이 쏟아졌다.

그 이야기를 듣는 동안 파티장에서 코드 헌터들은 서로 모여 있기도 하고, 흩어져서 다른 길드 사람들과 대화를 나누기도 했다. 신지안은 코드에 오기 전까지 태신길드 소속이었기에 그곳 사람들과 함께 대화했고, 나건우는 이전에 꽤 여러 길드에서 힐러로 일했기 때문인지 만나는 사람이 유독 많았다.

"나건우 헌터도 술을 좋아하나 봐요. 벌써 열 잔은 넘게 마신 것 같은데."

"힐러잖아요. 마시고 해독, 마시고 해독."

"아……."

"해독할 거면 술을 왜 마시나 몰라."

기주혁의 답변에 정이선이 감탄하니 옆에서 한아린이 이해가 안 간다는 듯 중얼거렸다. 그러다 사현이 헌터 협회 부회장과의 대화가 끝났는지 이쪽으로 다가왔으나 오는 길에 다른 사람에게 붙잡혔다. 헌터에 대해 잘 모르는 정이선이 더라도 S급 헌터의 얼굴은 알았는데, 사현을 붙잡은 사람이 낙원길드의 길드장인 S급 헌터였다.

몇 년 전부터 낙원길드장은 헌터 활동을 줄여 가며 은퇴를 준비한다고 했었다. 그래서 천형원에게 길드장을 물려주고 한적한 곳으로 내려가 쉴 계획이라고 말했었는데, 그 계획이 최근의 천형원 징계 선으로 모두 무산되었다. 당시 길드장은 그저 참담하단 심정만 표했는데, 그랬던 그가 오늘 파티에 와서 사현을 붙잡았다.

정이선은 혹시나 길드장이 사현에게 책임을 물으려나 생각했는데, 그는 꽤 놀라운 제안을 했다. 거리가 가까워서 그의 말소리가 어렴풋이 들렸다.

"레이드가 끝나면 낙원길드로 올 생각은 없나? 자네만 괜찮다면 낙원길드를 맡기고 싶은데……"

한아린과 기주혁도 들었는지 조용히 감탄했다. 낙원길드는 천형원을 방출시킬지 말지에 대해 계속 논의했지만 S급 헌터가 길드의 전력이라 차마 내칠 수 없는 상황이었다. 그런데 그걸 아예 사현을 스카우트해서 해결하려는 듯했다.

사현이 낙원길드로 온다면 천형원을 버려도 되고, 또 그가 길드장이 된다면 낙원이 HN길드를 제치고 1위 길드가될 수도 있으니 현재 낙원의 길드장으로선 최고의 방향이었

다. 게다가 사현도 사윤강과 길드장 자리를 두고 대치 중이
니 차라리 다른 길드에 와서 HN길드를 누르는 게 어떻겠냐
고 제안하는 것이다.

길드장은 사현을 이끌고 잠깐만 대화하자며 이동해 버렸
고, 앞에 있던 셋의 시선은 주우욱 그들의 뒷모습을 따라갔
다.

"리더가 가면 우리 코드는 어떡하지?"

"낙원 제안이 아마 코드 전체 이동이긴 할걸. 공대는 보통
공대장 따라가니까……. 코드가 낙원으로 가면 낙원 입장에
선 A급 헌터도 엄청 늘어나고, 또 S급 헌터도 두 명이나 생
기니 대박이지."

하지만 거기까지 말한 한아린은 결국 픽, 실소를 터트리
며 고개를 절레절레 내저었다.

"그런데 절대로 안 간다에 내 보석 컬렉션 하나 건다. 지
금까지 사현이 짠 판이 있는데……."

그 판이 잘못된 것도 아니고, 아주 순조롭게 진행되고 있
는데 굳이 3위 길드로 갈 이유가 없다고 한아린이 깔끔하게
결론 내렸다. 기주혁도 그녀가 말한 '판'을 어렴풋이 아는지
오오, 감탄하며 고개를 끄덕였다.

정이선은 순간이지만 사현이 넘어갈지도 모른다고 생각
했던 게 괜히 민망해졌다. 길드장의 시체까지 복구해 가며
판을 준비하는, 한아린의 표현을 빌리자면 정성 들여 사윤

강에게 엿을 먹이려 하는 그인데 다른 곳으로 갈 리가 없었다.

정이선이 그렇게 생각하는 동안 기주혁은 사실 코드가 그 자체만으로도 길드 하나 급의 영향력을 가진 거 아니냐며 은근한 자부심을 드러냈다. 레이드까지 올 클리어하고 나면 HN길드는 이름을 코드로 바꿔야 한다며 소리를 높이는데, 슬슬 그도 취해 가는 듯했다. 한아린도 그가 취했다고 생각하는지 기주혁을 벽 쪽에 있는 의자로 끌고 가 앉혔다.

그렇게 그녀가 이동한 사이 사현이 돌아왔다. 정이선은 제게 다가오는 사현을 멍하니 올려다보며 길드장과의 대화를 물을지, 말지 고민하는데 사현의 말이 먼저 떨어졌다.

"빨리 가고 싶다고 시위하나요?"

"……네?"

"술을 왜 그렇게 마셔요? 네 잔 정도 마신 것 같던데."

사현이 정이선의 볼에 손을 얹으며 뇌까렸다. 술에 취한다고 해서 얼굴이 많이 붉어지는 편은 아닌 것 같지만 분명히 정이선은 취한 상태가 맞았다. 힘이 풀린 눈동자나 볼에 돌고 있는 열이 그것을 알렸다. 게다가 반응마저 한 박자 늦었다.

그렇게 사현이 정이선의 상태를 확인하는 동안 정이선은 제대로 된 답을 할 수가 없었다. 그가 자신을 만취한 사람 보듯 본단 걸 알면서도, 시위가 아니었단 말을 몇 번이나 버벽대다 겨우 완성했다. 자신이 정말로 네 잔을 마셔서, 사현이 다른 곳에서 다른 사람과 대화하면서도 자신을 봤을 거란 생각에 꽂혀서 속이 미친 듯이 울렁거렸다.

대체 왜 사현의 말에서 그런 걸 굳이 찾아내 스스로를 이렇게 혼란스럽게 만드는지 알 수 없었다. 사현이 관찰력이 좋단 건 예전부터 알았으면서, 정이선은 어느 순간부턴가 자꾸만 그의 행동에서 의미를 찾으려고 들었다.

고장 난 사람처럼 삐걱거리는 정이선을 이끌고 사현이 바깥으로 이동했다. 홀을 나가서 기다란 복도를 걷는 동안엔 아무와도 마주치지 않았다.

고요한 공간 속에서 정이선은 사현에게 끌려가듯 걸으며 계속 혼이 났다. 이미 앞서 두 잔을 마셨으면서 지금 또 네 잔을 마시면 제정신을 유지할 생각이 없었냔 타박이었는데 정이선은 아무런 말도 하지 못했다. 이제 와서 안 취했다고 말하기엔 걸음이 비틀거린단 걸 스스로가 가장 잘 알았기 때문이다.

가만히 서 있었을 땐 괜찮았는데 걷기 시작하자 세상이 조금씩 기울었다. 자신의 몸이 기우는 건지, 건물이 각도 조절을 새로 하고 있는 건지 모를 일이었다. 본인부터 이런 생각을 하고 있으니 사현이 황당해하는 게 당연하다 싶으면서도 조금 억울했다.

"그쪽도 많이 마셨잖아요……."

"이선 씨는 제가 S급 헌터라는 걸 꽤 자주 까먹는 것 같아요."

사현의 차분한 답변에 정이선은 문득 한아린이 그렇게 마시면서도 멀쩡한 이유가 S급이기 때문이란 깨달음을 얻었다. 안 취하니까 많이 마시는 건가? 아니, 그녀는 애초에 술을 좋아해서 마시는 것 같기도 하고…….

"상위 헌터일수록 알코올에 내성이 있는 건가요?"

"해독 능력이 높아지긴 한데, S급이 유독 높은 편이에요."

"저도 S급인데……."

"…….."

정이선의 웅얼거림에 사현이 황당하단 시선을 보냈다. 어쩐지 민망해져서 정이선은 시선을 다른 곳으로 돌리며 중얼댔다.

"비전투 계열 말고 전투 계열로 각성할 걸 그랬어요."

"몬스터도 공격 못 할 것 같지만, 그래요. 가능성 없는 일을 상상하는 게 재밌다고들 하니까, 이선 씨도 그렇게 상상해서 재밌으면 계속해 봐요."

들어 주겠단 사현의 말에 정이선이 휙 고개를 들어 그를 노려보았지만 술에 취해서 눈에 힘이 풀린 정이선은 전혀 위협적이지 않았다. 순한 소동물의 반항을 본단 듯 사현이 느긋하게 눈을 맞추자 결국 정이선이 먼저 시선을 피했다.

"……그쪽은 잘난 전투계 S급 헌터라서 별별 스카우트를

다 받는데…….”

혼잣말처럼 작은 목소리였지만 사현의 걸음이 뚝 멎었다. 그는 의아하단 눈으로 정이선을 가만히 내려다보았고, 정이선은 그 시선에 왠지 해명하듯 낙원길드에서 길드장 자리를 제안받는 걸 봤다고 말했다. 사현은 잠깐 말이 없다가 이내 한숨과 비슷한 실소를 내뱉었다.

“제가 낙원길드로 갈 것 같나요? 지금까지 4년 동안 준비한 게 있는데.”

“…….”

“그리고 오늘 가장 많은 스카우트를 받은 건 이선 씨죠. 사윤강마저 별 이상한 제안을 했잖아요.”

사현의 말에 정이선이 멍한 얼굴을 했다. 회장에 들어와선 떨어져 있었기 때문에 모를 줄 알았는데…….

정이선은 또 그가 자신이 받은 제안들마저 들었음에 속이 울렁거리는 걸 느꼈다. 멀리 있었을 텐데도 제 주위의 소리에 귀를 기울였단 자각이 들자 이상하게 볼에 열이 돌았다. 술에 취하면 심장도 빨리 뛰는 건지 호흡이 약간 흐트러졌다.

눈동자를 이리저리 굴리던 정이선이 결국 충동적으로 물어 버렸다.

“……그러면 저는, 다른 곳으로 갈 것 같나요?”

스스로부터가 미래를 그리지 않으면서 이런 질문을 하는

게 참 모순적이었다. 그럼에도 정이선은 사현의 반응이 궁금했다. 자신의 쓸모는 어디까지나 레이드에서 나타나는 무너진 건물의 복구였고, 그 레이드가 끝나면 자신은 정예 헌터 팀인 코드에 있을 필요가 없었다.

다른 일반 던전에서도 종종 전투 중에 길이 무너진다지만, 고작 그런 길을 복구하기 위해서 비전투계인 복구사를 데리고 들어가는 것은 무척 비효율적이었다. 그렇다면 누구보다 효율을 따지는 사현이 레이드가 끝난 후에 자신을 데리고 있을 이유가 있을까.

그러니까…… 사현은 계약 이후에 자신이 어떻게 행동할지, 관심이 있을까.

정이선은 최종적으로 떠오른 의문을 잠재울 수 없었다. 왜 그런 게 궁금해졌는지조차 자문하지 못하고, 그저 사현이 할 답을 얼른 듣고 싶기라도 한지 자꾸만 조급하게 그를 쳐다보았다. 머리칼을 넘겨서 훤히 드러난 얼굴에 어떤 생각이 스치는지, 또 그의 입술이 언제쯤 달싹일지 지켜보다가.

마침내 입매로 호선을 그리는 사현의 행동에 심장이 쿵, 떨어졌다.

"가고 싶은 곳이 생겼나요?"

"……네?"

"마음에 드는 제안을 받았다면 그곳을 택하는 건 이선 씨

자유겠죠."

하지만 사현이 내뱉은 말은 몹시도 차분하고 단조로워서, 정이선은 점점 싸하게 가라앉는 기분을 느꼈다. 심장이 크게 떨어졌던 것 같은데 그 추락이 지나간 자리가 이상하게 저렸다. 알 수 없는 허무함이었다.

그 이유를 도통 모르겠어서, 아니 더 정확하겐 그 허무함이 너무나 커서 정이선이 아무런 말도 못 하고 있는데 사현의 말이 마저 이어졌다.

"하지만 제 생각에는 없을 것 같아요. 이선 씨는 사람들의 눈에 띄는 걸 여전히 꺼리는 편이니까 이선 씨가 가고픈 곳이 있을 리가 없겠죠. 지금 레이드도 그 시체들을 죽게 해 주려고 함께하는 거니까."

멍해지는 정이선의 얼굴을 보며 사현이 빙긋 웃었다. 자신이 그를 스카우트하기 위해서 들인 수고가 어느 정도인데, 다른 길드들이 아무리 좋은 조건을 제시해 봤자 그 조건이 딱히 유인책이 되지 않을 것 같단 간단한 분석이었다.

참 그다운 반응이기도 하고, 또 그것에 이해할 수 없게도 안도감이 들어서 정이선은 웃음을 터트려 버렸다.

그런 정이선의 볼을 사현이 느긋하게 감쌌다. 술에 취해서 그런지 정이선의 웃음이 유독 헤펐다. 그간 드물게 보였던 웃음보다도 훨씬 더 흐물흐물 풀어져 있어서, 그것이 꽤 신기해 사현이 그의 눈꼬리를 문질렀다.

"레이드가 끝나면 오히려 다시 쉬려나, 싶기도 해요. 이선 씨한테 쏟아지는 모든 제안에 별 반응을 하지 않는 걸 보면……. 하나라도 되물어볼 법한데 아무것도 안 물으니까. 관심이 없단 거겠죠?"

"……."

"비전투계는 레이드로 느끼는 부담이 더 클 테니 현재에 집중하고 이후 쉬고 싶을 수도 있고, 혹은 과거의 일로 더 휴식을 취하고 싶을 수도 있다고 생각해요."

순간 정이선은 사현의 분석에 흠칫했지만 그것에 계속 놀라기엔 바로 앞에 사현의 새까만 눈동자가 있었다. 자신의 얼굴을 감싼 채로 빤히 내려다보는 사현의 얼굴이 너무 가까워서, 그의 그림자 속에 그대로 갇혀 버린 것만 같아서 정이선은 홀린 듯 그를 올려다보았다.

이윽고 사현이 미소를 그려 내며 말했다.

"그러니까 그 휴식이 어느 정도 끝나면…… HN에서 함께 일해요."

"……네?"

"그때쯤 되면 길드장 승계도 끝났을 테고, 저도 적당히 내부 정리를 마무리했을 테니까."

정이선의 눈이 느리게 깜빡거렸다. 사현은 레이드를 성공적으로 끝낸 후에 길드장을 죽게 하고, 그의 유언장에 모든 사람이 의문을 제기하게 만들 계획이었다. 그러니 그의 계획대로만 된다면 사윤강이 아닌 그가 길드장이 될 것이었다.

사현은 그 점을 짚으며 이 모든 비밀을 아는 정이선이 다른 곳으로 가서 발설할 확률을 만들고 싶지 않다고 말했다. 굳이 그런 위험한 요소를 남길 이유는 없다며, 휴식이 끝난 후엔 정이선도 복구사로서의 활동에 대해 스스로가 원하는 바가 생길 테니 그때 조건에 대해 이야기하자고 했다.

아주 자연스럽게 흘러가는 말에 정이선은 눈만 감았다 뜨기를 반복했다. 어떤 답을 해야 할지 알 수 없었다. 자신이 그리지 않는 미래에 대한 거리감인지, 아니면 사현이 이런 이야기를 하는 것에 대한 기쁨일지. 이해할 수 없게도 정이선은 지금 알량한 즐거움을 느끼고 있었다.

몸이 붕 떠서 허공 어딘가를 부유하는 것만 같았다. 잠깐이지만 정이선은 술에 취한 탓인가 생각했다. 그렇지 않고서야 이런 감각을 느낄 리가 없었다. 풍선처럼 몸이 둥실둥실 뜨는 기분이 들었다가 또 깃털 같은 것이 가슴 어딘가를 간지럽히는 감각마저 느꼈다.

그러다 마침내 사현이 자신의 이름을 입에 담은 순간.

"이선 씨, 이번 일이 끝난 후에도 함께해요."

풍선이 펑 터져 버린 것처럼 크게 놀랐다. 심장이 쿵쾅쿵쾅 미친 듯이 뛰어서 정이선은 순간 숨을 크게 들이켜야만 했다.

"원하는 건 다 맞춰 줄 수 있으니까."

정신이 아찔했다. 사현이 마지막으로 한 말은 자신이 처음 그에게 스카우트받을 때 들었던 말과 같았고, 그는 그때와 같은 태도임에도 정이선은 이상하게 한없이 낯선 기분을 받았다. 그가 한 말이 귓가를 멍멍하게 울렸다.

사현이 길드장이 된 후에 길드에 S급 복구사가 영입된다면 한층 더 그의 영향력이 높아질 것이다. 그러니 이 제안 또한 그의 계산하에 이뤄진 것임을 알면서도 정이선은 반쯤 입을 벌린 채로 굳어 있다가…… 그대로 몸을 돌려서 걸어가기 시작했다.

거의 도망치듯 사현에게서 벗어나 복도를 빠르게 걸어갔다. 조금 전까지 흔들리던 시야마저 완벽하게 돌아왔다. 지금 흔들리는 거라곤 자신의 심장밖에 없었는데, 그 점에 정이선은 너무나도 큰 충격을 받았다.

그리고 그런 그의 뒤로 사현이 나긋한 움직임으로 따라왔다. 갑작스레 멀쩡하게 걷는 정이선이 우습기라도 한 듯 목소리에 미미하게 웃음기가 배였다.

"나가는 길 그쪽 방향 아닌데. 어디 가요?"

그 말에 좀 더 정이선의 걸음이 빨라졌다. 거의 뛰어가던 정이선이 마침내 복도의 코너를 돌았을 때, 앞으로 진 그림자에서 사현이 불쑥 튀어나왔다. 마킹해 둔 대상의 그림자를 통해서 나타난 것이다.

갑작스러운 등장에 정이선은 정말 화들짝 놀랐다. 너무 놀라서 무의식적으로 뒤로 피하려다가, 버벅거리며 앞으로 쓰러지듯 몸이 비틀거렸다. 그리고 사현이 그런 그를 몹시 자연스럽게 받았다. 등허리를 감싸며 붙잡은 건데 흡사 그의 품에 안긴 듯한 상황이었다.

사현의 가슴팍에 고개를 묻은 정이선은 숨도 쉬지 못했다. 심장이 너무 미친 듯이 뛰어서 머리가 깨질 것만 같았다. 사현이 갑자기 나타나서 놀란 거라고 믿고 싶었지만 심장 고동이 쉽게 가라앉지 않았다. 아니, 오히려 갈수록 거세져 턱 끝에 걸린 것만 같았다.

굳어 있는 정이선에게 사현의 말소리가 나긋이 떨어졌다.

"어디까지 도망가려고 했어요?"

"아, 그, 그게…… 도망간 게 아니라 호, 홀에 두고 온 게 생각나서."

"없잖아요. 내 옆자리에 있었는데, 내가 그걸 놓치겠어요?"

결국 정이선의 입이 다물렸다. 몸이 너무 떨려서 차마 고개도 들지 못하겠고, 그저 취한 척해야겠단 우스운 결론만 나왔다. 술을 많이 마셔서 혼란스러운 것 같다고, 그래서 착각했다고 말하려는 때.

사현의 손가락이 정이선의 귀 끝을 살짝 스쳤다.

"귀 빨개졌어요, 이선 씨."

아주 사소한 접촉일 뿐인데, 사현의 품에 안긴 상태면서 고작 귀가 닿은 것에 온몸이 긴장했다. 점점 더 붉어진다는 말을 태연히 읊조리며 귀를 매만지는 사현의 행동에 정이선은 넘어갈 듯한 숨만 가까스로 삼키다가 결국 우스운 변명을 했다. 진실이 뭔지도 모르면서 스스로가 변명하고 있단 것만은 알았다.

"취, 취해서…… 그래서 열이 오르나 봐요."

어쩐지 울먹이는 것처럼 나온 목소리에 사현이 옅게 웃었다. 그가 웃음을 터트리면서 다가온 숨결이 귓가를 간질였다. 정이선은 자신이 어떤 표정을 짓고 있는지 알 수 없었지만 일단 사현에게 보여선 안 된단 생각만 들어 고개를 푹 파묻었다.

이선 씨가 그렇다면 그런 거겠죠. 나긋한 말소리가 한쪽 귀로 들어왔다가 반대쪽 귀로 흘러나갔다.

어떻게 아파트까지 왔는지 기억도 나지 않았다.

정이선이 가까스로 진정할 땐 어느새 집 앞에 도착한 상태였고, 그는 마지막 남은 이성을 끌어모아 힘겹게 사현에게 인사했다. 사현은 바로 옆집이라서, 이제 복도에서 헤어져 각자 집으로 들어가면 되었다.

그런데 정이선이 집으로 들어와 문을 닫으려는 때, 갑자기 문이 턱 잡혔다. 정이선은 문을 붙잡은 길쭉한 손가락을 멍하니 올려다보다 그 너머의 사현을 보았다. 분명히 인사를 끝내고 헤어졌는데 왜 돌아왔는지 모를 일이었다. 할 말이 있냐고 물으려는 때 사현이 문을 반쯤 열고서 상체를 숙였다.

"……."

비스듬히 다가오는 얼굴에 정이선이 고장 난 사람처럼 굳었다가, 이어지는 사현의 행동에 짧게 탄식했다. 그가 자신의 넥타이를 풀어 주고 있었기 때문이다. 곧게 뻗은 검지가 움직여 슥슥 넥타이를 풀어내는 모습을 내려다보며 정이선이 가까스로 말했다.

"넥타이는 왜……."

"어떻게 매는지 몰랐으니 푸는 법도 모를까 봐요."

"그, 그 정도는 제가 할 수 있어요."

정이선이 됐다는 듯 사현의 손을 떨쳐 내려 했다. 하지만 이미 정이선이 버벅거리는 사이에 넥타이를 모두 풀어낸 사현이 얼굴 위로 아름다운 미소를 그렸다. 찰나 정이선의 시선이 홀린 듯 그의 얼굴에 고정된 때, 사현이 나직하게 말했다.

"그런데 이선 씨, 예전에도 말했었는데……."

마치 속삭이는 것처럼.

"이선 씨 거짓말하면 티 많이 나요."

굳어 버린 정이선의 귀 끝을 툭, 가볍게 건드린 사현이 웃으며 떠났다.

문이 천천히 가까워지다 이윽고 쾅, 닫히며 완전히 시야를 메웠지만 정이선은 한참 동안 그 자리에 못 박힌 듯 서 있어야만 했다.

◁　◆　▷

길드 창립 기념일 행사 이후엔 시간이 무척이나 빠르게 흘러갔다.

코드는 하루의 휴식을 마음껏 만끽한 후에 다시 던전 준비에 열중했다. 현재 예상으론 전투가 세 차례에 걸쳐 이뤄질 것 같으니 만전을 기해야 했다. 마우솔레움의 1층에서 말을 탄 기사 몬스터를 상대하고, 2층에선 영안실 근처의 기둥 사이사이에 있는 신상과 싸우고, 최종 보스 몬스터로는 영안실에 있는 시체가 나올 확률이 높으니 다방면으로 준비가 필요했다.

저주 저항력을 높일 아이템을 구하고, 마법 데미지를 증가시킬 아이템도 준비했다. 이번 건물은 화재로 전소된 적이 없으니 화 속성 마법을 써도 되겠단 분석이 나왔지만 혹시나 4차 때처럼 아예 마법의 캐스팅이 끊길 경우를 고려해 별도로 조명석도 챙겼다.

이렇게 다들 바쁘게 준비하는 동안 정이선도 열심히 복원도를 외워 나갔다. 그리스풍 건축물이라 그런지 구조는 앞선 신전들과 비슷했지만 세밀한 부분까지 외우려니 신경을 많이 쏟아야만 했다.

코드 헌터들은 정이선이 늘 개인 집무실에서 복원도를 들여다본단 걸 알았지만, 창립 기념일 파티 이후로는 무언가 다르다고 생각했다. 어쩐지 그는 강박적으로 자료 속에 파묻혔으며, 누군가 사무실로 찾아가 말을 걸려 하면 화들짝 놀라는 반응을 보였다.

게다가 이전엔 사현과 함께 출근하던 정이선이 최근엔 그보다 더 일찍 사무실에 왔고, 단체 회의를 하더라도 본론이 끝나면 재빨리 개인 집무실로 돌아가 버렸다. 하지만 이것만으론 정이선이 이전과 다르다고 확언하기도 애매하고 이유마저 알 수 없으니 코드 헌터들은 그저 그가 이번 던전에 열중한다고만 생각했다.

이런 헌터들의 시선을 정이선도 알았다. 하지만 그로서도 어쩔 수 없었다. 너무나 큰 혼란을 어떻게 잠재워야 할지 모르겠어서, 1년 전 이후로, 아니 굳이 그때가 아니더라도 생전 이런 혼란을 느낀 적 자체가 처음이라 그는 일에 파묻히는 선택지밖에 고르지 못했다.

그러다 마침내 6차 던전 발생까지 사흘이 남은 날 오전,

사무실은 꽤나 어수선했다.

코드 헌터들끼리 훈련하다가 실수가 생겨 한 명이 부상을 입었고, 던전 발생까지 얼마 남지 않은 시점에 일어난 사고라 소란스러워졌다. 다행히 큰 부상은 아니었지만 어느 정도 행동에 지장이 있을 수준이었으며 부상을 당한 위치가 또 다리였다.

우선 코드의 힐러들이 치료해 주고, 이후 길드 건물의 회복실로 이동했다. 힐러가 치료한다고 해서 100퍼센트 완벽하게 낫는 게 아니었다. 정이선은 집무실 안에 있다가 바깥에서 들려오는 소란에 뒤늦게 나와 소식을 전해 들었다.

"괜찮으실까요?"

"허허, 크게 걱정 안 해도 돼요. 사흘 지나면 어느 정도 나을 테니까. 던전에서도 조금 유의하긴 해야겠지만, 뭐, 냉정히 말하면 마법사 친구는 아니어서 큰 전력 손실은 아니지."

걱정 어린 정이선의 물음에 나건우가 괜찮단 듯 고개를 내저었다. 이번 6차 던전에선 마법 데미지가 가장 중요할 것이라 분석했으니 물리 데미지 위주 헌터의 부상은 던전 공략에 큰 문제가 되지 않는단 소리였다.

"아, 헌터 분의 부상 자체도 걱정이 돼서요……."

"A급 헌터인데 금방 낫지요. 그 친구는 오히려 리더가 알게 될 상황을 걱정하던데."

이선 복구사는 아직도 헌터의 회복력이 낯선 거냐며 나건우가 웃었다. 지금 사현은 잠깐 헌터 협회에 다녀온다고 했으니, 돌아올 즈음엔 부상 사고도 알게 될 것이고 그땐 사무실이 엄청나게 싸해질 거라며 나건우가 어깨를 부르르 떨었다. 같이 훈련한 헌터들 모두가 혼날 거라는데, 정이선은 조금 의아하게 물었다.

"공략에 큰 문제는 없다고 하지 않았나요?"

"뭐, 물론 큰 무리는 아닌데…… 일단 리더가 짠 계획에서 흠이 생긴 거니까. 리더는 계획 틀어지는 거 굉장히 싫어해요. 던전 안에서야 워낙 이런저런 돌발 상황이 많으니까 적당히 넘어가는 편인데, 지금은 바깥에서 일어난 사고니까."

그의 설명을 곧바로 이해한 정이선이 고개를 끄덕였다. 변수를 최대한 제하며 상황을 통제하려는 사현인데, 던전 발생까지 얼마 남지 않은 시점에 일어난 사고를 달가워할 리가 없었다.

헌터들 대부분이 회복실로 빠져나가면서 사무실이 한적해졌다. 나건우도 잠깐 그곳에 다녀오겠다고 해서 홀로 남게 된 정이선은 가만히 창밖을 바라보았다. 높은 층이라 그런지 바깥의 전경이 훤히 보였는데, 문득 정이선은 HN길드에서 복구사들이 일하는 층수가 몇 층인가 생각하다가 어깨를 흠칫 떨었다. 왜 갑자기 그런 생각을 했는지 알 수 없었다.

고개를 저어 애써 그 생각을 떨쳐 낸 정이선이 다시 집무실로 들어가려는 때, 누군가가 다가왔다.

"정이선 복구사. 부길드장님께서 잠깐 뵙자고 하십니다."

사윤강의 개인 비서였다. 정이선은 갑작스레 자신을 호출한 사윤강이 의아해 무슨 이유냐고 물었고, 비서는 부길드장님께서 할 얘기가 있단 말만 반복했다. 결국 정이선은 떨떠름한 기분으로 그를 따라 이동했다. 당장 비서가 와서 자신을 호출하는데 거절할 명분이 없었다.

처음으로 온 부길드장의 집무실은 무척 낯설었다.

일전에 포션 제작 팀이 사용한다는 55층에서 사윤강과 마주친 적은 있지만, 59층에 있는 부길드장의 집무실은 처음이었다. 60층은 건물의 꼭대기로 길드장의 집무실이 있다고 들었다. 정이선은 비서의 안내를 따라 공간으로 들어갔다.

전체적으로 앤티크 가구로 가득 채워진 공간은 꽤 멋스러웠으며 사윤강과 어울렸다. '부길드장 사윤강' 명패가 놓인 테이블 앞에 서 있던 사윤강은 정이선에게 반갑게 인사하며 갈색 가죽 소파에 앉을 것을 권했다. 코드는 주로 블랙 앤 화이트 계열 인테리어에 간간이 금색으로 포인트를 줬는데, 이 집무실은 분위기가 많이 달랐다.

공간을 한차례 훑어본 정이선이 테이블 위에 찻잔을 올려두는 사윤강에게 물었다.

"왜 부르셨나요?"

"들어온 지 몇 분도 안 됐는데 곧바로 본론을 원하는군.

부길드장으로서 길드 소속 각성자와 차나 한잔하면서 편히 대화하려는 것뿐이야."

꽤 경계심이 어린 정이선의 눈빛에 사윤강이 미소했다. 길드를 운영할 땐 소속 각성자의 의견 하나하나에 귀를 기울여야 한다며, 그래야 길드를 올바르게 이끌어 나갈 수 있다고 강조한 사윤강이 정이선에게 차를 권했다.

"직접 우린 차이니, 맛은 괜찮을걸세."

고급스러운 도자기 찻잔에는 색이 연노란 찻물이 담겨 있었다. 그 위로 올라오는 김을 물끄러미 보던 정이선이 다시 사윤강을 응시했다. 어서 본론을 꺼내란 시선에 사윤강은 묘한 웃음을 지으며 그의 맞은편 자리에 앉아 다리를 꼬았다.

"HN길드에 들어온 지도 좀 됐는데, 별다른 불편한 점은 없나?"

"……네. 괜찮습니다."

"코드에서만 일하느라 잘 모르는 것 같지만, HN길드는 소속 각성자에게 내주는 혜택과 복지가 많아. 원한다면 집도 지원해 주고 업무용으로 차량도 내주지. 이 외에도 우리 길드와 협업을 맺은 길드나 기업의 제품과 서비스를 제공받을 수도 있고."

다른 곳에서 HN길드 소속이란 명함을 내밀면 그 자체만으로도 엄청난 대우를 받는다며 사윤강이 웃었다. 문득 정이선은 사현에게서 받았던 코드의 명함에 HN이란 글자가 아주 작았던 걸 떠올렸다. 사현은 HN의 길드장이 되고 싶어 하면서, 왜 길드의 이름은 그렇게 작게 두었지? 코드를 운영하는 데에 있어 HN길드의 영향력을 빼고 싶었던 건가?

이상하게도 사현에게로 생각이 흘러 정이선은 사윤강이 자랑하는 HN길드의 혜택을 모두 흘려들었다. 그러다 마침내 사윤강에게서 '복구 팀'에 대한 이야기가 나온 순간에야 정이선의 시선이 그를 향했다.

"파티 회장에서 나눴던 대화를 자세히 하고 싶은데. 그땐 사현이 난입해서 대화가 끊겼으니 말이야."

"아……."

"자네만 괜찮다면 미리 복구 팀을 만드는 건 어떤가 해. 물론 자네는 S급 복구사로 건물을 완전히 복구할 수 있지만, 피해 범위가 넓은 경우 그곳을 모두 복구해 내려면 엄청난 기력을 써야 하니까. 그래서 자네는 가장 핵심 건물만 복구하고, 그 외의 복구는 다른 팀원들에게 맡기면 효율적일걸세."

사윤강은 복구 팀에 대해 꽤 자세히 생각해 두었는지 계획을 줄줄 읊었다. 정이선을 팀장으로 해서 별도의 팀을 만들고, 팀원도 모두 그의 마음에 드는 이들로 채울 것이라 했다. 우선적으로 HN길드의 복구사들을 몇몇 추려 보았다며 리스트까지 건넸다.

"팀 이름도 자네가 짓도록 해. 생각나는 게 없다면 추천해 주고."

얼떨떨하게 리스트를 받아 든 정이선에게 사윤강이 미소해 보였다. 특수 정예 팀의 이름, 즉 사현이 이끄는 팀 Chord324의 이름은 사현이 직접 지었다고 알려 주는데……
정이선은 잠깐 입술을 달싹거리다 왠지 목이 타는 기분에 앞에 놓인 찻잔을 들었다. 조금 식어 버린 찻물이 뜨뜻미지근하게 목을 타고 넘어갔다.

정이선은 여전히 미래를 계획하지 않았다. 그건 당연한 일이었다. 친구들의 죽음으로 큰 충격을 받았고, 또 그에 따른 상실감과 자기혐오 때문에 더는 살고 싶지 않았다. 이번 레이드에 함께하는 것도 궁극적으로는 그 때문이었다. 자신은 복구 능력의 조건 때문에 자살할 수가 없으니 마지막에 사현에게서 무효화를 받고 죽음을 시도할 계획이었다. 정이선이 그리는 계획이라곤 오직 그뿐이었다.

그런데도 정이선은 이상한 의문을 내뱉고야 말았다.

"……복구사는 몇 층을 사용하나요?"

"음? 복구 각성자는 8층을 사용하고 있지."

"아……."

정이선은 자신이 탄식한 이유를 알 수 없었으며, 반사적으로 코드가 사용하는 42층과 너무 멀다는 생각이 든 이유마저 몰랐다. 그저 입이 또 바싹바싹 말라서 한 번 더 쭉 차를 들이켰다. 사윤강은 그 모습을 빤히 보다 이내 웃으면서 말했다.

"마음에 안 드나? 더 높은 곳을 원한다면, 다른 팀과 이야기해서 층을 바꿔 보도록 하지. 확언해 주지는 못해도 최대한 그렇게 만들어 보겠네."

무슨 말을 해야 할지 모르겠어서 이선은 입술을 꾹 깨물었다. 창문이 닫혀 있는데도 꼭 실바람이 스치는 것처럼 귓가가 간질거렸다. 그리고 이상하게도, 정말 이상하게도 머리가 아팠다.

미래를 생각하지 않는다면서 복구사가 사용하는 층을 알고 싶어 하는 스스로에 대한 황당함 때문일까. 그 간극이 우스운 걸까. 침묵하는 정이선의 얼굴을 천천히 훑어본 사윤강이 나긋이 그를 호명했다.

"그런데 정이선 복구사."

"네……?"

"HN길드, 그러니까 코드에 처음 왔을 때 갔던 곳을 기억하나?"

갑작스러운 질문에 정이선의 얼굴에 의아함이 떠올랐다. 사윤강은 좀 더 소파에 깊게 기댄 채로 느긋하게 정이선을 응시했는데, 어쩐지 내려다보는 눈빛이라 정이선이 느리게 눈을 깜빡였다. 살갑게 복구 팀을 제안하던 태도와 조금, 아니, 많이 달라진 것 같았다.

날카로운 눈매 속의 새까만 눈동자를 물끄러미 응시하고 있으니 사윤강이 미소했다.

"기억이 나지 않는다면 내가 알려 주지. 자네는 한백병원에 갔어."

"······."

"그리고 그날부터 길드장님, 내 아버지의 심장박동이 안정되었지."

공기가 기이하게 바뀌었다. 이전까진 미묘한 어색함과 공간 특유의 포근함이 뒤섞여 낯선 분위기가 감돌았는데, 순식간에 공기가 싸하게 가라앉았다. 아주 차갑고도 묵직해 숨을 쉬기가 어려웠다.

한백병원, 길드장.

그 단어를 들은 정이선의 심장이 쿵, 쿵, 쿵 선명하게 뛰기 시작했다. 느리지만 무겁고도 뚜렷하게 울리는 것이 더더욱 숨을 막았다. 정이선의 옅은 갈색 눈동자가 멍하니 사윤강을 응시했다.

"한백병원에 지인이 많다고 했잖는가. 그날 사현과 함께 온 사람을 파악하느라 조금 애를 먹긴 했지만, 결국 알아냈지. 후드를 깊게 눌러쓴 사람이 옆에 있었다는데, 그날 이후로 사현의 주위에 있는 사람 중 그런 특징을 가진 건 자네뿐이라."

"······."

"분명히 그날 이전까지 아버지는 죽어 가고 있었어. 몇 주 전부터 의사는 그달을 넘기기 힘들 거라고 했었단 말이야. 그런데 갑자기 사현과 자네가 다녀간 이후부터 멀쩡해졌지."

이상한 소리를 가끔씩 내긴 하지만 심지어 걸어 다니기까지 한다며 사윤강이 눈가를 찌푸렸다. 정상적인 대화는 이루어지지 않아서 결국 병원 침대에 묶어 두고, 뇌파 사진까지 찍어 보았지만 이상한 부분을 찾지 못했다며…….

"그러니까 나는 자네가 그곳에서 일어난 어떤 일과 관련이 있는 것 같다고 생각했지. 자네가 무슨 일을 했거나, 아니면 사현이 벌이는 어떤 짓을 지켜봤거나."

입을 꾹 다문 정이선에게 사윤강이 빈정대듯 말했다.

"무슨 일이 있었는지 말할 생각이 없나? 그래, 어쩌면 사현과 어떤 거래가 오갔을 수도 있겠지. 비밀을 지키라고 협박당했을 가능성도 있고."

"……저는, 부길드장님께서 무슨 말씀을 하는지 모르겠습니다."

"모르는 척이 우습군. 거래든 협박이든, 무슨 말이 오갔을 거야. 그렇지 않고서야 1년이나 잠적 탄 복구사가, 2차 대던전에서 친구들 다 뒈지고 정신이 나가 버린 인간이 갑자기 레이드에 함께할 리가 없지. 던전 안에서도 제정신이 아닌 게 보이는데, 그리고 스스로가 그걸 잘 알 텐데 꾸역꾸역 던전에 들어가는 걸 보면 거래 쪽일 확률이 높지."

가족도 잃고, 친구도 잃은 인간을 협박할 만한 건덕지는 딱히 없어 보이니 아마도 거래였을 거라며 사윤강이 고개를 끄덕거렸다.

날카로운 말이 우르르 쏟아지는 동안 정이선은 그저 눈만 깜빡였다. 머리가 제대로 굴러가지 않아서 어떤 반응을 보여야 할지 도통 알 수가 없었다. 그런데 그게 이상했다. 사윤강의 말에 크게 겁을 먹은 것도 아닌데, 비밀이 들통날 것 같은 상황이 마구 두려운 것도 아닌데 머리가 아팠다. 조금 전부터 계속해서 두통이 이어졌다.

살짝 눈가를 찌푸리는 정이선의 행동에 사윤강이 드디어 반응이 온단 소리를 했다. 이해할 수 없는 말이었지만 그가 한 말이 이 공간을 메아리치는 것만 같았다. 주위를 두리번거리는 정이선에게 사윤강이 미소해 보였다.

판의 승기를 잡은 듯, 지금껏 그를 궁지로 몰아넣던 판을 완전히 뒤엎어 버릴 패를 찾은 사람처럼.

"조금 전에 자네가 마신 차에 독이 들었어."

"……."

"사실대로 말하지 않는다면 자네는 죽을 거야. 그 독은 내가 직접 만든 거니까, 정교히 마나가 숨겨져 있어 다른 이들이 눈치채지도 못할 테고, 힐러의 치료도 소용이 없지."

해독제는 오직 자신에게 있다고 말하는 사윤강의 목소리

가 귓가를 맴돌았다. 정이선은 잠깐이지만 몹시 멍청한 표정을 짓고야 말았다. 맥이 탁 풀려 버린 사람처럼 멍하게 사윤강을 보다가 느릿하게 자신이 마신 찻잔을 내려다보았다. 거의 다 마셔 버린 찻잔의 바닥에 찻물이 그새 말라붙어 있었다.

정이선이 천천히 그 찻잔을 쥐었다. 기세로 보아서는 거짓말을 하는 것 같진 않은데, 대체 자신이 어떻게 독을 마셨을까? 스스로를 해하지 못해서 보낸 시간이 1년인데, 겨우 이렇게 독을 마셨다. 자신이 인지하지 못한 위해는 상관없는 건가? 하긴, 길을 가다가 차에 치였더라면 죽었을지도 몰랐다.

찻잔에 남은 온기를, 아니, 다 식어 버려 차갑기만 한 도자기 잔을 가만히 쥐고 있다가 정이선이 물었다.

"정말로 사람이 죽을 독약인가요?"

"그래. 힐러는 사람을 치료하는 역할인 만큼 어떻게 해야 사람이 죽는지 가장 잘 알지."

사윤강이 친절히 답했고, 정이선은 그것을 곱씹는 것처럼 가만히 눈만 깜빡이다가…… 이내 작게 웃음을 터트렸다.

"……?"

웃음을 본 사윤강의 얼굴이 단박에 이상해졌다. 분명히 독약이라고 말했는데, 그가 지금 죽을 상황이라고 알렸는데 정이선이 웃었다. 조금은 허탈하고도 허무한 사람처럼.

덕지덕지 얼룩진 감정이 찰나 스쳐 지나갔으나 그것은 금세 사라졌다.

사윤강은 도저히 그의 반응을 이해할 수 없었다. 죽을 거란 협박에 웃는 사람은 생전 처음 봤다. 어쩌면 자신의 말을 장난이라 여기고 기 싸움을 하는 걸지도 몰랐다.

인상을 구긴 사윤강이 싸늘하게 뇌까렸다.

"두통이 독의 증상이야. 지금부터 계속 두통이 이어질 테고, 20시간이 지나면 피를 흘릴 거다. 그러다 40시간을 채우면 죽겠지."

40시간……. 정이선은 그 제한 시간을 듣고도 가만히 곱씹기만 했다. 나직한 중얼거림엔 한치의 떨림도 없어서, 사윤강은 더더욱 미간을 좁히며 그를 노려보았다. 마냥 순해 빠진 인간인 줄 알았는데 의외로 쉽지 않았다.

"장난이라고 생각하나 본데, 그래. 20시간이 흐른 뒤에 다시 잘 생각해 보도록 해."

사윤강이 이만 나가란 듯 집무실의 문을 열었다. 정이선은 찻잔을 놓고 싶지 않은 듯 몇 번이고 그것의 겉면을 매만지다 결국 천천히 자리에서 일어나 바깥으로 나갔다. 마지막으로 돌아본 집무실의 시계는 정오를 가리키고 있었다.

창문 하늘은 꼭 비가 올 것처럼 흐렸다.

이후 정이선은 기나긴 복도를 걸어 홀로 엘리베이터를 탔다. 42층 버튼을 누르고, 숫자가 내려가는 것을 멍하니 보기만 했다. 미미하게 두통이 이어지긴 했지만 금세 적응해 버렸는지 그마저도 아무렇지 않아졌다. 시야는 또렷했으며 걸음걸이가 비틀거리지도 않았다.

폐쇄된 공간 속에서 정이선은 그저 느리게 눈을 깜빡였다. 내려가는 동안 아무도 타지 않아서 고요한 시간을 누릴 수 있었다.

"……."

정말로 독을 먹은 걸까?

사윤강은 포션으로 워낙 유명한 사람이니 특수한 독약을 진짜 만들었을지도 몰랐다. 상대를 압박하기 위해서 제한 시간까지 걸어 둔, A급의 모든 능력을 쏟아부은 독약. 정이선은 그가 혼신의 힘을 쏟아서 만든 게 고작 독약이란 점에 조금 유감스러워졌다. 죽을 상황이면서 남을 안타깝게 여겼다.

코드 사람들이 사윤강을 싫어한단 건 알고 있었다. 사현은 그를 열등감 덩어리라고 표현했고, 한아린도 그가 유치한 인간이라고 말했었다. 그들의 반응을 보다 보면 사윤강은 정말 아무런 능력도 없으면서 오기로 부길드장 자리를 놓지 못하는 것 같았는데, 며칠 전 창립 40주년 행사에서 본 사윤강은 그렇지 않았다. 정이선이 놀랄 정도로 그는 꽤 똑똑한 사람이었다.

그러니 길드장의 죽음을 파헤치기 위해서 이런 수단을 쓴 걸까. 그런데 왜 하필 지금? 행사에서 공식적으로 길드장의 병환이 다뤄졌으니까 이때를 노렸나? 사현에게 모욕을 당한 게 수치스러웠나? 사윤강은 길드장이 죽으면 자연히 자신이 길드장이 된다고 믿고 있었다. 어쩌면 미리 길드장과 오간 대화가 있었을지도 몰랐다.

그러면 코드가 레이드 공략으로 바쁜 시기를 노려서, 사현의 신경이 던전에 쏠린 틈을 타 길드장 승계를 진행하려는 걸까. 나름 괜찮은 전략이었다.

엘리베이터가 도착하는 소리가 들렸다. 42층에 멈춘 엘리베이터의 문이 서서히 열리고, 바로 앞엔 익숙한 금색 간판이 보였다. Chord324란 글자가 우아하게 음각으로 새겨진 금판. 매일같이 보았음에도 정이선은 그것을 낯설게 보다가 천천히 엘리베이터에서 내려 사무실 안으로 걸어갔다.

회복실로 몰려갔었던 헌터들이 어느새 모두 돌아왔는지 사무실이 시끌시끌했다. 정이선이 그 옆의 길로 조용히 지나가려는데, 한아린이 불쑥 말을 걸어왔다.

"어라? 이선 복구사, 어디 다녀왔어요?"

"……네?"

"표정이 왜 이렇게 멍해. 많이 피곤해요? 요즘 열심히 자료 들여다보던데, 쉬엄쉬엄해요. 너무 무리하지 말고."

정말로 방문지를 알아내려는 목적은 아니었는지 한아린이 정이선의 등을 토닥였다. 며칠 전 행사에서 복구사가 있으니 남은 던전도 모두 클리어할 거라고 말했던 게 그에게 부담을 줬나 싶어 신경 쓰는 눈치였다. 뒤늦게 나건우도 합류해서 한마디 얹었다.

"맞아. 집무실에도 책 한가득 쌓아 놓고 계속 공부하던데. 무리하다 쓰러지면 큰일 납니다. 이선 복구사도 한약 먹어야 하는 거 아닌가 몰라."

"저 비타민 있는데, 하나 드릴까요?"

기주혁도 자연스럽게 다가와서 말을 걸었고, 그다음엔 신지안마저 걸어와 정이선의 상태를 살폈다.

"피곤하면 집으로 돌아가서 쉬어도 됩니다. 차량 불러 드릴까요?"

던전 발생까지 사흘 남은 시점엔 컨디션 관리가 중요하다며 신지안이 당장 차량을 호출하려 했다. 정이선은 괜찮다고 말하며 그녀를 말렸다. 코드의 사람들은 비전투계인 정이선을 몹시 약하게 봐서, 그는 몇 번이나 괜찮단 말을 하고서야 겨우 개인 집무실에 들어올 수 있었다.

조용한 집무실에서 정이선은 가만히 앉아 있었다.

이전까진 숨는 사람처럼 책 속에 파묻혔는데, 지금은 집무실의 큰 의자에 기대앉아 물끄러미 집무실의 풍경만 바라보았다. 엘리베이터를 타고 내려오는 순간부터 두통을 못느꼈고, 지금도 딱히 아프진 않은데 한차례 소란스러운 걱정을 받고 나니 조금 미묘했다. 지금 자신이 두통 때문에 멍한 표정인가? 이건 정말로 독 때문인가? 정이선은 아직 확신하지 못했다.

만약에 이게 독이라면, 그래서 40시간 뒤에 자신이 죽는다면…….

"……."

정이선의 눈이 천천히 감겼다 뜨이기를 반복했다. 이 순간의 그는 꼭 고장 난 인형처럼 보였다. 생기라곤 전혀 없으면서, 생에서 한없이 떨어진 사람 같으면서도 이상하게 생에 결박된 것만 같은.

흐릿한 하늘을 옆에 둔 채로 정이선은 생각에 잠겼다. 사윤강의 협박이 사실이라면 자신은 던전이 발생하기 전날 새벽에 죽는 것이었다. 새벽이면 집에 홀로 있을 시각이니, 어쩌면 잠드는 것처럼 죽을지도 몰랐다.

하지만…… 정이선에겐 아직 눈을 감겨줘야 할 친구가 둘 남아 있었다.

만약 자신이 죽어 버리면 그 친구들은 어떻게 하지? 사현이 그들을 처리해 줄까? 얻을 이득이 없는데 굳이 그가 페널티를 감수해 가며 히든 능력을 써줄까? 정이선은 자신이 없었다. 하지만 그런데도 정이선은 새벽에 홀로 죽을 수 있단 생각에 사로잡혀 있었다. 그 이미지가 머릿속으로 선명히 그려졌다.

그리고 그 순간에야 정이선은 한 가지를 깨달았다. 사윤강에게서 자신이 독을 마셨단 소식을 듣는 순간 느꼈던 감정이 무엇인지. 미묘한 허탈함의 뒤로 따라붙은 그것이 무엇인지, 결국 그는 깨닫고야 말았다.

지난 시간 동안 더럽게 뒤엉켜 아무도 알아보지 못한 그 감정은, 아주 추악하게도…….

후련함이었다.

"아…….."

정이선이 천천히 시선을 아래로 떨어뜨리다, 이내 희미하게 웃어 버렸다. 형체를 갖춘 최후가 후련해서 나온 웃음일지, 아니면 스스로가 새삼 끔찍해서 지어 버린 조소일지.

◁　◆　▷

다음 날 아침, 정이선은 잠에서 깼다.

어제 하루 동안은 두통이 있는 듯, 없는 듯했다. 아주 미미한 통증이 있긴 했는데 최근 정이선부터가 자료에 파묻힌 삶을 살고 있어서 가끔씩 두통을 느꼈기에 분간할 수가 없었다. 그렇지만 막상 밤에 침대에 누웠을 땐 통증이랄 것 없이 아주 평온하기만 해서, 정이선은 사윤강이 거짓 협박을 했다고 여겼다.

약간의 허무함을 안고 정이선은 출근 준비를 하러 욕실로 들어갔다. 아침의 당연한 습관처럼 거울에 붙여 둔 칫솔을 붙잡으려는 순간.

주륵, 코에서 피가 흘렀다.

"……."

옅은 갈색 눈동자가 가만히 거울을 응시했다. 피를 흘리는 거울 속의 자신이 한없이 낯선 사람처럼 그는 물끄러미 지켜보기만 했다. 입술 위로 주르륵 흐르는 뜨끈한 액체가 낯설었다. 코가 약간 알싸했다.

이건 피곤해서 흘리는 건가. 몇 번쯤 코피를 흘려 본 경험이 있어서 고개를 앞으로 숙이려는데, 이번엔 반대편 코에서도 피가 주르륵 흘렀다. 막아 보려 했지만 쉽사리 멈추지 않고 바닥으로 뚝뚝 흐르기만 했다.

한바탕 코와 실랑이를 벌인 후에야 겨우 피가 멎었다. 코피를 닦아 내기 위해 휴지를 왕창 써 버렸다. 어쩐지 힘이 쭉 빠져서 정이선은 침대에 풀썩 주저앉은 채로 핸드폰을 들었다.

이것도 과다 출혈이라고 봐야 하는지 시야가 흐릿해서 더듬더듬 사현에게 오늘은 피곤해서 오후에 출근하겠다는 문자를 보냈다. 최근 며칠은 늘 자신이 먼저 출근한다는 문자를 보냈었는데, 오늘은 갑자기 게으름을 피우는 사람이 된 기분이었다.

그러란 답장을 받은 후 정이선은 그대로 뒤로 쓰러지듯

침대에 누워 버렸다. 문득 정이선의 시선이 핸드폰 화면으로 향했다.

A.M. 8:40.

사윤강이 말한 첫 20시간이 지난 시점이었다.

그것을 보았지만 정이선은 어떤 의문을 품기도 전에 다시 기절하듯 잠에 빠져 버렸다. 피를 너무 쏟아서 정신이 없었다.

그러다 정이선이 다시 눈을 떴을 땐 옆에서 핸드폰이 시끄럽게 울리고 있었다. 화면에 뜬 이름을 제대로 확인하지도 못하고 정이선이 힘겹게 전화를 받았다. 여보세요. 축 가라앉은 목소리에 상대편이 조금 당황했다. 상대는 '어, 어 어……' 하는 소리만 흘리다 아주 조심스럽게 그를 불렀다.

─복구사님, 괜찮으세요? 오늘 많이 피곤하세요……?

기주혁이었다. 정이선은 가까스로 몸을 옆으로 돌려 자세를 바꾼 후 나직이 한숨을 내쉬었다. 침대에 대자로 쓰러져서 자 버릴 줄은 몰라서 약간 헛웃음까지 나왔다. 희미하게 웃으면서 괜찮다고 답하니 기주혁이 눈치를 보듯 말했다.

─목소리가 안 괜찮으신데…….

"아, 방금 일어나서요. 푹 자서 그런지 괜찮아요."

정이선은 무의식중에 코 밑을 만졌다. 다행히 자는 동안 다시 피를 흘리진 않은 것 같다. 그리고 정말 기주혁에게 말한 그대로 잠을 오래 잔 기분이라 몸이 아주 개운했다. 왠지 한낮까지 그대로 자 버린 듯한…….

거기까지 생각한 정이선이 다급히 시각을 확인했다. P.M. 1:20.

"……저 지금까지 잔 거예요?"

―그, 그렇네요?

"…….."

―푹 주무셨으면 된 거죠! 저도 학교 다닐 때 1교시 넣어 놓고 오후에 일어난 적 많아요. 이상하게 9시 수업 넣어 놓으면 꼭 12시에 일어나더라니까. 오전 강의의 법칙 같은 거 아닐까요?

기주혁의 실없는 말에 정이선이 웃음을 터트렸다. 기주혁은 그가 웃어 줄 줄은 몰랐는지 그 웃음에 힘입은 사람처럼 말장난을 몇 번 더 치다가, 다시 조심히 물었다.

―그래서 복구사님…… 오후에 사무실 오실 건가요?

"아, 네. 가야죠. 지금 바로 갈게요."

―그래요?! 그러면 곧바로 기사님한테 연락 넣을게요. 준비하고 오시면 몇 시쯤 될까요?

어쩐지 다급한 듯한 기주혁의 말에 정이선이 의아해하는데, 수화기 너머로 어떤 소리가 들렸다. 코드 사람들끼리 대화하는 것 같은데 '회의'란 단어가 불쑥 귀에 박혔다. 정이선이 당황한 목소리로 질문했다.

"오후에 회의 잡혔나요?"

—……아, 네! 복구사님 오면 회의 시작한다고 해서……!

다른 이들과 대화하는지 기주혁의 답변이 한 박자 늦었지만 정이선은 회의가 잡혔단 사실에 쫓기듯 자리에서 일어났다. 멋대로 출근도 늦췄는데 회의까지 빠질 수는 없었다. 그는 최대한 빠르게 준비해서 두 시쯤엔 도착하겠다고 말한 후 당장 욕실로 들어갔다.

바닥에 채 닦지 못한 핏자국이 보였지만 정이선은 그것에 신경 쓸 틈도 없이 준비를 시작했다.

이렇게 지각한 기분을 느껴 본 것도 참 오랜만이지만 그다지 반갑진 않았다. 정이선은 후다닥 씻고, 옷을 갈아입고 바깥으로 나갔다. 차를 타고 가는 길에 핸드폰 화면을 보니 어느새 2시가 가까웠다.

불현듯 사윤강에게서 받았던 협박이 떠올랐지만 지금은 피 한 방울 나지 않았다. 아침에 코피를 한바탕 쏟았으나 그건 그저 최근 무리해서 나타난 현상인 듯했다. 지금껏 쏟았던 피와 확연히 구분될 정도로 많은 피를 흘리긴 했는데…….

"……."

어느새 길드 건물에 도착해서 엘리베이터를 타고 올라가며 정이선이 생각에 잠겼다. 사현에게 어제 사윤강과 나눈 대화를 말해야 할까? 사윤강이 길드장의 상태에 의심을 가진 것 같다고 알려야 한단 생각은 몇 번 했지만 결국 아무런 말도 하지 않았었다.

던전 발생까지 얼마 남지 않은 상황에 괜한 소란을 일으키고 싶지 않았던 걸 수도 있겠지만, 더 정확하겐 스스로가 독을 먹었다는 게 믿기지 않아서 사윤강의 협박을 거짓말로 치부하고 침묵했다. 지난 시간 무수히 많이 실패한 경험들이 그를 의심하게 했고, 또 어쩌면…… 이기적인 후련함에 사로잡혀 침묵한 걸지도 몰랐다. 어제는 그저 종일 멍하기만 했었다.

현실성은 느껴지지 않았지만 그래도 '혹시나'의 경우가 마음에 걸렸다. 만약 그 협박이 사실이라면 레이드 공략에도 피해가 갈 텐데, 그러면 팀원들은 어떻게 하지. 정이선은 미묘하게 찝찝한 기분 속에서 42층에 도착했다. 일단 회의가 끝나고 나서 다시 생각해 봐야겠다.

그렇게 정이선이 복도 코너를 꺾어서 사무실이 보이는 방향으로 몸을 튼 순간.

"와—!"

갑자기 앞에서 폭죽이 터졌다. 팡, 하는 소음이 동시에 네다섯 개는 들린 것 같았다. 정이선은 흠칫 굳었다가 천천히 시선을 들어 올렸다. 생각에 잠겨서 바닥만 보느라 앞의 상황을 한 박자 늦게 확인했다.

"생일 축하해요, 이선 복구사!"

"축하합니다!"

활짝 열린 유리문 바깥으로 코드의 헌터들이 모두 나와 있었다. 제일 가운데에 선 기주혁이 커다란 초코케이크를 들고 있었는데, 결국 정이선의 선호를 알아내지 못해서 제비뽑기로 맛을 골랐다고 했다. 마침 또 운명처럼 초코 맛이 나왔다며 개구지게 웃는 기주혁을 정이선이 멍하게 보았다.

그 케이크를 본 순간에야 정이선은 오늘이 5월 26일, 즉 자신의 생일이란 것을 깨달았다.

그제야 굳이 전화를 걸어 오늘 사무실에 오는지 물었던 기주혁의 행동과 수화기 너머로 들렸던 소란이 모두 이해가 되었다. 회의가 잡혔단 말도 자신을 빨리 불러들이려는 거짓말이었던 것이다.

작년에는 있었는지도 모르고 지나갔던 생일을 이렇게 축하받았다.

"……."

지금 자신은 기쁜 건가? 자신이 작년에 챙기지 않았던 이유는 뭐였지? 축하해 줄 사람이 없었기 때문이었나? 아니면 스스로가 축하받을 사람이 아니라고 생각해서 넘어갔었나? 갑자기 온갖 의문이 쏟아졌다. 이런 생각을 할 상황이 아니라고 머리 한쪽에서 소리쳤지만 갑자기 머리가 깨질 것 같아서 그러지도 못했다. 그저 휩쓸려 가듯 의문에 붙잡히다가.

불현듯 정이선이 헌터들의 뒤로 시선을 던졌다. 사현은 이렇게 소란스러운 상황이 딱히 달갑지는 않은 눈치였지만 그냥 지켜보겠다는 듯 사무실 의자에 앉아 있었다. 그 차분한 시선에서 정이선은 그 또한 자신의 생일을 알고 있었으리란 생각이 불쑥 들어 속이 울렁거렸다.

아니, 이건 단순히 울렁이는 게 아니라…….

"후— 불어요!"

기주혁의 외침이 공간에 떨어진 순간, 정이선이 입을 막았다. 숨을 흡 들이켜면서 다급히 양손으로 입을 막는 그 행동에 나건우가 감동한 거냐며 껄껄 웃었다. 한아린도 은근히 뿌듯한 낯으로 선물을 준비하느라 힘들었다고 말하는데, 그들의 말소리가 모두 한 귀로 흘러나갔다. 정이선은 그저 숨을 막기에 급급했다.

하지만 결국 그것이 터진 순간.

"우욱…….”

울컥, 하고 정이선이 피를 토했다.

손가락 사이로 주르륵, 피가 흘렀다. 새빨갛다 못해 검붉기까지 한 피가 꾸덕하게 흘러내렸다. 어떻게든 막으려 노력했지만 한참 불가능했다. 외려 손으로 막고 있으니 숨까지 차서 결국 손을 치울 수밖에 없었다. 피가 턱을 타고 줄줄 떨어졌다.

정이선은 피범벅이 된 자신의 손을 멍하게 내려다보다가,

천천히 시선을 들어 올렸다.

순식간에 굳어 버린 분위기 속에서 사현의 얼굴이 보였다. 성큼성큼 걸어오는 그의 얼굴에 서린 미묘한 충격과 분노가 몹시 낯설었다. 단 한 번도 사현은 저런 표정을 지은 적이 없었기 때문이다.

처음 보는 일그러진 얼굴 너머로 정이선은 사무실에 걸린 시계를 보았다. 오후 2시. 사윤강의 말이 사실이라면, 자신이 죽기까지 딱 14시간 남은 시점이었다.

……이렇게 끝인가?

드디어?

그 생각을 마지막으로 정이선이 옆으로 쓰러졌다. 주위 사람들의 비명이 물에 잠긴 듯 아득하게 울렸다. 아예 그림자로 이동해 온 사현이 쓰러지는 그를 붙잡으며 바닥에 함께 주저앉아 버린 것을 느꼈지만, 또 그가 제 이름을 외치는 것도 어렴풋이 들었지만 아무런 반응도 할 수 없었다.

정전이라도 난 것처럼 시야가 툭, 꺼졌다.

◁　◆　▷

정이선은 깊은 바닷속으로 침잠하고 있었다.

몸에 커다란 바윗덩어리가 묶인 사람처럼 끝없이, 끝없

이 아래로 떨어졌다. 머리가 조각조각 깨지는 것 같다가 억지로 이어지고, 목구멍이 건조하게 갈라지며 찢어질 듯하다가 잠깐 눈앞에 희미한 빛이 일렁이며 통증이 잦아드는 일의 반복이었다. 어두운 바닷속에서 수면 위의 햇빛을 보는 것 같았다. 절대로 손에 닿지 않을 환상처럼 어렴풋하게 스쳐 갔다.

깊이 잠겨 갈수록 목이 졸렸고 몸이 압박받는 고통을 느꼈으나 정이선은 발버둥 치지 않았다. 고통 속에서 그는 저열한 후련함을 느꼈다. 지난 몇 달간 있었던 기억들이, 그때 느꼈던 생의 감각들이 모두 아득히 멀어져 갔다.

이렇게 끝나면 모든 것에서 벗어날 수 있지 않을까. 아니, 벗어나지는 못하더라도 그것들과 함께 묻힐 수 있지 않을까. 그렇다면…….

그렇게 생각하던 정이선은 문득 자신의 몸을 붙잡아 오는 손길을 느꼈다. 바윗덩어리가 자신을 아래로 이끌어 내린다고 생각했는데 어느 순간부턴가 아래에서 질척한 손이 그를 붙잡아 당겼다. 그 손길에 정이선의 시선이 뒤로 향했다가.

친구의 얼굴과 맞닥뜨렸다.

정이선이 숨을 들이켠 채로 굳었다. 새까맣고 질척한 덩어리처럼 보이는 그것은 분명히 친구의 얼굴을 하고 있었고, 고개를 돌려 다시 앞을 쳐다봤을 땐 그곳에서도 또 다른 친구와 맞닥뜨렸다. 자신이 아직 해결하지 못한 두 명의 친구들이 그를 붙잡고 있었다. 지난 몇 달간 고작 네 번밖에 보지 못한 친구들이지만 그들의 얼굴이 선명하게 눈앞에 그려졌다.

공허하게 텅 빈 눈동자, 표정 없는 얼굴.

자신이 만들어 낸, 절대로 잊을 수 없는 모습이었다.

그들은 아무런 말도 없이 입만 빼끔거렸지만 그 모습에서 정이선은 숨을 쉬지 못할 정도로 충격적인 죄책감을 받았다. 이기석이게도 도망치려 했지만 도피의 끝에 마주하게 된 그들의 얼굴에 끔찍한 죄악감과 혐오감이 정이선의 목을 짓눌렀다.

그들이 제 목을 조르는지, 아니면 자신이 스스로의 목을 조르는 건지 알 수 없는 상황 속에서 버둥거리던 정이선이 기어코 크게 숨을 들이켜는 순간.

"허억……!"

번쩍 눈을 떴다. 턱 끝까지 차오른 숨이 갑자기 확, 터지면서 시야가 맑아졌다.

"일, 일어나셨어요!"

누군가의 울 것 같은 외침이 귓가를 멍멍하게 울렸다. 정이선은 눈에 담기는 모습을 하나씩 머릿속으로 정리해 갔다. 하얀색 천장 타일, 절반은 불투명하게 가려진 창문, 여러 개의 의자들, 침대……. 어질러져 있긴 하지만 휴게실과 닮았다.

주위에는 코드 헌터들이 있었고, 그들 모두 걱정과 충격이 뒤섞인 얼굴로 자신을 보고 있었다. 나건우의 이마에 땀이 한가득 맺혀 있었는데, 로드까지 옆에 있는 것으로 보아 온갖 치유 스킬을 시전했던 것 같다. 바닥에는 빈 포션 케이스가 잔뜩 굴러다녔다.

"후우…… 겨우 피 멈추게 해 뒀는데 이것도 얼마 못 갈 겁니다."

나건우가 심각한 목소리로 중얼거리는 게 들렸다. 코드의 힐러들이 한꺼번에 스킬을 쏟아부어서 피는 일시적으로 멈췄지만 잠깐일 뿐이라며 그가 암담해했다. 이미 앞서 여러 번 피를 멈추게 하긴 했었지만 그것도 몇 분이 지나면 다시 피를 토했다는데…….

비틀거리며 앉으려는 정이선에게 사현이 다가왔다. 흔들리는 정이선의 팔을 틀어쥐고서 싸늘하게 질문했다. 딱딱하게 굳은 얼굴은 정이선이 정신을 잃기 전 마지막으로 보았던 얼굴과는 무척 달랐다. 그땐 감정이 고스란히 드러났는데 지금 마주하는 얼굴에는 온기 하나 찾아볼 수 없었다.

"정이선 씨. 뭘 먹었어요?"

"……네?"

"이렇게 한꺼번에 많은 피를 토하는 건 일반적인 병증이 아니에요. 정이선 씨가 혼자서 던전에 들어가서 저주에 맞았을 리는 없고, 또 저주가 깃든 아이템을 섣불리 만졌을 리도 없죠. 그렇다면 최소한 몸에 외적으로 마나의 흔적이 남아야 하는데 그런 게 아무것도 없으니까. 그러니까 정이선 씨는 뭔가를 먹었어요."

추궁하듯 날카롭게 쏟아지는 말에 뒤늦게 다가온 한아린이 걱정을 내비쳤다. 이제 막 일어났는데 곧바로 다그치면 어쩌냔 말을 했지만 사현은 그녀를 쳐다보지도 않고 정이선을 똑바로 내려다보았다.

그 시선에 정이선은 속이 싸하게 썩어 가는 기분을 느꼈다. 그의 서늘한 눈을 마주한 순간 자신이 이대로 죽어 버리면 제 친구들은 영영 그 집을 헤맬 거란 확신을 받았다. 사현은 그의 통제를 벗어나는 상황을 극단적으로 싫어했다.

아침에 흘린 코피를 단순히 피곤해서 나타난 결과라고만 여기며 넘어갔지만 이제는 정말 사윤강의 협박이 실체를 갖춘 상황이었다. 어제 하루는 사윤강의 협박이 믿기지 않아서, 정확하게는 자신의 손으로 독을 먹었다는 상황이 믿기지 않아서 침묵했다. 한편으로는 이기적이게도 죽음을 바랐을지도 모르나 그보다도 믿을 수 없단 이유가 가장 우선했다. 정이선은 지난 1년 동안 수십 수백 번 실패했기 때문이다.

그러나 죽음은 정말로 코앞으로 다가왔고, 그 상황에서 정이선은 친구들을 떠올렸다.

찰나 모든 것으로부터 도망쳐 후련해지고 싶었다 할지라

도 그는 친구들을 끝까지 해결해야 할 의무가 있었다. 자신의 손으로 친구들을 죽지 못하게 만들었으면서 자신만 죽어선 안 되었다. 죽더라도 지금은 아니었다.

목을 옥죄듯 채워진 목줄 같은 책임감에 지쳤다는 자신이 새삼스럽게 혐오스러워졌다. 그건 스스로 채운 족쇄였기 때문이다.

"잠깐…… 잠깐만, 자리 좀 비워 주세요……."

정이선이 힘겹게 말했다. 사현은 이미 이상한 점들을 눈치챘으니 그에게 숨길 수도 없었다.

사윤강의 협박은 정이선을 향한 것이었지만, 정확하게 따지자면 결국 사현과 사윤강의 대립에서 파생된 사건이었다. 정이선은 사윤강이 길드장의 상태가 이상하단 걸 눈치챘다고 말해야만 했다. 피를 너무 쏟아서 말이 횡설수설하고 시야도 흐릿했지만, 그 어렴풋한 시야 속에서도 사현의 얼굴이 싸늘하게 굳어 간단 것만은 확실히 알았다.

마침내 모든 정황을 알게 된 사현이 짧게 헛웃음을 터트렸다. 그러곤 당장 정이선을 이끌고 부길드장의 집무실로 향했다. 정이선은 지금껏 사현에게 붙잡혔을 때 아프다는 생각을 한 적이 없었지만, 지금은 손목에 엄청난 악력이 느껴졌다.

비틀거리며 끌려가는 정이선의 모습에 바깥에서 기웃거리던 헌터들이 당황했지만 그들의 의문에 답해 줄 이는 없었다.

59층, 부길드장의 집무실에 도착한 사현이 문을 부술 듯 쾅, 열어젖혔다. 안에는 사윤강이 기다리고 있었단 듯 몹시도 여유롭게 앉아 있었다.

"늦게 오는군."

"드디어 미쳤나요?"

사현이 날카롭게 쏘아붙였지만 사윤강은 무척 느긋해 보였다. 오히려 사현이 이렇게 반응하는 게 우습기라도 한지 입꼬리를 말아 올리며 그를 보다가, 옆에 끌려온 정이선을 보았다. 지금은 겨우 피가 멈춘 상태였지만 옷에 묻은 핏자국이나 창백한 얼굴이 그의 상태를 고스란히 드러냈다.

"비전투계란 점을 고려하더라도 몸이 그다지 좋지는 않나 보군. 쓸데없이 기 싸움을 하기에 믿는 구석이라도 있나 싶었는데……."

"쓸데없는 헛소리하지 말고 해독제 내놔요."

"왜?"

"……뭐요?"

"그렇게 여유 부리며 무시하고 가더니 이젠 내 포션이 필요한가 보지?"

사윤강이 입매를 비틀어 웃었다. 며칠 전, 창립 기념 행사에서 사현이 그가 만든 포션을 공개적으로 거절했던 것이 꽤 자존심 상한 눈치였다.

"나는 아직 정이선에게 한 질문에 대한 답을 듣지 못했는데, 내가 왜 해독제를 줘야 하는지 모르겠군."

"……."

"그렇게 쳐다봐서 어쩌려고? 왜? 죽이겠다고 협박이라도 할 셈인가? 그런데 어쩌나, 해독제는 나만 아는 곳에 있고 나만 만들 수 있는데."

공간에 한기가 감돌았다. 단순히 둘 사이의 분위기 때문이 아니라, 사현의 능력이 발동하면서 도는 냉기였다. 집무실에 있는 모든 물건의 그림자가 한층 어두워지면서 꿈틀거렸지만 사윤강은 신경도 쓰지 않았다. 그는 발치의 그림자를 툭, 발로 차며 빈정거렸다.

"내가 길드장이 되려고 준비한 게 몇 년인데 왜 네깟 놈의 수에 휘말려야 하지? 이 길드에 머무르게 하고, 정예 팀까지 만들어 줬으면 주제를 알고 만족해야지. 그러니까 당장 길드장한테 무슨 수를 부린 건지 말해."

"길드장을 죽이고 싶어서 안달 났단 걸 이딴 식으로 표현하는군요."

"그러는 너는? 넌 길드장의 시체를 붙잡고 시간 끌고 있는 거 아닌가? 이미 한참 전에 죽었어야 할 인간한테 어떤 개 같은 수작을 벌여서 시간 끌고 있잖아. 가장 구질구질하고 더러운 수를 쓰는 건 너지."

사윤강이 눈을 형형히 빛내며 사현을 응시했다.

"협박은 안 통하니까 허튼 생각하지 말도록 해. 내가 죽어도 답을 듣기 전까지 해독제를 줄 생각은 없으니까."

"……."

"그리고 상황을 똑바로 봤으면 하는데, 지금 너를 협박하는 위치에 있는 건 나야."

딱딱하게 굳은 얼굴로 그를 응시하는 사현에게 사윤강이 옆을 턱짓해 보였다. 그곳엔 어느새 바닥에 무릎을 꿇은 정이선이 있었다. 여전히 사현에게 손목이 쥐인 채로 비틀거리던 그가 결국 현기증을 이기지 못하고 주저앉은 것이다.

사현이 손목을 놓자 그대로 손이 바닥으로 툭, 떨어졌다. 힘겹게 숨을 내쉬는 정이선은 당장 죽어도 이상하지 않은 상태였다. 그를 가만히 내려다보는 사현에게 사윤강이 친절히 말했다.

"이제 정이선에게 여전히 말할 생각이 없냐고 물으면 되는 건가?"

오만한 뇌까림에 사현이 잠깐 자신의 손을 내려다보았다. 분명 정이선의 손을 붙잡고 있었으니 손바닥엔 온기가 남아 있어야 할 텐데 외려 차갑게만 느껴졌다. 사현의 손 주위로 새까만 기운이 당장 단검의 형체를 갖출 것처럼 일렁였지만 그는 결국 기운을 흩뜨렸다.

현재 사윤강의 행동으로 보면 애초부터 그의 협박이 자신을 겨냥했다는 걸 알 수 있었다. 그렇단 건 죽을 각오를 하고 이런 일을 벌였단 의미니 지금 목숨을 쥐고 협박하는 게 큰 소용이 없을 텐데…….

길드장이 되지 못하면 차라리 죽어 버리겠단 건가? 사현의 시선이 문득 아래로 향했다. 정이선은 무너지듯 주저앉아서 숨만 겨우겨우 고르고 있었다.

"……정이선 씨."

사현이 나직이 그를 부르자 정이선이 헐떡거리며 고개를 들었다. 창백한 얼굴의 그는 초점마저 흐릿해 보였지만, 사현은 이상하게도 그 눈빛에서 괴리감을 느꼈다. 죽어 가는 상태면서도, 피를 그렇게 쏟아서 스스로가 죽음의 문턱에 있단 걸 알 텐데도 정이선은 오직 제 눈치만 봤다.

그의 친구를 보내 줄 수 있는 유일한 사람이니 눈치를 보는 것 같지만, 사현은 그게 이상하게 보였다. 이해는 되지만 저렇게 고통스럽게 몸을 덜덜 떨면서도 살려 달라는 몸부림을 치지 않는다는 부분에서 찝찝한 괴리감을 느꼈다. 이 지경이 되면 그냥 차라리 자신은 신경도 쓰지 않고 사윤강에게 모두 말할 법도 한데, 정신을 차리지 못하고 사실을 쏟아낼 법도 한데 정이선의 입은 꾹 다물려 있었다.

"……."

그 목숨보다도 친구들이 더 중요한가? 이대로 비밀을 지켜 주면 목숨값으로라도 친구를 보낼 수 있을 거라 믿는 건가? 사현은 그것이 어딘가 몹시도 어긋났다고 생각했다.

어쩐지 그 시선에 답답해진 사현이 결국 짧게 숨을 터트리며 사윤강을 보았다.

"내가 말하죠."

"아니? 내가 네 말을 어떻게 믿지?"

"……."

"정이선이 말하게 해. 죽어 가는 새끼는 거짓말하지 않겠지."

싸늘해지는 사현의 시선에도 사윤강은 비릿한 웃음만 머금었다. 끝내 승기를 쥐었단 만족감이 그의 얼굴에 차올랐다.

결국 정이선은 어제 사윤강과 대화했던 때와 같이 소파에 마주 보고 앉았다. 고작 하루란 시간이 흘렀을 뿐인데 사윤강은 아주 즐거워 보였고, 정이선은 핏기 없는 얼굴로 떨고 있었다. 그의 의지를 벗어난 몸이 절로 바들바들 떨렸다.

하지만 사윤강은 곧바로 본론부터 묻지 않고 말을 빙빙 돌렸다. 사현과 언제 처음 만났는지, 그가 어떻게 접근했는지, 어떤 것을 요구했는지 등. 시간이 갈수록 정이선의 상태가 안 좋아진단 게 뻔히 보이는데도 그는 부러 느긋하게 굴었고, 정이선은 넘어갈 듯한 숨을 힘겹게 고르며 답했다.

사윤강은 정이선의 뒤에 서 있는 사현의 얼굴이 딱딱해지는 것을 즐기기라도 하듯 몹시 여유로워 보였다. 그러다 마침내 그가 본론을 꺼냈다.

"그래. 그러면…… 사현과 함께 간 병실에서 뭘 봤지?"

"기, 길드장님이 누워 계셨고…… 이미 그땐 돌, 돌아가신 상태였어요."

"뭐?!"

당장에 사윤강의 얼굴이 딱딱하게 굳었다. 그리고 그때 정이선의 입에서 피가 주륵, 흘렀다. 코드의 힐러들이 일시적으로 막아 둔 내상이 다시 터져 피가 나오는 것이었다. 하지만 사윤강은 그 상태를 신경 쓰지도 않고 질문을 퍼부었다. 분노했는지 눈이 튀어나올 것처럼 커졌다.

"언제 죽었는데? 그래서 그곳에서 무슨 일이 일어났고?"

"일주일 전에, 흡, 숨을 거뒀다고 했고…… 그래서 제가, 복, 복구…… 능력을 걸었어요."

정이선이 피를 삼키며 힘겹게 말했지만 충격에 빠진 사윤강은 몇 번이고 질문을 반복했다. 피까지 흘려 가며 말하고 있으니 거짓말이 아니겠지만, 또 사현의 표정으로 보아 이게 진실이란 걸 알았지만 믿을 수가 없었다. 이내 사윤강이 헛웃음을 터트렸다.

S급 복구사는 죽은 인간마저 움직이게 만들었다. 비록 정상적인 상태는 아니지만 길드장의 심장은 여전히 뛰었고, 돌아다니기까지 했으니…….

사윤강은 머리를 쓸어 넘기며 하하, 웃다가 문득 이상함을 느끼고 물었다.

"정말로 길드장의 시체에 복구 능력을 걸어서 움직이게

만들었다고?”

“네……. 일, 일주일까지는 가능해서…….”

“그 복구 능력을 거둘 수 있나?”

“아뇨, 그건…… 불가능해요.”

“시체를 복구했을 때 움직인다는 건 어떻게 알았는데?”

“그건, 친구들을….”

정이선의 뒤에 서 있던 사현이 그 입을 틀어막았다. 정이선은 너무 아파서 반쯤 정신을 놓은 상태였기에 무의식중에 답이 튀어 나간 것이다. 지금 정이선은 쏟아지는 질문에 머리가 어지러워 빨리 대화가 끝났으면 좋겠단 생각밖에 들지 않았다.

사현은 제 손을 적시는 축축한 피가 정도 이상의 불쾌감을 안겨 주는 것을 느끼며 눈가를 찌푸렸다.

“이제 원하는 대로 다 들었으니 해독제 내놔요.”

사현의 말에 사윤강이 갑자기 웃음을 터트렸다.

“무슨 소리야. 그 길드장을 네가 해결해야지.”

“그건 당신이 알아서…….”

“내가 무슨 수를 써도 안 죽으니까 이러는 거 아냐!”

사윤강이 악을 질렀다. 지금껏 자신의 시도가 계속 실패한 이유가 이것 때문이냐며 그가 미친 듯이 웃는데, 사현의 표정이 묘하게 변했다. 저 말은 이미 사윤강이 길드장을 죽이려고 여러 시도를 해 봤단 소리였다. 하지만 복구 능력이 걸린 시체가 도통 죽지를 않으니 결국 이런 수까지 쓴 것이다.

길드장을 죽이려고 든 사윤강과, 그 길드장의 시체를 복구시킨 사현의 시선이 허공에서 마주했다. 허탈함과 분노가 뒤섞여서 눈에 핏발이 선 사윤강의 모습에 사현이 침묵했다.

정이선을 말하게 시킬 때까지만 해도 이후 길드장을 해결하는 일에선 빠질 계획이었다. 사윤강이 무슨 수를 써 봤자 복구 능력이 걸린 시체는 죽지 않을 테니, 일부러 아무것도 모른 척 방관하면서 시간을 끌려 했다. 일단 지금 당장은 정이선이 죽어 가는 상황이니 정보를 일부만 내주고 해독제를 받아서 다음 상황을 노리려 했다.

그런데 이미 그런 시도를 족히 수십 번을 해 본 듯한 사윤강이 사현을 똑바로 쳐다보며 짓씹듯 말했다.

"정이선은 복구 능력을 못 거둔다고 했으니, 해결할 방안은 너한테 있겠지. 네가 그런 것도 생각하지 않고 길드장을 죽지 않는 상태로 만들어 둘 리 없으니까. 필요할 때까지 살려 두다가 죽일 생각이었을 거야."

사윤강이 입매를 비틀어 웃었다.

"그러니까 길드장이 죽는 걸 내 눈으로 봐야겠어. 해독제는 그 이후에 주지."

사현은 가만히 서 있다가, 문득 손에 잡힌 정이선의 얼굴이 스륵 옆으로 기우는 것을 느꼈다. 계속 피를 토하다가 결국 못 버티고 다시 정신을 놓아 버린 것이다. 소파에 등을 기댄 채로 기절한 그는 정말로 죽어 버린 사람 같았다.

사현이 그를 볼 때마다 느꼈던 감상 그대로, 평온하게 죽은 시체의 모습을 하고 있었다.

"……."

고요한 시선이 집무실에 걸린 시계를 향했다. 시침은 오후 여섯 시를 넘어가고 있었다. 정이선의 말대로라면 이제 그가 죽기까지 10시간이 남지 않은 상황이었다.

차라리 이 패를 버리는 게 나을까?

사현의 눈동자에 한층 짙은 어둠이 서렸다. 조금 전까지 정이선의 입을 막았던 손에는 피가 덕지덕지 묻어 있었다. 사현이 천천히 그 손을 쥐었다 펴기를 반복하다…… 이내 사윤강을 응시했다.

공간에 싸늘하고도 기이한 정적이 가라앉았다.

◁ ◆ ▷

정이선의 생일 오전까지, 사현은 분명히 여유로웠다.

모든 일이 잘 풀리고 있었다. 비록 6차 던전에 진입하기 사흘 전 코드의 헌터들끼리 훈련하다가 부상자가 발생하긴 했지만, 부상의 정도가 경미해서 별말 않고 넘어갔다. 어차피 전력에 큰 변화도 없을 테고, 부상자 스스로도 알아서 던전에선 유의할 것이니 굳이 크게 지적하지 않았다.

그의 눈치를 보던 팀원들이 놀라긴 했지만 사현은 길드 창립 기념일 이후로 꽤 여러 일에 느긋하게 반응했다. 행사 때 공식적으로 길드장의 병환에 관한 이야기가 나오면서 회장의 분위기가 미묘해지긴 했으나 레이드를 끝낸 후엔 길드장 승계가 이뤄질 테니 길드장의 긴 부재를 다루기 적절한 시기라고 여겼다.

행사에 적당히 꾸며서 데리고 간 정이선이 자신의 계획대로 사람들의 이목을 끄는 것도, 그래서 사윤강에게 다가가려던 사람들을 분산시킨 것도 마음에 들었다.

그는 모든 일이 잘 풀려 간다고 생각했다.

'취, 취해서…… 그래서 열이 오르나 봐요.'

그러니까 그날 밤, 마지막으로 보았던 정이선의 반응도 그를 만족스럽게 하기에 충분했다. 정이선은 대부분 무기력한 낯을 하고 툭하면 죽은 친구들의 생각에 사로잡히곤 했으니까, 그의 변화가 꽤 마음에 들었다.

정이선이 자신의 행동 하나하나를 살펴보고, 또 제 시선에 움찔하는 것도 알고 있었다. 정이선은 스스로의 반응이 티가 난다는 걸 아는지 모르겠지만, 어느 순간부턴가 그렇게 행동하는 그를 사현은 느긋하게 지켜보았다. 생각지 못한 방향이긴 했지만 나쁘지 않다고 여겼다. 왜냐면 그럴수록 정이선을 사용하기가 편했기 때문이다.

3차 던전에서 정이선의 정신 상태가 불안정해서 건물이 무너지며 사고가 날 뻔했다. 그러니 그런 일이 재발하지 않도록 챙겼고, 그는 그 과정에서 정이선에 대한 많은 것들을 알게 되었다. 긴 시간 시체와 지내서 그런지 정이선은 유독 온기에 약했고, 또렷한 눈동자와 마주하는 것도 약간 어려워했다.

또 사람들 전부와 거리를 두는 것 같으면서도 다가오는 사람을 거부하지 못했고, 결국 그들과 함께 있는 상황 속에서 즐거워했다. 언제는 한번 자신이 넓은 집에서 지내는 일이 낯설다고 말한 건 사람들을 보내 달란 의미가 아니라고 해명하긴 했으나, 그런 것치고 정이선은 사람들과 함께할 때에야 다른 상념에 잡히지 않았다.

점점 정이선이 눈에 띄게 안정되는 게 보였다. 자꾸만 과거에 붙잡혀 우는 정이선의 사고를 강제로 끊기 위해 극단적인 수단을 써 보았는데 의외로 효과가 있었다. 겨우 70퍼센트에 머물던 복구 완성도가 점점 80퍼센트, 90퍼센트로 올라갔다.

그러던 중에 차츰 정이선이 자신의 눈치를 보면서 행동하니, 사현은 그의 반응에 나름대로 만족스러워했다. 다른 곳에 가서 길드장의 죽음을 말할 확률도 줄어들었고, 또 나중에라도 그걸로 협박한답시고 귀찮게 굴 가능성도 없어 보였다. 이렇게만 잘 흘러간다면 6차 던전에서 100퍼센트를 볼 수도 있을 듯했다.

사현은 정이선에게서 어렴풋이 비치는 감정이 무엇인지 눈치챘지만 딱히 이름 붙이지는 않았다. 정이선은 은근히 감정적인 면에서 둔한 부분이 많아서, 그가 스스로의 감정을 알아채기는 어려워 보이니 그 상태만 아슬아슬하게 끌어 100퍼센트까지 갈 생각이었다. 자신이 책임질 감정은 아니라고 생각했기에 사현은 적당히 행동했다.

정이선이 과거의 기억으로 불안정하니 이렇게나마 안전선을 깔아 둘 수 있다면 나쁘지 않다고 여겼다. 딱 그 정도로만 생각했기에 행사 날 이후로 자신을 피해 다니는 정이선을 딱히 신경 쓰지 않았고, 억지로 붙잡아 두지도 않았다. 자신이 말을 걸까 봐 무서운지 알아서 식사도, 수면도 잘 챙기는 듯하니 더욱 신경 쓸 필요가 없었다.

다만 그렇게 행동하면서도 자신을 흘끔 보고, 또 혼자서 움찔 놀라는 모습은 꽤 재밌다고 생각했다. 그 감정을 책임질 생각이 없으면서도 보는 게 나름 재밌었다. 약간 뒤틀린 감상이 아닌가 싶기도 했지만, 사현은 그저 단면적인 감정만 받아들였다.

평소 생기가 모조리 바래 버린 얼굴만 하고 다니는 사람에게서 보이는 변화가 꽤 웃겼다. 그 원인이 자신 때문이란 게 조금은 흡족하기도 했던 것 같다.

며칠 전에도 유사한 경험이 있었다. 개인 사무실에서 잠든 정이선을 보고서, 그 눈 위로 쏟아지는 햇빛을 손으로 가려 주었을 때 한결 편해진 듯한 정이선의 얼굴을 보고서 느꼈던 감정. 낮잠을 잘 정도면 공간을 편하게 받아들인단 의미이니 그것이 마음에 들었고, 그다음엔 제가 드리운 그림자 속에서 편해지는 얼굴을 보니 약간은 우스웠던 것 같다.

그건 어떻게 보면 이상하게도 만족감과 맞닿은 듯했지만, 어쨌든 사현은 정이선의 반응이 꽤 재밌었다. 딱 그 정도의 감정만 즐길 생각이었다.

그래서 정이선의 생일을 챙겨 주고 싶다는 코드 헌터들에게 선뜻 그러라고 했었다. 사무실에서 소란을 벌이거나 더럽히는 행위 일체를 딱히 좋아하지 않는 그였지만, 정이선이 어떤 반응을 보일지 궁금해져 쉽게 허락했다.

그러니까, 사현은 정말로 정이선을 완전히 다루고 있다고 생각했다.

처음이 까다롭긴 했지만 결국 자신의 손안에 들어왔다고, 그래서 이젠 100퍼센트가 될 때까지 잘 굴려 보고 이후에 자신이 길드장이 되면 그를 길드로 영입하면 되겠다고 생각했다. 그런데…….

"생일 축하해요, 이선 복구사!"

"축하합니다!"

생일날, 답지 않게 늦잠을 잔다 싶었던 정이선이 케이크를 받고서도 멍한 표정만 지었다. 다른 이들은 그저 놀랐다고 생각하는 눈치였지만 사현은 아니었다. 정이선이 저런 낯을 할 때면 흔히 그는 과거의 상념에 휩싸인 상태였다.

아마도 습관처럼 과거에 친구들에게 축하받던 순간을 떠올리다가, 곧 현재를 마주하고 웃을 것이라 생각했다. 정이선은 점점 웃음이 많아졌으니 이번에도 결국 웃음을 터트릴 거라고 예상했는데.

"우욱……."

갑자기 피를 토했다. 입을 막은 손가락 사이에서 검붉은 액체가 주르륵 흘러내렸다. 코드의 모든 헌터가 놀란 상황 속에서, 정작 피를 흘리는 당사자는 아무런 표정도 짓고 있지 않았다. 그리고 그것은 사현이 유일하게 알아내지 못한 표정이었다.

때때로 정이선은 그런 표정을 지었다. 미래에 대한 이야기가 나올 즈음이면 그는 그런 낯을 하고서 시선을 돌렸는데, 사현은 그것을 신경 쓰지 않았다. 또 우울한 생각을 하고 있겠거니, 하고 대충 넘겼다. 어차피 정이선은 이제 다루기 쉬운 존재가 됐으니까 상관없다고 여겼던 그것이.

최후에 정이선이 지은 표정이었다.

정이선이 쓰러지는 순간에 마지막으로 본 것은 시계였다. 분명히 자신을 보았으나 그건 그저 다가오는 존재를 향한 시선일 뿐, 끝내 그는 자신이 아닌 시계를 보았다. 사현은 그렇게 옮겨 간 시선이 너무나 불쾌했다. 이유도 모르지만 걷잡을 수 없는 불쾌감이 치솟았다.

순식간에 사무실은 아수라장이 되었다. 힐러들이 모두 모여서 정이선에게 스킬을 쏟아붓는데도 피가 멎지 않았고, 심지어 치유 포션마저 제대로 들지 않았다. 상태를 보면 분명히 일반적인 병증이 아니라 마나의 문제 같은데 원인을 찾을 수 없고, 그 몸에서 별다른 마나의 흔적마저 발견하지 못했다.

정이선이 계속 피를 토할수록, 그렇지 않아도 새하얗던 낯이 점점 창백하게 변해 갈수록 사현은 심기가 뒤틀렸다.

처음에는 분명히 이런 현상의 징조가 있었을 텐데 숨긴 정이선에게 화가 났다. 어떤 이상한 일을 겪고도 이 지경이 되기까지 침묵한 그의 행동에 짜증이 치솟았다. 당장 깨워서 그것을 캐묻고 싶었다.

최근 계속 개인 집무실에만 틀어박혀 있으니 아무런 문제도 없을 거라 생각해서, 그래서 마킹이 풀렸단 걸 알면서도 굳이 접촉하지 않았던 게 문제일까. 피해 다니는 걸 느긋이 지켜봤던 게 실수였을까.

정이선은 세 시간이 넘도록 깨어나지 못했고, 그렇게 악화되는 상황 속에서 사현이 느끼는 것은 점점 답답함으로 바뀌었다. 현 상황의 원인을 알아내지 못해서 답답한 건지,

아니면 그저 죽어 가는 정이선을 보면서 미칠 듯한 답답함에 잠식되는 건지.

당장 이틀 뒤에 던전이 발생하는데 정이선이 이 모양으로 쓰러졌다. 4차 던전이 발생하기 전에도 이와 비슷한 일이 있었다. 그때 정이선은 친구들의 악몽을 꾸고 울었는데, 당시 사현은 기껏 정이선의 기분을 맞춰 주기 위해 했던 모든 행동들이 수포로 돌아갔다는 점에 무척 불쾌했었다. 사현은 그가 울 때마다 몹시 기분이 좋지 않았다. 과거의 일에 아직도 붙잡혀서 우는 그가 미련하다고 생각했었다.

그런데 치유 스킬을 받으면서도 끝없이 입술 새로 피를 흘리는 정이선을 보면서.

"……."

처음으로, 차라리 정이선이 우는 게 낫겠다고 생각했다.

◁　◆　▷

결국 사윤강이 길드장에게 걸어 놓은 복구를 알게 되었다.

사현의 히든 능력까지 파악해 내지는 못한 눈치였지만, 길드장의 비정상적인 숨을 그가 끊게 할 수 있단 것은 알아챘다. 침묵하는 사현을 두고 사윤강은 여유롭게 생각하라며 조소하고 나가 버렸다. 그래서 사현은 쓰러진 정이선의 앞자리에 앉아서 가만히 그를 보았다.

이대로 길드장에게 무효화를 걸어서 죽게 하면 유언장이 공개되고 사윤강이 길드장이 될 터였다. 대형 길드의 길드장 승계는 길드장과 임원 절반 이상의 동의가 필요한데, 유언장으로 이미 길드장의 동의는 확정되었고 최근 40주년 행사를 성공리에 마무리했으니 임원들도 그에게 호의적일 것이었다. 부길드장의 위치에서 아주 오래도록 길드장이 되기 위한 준비를 해 왔으니 어쩌면 며칠 내로 승계가 끝날지도 몰랐다.

사현은 잠깐 정이선에게 무효화를 걸어 볼까 생각도 했다. 하지만 그 방법으로 정이선의 상태가 나아질 것을 확신할 수 없었다. 만약에 정이선이 마신 독약이 사윤강의 능력만 이용한 것이 아니라 실제 독극물까지 조합해서 만든 독약이라면 무효화는 소용이 없었다. 게다가 어차피 5분이 지나면 무효화가 사라지면서 다시 독효가 돌 터였다.

그러면 정말로 길드장을 죽여야만 하나? 자신이 4년간 준비해 온 일인데, 기껏 죽은 인간을 복구해 가며 시간을 벌었는데……. 애초부터 그릇된 방법으로 시간을 벌긴 했지만 이런 식으로 꼬일 줄은 몰랐다.

"……."

차라리 정이선을 버릴까?

길드장의 심장만 뛰고 있다면 어떻게든 시간을 끌 수 있을지도 모른다. 사윤강이 시체를 복구했다고 알릴지도 모르지만, 정이선을 이대로 죽게 둔다면 사윤강이 그런 발표를 해도 증거가 없다. 현재 의학적 소견으론 길드장의 시체에서 이상한 부분을 찾아내지 못하고 있으니, 시체를 복구했다는 사윤강의 말을 이상하다고 몰아가면 가능성이 있었다. 솔직히 시체에 복구 능력을 걸어서 살아 움직이게 한다는 건 무척이나 비현실적인 이야기니까.

아마도 대부분의 사람이 사윤강의 말을 믿지 않을 테고, 여론 공방이 시작되면 상황을 조정할 만한 시간이 생긴다. 사현은 가만히 정이선을 버렸을 때의 손익을 계산했다. 정이선이 없으면 레이드가 까다로워지긴 하겠지만 아예 진입하지 못할 수준은 아닐 테고, 그러면 어떻게든 7차까지 클리어해 내서 그때 길드장을 죽게 하면…….

─콜록, 돌연 정이선이 작게 기침하면서 피를 흘렸다.

사현은 그의 입술 옆으로 주르륵 떨어지는 붉은 액체를 물끄러미 보았다. 갑자기 지금까지 빠르게 계획해 가던 생각의 방향이 뚝, 멎어 버리는가 싶더니 뒤이어 아예 완전히 지워졌다. 새하얗게 사라졌다기보단 누군가가 먹물을 쏟아부은 것처럼 새까매졌다. 아니, 정이선이 흘리는 검붉은 피가 제 생각마저 덮어 버렸나?

고작 저 피가 뭐라고.

"⋯⋯정이선 씨."

사현은 가만히 정이선을 불러 보았다. 쓰러진 인간을 불러 봤자 답하지 못한다는 걸 알면서도, 쓸데없는 행동이란 걸 알면서도 그 이름을 입에 담았다. 새까만 눈동자가 한층 어두워진 공간 속의 정이선을 똑바로 응시했다. 어느새 밤이 깊어져 갔다. 정이선이 죽기까지 정말로 몇 시간 남지 않은 시점이었다.

자신은 대체 무엇을 놓쳤을까?

그는 깊은 고민에 빠졌다. 분명히 정이선이 자신의 손안에 들어왔다고 생각했는데, 그를 완전히 제 마음대로 이용하고 있다고 생각했는데 허무하게 손가락 사이로 빠져나가 버렸다. 처음부터 쥐고 있었던 게 신기루였던 것처럼 그는 흩어졌다.

애초부터 붙잡을 수 없는 것을 쥐고 있었던, 그런 착각에 빠졌던 기분이었다.

천천히 자리에서 일어선 사현이 정이선의 앞으로 다가갔다. 이미 반쯤 굳어 버린 입가의 피를 닦으면서, 손으로 문지를수록 얼룩지기만 할 뿐 끝내 깨끗이 지워지지 않는 그 핏자국을 보면서.

"왜 그런 표정을 지었어요?"

"⋯⋯."

"피를 그렇게 토하면서, 왜 당장 사윤강한테 답하지 않았어요? 본능적으로 빌었어야지. 아니면 나한테 사실대로 답하게 해 달라고 말이라도 했어야지. 내가 말하라고 시키지 않았으면, 정말로 끝까지 침묵했을 거예요?"

"……."

"그래서, 죽을 생각이었나?"

쓸데없는, 참 무의미한 행동이란 걸 알면서도 사현은 질문을 쏟아 냈다. 쓰러진 정이선의 얼굴을 붙잡고, 그의 기울어진 고개를 받치듯 붙잡아서 조용히 읊조렸다. 아마도 처음에는 다그치듯, 혹은 쏘아붙이듯 물었던 것 같은데 뒤로 갈수록 이상하게 힘이 빠졌다. 스스로의 행동에 어이가 없어진 건지, 아니면 정이선처럼 함께 힘이 빠지기라도 하는 건지.

"……."

사현이 고요히 눈을 내리떴다. 지금 자신은 답이 돌아오지 않는 상황에 짜증이 나는 걸까, 아니면 몇 시간 전 피를 흘리는 정이선을 보며 느낀 답답함이 아직도 이어지고 있는 걸까. 그것도 아니라면 자신은…….

최후에 마주했던 정이선의 시선이, 사윤강에게 사실대로 말하라고 한 순간 보였던 정이선의 눈동자에 어렸던 그 감정이 무엇인지 알지도 못하면서.

왜 자신은 답답함을 넘어선…….

막막함을 느끼는지.

천천히 사현이 핸드폰을 들었다. P.M. 23:31. 정이선이 죽기까지 약 4시간이 남은 상황. 한차례 시간을 확인한 사현이 곧 누군가에게 전화를 걸었다. 상대는 기다리고 있기라도 했는지 당장 전화를 받았지만 먼저 말을 꺼내진 않았다.

긴 침묵 속, 결국 사현이 뇌까렸다.

"……병원에서 만나죠."

◁　◆　▷

정이선은 계속해서 어두운 늪 속을 헤매고 있었다.

정신도 제대로 차릴 수 없었지만 아프단 감각만은 계속 그를 괴롭혔다. 목구멍에 가시가 잔뜩 박힌 것처럼 따갑기도 했고 내장이 얇게 도려내지는 통증이 끝없이 이어졌다. 이렇게 아픈 적이 처음이라 그는 웅크려 떠는 것밖에 할 수 없었다.

아예 정신이 끊기면 좋겠는데 그러지도 않았다. 의식이 바닷속 깊이 빠진 것 같으면서도 고통만은 아주 선명해서, 그는 어떤 방향으로든 제발 빨리 고통이 끝나기를 바랐다.

그러다가 어느 순간 목에 시원한 물 같은 것이 들어왔다. 절대로 해결되지 않을 듯했던 갈증이 그 액체가 들어오는 순간 스르르 사라졌다. 처음엔 넘기기도 힘들어서 거의 흘리다가, 누군가가 아예 자신을 받쳐 안고서 마시기 편한 자세를 갖추게 해 줘 그에게 매달리듯 액체를 삼켰다.

그걸 다 마신 후엔 의식이 잠깐 돌아왔는데, 주위가 온통 어두워 앞을 분간할 수가 없었다. 그저 앞에 인기척이 느껴진단 것만 알겠어서 멍하게 눈을 깜빡이고 있으니 상대가 그 눈 위를 손으로 덮어 버렸다. 아마도 그때 얼굴에서 느껴졌던 온기에서 상대를 어렴풋이 눈치챘지만, 정이선은 아무런 말도 하지 않았고 그건 상대도 마찬가지였다.

그렇게 그는 돌아가 버렸다. 정이선은 멀어지는 온기에 무의식적으로 손을 내뻗으려다 가까스로 충동을 참아 냈다. 사실 정신만 들었을 뿐이지 몸을 움직일 만큼의 기력은 없었다.

정이선이 완전히 정신을 차린 때는 거의 하루란 시간이 흐른 후였다.

피를 너무 많이 쏟아서 깨어나기까지 오랜 시간이 걸렸다. 마지막으로 본 공간은 사윤강의 집무실이었는데 언제 집으로 옮겨졌는지 침대에 눕혀져 있었다. 정이선은 비틀거리며 일어나 곧바로 시계를 확인했다. P.M. 08:23. 멍한 시선이 잘못 읽었기를 바라는 것처럼 한참 동안 숫자 위에 머물렀다.

"……."

정말로 하루를 꼬박 쓰러진 채로 보냈다. 히든 능력의 페널티로 일주일 동안 앓을 때도 시간이 금방 지나가긴 하지만 이런 식으로 하루가 날아갈 줄은 몰랐다. 정이선은 느리게 탄식한 후에 손에 얼굴을 파묻었다. 그나마 다행이라 해야 할지, 던전이 발생하기 전에 깨어났다.

몸은 어제까지 아팠단 게 거짓말일 정도로 멀쩡했지만 입에 피 맛이 감도는 것 같아서 우선 욕실에서 씻었다. 얼굴에 찬물이 닿은 후에야 조금씩 정신이 맑아져, 그는 가만히 물을 맞으며 어제의 기억들을 정리했다. 아침부터 코피를 쏟고, 오후에는 피를 토하고. 그 뒤엔 기억이 조각조각 끊겨 있었다.

사윤강의 집무실에서 대화한 것 같긴 한데 무슨 대화를 나눴는지 기억이 흐릿했다. 아마 그즈음엔 정말로 사윤강이 자신에게 독을 먹인 게 사실이구나 싶었고, 그래서 사현이 어떻게 대응할지 감을 잡을 수 없었다.

사현이 길드장의 죽음을 아는 자신을 오래도록 감시해 왔단 걸 아니까, 섣불리 말했다간 친구들이 어떻게 될지 몰라서 입만 다물고 있었다. 당장 자신의 목숨도 어떻게 될지 모를 상황이긴 했지만, 어쩌면 사현이 그대로 자신을 버릴 수도 있겠다고 생각했었다. 그래서 사현이 진실을 감추기 위해 자신을 버린다면 목숨값으로라도 친구들을 보내 주지 않을까 잠깐 기대했던 것도 같다.

그러나 사현은 결국 병원에서의 일을 말하라 했었고, 그걸 말하다가 다시 기억이 끊겼다. 깊은 밤에 사현이 찾아와서 해독제를 먹여 준 것 같긴 한데…….

"……아."

거기까지 생각을 정리한 정이선이 재빨리 바깥으로 나와 핸드폰을 확인했다. 물기를 털어 내지도 못한 머리칼에서 물이 뚝뚝 떨어져 화면 위로 떨어졌지만 대충 그것을 옷에 닦다가 답답해져 아예 거실로 뛰어나가 TV를 켰다.

자신이 지금 살아 있단 건, 결국 사윤강이 원한 대로 흘러갔단 소리인가?

불안해하는 정이선의 눈동자에 TV 뉴스 속보가 잡혔다. 아마도 오늘 하루 내내 속보란을 차지했을 사건이 아나운서의 딱딱한 목소리로 읊어졌다. 정이선은 멍하니 그 내용을 들으며 아래의 글자를 읽었다.

'HN의 부길드장 사윤강, 공식적으로 길드장 승계 절차 밟나'

27일 자정경, 한백병원에서 HN의 길드장이 결국 사망했다고 한다. 4년째 병상에 누워 있던 길드장이 숨을 거두면서 오전부터 장례 절차가 이뤄졌고, 정오에 곧바로 길드장의 유언장이 공개되었다. 아들 사윤강에게 HN길드를 물려준다는 내용이었다.

이 소식에 전국이 들썩였다. 사윤강과 사현이 길드장 자리를 두고 대치한단 이야기는 아주 오래전부터 떠돌았기에, 결국 이런 식으로 결론이 난다며 허무해하는 사람들도 있었지만 대부분이 사현이 길드장이 되는 것이 응당하지 않냔 반응을 보였다.

사윤강은 A급 헌터면서 던전 진입 경험이 10회도 되지 않는데 어째서 헌터 길드의 길드장이 되냐며 황당해하는 이들이 많았으나, 지금은 레이드 기간이고 사현이 진입 1순위 공대를 이끌고 있기 때문에 승계 전쟁을 벌이기에는 시기가 나쁘단 우려가 더 많았다. 가장 중요한 레이드가 앞에 있는데 다른 일로 시선을 돌렸다가 만에 하나 던전에서 실패하면 오히려 독이란 논지였다.

화면 속의 사윤강은 새까만 상복을 갖춰 입고서 진지하게 말했다.

"코드가 레이드에 집중할 수 있는 환경을 마련하기 위해, 빠르게 길드를 안정화시키도록 최선을 다할 것을 약속합니다."

정이선은 떨리는 손으로 핸드폰을 들어 인터넷 뉴스도 확인했다. 대형 언론사는 모두 사윤강이 길드장이 되는 것에 모두 호의적인 반응이었다. 이미 4년 동안 길드를 잘 이끌었던 사운강이니 그의 경영 실력은 검증된 바이며, 그가 길드 장이 된 후를 기대한다는 기사가 많았다.

대형 포털 사이트의 메인에 자리한 기사들을 보며 정이선 이 살짝 눈가를 찡그렸다. 사현에 대한 이야기가 있을 법도 한데 찾기가 어려웠다. 문득 정이선은 예전에 한아린이 사 운강이 언론을 잘 쓴다고 이야기했던 걸 떠올렸다. 4차 던전 이 끝난 후에 코드 내의 관계 불화설이 한창 떠돌았다는데, 그게 높아지는 코드의 명성을 막기 위한 수작일 것이라 표 현했었다.

그나마 메인에서 찾을 수 있는 코드에 대한 기사라곤 내 일 레이드의 6차 던전이 발생하는데 그때 코드가 입장할지 에 관한 의문뿐이었다.

코드는 아직까지 공식적으로 아무런 발표도 하지 않았다. 이렇게 코드의 답이 없으니 헌터 협회로까지 문의가 쏟아지 는지, 협회 측에선 6차 던전 진입과 관련해 코드와 이야기한 바가 없단 발표까지 몇 시간 전에 했다.

정이선은 눈앞이 깜깜해지는 경험을 했다. 어제는 말 그 대로 기절하면서 시야가 꺼지더니, 이번엔 은유적으로 눈앞 이 깜깜해졌다. 이후 그는 메신저 창으로 들어가 하루 동안 쏟아진 연락들을 대충 훑어보았다. 모두 코드 헌터들에게서 온 건데, 다들 그의 상태를 걱정했다.

그는 조금 망설이다가 결국 통화 버튼을 눌렀다. 연결음이 몇 초를 채우기도 전에 상대가 받았다. 다급히 받았는지 우당탕탕, 넘어지는 소리가 났다.

–이선 복구사! 괜찮아요?! 괜찮은 거죠? 그죠?!

"아, 네……. 괜찮아요. 걱정시켜 드려서 죄송합니다."

걱정이 가득한 목소리로 질문을 쏟아 낸 사람은 한아린이 었다. 사윤강과 사현의 관계를 가장 잘 아는 사람이니, 현 상황에 대해 더 자세히 알기 위해 그녀에게 전화를 걸었다. 다만 몇 번이나 쏟아진 괜찮냐 질문에 반복적으로 답한 후 에야 겨우 정이선은 본론을 꺼낼 수 있었다.

"혹시…… 저 쓰러진 후에 무슨 일 있었는지 좀 알려 주실 수 있을까요? 제가 방금 막 정신을 차려서……."

잠깐 침묵이 이어졌다. 보이진 않지만 한아린이 무척 복 잡한 표정을 짓고 있을 듯했다. 짧지 않은 정적이 흐른 후 결국 한아린이 탄식하며 상황을 알려 주기 시작했다.

–하…… 일단 나도, 그러니까, 우리도 오늘 아침 돼서야 알았어요. 정확하겐 뉴스에서 길드장 죽었단 속보 보고 뭔 진 몰라도 일단 상황 개판 됐단 건 눈치챘지…….

어제 사현이 정이선을 이끌고 부길드장의 집무실로 올라 간 이후로 한 번도 코드 사무실에 내려온 적이 없다고 했다. 그래서 코드 사람들은 모두 사무실에서 불안해하다가, 그래 도 늘 그랬던 것처럼 사현이 상황을 해결하리라 믿고 있었 다고 한다.

그런데 갑자기 아침 뉴스에 속보가 떴고, 그대로 다들 장례식장에 가서 사현을 봤는데 차마 아무도 말을 붙이지 못했다고 했다. 사현도 길드장의 아들이지만 그는 오전에만 잠깐 있다가 장례식장을 떠나 버렸다는데, 한아린이 푹 한숨을 내쉬었다.

　―기주혁이 눈치 보면서 사현한테 이선 복구사 상태 물었거든요. 그때 죽진 않았단 답만 하고 가 버렸는데…… 일단, 이선 복구사가 그렇게 된 거 사윤강이랑 관계있는 거죠? 그렇지 않고서야 갑자기 피 토하고, 그다음에 사현이 부길드장 집무실 올라가고, 그날 자정에 길드장 사망했단 소식이 뜰 리가 없잖아요.

　"아, 그건…… 그게…….."

　―관계있네요. 자세하게 캐물으려는 건 아니니까 말하기 곤란하면 말 안 해도 괜찮아요. 그냥 사윤강이 뭐 개 같은 짓 벌였겠지.

　안 봐도 뻔하다며 한아린이 혀를 찼다. 예전부터 유치한 수작 부리더니 이젠 이런 식으로 음습하게 군다면서 욕을 와르르 내뱉었다. 평소엔 정이선의 앞에서 욕을 삼키던 그녀였는데 이번만큼은 못 참겠는지 거친 언사가 왕창 쏟아졌다.

　비전투계한테 어떻게 해를 가할 수가 있냐며, 던전에서 활약할 자신이 없으면 바깥에서 얌전히 포션이나 만들 것이지 독을 처만들었다며 분개했다.

—그 새끼 손 잘라 버려야 해.

한차례 욕이 쏟아지는 동안 정이선은 얼떨떨하게 듣기만
했다. 이렇게 직설적인 욕을 듣기도 오랜만이고, 또 그녀의
반응에서 느껴지는 자신을 향한 걱정에 약간 기분이 미묘했
다. 어제 코드 헌터들 앞에서 피를 토했던 기억이 떠올라 정
이선은 한 번 더 걱정을 끼쳐서 죄송하단 사과를 전했다. 한
아린은 화들짝 놀라며 왜 사과하냐고 소리쳤다.

그렇게 조금 대화의 분위기가 풀린 후에야 정이선이 다시
질문했다. 오늘 코드의 회의는 없었다고 하는데…….

"그러면 혹시…… 내일 발생하는 던전에 예정대로 코드
진입하나요?"

—……아? 이선 복구사 못 들어갈 것 같아요?

"아, 아뇨. 그런 의미가 아니라…… 사현 헌터가 별다른
말은 없었는가 싶어서……."

정이선이 이런 질문을 한 것은 인터넷에서 이와 관련된
논란을 많이 접했기 때문만은 아니었다. 사현이 현재 레이
드 올 클리어에 심혈을 기울였던 이유가 바로 길드장이 되
기 위함인데, 그 판이 모조리 엉망이 되어 버렸으니 예정대
로 진행할지 짐작이 되지 않았다. 게다가 길드장이 죽었단
부분에서 정이선은 한 가지를 걱정할 수밖에 없었다.

복구 능력이 걸린 시체가 죽었단 건 곧 사현이 히든 능력,

무효화 스킬을 사용했단 소리고 이는 즉…….

–아…… 사실 안 그래도 조금 전에 따로 연락받긴 했는데, 음, 이게…….

"히든 능력 페널티에 대한 이야기라면 저도 알아요."

–응? 그걸 어떻게 알지? 아니, 뭐, 그래. 아무튼 안다면 이야기는 쉽겠네요. 저한테 던전 진입할 즈음에 자기 페널티 기간이라서 공격이 힘들지도 모르니까 더 신경 쓰라고 말하더라고요.

오늘 자정경에 한백병원에서 숨을 거둔 길드장, 그리고 내일 오후에 발생할 6차 던전. 사현의 히든 능력 페널티는 하루 동안의 능력 불능과 그다음 하루 동안 능력의 50퍼센트밖에 사용하지 못하는, 총 이틀에 걸친 페널티였다. 지금까지 레이드 던전은 보통 저녁 전에 열렸고, 4차 던전이 가장 늦게 열리긴 했지만 그것도 열 시쯤이었다.

그렇다면 어떻게든 사현은 그의 페널티 기간 내에 던전에 진입해야 하니, 혹시나 그가 진입을 포기하지 않을까 걱정했는데 그건 아닌 듯했다.

–히든 능력이 뭔진 모르겠는데, 일단 이번 사건과 관련은 있는 것 같고. 페널티가 그런 종류인 것도 처음 알았는데 차마 자세한 건 못 묻겠더라고요. 목소리가 아주…….

"……화가 많이 난 것 같던가요?"

–으음…… 솔직히 화 안 나는 게 더 이상하지 않을까요?

걔가 4년간 준비한 판이 있는데 갑자기 이렇게 돼 버렸으니까……. 뭔 일이 있었는지는 모르겠지만 일단 코드 애들한테 연락 싹 돌려 놨어요. 내일 제대로 안 하면 다 죽는 거라고.

한아린의 말에 정이선은 조금 암담한 낯이 되었다. 몬스터를 제대로 처리 못 하면 너희가 리더한테 처리될 거라고 말했다고 전하는 그녀의 의도는 분명 분위기를 전환하려는 것일 텐데, 그 이야기를 들을수록 정이선의 얼굴은 어두워져 갔다.

그렇게 짧지 않은 전화를 끝낸 후에 정이선은 한참 동안 핸드폰만 쥐고 있었다. 마지막으로 한아린은 그가 괜찮은 것만으로 다행이라고 말했는데, 정이선은 정말로 다행인 상황이 맞는지 알 수 없었다.

오랜 고민 끝에 결국 정이선은 사현의 집 문 앞에 섰다.

바로 옆에 사니까 복도만 걸어가면 되는데, 그다지 길지도 않은 그 길만 걸으면 되는데, 이곳에 오기까지 아주 기나긴 고민을 해야만 했다. 그러고도 정이선은 문 앞에서 또 한참 망설이다가 겨우겨우 벨을 눌렀다. 사현이 안에 있을까? 다른 곳에 있는 건 아닐까? 어쩌면 그럴 수도 있겠단 기대를 품을 즈음 문이 열렸다.

"……."

문을 연 사현이 가만히 정이선을 내려다보았다. 하얀 셔츠에 새까만 정장 바지를 입은 모습이 아마도 오전에 외출했던 복장 그대로인 듯했다. 다만 넥타이 없이 두어 개쯤 풀린 셔츠 단추나, 조금은 예민하게 날이 서 있는 인상이 그가 현재 피곤한 상태란 걸 알렸다.

사현은 왜 왔냐는 질문조차 없이 그저 새까만 눈동자로 고요히 정이선을 응시하기만 했고, 정이선은 조금 숨이 막히는 기분 속에 힘겹게 입을 열었다.

"죄송합니다……."

"뭐가요?"

"……저 때문에 짜신 계획이 틀어졌으니까요. 길드장 자리가 그렇게 넘어가 버려서……."

머뭇머뭇 말이 이어지는 동안 사현은 침묵했다. 그는 물끄러미 정이선을 보다 몹시 단조로운 목소리로 들어오라 말하곤 안으로 걸음을 옮겼다. 순간 정이선은 잘못 들었나 싶어서 버벅거렸지만 결국 사현이 아예 열어 두고 가 버린 문틈으로 집 안에 들어왔다.

사현은 정이선의 집에 종종 드나들었지만 그는 한 번도 사현의 집에 들어온 적이 없었다. 엄밀히 따지면 그가 머무르는 집도 사현의 집이지만…….

정이선이 속으로 생각하며 사현의 뒤를 따라 걷다가, 그가 앉으라고 눈짓한 소파에 앉았다. 등받이가 없는 1인용 소파에 따로 앉은 정이선의 대각선 방향에 사현이 앉았다. 자신이 머무르는 집과 디자인은 똑같고 방향만 다를 뿐인데도 한없이 낯선 공간이었다.

거실의 불은 꺼졌지만 TV가 켜져 있었고, 그곳에선 여전히 사윤강이 HN길드의 길드장이 된다는 뉴스가 나오고 있었다. 정이선의 시선이 그곳으로 향하자 사현이 TV를 꺼 버렸다. 넓은 집을 밝히는 불빛이라곤 이제 소파 앞의 테이블에 놓인 작은 전등뿐이었다.

테이블엔 양주병과 술잔이 올라와 있었는데, 술잔에 전혀 물기가 없었다. 정이선은 그것을 스윽 살펴본 후 조심스레 물었다.

"……혹시 술 드셨나요?"

"아뇨."

"……."

"한번 꺼내 보긴 했는데 술을 마신다고 해서 딱히 기분이 좋아질 것도 아니고, 취해 봤자 금방 깨니까 쓸모없는 일처럼 여겨져서요."

고저 없는 목소리에 정이선은 조금 더 눈치를 보게 됐다. 그는 어두운 공간 속에서 눈동자를 도르르 굴리다가 결국 다시금 고개를 숙이며 사과했다.

"죄송합니다……."

"대체 뭐가요?"

"네? 아, 그러니까…… 저 때문에 일이 꼬였으니까요. 게

다가 길드장한테 무효화 걸어서 내일 던전 진입할 때 페널티 기간일 텐데, 괜히 제가……."

"정이선 씨. 그거 사과하러 왔나요?"

갑자기 사현이 말을 툭, 끊고 질문했다. 꽤 날카롭게 떨어지는 질문에 정이선이 눈을 느리게 깜빡이고 있으니 사현의 얼굴이 한층 더 서늘해졌다. 대체 어떤 답을 해야 할지 모르겠어서 정이선은 입술을 달싹이다 사과해야 할 다른 부분을 찾기 시작했다. 하지만 그가 헤매기 전에 먼저 사현이 말했다.

"사윤강이 정이선 씨한테 독을 먹여서, 그 애새끼가 유치한 협박을 해서 이렇게 된 거죠. 그걸 왜 정이선 씨가 사과해요? 그리고 정이선 씨가 사과해야 할 부분은 거기가 아니죠."

"……네?

"왜 말 안 했어요?"

"아, 그건……."

"독을 먹고 20시간이 흐르는 동안 왜 한마디도 안 했죠? 심지어 사무실에 와서 피를 토한 시각도 독을 먹고 26시간이 흐른 후니까, 이미 전조가 있었을 텐데도 정이선 씨는 입을 다물고 있었죠."

딱딱한 목소리에 정이선은 머뭇머뭇하다 겨우 입을 열었다.

"사윤강이 한 말이 거짓말일 수도 있다고 생각했어요. 그러니까…… 정말로 사람한테 독을 먹일 줄은 몰라서, 그래서 괜히 던전 진입까지 얼마 안 남았는데 신경 분산시키고 싶지 않았어요. 그리고 아침에는 코피를 흘렸는데, 이전에도 가끔씩 그렇게 코에서 피가 난 적이 있어서 대수롭지 않게 넘겼어요. 죄송합니다. 제가 잘못 판단해서…….”

“사과 작작 해요. 사람 짜증 나려 하니까.”

“…….”

“대체 왜 사과를 먼저 하지? 살려 줘서 감사하단 인사를 먼저 해야 하지 않나요?”

꽤 비꼬듯 던져진 질문에 정이선이 조금 당황한 얼굴을 했다. 그러고 보면 분명히 사현이 계획이 틀어지는 걸 감수하고 해독제를 받아 온 건데, 정작 정신을 차렸을 때도 살아서 다행이란 안도를 하지 않았었다. 친구들을 마저 해결해야 한단 책임감에 기인한 안도는 느꼈어도 살아난 것 자체에는 감상을 갖지 않았다.

그저 일이 이렇게 되어 버린 점만 걱정했을 뿐이기에 정이선은 잠깐 말을 헤매다가 겨우 입을 열었다.

“감사합니다…….”

사현의 시선이 가만히 그에게 꽂혔다. 정이선은 혹시나 진심이 느껴지지 않는가 싶어 부러 구구절절 이유까지 붙여 가며 감사를 전했다. 그리고 그 긴 이야기가 끝날 때쯤 사현이 물었다. 이제야 묻는 게 황당하다 싶은 질문이었다.

"여기에 왜 왔어요?"

"네? 아, 그게…… 사과도 하고, 감사도 전하려고……."

"이제 끝났으니 돌아가면 되겠네요."

"……."

"나가요."

싸늘한 축객령에 정이선이 입을 꾹 다물었다. 그는 두 손을 무릎 위에 올려 둔 채로 사현을 보았지만 사현은 그와 대화할 의사가 없단 듯 테이블에 놓인 양주를 들었다. 그러곤 잔 한가득 채워 단숨에 그것을 들이켰다. 술이 얼마나 독한지 정이선은 향만 맡아도 취할 것 같았다.

정이선은 사현이 그 양주를 반병 비워 갈 때까지 가만히 앉아 있었다. 그때쯤 결국 사현이 한숨을 내쉬듯 물었다.

"할 말이라도 있나요?"

"……하실 말 있으면 들을게요."

"뭐라고요?"

"아, 그러니까…… 말하면 기분 조금 풀리실까 해서."

정이선의 웅얼거림에 사현의 얼굴이 황당함으로 물들었다. 그는 정이선이 이런 말을 할 줄은 몰랐는지 잠깐 입을 다물고 있다가…… 이내 살짝 나른해진 낯으로 그를 보았다. 순식간에 양주를 비워 조금씩 취기가 도는지 얼굴에 느긋한 감이 어렸다.

"지금…… 제가 화난 것 같으니까 제 화를 풀려고, 그러니까 제 기분을 좋게 해 주려고 여기에 왔단 소리인가요?"

"……음, 따지자면…… 그렇네요."

"그런데 지금 정이선 씨 보면 짜증밖에 안 나는데 어떡하죠?"

"……."

"분명 이틀 전까진 정이선 씨 보는 게 재밌었는데, 지금은 화가 나요."

문득 이해할 수 없는 말을 읊조린 사현이 이선에게 손을 뻗었다. 정이선은 움찔했지만 고분고분 앉아 있었고, 곧 사현의 손에 그의 얼굴이 쥐였다. 처음엔 꽤 거친 손길로 턱을 잡고 위아래로 휙휙 움직였다가, 이내 느릿하게 볼을 감싸며 눈가를 살살 문질렀다.

언제부터인지는 모르겠지만 정이선은 그의 이러한 행동에 익숙해졌음을 알아챘다. 간질거리는 손길을 가만히 받고 있으니 사현이 퍽 나긋하게 물었다. 조금 전과는 확연히 다른, 다소 부드러워진 목소리였다.

"아팠을 텐데, 왜 안 울었어요?"

"……네?"

"피를 많이 흘렸잖아요. 나는 신경도 쓰지 않고 사윤강한테 사실대로 말해도 이상하지 않을 정도로 아팠을 텐데."

"아프다고 꼭 울지는 않아요……."

정이선은 조금 떨떠름하게 답했다. 그런데도 사현은 아니라면서, 많이 아팠으니까 울며불며 매달려야 했단 말을 해 댔다. 그 말의 요지를 알 수 없어서 점점 정이선의 얼굴에 의아함이 퍼졌다. 언제는 자신이 운다고 짜증을 냈으면서 지금은 왜 울지 않았냐고 묻고 있었다.

이해할 수 없다는 듯 정이선이 사현을 보았고, 그렇게 희미한 빛만이 어슴푸레하게 시야를 밝히는 공간 속에서 정확히 시선이 마주했다.

기묘한 정적의 끝에 사현이 빙긋 웃었다. 이곳에 오면서 볼 것이라곤 감히 생각도 못 했던 웃음이 그 얼굴에 퍼져 순간 정이선이 멍하니 그를 보는 순간.

"죽고 싶었어요?"

"……네?"

"죽고 싶었는데 못 죽어서 아쉬워요?"

숨을 삼킨 채로 굳어 버린 정이선을 보며 사현이 입꼬리를 올렸다. 그가 종종 짓는 미소와 달리, 오직 입술로만 미소를 그려 낸 작위적인 웃음이었다. 그것은 오히려 조소에 가까웠다.

"아직 정이선 씨가 해결해야 할 시체가, 아니, 친구가 두명 남았는데 정이선 씨는 살려 달란 애원조차 안 했어요. 친구는 그렇게 두고 죽어 버릴 생각이었나요? 도망치려고? 결국 지긋지긋해졌어요?"

느리게, 아주 느리게 정이선이 눈을 깜빡였다. 귓가로 날아와 꽂히는 말을 흘려듣지도 않고 오히려 그것을 새기듯 사현을 보았다. 스스로부터가 저런 생각을 했음에도 다른 사람의 입에서 그런 말을 듣는 건 몹시 새삼스러운 기분을 안겨서, 정이선은 그저 그렇게 스스로가 끔찍해지는 기분을 가만히 받아들였다.

말이 없는 정이선을 보며 사현이 조소했다. 그는 화가 났을 때 감정을 정제하는 막이 한 겹 사라지는 듯했다.

"자살할 용기는 없으니까, 남이 죽이겠다고 협박하는 거 냉큼 받아들였나요?"

"……."

"그래서 말 안 했어요? 단순히 사윤강의 협박을 거짓말이라 생각해서 입 다물고 있었다는 게 이상하잖아요. 아침에 흘렸다는 코피도 분명히 심각한 수준이었을 텐데."

"그건……."

"정이선 씨 거짓말하는 거 어색해요. 그런데……."

문득 사현이 한숨을 터트렸다. 지금껏 비꼬듯 날카로운 말을 쏟아 낸 것과는 전혀 상반된 태도로, 갑자기 커다란 벽을 마주한 사람처럼 그가 막연히 정이선을 보았다. 아득한 것을 보는 듯한 시선에 정이선이 멍하니 눈을 깜빡이고 있으니 사현이 나직이 읊조렸다.

"진실이 뭔지도 모르겠어요."

조용한 뇌까림이 귓가에 내려앉았다. 정이선은 순간 그의 입에서 모르겠다는 말이 나온 점이 놀라워 숨을 참았다. 그 사이 사현은 적당히 과거랑 끊어 냈다고 생각했는데, 원점에서 많이 벗어났다고 여겼는데 그 모든 게 착각이었던 것 같단 혼잣말을 했다.

탓하는 건지, 자조하는 건지 알 수 없는 말이 이어지는 동안 정이선은 그저 느릿느릿 눈을 깜빡였고, 사현의 엄지가 그 눈가를 훑었다. 그가 종종 상태를 확인할 때 하던 손짓과 비슷했다.

"하루 전까지 정이선 씨 죽어 가고 있었어요. 숨도 당장에라도 끊길 것 같았고, 피도 많이 흘렸어요."

"……."

"대답해 봐요, 정이선 씨."

"네……?"

갑자기 답하라는 사현의 말에 정이선이 조금 당황했다가, 감사하란 의미인가 싶어 더듬더듬 감사를 전했다. 그동안 사현의 시선은 가만히 정이선에게 고정되어 있었다. 마치 이렇게 앞에서 답하고, 말하는 정이선이 낯선 사람처럼 그는 한참 동안 빤히 쳐다보기만 하다가.

돌연 툭, 싸늘한 말을 내뱉었다.

"정이선 씨 시체 같은 표정 지을 때마다 기분 더러워요."

"……네? 어…… 죄송합니다……."

시체 같은 표정이란 게 뭘 의미하는지 알 수 없었지만 눈치켯 사과했다. 이렇게 사현이 단적인 감상을 드러내는 것도 처음이고, 또 그 감정을 고스란히 마주하는 것도 낯설어서 정이선은 그저 사현이 원하는 대로 해야겠다고 생각했다. 그나마 자신에게 나가라고 축객령을 내렸을 때보단 낫다고 여겼다.

그리고 그런 사과에 사현이 짧게 조소했다. 그는 입꼬리를 비스듬하게 올린 채로 말했다.

"말만 죄송하다고 하고 왜 똑같은 표정이에요. 최소한 바꿀 노력이라도 해야 하지 않나요? 내 기분 좋아지게 하러 왔다면서요."

"네? 아, 그게, 시체 같단 표정이 무슨 표정인지 사실 모르겠어서……."

"그러면 웃어 봐요."

다소 뜬금없이 떨어진 말에 정이선의 표정이 미묘해졌다. 그사이 사현은 꽤 나른한 감이 번진 얼굴로, 비스듬하게 고개를 기울이며 정이선이 웃는 걸 봤을 때 꽤 재밌었단 말을 읊조렸다. 분명 혼잣말이었지만 그 감상은 퍽 다정한 어조로 튀어나와서 괜히 공간을 낯설게 울렸다.

결국 정이선은 아주 어색하게 입꼬리를 올려 겨우 미소라 불릴 법한 것을 그려 냈다. 최대한 노력한 건데 사현은 단조롭다 못해 차갑게까지 느껴질 감상을 내뱉었다.

"연기 정말 못하네요."

이쯤 되자 슬슬 정이선은 억울해졌다. 자신 때문에 상황이 꼬인 것은 맞으니 약간의 죄책감을 느끼고 있었다. 자신이 빨리 말했더라면 일이 아무리 잘못되었더라도 페널티 기간에 6차 던전 진입을 하는 일만큼은 피할 수 있었을 테니, 일부러 사현의 기분을 맞추려고 모든 말에 고분고분 반응했다.

그런 자신에게 사현은 다그치듯 말하다가 신랄하게 비꼬기도 하고, 돌연 막막한 사람처럼 자신을 가만히 응시하기도 했다. 이렇게 감정의 굴곡을 고스란히 드러내는 사현의 모습은 처음 보아서 낯설지만 가만히 있었는데 그는 갑자기 웃으라 시켰고, 이후엔 어색하다고 뭐라 했다.

정이선은 조금, 아니 많이 억울해졌다. 지금도 기분이 별로라면 이젠 정말 집에서 꺼져 줄 의사도 있었다. 그래서 그 말을 하려는 때, 돌연 입술 위로 압박감을 느꼈다. 사현이 손으로 그 입꼬리를 꾹 눌러 버린 것이다.

"……?"

아래로 처진 입꼬리를 휙 위로 올렸다가 옆으로 쭉 늘리기도 하고, 다시 내리는 등 계속 손가락을 움직였다. 어쩐지 장난을 치는 듯한 손짓이라 정이선이 의아하게 사현을 보았고, 사현은 그 시선을 알 텐데도 이번엔 아예 엄지로 입술 정중앙을 꾹 눌렀다.

살짝 아픈 수준의 손짓이었는데, 그 아픔에 반응하기도

전에 압박을 받은 입술이 꾸욱 밀리면서 손가락이 입 안으로 들어오려 해 깜짝 놀랐다. 흠칫하고 놀란 정이선이 고개를 뒤로 피하려 하자 사현이 그 턱을 붙잡았다. 그의 새까만 눈동자가 똑바로 정이선을 향했다.

"정이선 씨."

"……."

"대답해요."

"……네?"

입술 정중앙을 꾹 누르고 있어서 답하지 못했는데 사현이 그 자세 그대로 답하라고 시켰다. 정말 황당했지만 결국 정이선은 답할 수밖에 없었고, 사현은 가만히 정이선의 얼굴을 쳐다보았다. 정확하게는 그의 입술을 누르고 있는 엄지를, 어쩌면 그 아래로 입술이 움직이며 숨결을 내뱉는 모습을 확인이라도 하려는 사람처럼 빤히 응시하다가.

"정이선 씨."

한 번 더 그 이름을 부르면서 가까이 다가오고.

"네……?"

대답하란 눈빛에 떠밀리듯 정이선이 입을 열었다가, 그대로 볼이 감싸이면서 입술 위를 덮는 낯선 감촉을 느꼈다. 생소한 감촉이면서도 입술에 닿아 오는 온기만큼은 이상하리만치 익숙해서, 어쩌면 온기를 품은 존재에 익숙해져 버려서. 그 괴리감 속에 정이선이 크게 몸을 떨었다.

놀란 정이선의 볼을 손으로 스치듯 지나가 완전히 옆머리를 감싼 사현이 더 깊게 입을 맞췄다. 대답하면서 입이 열린 틈을 타 자연스럽게 입 안으로 들어온 혀가 굳은 정이선의 혀와 얽히면서 순식간에 질척거리는 소리를 냈다. 꽤 숨이 찰 정도로 다급하고, 조급한 입맞춤이었다.

상체를 기울이면서 다가온 사현이 좀 더 단단히 정이선의 얼굴을 붙잡았다. 뒤늦게 상황을 인지한 정이선이 움찔거리며 사현을 밀어내 보려 했지만 그럴수록 사현이 더 깊게 키스했다. 움츠러든 혀끝을 얽으며 안쪽의 여린 살을 훑고, 아랫입술을 살짝씩 이로 깨물어 자극하기까지 하니 정이선은 정신을 차릴 수가 없었다. 뒷머리를 감싸며 아예 벗어나지 못하도록 하고 깊이 키스하는데, 내쉬는 숨을 모조리 삼켜 버릴 것처럼 과격했다.

정신이 혼미했다. 숨을 제대로 쉬지 못해서 머리가 아픈 건지, 아니면 이 상황을 이해하지 못해서 머리가 고장이 난 건지 알 수가 없었다. 정이선은 사현에게 붙잡힌 채로 움찔움찔 떨기만 하다가 결국 너무 숨이 차서 도리질 쳤다.

"하으, 수, 숨……."

고개를 저으며 뒤로 내빼는 행위가 도망치려는 걸로 느껴졌는지 사현이 더 단단하게 정이선의 뒷머리를 붙잡다가, 간간이 떨어지는 입술 사이로 힘겹게 의사를 전한 정이선의 목소리를 듣고서야 살짝 손에 힘을 풀었다. 그러곤 느긋한 손길로 정이선의 목 뒤를 살살 쓰다듬으며 긴장을 풀게 했다가, 자연히 뒤로 젖혀지는 머리를 받치며 더 깊이 키스했다.

숨을 쉴 수 있도록 속도를 맞춰 주는 것 같으면서도 갈급한 사람처럼 깊게, 더 깊숙이 들어오는 행동에 정이선은 어쩔 줄을 몰랐다. 숨결로 전해지는 술의 향 때문인지, 아니면 뒤섞이는 혀에서 느껴지는 알싸한 술의 맛 때문인지 그도 취하는 것 같았다.

잠깐 눈을 떴다가 사현의 새까만 눈동자 속에 어린, 무엇인지 읽어 낼 수 없으면서 마주하는 것만으로도 속이 저릿저릿한 감정에 결국 눈도 감아 버렸다. 시야가 차단되니 촉각에 더 예민해져서 정이선은 휩쓸려 가듯 키스에 따라갔다. 입술 새로 뒤섞이는 숨결에 점점 습하게 열이 올랐다.

어느새 사현이 완전히 앞으로 다가와서 정이선은 매달리듯 그 어깨를 붙잡았다. 덜덜 떨리는 손이 셔츠 위를 헤매다 결국 그것을 구기며 바르작거렸다. 그럴 때마다 입맞춤은 더 깊어지고, 짙어졌다. 혀를 휘감으며 혀 아래의 점막을 예민하게 건드리다 돌연 강하게 빨아당기기도 하고, 깊은 안쪽의 연한 살까지 헤집어 대니 온몸의 신경이 그곳으로 쏠렸다. 힘겹게 터트리는 숨이 꼭 신음처럼 좁은 공간을 울려 오싹해졌다. 등줄기에 긴장이 쭉 퍼졌다.

뒷머리를 감싼 손이 옆으로 움직이면서 머리칼을 헤집는

데, 그 손가락 사이로 머리칼이 흐트러지는 감각이 선명했다. 머리에 성감대가 있기라도 한 건지, 아니면 그저 온몸이 예민해져서 사현이 만지는 모든 부위에 반응하는 건지 정이선이 움찔움찔 떨었다. 손끝에 살짝씩 귓가가 스치는데 스스로도 알 정도로 귀에 잔뜩 열이 올랐다.

머리카락 사이로 파고드는 손길이 간지러워 정이선이 자꾸 움츠러들며 몸을 뒤로 기울이는 선택지를 고르다가.

기어코 그 선택이 불러일으킨 결과를 마주했다.

"……."

등이 완전히 소파에 닿는 순간 정이선의 눈이 크게 뜨였다. 키스에 휩쓸려 가느라 몸이 뒤로 기우는 것도 인지하지 못했다. 1인용 소파지만 커다래서 눕고도 전혀 불편함이 없었다. 숨을 아예 멈춰 버린 정이선의 행동에 사현이 그 어깨 옆으로 손을 짚으며 몸을 일으켰다. 어느새 사현은 그의 위에 있는 상태였다.

정이선은 굳어서 아무런 말도 하지 못하다가, 문득 제 머리칼을 간질이는 감각을 느꼈다. 사현이 아무렇지 않은 얼굴로 자신의 흐트러진 머리칼을 스륵스륵 매만지고 있는 것이었다. 이전까지 그런 행위를 했다고는 믿을 수 없을 정도로 몹시 평온하게, 구부린 검지 끝에 머리칼이 얽히는 것만 태연히 내려다보았다.

꽤 느긋하고, 나른해진 낯으로 정이선의 머리칼을 건드리던 사현이 말했다.

"이선 씨."

"네, 네?"

"언제까지 여기에 있을 거예요?"

그 질문에 정이선이 멍하니 눈을 깜빡였다. 정말로 객관
적인 사실을 원하는 듯한 단조로운 질문에 순간 정이선은
숨을 들이켠 채로 가만히 있다가, 뒤늦게 얼굴에 화아악 열
이 올라서 몸을 옆으로 굴렸다. 이게 축객령인 걸까 싶어 얼
굴이 민망함으로 잔뜩 물들었다.

"이, 이, 이만 갈게요."

무려 세 번이나 말을 더듬으며 답한 정이선이 후다닥 움
직여 현관으로 이동했다. 도망치듯 그곳으로 뛰어가 다급히
문을 열려 했다. 분명히 자신이 사용하는 집과 같은 구조인
데, 현관문도 같은 잠금장치를 쓰는데 열림 버튼을 누르는
손이 몇 번이나 버벅거렸다.

그러다 드디어 문이 열려 정이선이 안도의 숨을 터트리려
는 순간, 갑자기 쾅, 하고 문이 닫혔다.

"……."

어느새 뒤로 다가온 사현이 문손잡이를 잡아서 다시 닫아
버린 것이다. 정이선은 제 손 위를 덮은 사현의 손을 내려다
보다 천천히 몸을 반쯤 돌려 그를 올려다보았다. 너무 가까
이에 있어서 고개를 완전히 뒤로 젖혀야 할 수준이었다. 현

관의 센서 등이 켜졌는데도 빛을 등진 채로 서 있는 사현 때문에 그의 그림자에 갇혔다.

"이제 갈 건가요?"

"네? 아, 그으, 그, 네. 밤도 늦었고 이제 주, 주무셔야……."

자신이 횡설수설한다는 걸 알면서도 정이선은 진정하지 못했다. 심장이 너무 미친 듯이 뛰어서, 그리고 조금 전에 사현과 한 행위가 믿기지가 않아서 머리가 복잡했다. 그 와중에 사현을 보니 이상하게도 입술에 남은 얼얼한 감각이 선명해져서 정말 울고픈 심정이었다.

정이선은 두서없이 내일 6차 던전이 발생하니까 푹 쉬어야 한단 소리를 내뱉었고, 사현은 가만히 그것을 듣고 있다가…… 이내 고개를 비스듬히 기울였다. 그 얼굴엔 어쩐지 못마땅한 기색이 서려 있어 정이선은 자신도 모르게 눈치를 보았다.

"졸린가요?"

"……네? 그, 그런 것 같기도 하고……."

"일어난 지 얼마 안 됐지 않나요?"

"……."

변명거리를 잃은 정이선이 시선을 떨어뜨렸다. 여전히 한 손은 사현에게 덮여서 손잡이에 묶인 것처럼 있고, 뒤에는 사현이 서 있으니 꼭 갇힌 것만 같았다. 정이선은 현관 구석에서 눈동자만 떨다가 다시 사현을 올려다보았다. 그리고 그렇게 시선을 마주한 사현이 나직이 뇌까렸다.

"이선 씨는 제 기분을 좋아지게 해 주기 위해서 왔다면서요."

"······?"

"전 아직 별로 안 좋은데."

꽤 차갑게 떨어지는 말에 정이선은 조금 억울해졌다. 계속 나가란 듯이 굴기에 빨리 나가려 한 건데 왜 저렇게 싸늘한 표정을 하고 있는지 모를 일이었다. 그는 입술을 꾹 다물었다가 결국 항변하듯 말했다.

"키스는 그쪽이 했는데 저한테 기분이 안 좋다고 말하면, 저보고 뭐 어쩌란 거예요."

"그런 말이 아니라 왜 도망치냔 소리였어요."

"······네?"

"저번에 도망치는 모습 봤을 땐 재밌었던 것 같은데, 이번엔 기분이 더럽네."

날것 그대로 떨어지는 표현에 정이선이 잠깐 당황했다. 사현이 기분이 좋지 않을 때 그의 발화 필터링이 한 단계 사라진다는 걸 이곳에 와서 경험했다. 그렇다면 지금도 사현의 기분이 좋지 않다는 건데, 이번엔 그 이유가······.

멍하게 눈을 깜빡이는 정이선에게 사현이 물었다.

"왜 한 번만 해요? 제가 이선 씨 기분 좋게 해 주려고 봉사한 건 다 세 번 이상이었는데."

순간 그의 말 중 단어 하나가 이상하리만치 선명하게 귓가로 날아와 꽂혔다. 아예 거세게 머리를 쳐 버린 것 같았다. 흠칫한 정이선의 얼굴이, 그렇지 않아도 잔뜩 열이 올랐던 얼굴이 아예 터져 버릴 것처럼 화아악 붉어졌다.

엄청난 부끄러움과 민망함이 몰려오는지 정이선이 눈가를 살짝 찡그리는데, 사현이 그의 얼굴을 감싸며 엄지로 볼을 살살 훑었다. 어쩐지 달래는 것 같은 손길 끝에 천천히 사현이 고개를 숙였다. 이마가 툭, 가볍게 스쳤다.

"기억하죠?"

그렇지 않아도 그의 그림자에 갇힌 기분을 느꼈던 정이선은 어느새 그 시선에 붙잡혀 홀린 듯 그를 올려다볼 수밖에 없었다. 분명히 술을 마신 건 사현인데 꼭 자신이 취한 것 같았다. 바로 앞에 있는 새까만 눈동자에 정이선의 숨이 살짝 흐트러졌다.

그 반응을 모두 지켜본 사현이 이내 나른하게 미소하면서.

"그러니까 공평하게 해요."

고개를 비스듬히 하며 다시금 입을 맞췄다. 아니, 맞추려는 때 정이선이 당황하며 그 어깨를 붙잡았다. 사실상 밀어낼 수도 없는 힘이었지만 그 손짓에서 느껴지는 다급함이 있어서, 사현이 느긋하게 그를 내려다보았다. 코끝이 닿을 정도로 가까운 거리에 있는 정이선은 얼굴을 새빨갛게 물들인 채로 더듬더듬 질문했다.

"그, 그러니까…… 지금 이걸 하면, 그쪽 기분이 좋아진다는 건가요?"

"글쎄요. 일단 해 본 후에 생각하려고요."

한 번도 충동을 행동의 기준으로 삼아 본 적 없는 사현이지만 조금 전 정이선의 어색한 웃음을 보는 순간부터 판단력이 희미해졌다. 왜 그렇게 행동해야 하는가에 대한 이유는 찾을 수 없지만, 그저 그렇게 하고 싶단 생각만 들어서 정이선의 입술을 만져 봤고, 그다음엔 손에 닿는 숨결을 느끼는 순간 충동적으로 그에게 입을 맞췄을 뿐이다.

어제까지만 해도 죽어 가던 존재가 내쉬는 숨에 이상하리만큼 갈급해졌다. 제 손에 붙잡힌 채로 움찔거리던 몸도, 품에 안길 정도로 가까워진 거리에서 느껴졌던 온기도 더욱 그의 조급함을 부추겼다. 어떻게든 그 숨과 온기를 모조리 가지고 싶었다.

그런 상황 속에서 이젠 얼굴이 발갛게 달아오른 정이선을 보고 있으니 꽤 흡족하기까지 해서, 사현은 그에게 눈매를 휘어 아름답게 미소해 보이며 말했다.

"일단 지금은 이선 씨가 입을 벌려 주면 기분이 조금 좋아질 것 같아요."

더 대화하기 싫다는 듯 사현이 입을 맞춰 왔다. 정이선은 그를 어떻게 밀어내야 할지 알 수 없어서, 그리고 자신이 정말로 그것을 밀어내고 싶은 건지 모르겠어서 몇 번이나 버벅거리다가 결국 눈을 감았다. 그저 갖는 상황이라고만 생각하고 싶은데 무엇이라 불러야 할지 모를 감정이 자꾸만 그의 속을 헤집었다.

심장이 아플 정도로 저렸다.

◁　◆　▷

6차 던전이 발생하는 날이 다가왔다.

전날 아침부터 저녁까지 내린 비 때문인지 공기가 꽤 쌀쌀했다. 하늘에도 먹구름이 가득 껴서 날이 저물 때도 다채로운 노을빛 없이 짙은 어둠만 퍼져 갔다. 그렇게 밤이 다가오는 시각, 정이선은 아주 불편한 관심 속에 놓였다.

"복구사님, 괜찮으세요? 춥지 않아요?"

"외투 드릴까요? 아직 던전 발생하려면 좀 남은 것 같은데, 근처에서 따뜻하게 마실 거라도 사 올까요?"

"진짜 무리 안 해도 돼요, 이선 복구사."

"괜찮아요, 괜찮습니다……."

현재 코드 전원은 던전 발생지 앞에 모인 상태였다. 6차 던전 브레이크 전조가 오후 7시경 나타났고, 징조가 발생했단 협회의 연락을 받은 후에 코드가 HN길드 건물에서 나와 게이트 앞에서 대기하는 중이었다.

정이선은 오늘 정오를 넘겨서야 코드 사무실에 출근했다. 그가 나타난 순간부터 헌터들은 우르르 몰려와 그에게 괜찮은지 질문했고, 정이선은 그들에게 어쩌다 보니 늦게 일어난 것뿐이라고, 절대로 아파서 그런 게 아니라고 몇 번이나 해명해야 했다.

이젠 정말 괜찮다고 말했는데도 헌터들은 정이선이 피를 토한 모습에 무척이나 큰 충격을 받았는지 그에게 시시때때로 걱정을 표했다. 늦게 일어난 것도 피곤해서, 피를 많이 쏟아서 그런 게 아니냐며 걱정하는데…….

정말로 정이선은 해독제를 먹은 이후 몸이 완벽히 회복되었다. 피를 많이 쏟아서 하루를 꼬박 자긴 했지만 깨어났을 땐 별달리 아픈 곳도 없었고, 지금까지도 아주 멀쩡했다. 내상까지 완벽히 회복된 것이다. 그러니 정이선이 늦게 일어난 이유는 모두, 전날 밤 있었던 일 때문이었다.

그렇지 않아도 저녁에 일어났는데 그 이후에 일어난 일 덕분에 새벽 내내 한숨도 못 잤다. 불과 하루 이틀 전까지 독을 먹어서 피를 토했다는 사실이 거짓말이었던 것처럼 머릿속에서 밀려났다. 정이선은 어쩌면 이번에도 사현이 충격 요법을 쓴 걸지도 모른다고 생각했다.

어젯밤 사현은 아주 오래도록 그를 붙잡고 놓아주지 않아서, 분명히 세 번은 넘게 한 것 같은데 끝이 나질 않아서 마지막엔 거의 다리에 힘이 풀려 넘어질 뻔했다. 사실 몇 번을 했다고 구분하기 힘들 정도로 계속, 끝없이 이어져서 그저 사현이 놓아준 후에야 끝났다고 생각할 뿐이었다. 키스만 한 것뿐인데 정신이 어질어질했다.

정이선은 도통 어젯밤의 일을 제대로 이해할 수가 없었다. 사현이 단시간에 독한 술을 많이 마셔서 취했다는 가설도 잠깐 세워 보았지만, 그러기엔 며칠 전 행사 날 친히 그가 S급 헌터라서 잘 취하지 않는다고 알려 줬던 기억이 너무 선명했다.

"몸은 확실히 괜찮은 건가요? 복구할 수 있겠어요?"

그리고 그렇게 혼란스러운 정이선에게 다가온 사현은 아무렇지도 않은 얼굴로 상태를 확인했다. 그 평온한 낮에 정이선은 혹시나 그가 어제의 일을 기억하지 못하는 건가, 생각했지만 자연스럽게 다가오는 손길이 있었다. 이마의 열을 확인하듯 가까워졌다가, 옆으로 스르륵 이동하며 머리칼을 흐트러트리고 목 뒤를 살살 쓰다듬는데…… 정이선이 순식간에 움츠러들며 답했다.

"네, 네……. 할 수 있을 것 같아요."

그 손길은 어젯밤과 소름 끼칠 정도로 똑같아서 몸이 절로 긴장했다. 후드 사이로 들어온 손은 몇 번쯤 더 머리칼을 헤집었고, 굳어 있는 정이선을 본 사현이 느긋하게 웃었다.

"목걸이도 잘 걸고 왔네요."

목을 만진 건 단지 그런 이유였던 것처럼 말하지만 정이
선의 눈동자는 이미 살짝 떨리고 있었다. 정이선은 던전에
진입할 때마다 혹시 모를 경우를 대비해 수호형 아이템을
몇 개씩 착용했는데, 오늘은 평소보다도 더 높은 등급의 수
호 목걸이를 걸었다. 사현이 정이선을 전담으로 보호하지만
현재 그가 페널티 기간이니 일부러 아이템에 더 신경 썼다.

이후 사현은 한차례 더 목덜미를 쓰다듬은 후 멀어졌는
데, 정이선은 그의 얼굴에 퍼지는 웃음이 미묘한 만족과 맞
닿아 있는 것을 확인하며 어색하게 시선을 돌렸다. 후드 안
에 이상하게 열이 돌아서 괜히 후드를 벗어서 머리칼을 정
리한 후에 다시 써야만 했다.

그사이 헌터들은 슬슬 형체를 갖춰 가는 게이트 앞에서
저마다 이야기를 주고받고 있었다. 지난 이틀 동안 큰 소란
이 일어나긴 했지만 그들은 우선 던전에 집중하기로 했다.
어제 사현의 표정이 좋지 않았고, 또 저녁에 한아린에게서
한차례 잘해야 한단 연락도 받았던 터라 다들 긴장했다. 오
늘에 와선 리더가 무척 느긋한 낯이긴 했지만 방심할 수는
없었다.

"어휴, 이번엔 왜 또 밤에 열려서. 또 공포 테마 찍는 거
아니겠죠?"

"하필 무덤 던전이 늦으니까 걱정되긴 하네."

"오늘은 늦게 열리는 게 좋은데……."

하지만 헌터들의 걱정과 달리 한아린만 좀 더 늦게 열려야 한단 반응을 보였다. 그녀는 꽤 신경 쓰인단 낯으로 사현을 흘끗 쳐다보았고, 사현은 나긋하게 답했다.

"몇 시간 안 남았으니까요."

마침 6차 던전이 밤에 열렸다. 사현의 페널티는 이틀에 걸친 것으로 하루는 능력을 아예 사용하지 못하고, 그다음 하루는 능력이 50퍼센트로 떨어졌다. 어제 자정에 히든 능력을 썼으니, 오늘 오후 여덟 시가 넘어서 게이트가 열린다면 페널티가 끝나기까지 몇 시간 남지 않았을 때 입장하는 셈이었다.

보통 보스 몬스터를 마주치기 전까진 사현이 크게 나서지 않고, 또 보스 방 진입까지의 공략에 서너 시간가량을 사용하니 보스 몬스터를 맞닥뜨릴 즈음엔 능력이 돌아올 것이다. 사현은 상황이 꽤 긍정적으로 흘러간다고 생각했다.

게다가 마침 진입한 던전의 하늘이 어두웠다. 보통 던전의 하늘이 검붉긴 하지만 이번엔 꼭 한밤중처럼 던전의 하늘이 어두컴컴했다. 공간에 스산한 바람이 불어서 기주혁이 숨넘어가는 소리를 내긴 했으나 그렇게 자리한 어둠을 보고 사현은 더 여유로워졌다. 그의 능력은 어두울수록 강해지니, 페널티로 능력이 50퍼센트로 떨어졌다고 해도 현 상황의 어둠까지 계산하면 60, 70퍼센트는 발휘될 듯했다.

4차 던전 때처럼 기괴한 소리가 들리지는 않지만 공간 자체가 서늘했다. 앞에는 일자로 쭉 뻗은 다리와 마우솔로스의 능묘가 있었는데, 부서진 모습이 가져다주는 분위기가 다소 음산했다.

"공동묘지 온 것 같네……."

나건우가 혀를 차면서 말했다. 때마침 저 멀리에서 날카로운 바람이 불어와 주위를 맴돌았다. 헌터들이 저마다 긴장하는 동안 정이선은 담담하게 공간만 확인했다. 다른 이들은 묘지란 점을 두려워하는 듯했지만, 시체와 1년을 살아온 정이선이 그런 걸 무서워할 리는 없었다.

기주혁이 덜덜 떨면서도 착실하게 불을 띄워, 한층 밝아진 공간 속에서 정이선이 주위의 잔해를 훑었다. 이번엔 건물까지 들어가는 길이 아예 다리라서 꼼꼼히 복구해야 할 듯했다. 혹시나 가는 길에 다리가 무너지면서 아래로 떨어지면 안 되었다.

"먼저 진입로부터 건물 1층까지 복구할게요."

"복구사님, 무리 안 하셔도 돼요!"

"힘들면 반만, 아니 그 반의반만 해 주셔도 됩니다."

정이선이 앞으로 나서자 헌터들이 동시다발적으로 무리하지 말란 소리를 쏟아 냈다. 거의 호통처럼 말이 퍼부어져 정이선이 흠칫할 지경이었다. 그는 어색한 표정으로 알아들었다며 고개를 끄덕인 후에야 복구를 할 수 있었다.

어두운 공간 속에서 정이선이 히든 능력을 사용할 때 나타나는 황금빛이 파아아~ 퍼졌다. 그것은 마치 햇빛처럼 공간을 감도는가 싶더니 이내 바닥으로 쏟아지면서 다리 아래에 떨어져 있던 잔해를 들어 올렸다. 그것들은 퍼즐이 빈틈을 맞춰 가듯 다리를 연결해 나가고, 이후 옆의 난간도 만들었다.

그다음엔 거대한 마우솔레움까지 뻗어 나간 빛이 1층을 휘감으며 올라갔다. 둘레가 125미터에 달하는 사각 형태의 밑단을 둥글게 감싸다가 서서히 가까워지면서 부서진 조각들을 붙였다. 저 1층으로 가서 문을 열고, 이후 계단을 타고 올라가서 2층을 복구해야 하니 정이선은 우선 1층의 복구에만 집중했다.

어차피 건물에 도달하면 한 번 더 복구해야 하지만, 1차로 정이선의 복구가 끝나자 헌터들은 당연하단 듯 손뼉을 쳤다. 몇몇은 감사하다 인사하면서도 걱정이 가득한 목소리로 물었다.

"진짜 무리하신 거 아니죠?"

정이선은 이틀 전에 피를 토하면서 쓰러졌다. 그런데 그랬던 그가 오늘 해낸 복구는 아픈 사람이 했다고 볼 수 없을 정도로 훌륭했다. 정이선은 이제 자동 응답기처럼 괜찮단 말을 반복하며 복구된 상태를 확인했다.

약 80퍼센트 가까이 복구해 냈다. 5차 던전에선 90퍼센트를 해냈다가 이번에 복구 완성도가 줄어들었으니 조금 아쉽 긴 했지만, 그래도 이 정도면 진입에는 무리가 없어 보였다. 해독제를 먹고 몸이 완전히 괜찮아졌단 건 느꼈지만 혹시나 복구도가 많이 떨어질까 걱정했다.

정이선은 사현을 쳐다보았고, 그도 그동안 천천히 상태를 확인했는지 이내 빙긋 미소했다.

"이 정도면…… 나쁘지 않네요."

수고했다면서 어깨를 토닥이는 손길이 이번에도 목을 살 짝 스쳤다. 가볍게 지나간 접촉인데 괜히 민망해져서 정이 선은 다시금 눈동자를 이리저리 굴린 후에야 고개를 끄덕였 다.

곧 헌터들이 다리 위로 걸어가자 난간을 타고 몬스터들이 나타나기 시작했다. 얼굴은 새까맣고 형체가 다소 불분명했 지만 확실히 인간 형태의 몬스터였다. 갑옷을 입은 몬스터 들은 절그럭거리는 마찰음과 함께 그어어…, 소리를 내며 다가왔고 헌터들은 차분하게 그것들을 상대했다. 인간 모습 이긴 하지만 징그러운 괴물 형태보단 나았고, 공격 패턴도 더 파악하기 쉬웠다.

다리를 건너는 동안 마주친 몬스터들은 마법 데미지뿐만 아니라 물리 데미지도 잘 들어가서 처리가 순식간이었다. 몬스터는 비척대며 느리게 다가오는 것 같다가 거리가 일정 간격으로 좁혀지면 엄청나게 빠른 속도로 달려들었는데, 코드 헌터들의 반응 속도도 만만찮았다. 근거리로 접근해 오면 먼저 물리 공격수가 몬스터를 막아 내고, 이후 마법사들이 뒤에서 공격했다.

그렇게 순조롭게 다리 끝에 도착할 즈음엔 한층 서늘한 바람이 불어왔다. 텅 비어 버린 공간을 휩쓰는 것처럼 공허한 바람이 건물 뒤편을 맴돌다 갑자기 앞으로 확, 불어닥쳤다. 모든 헌터들이 경계를 세운 순간 곧바로 건물 뒤에서 기마병 몬스터가 달려오기 시작했다.

마우솔로스의 능묘는 건물 주위로 사각형 토대가 있었는데, 그 각 모서리에 말을 탄 조각상이 있었다. 그리고 그것은 코드가 예상했던 대로 몬스터의 형태로 나타나서 긴 창을 휘둘렀다. 말의 투레질 소리가 사납게 공간을 울렸다.

"으억!"

앞에 있던 기주혁이 당황하면서 곧바로 불을 쏘아 보냈지만 몬스터가 가뿐히 그것을 뛰어넘고 달려왔다. 마치 포위하듯 다가오는 몬스터의 행태에 사현이 몬스터의 그림자를 획, 들어 올렸다. 손처럼 뻗어져 나와서 말에 탄 기사를 붙잡고 뒤로 끌어 내리려는데 사현의 계산과 약간의 오차가 있었다. 페널티 때문인지 속도가 생각보다 느린 것이다.

채 막아 내지 못한 몬스터가 가까이 달려와 사현이 미간을 살짝 좁히려는 순간 곧바로 한아린이 봉을 길게 내뻗어 몬스터의 가슴팍을 쳐 버렸다. 급습에 몬스터가 말에서 떨어지고, 다시 일어나려는 때 순식간에 그곳까지 달려간 신지안이 몬스터의 창을 역으로 붙잡고 가까이 끌어당겨서 무릎으로 얼굴을 찍었다. 그다음엔 재빨리 다른 헌터들이 달려드는 말 몬스터를 막았다.

긴박한 상황 속에서도 착착 맞아 들어가는 공격에 정이선이 조용히 감탄했다. 이번을 포함해서 코드와 함께 던전에 진입한 게 다섯 번째인데, 코드는 정말로 합이 잘 맞는 팀이었다. 그들은 정이선의 복구를 보고 감탄했지만 정이선은 그들을 보면서 놀랐다. 최정예란 칭호가 절대 아깝지 않은 이들이었다.

게다가 오늘은 바짝 기합까지 들어가 있어서 모든 공격이 완벽했다. 기주혁이 이젠 말의 속도를 늦추는 방향으로 다리에 물을 잔뜩 쏘아 보내니 순식간에 기마병 몬스터들이 잡혔다.

그렇게 무사히 능묘 안으로 진입했다. 1층 안에는 다행히 강한 몬스터가 없어서 쉽게 계단까지 갈 수 있었고, 먼저 헌터들이 앞을 확인한 후에 정이선이 나서서 2층을 마저 복구했다.

2층은 바닥 곳곳이 무너져 있어 까딱 잘못하면 1층으로 떨어질 듯했다. 1층 천장이 꽤 높아서 정이선은 바닥을 신경 써서 복구했다. 이후엔 허물어져서 옆으로 쓰러진 기둥을 제자리에 세우고, 바닥에 잔뜩 쏟아진 조각들도 붙여서 온

전한 형태를 갖추게 했다. 스산한 밤하늘을 배경으로 황금 빛 가루가 떠돌아다니며 건물 전체를 두르는 모습은 꽤 몽환적이었다.

총 36개의 높다란 기둥이 깔끔하게 세워지면서 피라미드형 지붕을 단단히 받치고, 정이선은 그 위의 4층까지 머릿속으로 그리며 복구해 냈다. 4층은 지붕 꼭대기로, 그곳엔 마우솔로스 총독과 그의 아내가 사두마차에 타고 있는 정교한 조각상이 있었다. 3차 던전의 '의자'처럼 조각상이 어떤 단서가 될까 싶어 지붕까지 신경 썼다.

복구가 이뤄지는 동안 헌터들은 고개를 젖히고 구경하다가 마지막엔 감탄사를 터트리며 박수했다. 정이선은 재빠르게 주위를 훑으며 복구 완성도를 확인했다. 이번에도 다행히 80퍼센트 정도는 복구해 낸 것 같았다. 집중해서 신경 써야 하는 부분이 많아서 상대적으로 빈 부분은 조금씩 있었지만 이 정도면 충분할 듯했다.

꽤 잘 해냈단 생각이 들어 정이선은 반사적으로 사현을 쳐다보았다. 사현은 한아린과 대화하다가 정이선의 시선을 느꼈는지 그를 보며 웃었다.

"왜 자꾸 쳐다봐요? 칭찬해 줬으면 좋겠어요?"

"네? 아니, 그, 그런 의미가 아니라요. 이 정도면 됐는지 확인받는 것뿐인데."

순간 너무 당황해서 정이선이 말을 더듬어 버렸다. 그간 복구한 후에 언제나 사현한테 상태를 확인받아서 당연히 그를 쳐다본 것뿐인데 저렇게 말하니 황당해지는 것과 동시에 약간 민망해졌다. 어쩐지 그런 의도가 아예 없다고 할 수도 없는 기분이었다.

"수고했어요."

그리고 그런 정이선을 달래듯 사현이 검지의 마디로 두어 번 볼을 쓸어내리며 나긋이 말했다. 정이선은 그 손이 다가올 때 굳어 버렸다가, 결국 볼에 남은 간질간질한 감각에 괜히 손등으로 볼을 꾹 누르며 시선을 돌렸다.

곧 코드 헌터들이 2층을 걸으며 경계 어린 눈동자로 주위를 탐색했다. 그렇지 않아도 던전 자체가 스산한 느낌이 있는데, 조금 전 정이선이 복구할 때 2층에서 이상한 부분이 눈에 띄었다. 황금색 빛 조각이 건물 전체를 돌아다니는데 유독 새까만 기운이 넘실넘실 흘러나오는 곳이 있었기 때문이다.

"저기 영안실 방향이죠……?"

"중앙 벽면 안엔 그것밖에 없으니 맞을걸……."

기주혁이 파들파들 떨며 내뱉은 질문에 한아린이 답했다. 기주혁은 허억, 소리를 내며 주변에 띄운 불을 더 밝게 했다. 그나마 4차 던전 때 들어갔던 에페수스의 아르테미스 신전처럼 방화로 전소된 곳이 아니어서 그런지 화 속성 마법을 쓴다 해서 큰 문제가 일어나진 않았다.

다만 아무리 불덩이를 많이 띄워 올리고, 그 밝기를 높여도 공간의 서늘한 기운은 쉬이 사라지지 않았다. 입장했을 때 나건우가 말했던 것처럼 딱 공동묘지의 느낌이었다. 산속 특유의 을씨년스러운 분위기가 감돌고, 새벽녘처럼 공기가 차가웠다. 숨을 들이쉴수록 몸이 얼어 가는 듯했다.

2층의 중앙으로 갈수록 음산한 기운이 강해져 허공에 떠오른 불덩이가 시시각각 늘어났다. 헌터들은 큭큭 웃으며 기주혁을 토닥였고, 정이선은 그렇게 밝아진 시야 속에서 주위를 두리번거리다 문득 이상한 점을 발견했다.

"신상이…… 기둥 사이에 없어요."

원래 마우솔로스의 능묘엔 2층의 기둥 사이사이에 그리스 신들의 조각상이 있었다. 그게 코드 헌터들이 기마병 몬스터 다음으로 맞닥뜨릴 몬스터라 예상했는데, 기둥 사이가 텅 비어 있었다.

정이선의 말에 헌터들도 하나둘 의아함을 표하며 공간을 확인하는 때 돌연 위에서 덜그럭 소리가 났다. 찰나 모든 헌터들이 동작을 멈췄고, 기주혁이 천천히 고개를 들었다가…….

"아아악씨 또 위에 있어!"

천장에 거꾸로 붙어 있는 신상들을 발견했다. 조금 전에 났던 소리가 신호이기라도 했는지 신상들이 당장 아래로 툭, 투둑, 떨어지며 날아들기 시작했다.

"그렇다고 내려오란 말은 아니었는데……!"

기주혁이 비명을 내질렀다. 신상은 사람보다 조금 큰 크기였는데 허공을 날았다. 그 속도도 빨랐고, 모두 그리스 신화 속에서 유명한 신들의 조각상이라 그런지 공격이 하나하나 거셌다.

어떤 신상은 물을 쏘아 보내기도 하고, 또 어떤 신상은 허공에서 쿵쿵 발돋움을 하며 다가와 커다란 몽둥이를 휘두르기도 했다. 그중엔 벼락을 쓰는 몬스터마저 있어서 한아린이 이런 식으로 제우스와 재회할 생각은 없었다며 짜증을 냈다.

"이거 던전 난이도 잘못 측정된 거 아냐?!"

아무리 봐도 SS급 던전이라고, 레이드가 뒤로 갈수록 등급이 높아지는 거 아니냐며 한아린이 고래고래 소리쳤다. 그사이 기주혁은 한쪽에서 물을 막아 내다가 갑자기 화살이 날아와 으악, 소리쳤다. 신지안이 그를 잡아끌어 피하긴 했지만 기주혁은 그녀에게 뒷덜미가 붙잡힌 채로 훌쩍거렸다.

"제가 여기에서 그리스 로마 신화를 찍고 싶진 않았어요……."

그에게 날아온 화살은 아르테미스 신상 몬스터가 쏘아 보낸 것이었다. 4차 던전에서 만난 에페수스의 아르테미스가 기대와 달리 무시무시하게 생겼다고 슬퍼했었지만, 이런 식으로 아쉬움을 해결하고 싶진 않았다고 울먹였다. 그러거나 말거나 몸체가 새까맣고 눈은 검붉은 아르테미스 몬스터는 기주혁을 향해 화살을 쏘아 보냈다.

잠깐 혼란이 초래됐다. 헌터들이 산개해서 몬스터를 막아 보았지만 수가 너무 많았고, 공격도 사나운데 날기까지 하니 상대하기가 까다로웠다. 대열을 갖추려는 노력이 번번이 실패로 돌아가 헌터들은 순간순간의 공격만 막아 내기에 급급했다.

사현도 그림자를 이용해 그것들을 한꺼번에 잡거나 혹은 멀리 내쳐서 거리를 벌리려 했는데 아직 능력이 제대로 돌아오지 않았다. 바닥에서 그림자를 뻗어 잡으려 해도 속도가 느려서 몬스터들이 재빨리 피해 가니 점점 그의 얼굴에 미묘한 짜증이 서렸다.

그래서 사현은 결국 능력을 사용하는 것을 그만두었고, 그 순간을 기다렸단 듯 곧바로 몬스터 하나가 날아들었다. 창을 들고 날아오는 기세가 어마어마했지만 사현은 신상이 가까워질 때까지 가만히 있다가, 공격이 닿으려는 순간 그것의 머리를 틀어쥐고 기둥에 처박아 버렸다.

콰앙! 엄청난 굉음이 공간을 울렸다.

"거슬리네요."

페널티 때문에 능력이 50퍼센트로 저하되긴 했지만 그의 신체는 여전히 S급 헌터로서의 힘을 가지고 있으니 순발력 면에서도, 공격력 면에서도 부족한 것이 없었다. 사현은 제 손에서 축 늘어져 버린 신상을 대충 옆으로 치우듯 던져 버렸다. 신상의 얼굴은 완전히 부서져 버렸고 기둥에서도 파스스 가루가 떨어졌다.

"……히끅."

기주혁이 갑자기 딸꾹질하며 자세를 바로 했다. 지금까지 혼란스러워하던 헌터들도 덩달아 허리를 꼿꼿이 세우며 재빨리 대열을 갖췄다. 사현의 말이 일종의 경고처럼 느껴졌는지 그들끼리 긴장한 눈치로 시선을 주고받다 다시 자근차근 몬스터를 처리해 나가기 시작했다.

혼란이 한차례 잦아들면서 이전보다는 훨씬 더 수월하게 몬스터를 상대했다. 몬스터가 마법을 사용해서 까다롭긴 했지만 그만큼 물리적인 내구도가 약하단 걸 파악해 내 우선 마법사들이 원거리 공격으로 시선을 붙잡고, 이후 근거리 공격수가 다가가 신상을 부쉈다.

쾅, 콰앙. 신상이 부서지는 소리가 몇 번이나 공간을 소란스럽게 울린 후에야 코드 전원이 2층의 중앙에 도착했다. 3면이 대리석 벽으로 둘린 공간은 영묘의 안치실로, 깊은 안쪽에 커다란 관이 있었다.

그곳으로 다가갈수록 서늘한 바람이 불어왔다. 소름이 돋을 정도의 한기에 헌터들이 저마다 어깨를 움츠리는 동안 한아린이 앞서 걸었다. 아직 사현의 페널티 시간이 끝나지 않았으니 그녀가 나서서 시체가 안치된 관을 살펴보기로 했다.

다만 그녀도 선뜻 관을 열기는 꺼려지는지 조금 멀찍이 서서 봉을 길게 늘였다. 50센티 길이의 봉이 순식간에 2미터로 길어졌고, 그녀가 살짝 떨떠름한 얼굴로 관 뚜껑을 툭툭 쳤다.

"나 왠지 도굴꾼이 된 기분인데……."

한아린의 말에 헌터들이 작게 웃음을 터트렸다. 그동안 한아린은 뚜껑을 열기 위해 집중했다. 답답해서 부숴 버리고 싶기도 했지만 어떤 함정이 있을지 모르니 조심히 봉을 이용했다.

그러다 드디어 관의 뚜껑을 열었는데 아무런 일도 일어나지 않았다.

한아린은 어리둥절하게 서 있다가, 조금 더 앞으로 다가가서 관을 확인했다. 관이 꽤 크고 깊숙해서 안쪽이 제대로 보이지 않는지, 한아린이 기주혁에게 손짓하며 위에 불을 더 띄우라고 말했다.

"도굴 안 한다더니……."

기주혁이 보석을 찾는 거냐며 장난쳤다가 닥치란 일갈을 받았다. 결국 기주혁은 얌전히 한아린의 위로 불덩이를 두어 개 띄웠고, 한층 밝아진 상황 속에서 한아린이 눈을 굴려 관을 확인했다. 분명히 바로 위에 불빛이 있는데도 관 속 어둠이 빛을 흡수하기라도 하는지 새까맣기만 했다.

결국 상체까지 숙여서 안을 살펴본 한아린이 이내 어이없단 표정으로 고개를 들었다.

"시체가 없는데? 설마 5차 던전 때처럼 보스 몬스터가 또 숨은 건가?"

5차 던전에선 로도스섬을 부숴서 섬의 수호신이었던 태양신 거상을 불러냈으니, 이번에도 어떤 조건을 충족해야 보스 몬스터를 유인해 낼 수 있는 걸지도 몰랐다. 한아린이 그렇게 말하는데 기주혁의 시선이 그녀의 뒤로 향했다.

"……누나, 그림자가 많이 큰데?"

"뭐? 그거야 위에 불빛이……."

답하면서 고개를 돌린 한아린의 시야에 괴기하게 일렁이는 그림자가 들어왔다. 한아린은 키가 작은 편인데 아무리 불빛이 위에 있다고 하더라도 이해가 되지 않을 정도로 큰 그림자가 뒤에 있었다. 심지어 그녀의 덩치보다 훨씬 큰 크기로 꿈틀거렸고, 이내 그것이 입을 벌리려는 순간 한아린이 욕을 터트리며 당장 봉을 휘둘렀다.

"왜 음습하게 숨고 난리야!"

봉 끝에서 튀어나온 칼날이 당장 그림자로 향하는 것과 동시에 바닥에서 보스 몬스터가 솟아 나왔다. 어둠에 숨어드는 능력이 있는 듯했는데 하필이면 대상을 잘못 고른 게 문제였다.

보스 몬스터는 예상했던 대로 마우솔로스 총독이었지만 몸체가 새까맸다. 몸도, 제복 갑옷도 모두 까만 대리석으로 새롭게 조각한 것 같았다. 실체화했던 몬스터가 주위를 둘러보다 다시 어둠 속에 스르륵 스며들며 다른 곳으로 이동했지만 사현이 단조롭게 말했다.

"기둥 쪽 공격하세요."

다만 보스 몬스터의 또 다른 문제라면 이 공간에 어둠, 즉 그림자를 다루는 사람이 한 명 더 있다는 점이었다. 사현은 공간 전체의 그림자를 이용하려 했고, 그중에서 본인의 제어가 미치지 않는 위치를 곧바로 파악해 냈다. 헌터들은 사현이 친절히 가리켜 준 방향으로 당장 공격을 쏟아부었다.

"허억······!"

초반에 승세를 빼앗긴 보스 몬스터가 허무하게 밀렸다. 재빠르게 그림자로 도망쳐 보았지만 계속해서 사현이 위치를 알렸고, 기습적으로 헌터들의 그림자 뒤에서 솟아 그들을 공격하려 해도 이미 헌터들 모두가 경계 태세에 들어가 있어 공격이 쉽지 않았다.

벽이 덜컹덜컹 흔들렸다. 틈새로 검은 기운이 꿀렁이는 것이 보였는데 무언가에 막히기라도 한 듯 안으로 들어오지 못하고 있었다. 그렇게 점점 보스 몬스터가 속수무책으로 밀려가며 공격받다가.

"감히 내 무덤에서 소란을 일으키다니······."

휘이잉, 돌연 공간에 날카로운 바람이 불어닥쳤다. 갑자기 시체가 안치된 상자 주위에서 새까만 기운이 연기처럼 넘실넘실 흘러나와 공간이 한층 더 어두워졌다. 마치 드라이아이스 수증기가 뿜어져 나오는 것처럼 끝없이 음산한 기운이 쏟아졌고 어느새 보스 몬스터는 상자 위에 둥둥 떠 있었다. 마법사들이 원거리 공격을 날려 보았지만 몸체가 어둠 속으로 스며들며 그것들을 흘려보냈다.

위에서 가만히 눈을 감고 있던 총독이 허리춤에서 검을 뽑아 드는 것과 동시에 공간에 한기가 돌았다. 이전까지 돌던 서늘한 기운과는 확연히 구분될 정도로 공격적인 냉기였다. 폐부가 얼어 버릴 것 같은 감각에 헌터들이 주춤하는 때.

"너희 모두에게 공평한 안식을 선사해 주겠노라ー."

돌연 보스 몬스터의 몸이 흐려지는가 싶더니 이내 옆으로 번져 가기 시작했다. 정말 말 그대로 그 형체가 허공에서 녹는 것처럼 흐려지다가 이윽고 수십 개의 분신이 나타났다. 아래 상자에서 끝없이 검은 연기가 쏟아지고 있으니 마치 연기 속에서 유령들이 일어나는 것만 같았다.

기어코 수십 개의 유령이 쐐액ー 소리를 내며 날아오기 시작했다. 헌터들이 다급히 그것을 막으려 했지만 공격이 제대로 들어가지 않았다. 물리 데미지가 먹히지 않나 싶어서 마법사들도 빠르게 마법을 캐스팅해 보았지만 번번이 실패로 돌아갔다. 몸이 반투명한 유령들이 공격을 흘렸다.

게다가 그것들은 이리저리 돌아다니며 계속 시선만 붙잡

앉다. 그 모습을 지켜본 사현이 살짝 미간을 좁혔다.

"보스 몬스터를 찾으세요. 저 중에 숨어 있는 것 같은데."

아마도 힘을 분산해서 유령의 형태를 하고 있는 듯했다. 초반에 승세를 잡지 못해서 체력이 잔뜩 떨어졌으니 곧바로 고유 스킬을 사용하려는 것 같은데, 그 이전에 이뤄지는 교란 작전의 행태가 꽤 거슬렸다.

사현의 명령에 헌터들의 시선이 유령에 꽂혔다. 그들도 금방 유령들이 빠르게 날아다니기만 할 뿐 공격하진 않는단 걸 파악해 냈다.

"어, 저기……!"

그러다 드디어 한 헌터가 형태가 이상한 몬스터를 찾아내 그곳을 가리켰다. 유령들 중 딱 하나만이 허리춤에 검을 매고 있었다. 그래서 그 보스 몬스터를 가리켰는데, 그것의 시선이 헌터를 향했다. 아니, 더 정확하게는 그 뒤에 있는 존재에게 꽂혔다.

공간 전체에 퍼진 미묘한 기운의 주인을 찾기 위해 계속해서 주위를 돌아다녔다는 듯, 새까맣고 반투명한 유령의 입꼬리가 올라갔다.

그곳엔 정이선이 있었다.

이윽고 그것이 정이선에게 날아들었다. 헌터들이 당황하며 막으려 했지만 하위 유령 몬스터가 날아들며 시야를 방해했고, 정이선과 조금 멀어져 있던 사현이 재빨리 그 앞의 어둠을 들었다.

　방패처럼 어둠이 훅, 솟아올랐으나 하필이면 아직 사현의 페널티가 끝나지 않은 시점이었고, 그렇게 다소 약해진 방패를 뚫고서 보스 몬스터가 곧장 정이선을 덮쳤다.

　당황하며 뒷걸음질 치던 정이선에게서 쩌저적, 부서지는 소리가 났다. 그가 걸고 있던 수호용 목걸이에 금이 가는 소리였다. 유리가 깨지는 듯한 느낌이 가슴팍을 머물다가 기어이 쨍그랑, 소리와 함께 목걸이가 깨졌다.

　"헉, 복구사님!"

　"이선 복구사!"

　쿵, 정이선이 뒤로 넘어졌다.

　거센 공격에 떠밀리듯 정이선이 엉덩방아를 찧으며 뒤로 쓰러졌다. 그 행동에 따라 후드가 벗겨졌지만 그는 그걸 인식조차 못 하는지 손으로 목 언저리를 더듬거렸다. 새까만 무언가가 달려들더니 마치 물처럼 촤악, 상체에 뿌려졌다. 옷이 젖지는 않았지만 느낌이 꼭 그러했다. 그 기운 자체는 순식간에 사라졌으나 몸에 그 이질적인 감각이 남았다.

　헉, 허억. 정이선이 짧게 끊어서 숨을 내뱉었다. 배 속 깊은 곳에서부터 서늘한 냉기가 퍼져서 목구멍까지 얼려 버린 것 같았다. 정이선이 덜덜 떨며 숨을 내쉬는 동안 가까이 다가온 누군가가 그의 어깨를 붙잡고 무어라 외쳤다. 다급한 손짓과 외침이었으나 그 소리가 제대로 들리지 않았다.

물에 잠긴 것처럼, 겨울날 꽝꽝 언 호수 아래에서 얼음 너머의 소음을 듣는 것처럼 소리가 차단되었다. 시야조차 새까맣게 흐려지다가 어지럽게 조각나기를 반복했다. 뼛속까지 얼릴 듯한 한기에 정이선이 바르작거렸다.

"빠, 빨리 힐⋯⋯!"

"저주 해제하는 스킬 다 써 봐요! 어서!"

정이선의 주위로 코드 헌터들이 모여 걱정을 쏟아 냈다. 기주혁은 어떻게 하냐며 발을 동동 굴렀고, 나건우는 정신없이 치유 스킬을 시전했다. 각자 챙겨 온 포션도 정이선에게 써 보았지만 제대로 먹히지 않았다. 보스 몬스터가 이런 식으로 정이선을 노리는 일은 처음이라 모두가 당황했다.

게다가 분명히 공격을 받은 것 같은데 어떤 뚜렷한 외상이 나타나지 않으니 더 답답할 지경이었다. 정이선은 계속해서 떨기만 했고, 점점 사현의 인상이 차갑게 굳어 갈 즈음.

뚝, 어느 순간 정이선이 행동을 멈추었다.

"⋯⋯."

바닥에 넘어진 채로 덜덜 떨던 정이선이 숨마저 멈춘 것처럼 멍하니 허공을 보았다. 바로 앞에 사현이 있었는데, 그의 시선은 그 너머를 향했다. 옅은 갈색 눈동자에 초점이 흐릿하게 풀렸다.

그런 정이선의 행동에 헌터들의 시선이 하나둘 뒤로 향했다. 그리고 그제야 그들은 현 상황의 이상한 점을 깨달았다. 안치실을 메우던 새까만 연기가 바닥으로 깔리고 있었다.

그리고 그 바닥에서 하나둘, 어떤 형체가 일어나기 시작했다. 조금 전 연기 속에서 나타났던 유령과는 전혀 다른 모습으로 서서히 바닥에서 몸을 일으켰다. 손 같은 것이 바닥을 쿵 짚고, 그다음에 상체가 일어나며 고개를 들었다.

그것들은 점점 위로 솟아날수록 형체가 뚜렷해졌고, 의아해하던 헌터들의 얼굴도 점점 굳어 가기 시작했다. 그 형태가 너무 분명했기 때문이다. 1층에서 싸웠던 기사들보다도 더 명확한 형태, 그건 바로…….

"이선아……."

"……정이선……."

그것들은 의심할 수 없을 정도로 확실하게 '인간'의 모습을 하고 있었으며, 그들은 곧.

"애들아……."

정이선이 가장 약한 대상의 형태를 띠었다.

그 상황을 확인한 헌터들이 나직이 탄식하는 것과 동시에 건물이 쿠구구― 거대한 소리를 내며 흔들리기 시작했다. 이 공간을 복구한 정이선의 정신이 불안정해지면서 건물 전체가 무너지려 드는 것이었다.

지진이라도 난 것처럼 흔들리는 상황 속에서 헌터들이 다급히 중심을 잡는 동안 정이선의 시선은 오직 앞을 향해 있었다. 주위의 소란이 전혀 들리지 않는지 표정이 멍했다.

"이선아, 이리 와야지……."

"왜 아직도 거기에 있어."

누군가는 달래는 것 같았고, 웃는 것 같기도 했으며, 다그치는 듯도 했다. 한층 더 초점이 흐려진 정이선이 자리에서 일어나 그들에게로 걸어가려 했다. 그런데 자리에서 일어난 자신을 누군가가 자꾸 붙잡았다.

어디선가 자신의 이름을 부르며 소리치는 것 같은데 저 멀리에서 메아리치는 것처럼 웅웅 울렸다. 정이선은 정신없이 앞으로 달려가려 했고, 기어코 누군가가 그의 팔을 억지로 끌어당기는 순간.

"이거 놔!"

정이선이 악을 질렀다. 그리고 그때부터 건물이 급속도로 무너지기 시작했다. 복구되었던 바닥이 쩌저적 갈라지고, 기둥도 옆으로 기울며 굉음과 함께 쓰러졌다. 그의 주위에 있던 헌터들이 갑자기 무너지는 바닥에 당황하며 다급히 옆으로 피했다.

그리고 그때쯤 천장에서도 불길한 소리가 들렸다. 단순히 피라미드형 천장이 무너지는 것이 아니라 그보다 조금 더 위에서 울리는 둔중한 소리였다. 마치 부서질 것처럼 끼긱, 끽, 소리가 끝없이 이어지다…… 기어코 그것이 아래로 쿵, 떨어졌다. 기둥 너머로 그것이 떨어지는 모습이 똑똑이 헌터들의 시야에 담겼다.

"조각상이……."

능묘의 꼭대기에 붙어 있던, 마우솔로스가 이끄는 사두마차 조각상이 떨어진 것이다.

그 순간부터 공간에 엄청난 돌풍이 불어닥쳤다. 조각상을 복구하는 것이 던전의 몬스터를 막아 내는 숨은 공략법이었는지 조각상이 떨어지자마자 벽면에서 꿀럭꿀럭 검은색 액체가 쏟아졌다. 마치 기름처럼 찐득거리는 액체가 퍼부어지고, 그곳에서 하나둘 병사들이 일어나기 시작했다.

그것들은 순식간에 형체를 갖추고 곧바로 헌터들에게 달려들기 시작했다. 당황한 헌터들이 우선 그 몬스터부터 상대하기 시작했지만 벽면 모서리에서 끝없이 새까만 액체가 쏟아져 소용이 없었다. 건물은 불안정하게 흔들리고, 몬스터는 계속해서 나타났다.

갑자기 일어난 소란에 헌터들이 혼비백산한 사이 정이선이 앞으로 달려가기 위해 몸부림쳤다. 하지만 사현이 그를 단단히 붙잡고 있으니 벗어날 수 있을 리가 없었다. 정이선은 자신을 붙잡은 사람이 사현이란 것도 인지하지 못한 채로 어떻게든 풀려나기 위해 몸부림쳤다.

그 모습에 사현의 얼굴이 점점 싸늘하게 굳어 갔다. 앞에서 정이선을 부르는 몬스터들이 실제로 그의 친구들과 똑같은 모습을 하고 있단 건 알았다. 하지만 새까만 몸체가 이상한 상황임을 분명히 알리는데도 정이선은 저주에 씌어서 제대로 분간이 되지 않는지 그들의 이름만 외쳤다.

하필이면 이번 던전의 보스 몬스터가 꽤 까다로웠다. 저주를 사용하리란 건 예상했지만 이런 식으로 정이선을 노릴 줄은 몰랐다. 아마도 건물 전체에 정이선의 기운이 퍼져 있으니 그 주인을 찾아내서 공격한 것일 테다. 여기에서 던전 공략을 포기하고 나간다고 해 봤자 정이선에게 씐 저주는 주체를 제거하지 않는 한 사라지지 않을 터였다.

사현이 인상을 굳힌 채로 주위를 확인했다. 분명히 보스 몬스터가 정이선에게 달려들었으니 근처 어딘가에 있어야 할 텐데 보이지 않았다. 어쩌면 정이선의 약점으로 나타난 인간형 몬스터 중 하나가 보스일지도 몰랐다.

"제발, 놔주세요……."

그때, 정이선이 사현의 손을 붙잡으며 말했다. 드디어 다른 사람이 보이나? 찰나 사현이 생각했지만 그의 흐릿한 눈동자와 똑바로 마주하는 순간 걷잡을 수 없는 불쾌감을 받았다. 정이선은 여전히 앞에 있는 자신을 알아보지 못했다.

"저 애들한테 가야 해요……."

그러면서도 친구들에게 가야 한다며 애원했고, 차츰 사현의 눈동자가 서늘하게 얼어 갈 때 다시 앞의 몬스터들이 이선을 불렀다.

"정이선, 빨리 와!"

"언제까지 거기에 있을 거야."

"잠, 잠깐만 기다려! 내가 곧……!"

정이선이 한 번 더 벗어나기 위해 몸부림쳤다. 자신이 있을 곳은 여기가 아니라는 듯 그의 부모님과 친구들이 있는 곳만 바라보며 발버둥 치다가.

"네가 우리를 이렇게 만들었잖아."

툭, 제일 앞에 있는 친구의 팔이 떨어지는 것을 보았다. 그 옆의 누군가는 다리가 허물어지듯 없어지며 절뚝거렸고, 또 누군가는 아예 목이 덜렁거렸다. 그 어느 날 그가 보았던 풍경처럼, 구석에 흩어진 것들을 손수 찾아 연결해야 했던 그날처럼.

"너만…… 아직 살아 있으면…… 어떡해."

"우리는…… 너 때문에 죽지도 못하고, 있는데……."

"……우릴 이용해서, 살아남았으면서……."

정이선의 얼굴이 창백하게 질렸다. 숨을 제대로 쉴 수가 없는 듯 간헐적으로 흐느낌만 터트리며 덜덜 떨었고, 핏기 없는 얼굴이 엉망으로 일그러졌다. 보스 몬스터는 단순히 정이선의 약점을 노릴 뿐만이 아니라 그가 가장 두려워하는 형태를 보여 줬다.

정이선이 수백 수천 번 스스로에게 난도질하듯 내리꽂았던 말들이 '그들'의 목소리로 들려왔다.

건물 전체가 불길하게 진동하다 기어코 쿠웅, 굉음과 함께 2층 바닥이 무너지기 시작했다. 이전까진 갈라지기만 할 뿐 완전히 무너지진 않았는데 이젠 완전히 바닥이 허물어졌다. 며칠 전 다리에 부상을 입은 헌터가 피하지 못하고 1층으로 떨어져 버렸다.

1층의 벽 모서리에서도 꿀럭꿀럭 나오던 새까만 액체 속에서 몬스터들이 튀어나와 그를 공격하려 들었다. 한아린과 신지안이 다급히 아래로 내려가 그를 보호했다.

사현의 얼굴이 딱딱히 굳어 갔다. 보스 몬스터가 생각 이상으로 지능이 높았다. 정이선을 건드리는 것이 현 상황에서 가장 혼란을 초래한단 걸 파악하고 계속해서 그 정신을 무너뜨리려 들었다.

하지만 사현은 그것보다도 다른 부분에서 거슬리는 감각을 느꼈다. 정이선이 불안정해지면서 건물이 무너지는 것도 문제였지만 그보다도 그의 시선이 여전히 친구들에게만 고정되어 있는 것이 그를 화나게 했다.

이번 복구 상태를 보고 완전히 망가진 건 아니라고 생각했는데, 그리고 어젯밤의 일로 다시 자신에게 집중하게 되었다고 생각했는데 실상은 전혀 그렇지 않았다. 정이선은 자신이 아닌 친구들을 보았고, 사현은 그에게 있어 자신보다 친구들이 우선한다는 것을 확인하는 상황에 짜증이 치솟았다. 이해할 수 없는 종류의, 아주 더러운 감각이었다.

저주 때문에 그들밖에 보지 못한단 걸 아는데도 그 감정을 제어할 수가 없었다. 사현이 인상을 구기는데 돌연 정이선이 그를 강하게 밀치고 도망쳤다. 정이선의 힘으로는 분명 불가능한 일이었는데 아마도 보스 몬스터가 강제로 그를 끌어들이는 듯했다.

정이선이 순식간에 친구들에게 달려갔다. 그의 머릿속은 오직 친구들의 목소리로 가득 차 있었다. 대부분이 원망과 증오였지만, 그럼에도 그들이 자신을 부르고 있기에 정이선은 다가갈 수밖에 없었다. 죄책감과 혐오감, 그리고 저열한 반가움이 뒤섞였다.

"애들아……."

그의 시야는 수십 개로 조각났다가 다시 이어 붙기를 반복했다. 깨진 거울 조각에 상이 맺히는 것처럼 친구들과 함께했던 과거의 순간들이 어지럽게 눈앞을 메웠다. 잠깐씩 현실의 모습이 보였지만 정이선은 그것을 구분하지 못했다. 그랬기에 정이선은 눈앞의 몬스터가 드디어 검을 꺼내 드는 것을 보고도 앞으로 걸음을 내딛다가.

"정이선 씨, 저것들 죽었어요."

누군가가 확 그의 눈을 덮으면서 뒤로 이끄는 것을 느꼈다. 등에 닿는 온기가 단단하게 그를 감싸 안았다. 정이선은 갑자기 느껴지는 선명한 온기에 흠칫하며 몸을 떨었지만 그럴수록 상대는 더 강하게 그를 끌어안았다. 눈을 덮으면서 아예 얼굴 반을 가려 버린 손에 꾹 힘이 들어갔다.

"이제 현실에 없는 존재예요. 1년 전에 다 죽어서 만날 수도 없고, 정이선 씨한테 저런 말 할 수도 없는 것들이에요."

"흐으, 윽⋯⋯."

"내 말 제대로 안 들려요? 내가 시체가 된 후에야 내 목소리 들을 건가요?"

다그치는 듯한, 그러나 어쩐지 달래는 것 같은 목소리가 귓가에 떨어졌다. 그 또렷한 말소리에 발버둥 치던 정이선의 움직임이 조금 멎었다. 이전까지는 전혀 바깥의 소리를 듣지 못했는데 몸을 완전히 감싼, 살아 있는 사람의 온기에 의식이 반쯤 깼다.

하지만 한편에서 친구들의 목소리가 계속 들려왔다. 그가 행동을 멈춘 순간부터 더 격렬하게 증오를 쏟아붓기 시작했고, 그렇게 정이선은 머리를 울리는 소음 속에서 괴로워하다가.

푸욱, 살을 꿰뚫는 소리를 들었다.

순간 정이선의 모든 움직임이 멎었다. 몸체가 깊숙이 찔려서 길게 베이는 것 같은 소리가 선명하게 귓가를 때렸다. 이전까지 듣던 환청과는 확연히 구분될 정도로, 소름 끼치게 뚜렷한 소리가 바로 옆에서 들렸다.

뒤이어 후두둑, 바닥에 피가 떨어지는 소리까지 들렸다. 정이선이 숨을 참은 채로 굳어 있다가⋯⋯ 천천히 고개를 돌렸다. 어느새 그의 눈을 덮고 있던 존재가 손을 치우고 물러났는데, 그렇게 멀어진 존재에게서 코끝이 마비될 정도로 진한 피 냄새가 풍겼다. 환영 속에서 맡았던 혈향과는 비교도 안 될 만큼 짙고 선명했다.

조금 전, 정이선의 앞에 있던 친구들 중 하나가 보스 몬스터로 변했다. 그것은 당장 검을 높이 휘둘렀고, 정이선을 껴안고 있던 사현이 그림자로 막아 보려 했지만 너무 빨라서 결국 손으로 잡아 그 방향을 바꾸는 것밖에 해내지 못했다. 정이선 대신 어깻죽지를 길게 베인 사현의 손과 어깨에서 피가 주르륵 떨어졌다.

그 상황에서 정이선이 사현을 보았다. 혼탁하게 흐려졌던 갈색 눈동자에 서서히 초점이 잡혀 갔고, 마침내 그 눈 한가득 고여 있던 눈물이 한 방울 툭 떨어지는 순간.

"정이선 씨 시선 받기 생각보다 어렵네."

사현이 한숨처럼 말했다. 그의 목소리에 희미하게 웃음기가 서린 것을 똑똑히 인지한 정이선의 눈동자가 커졌다. 자신이 벌인 일들을 깨달았는지 그 얼굴이 충격으로 물들었다.

사현은 비로소 정이선과 시선이 오롯이 마주한 순간 자신의 페널티 시간이 끝났음을 인지했다. 그 점을 다행이라 여기는 건지, 아니면 마침내 정이선의 시선이 자신에게 닿은 것을 다행이라 여기는지는 모르겠지만, 그는 짧게 미소했다.

곧 사현이 재빠르게 보스 몬스터에게 공격을 쏘아 보내려 했지만 몬스터가 어둠 속으로 스르륵 스며들어 사라졌다. 그의 눈가가 살짝 찌푸려질 무렵 요동치던 건물이 움직임을 멈추기 시작했다.

당장에라도 무너질 것처럼 흔들리던 건물의 진동이 잦아들고, 걷잡을 수 없이 조각나던 바닥도 더는 금이 가지 않았다. 비틀거리면서 병사 몬스터들과 싸우던 헌터들이 하나둘 안도의 한숨을 터트리며 고개를 돌린 때, 공간 전체에 황금빛이 훅- 불어닥쳤다.

어느새 정이선의 옆의 기둥을 붙잡고 복구 능력을 사용했다. 혼란스러운 상황을 곧바로 파악해 낸 그가 최대한 빠르게 건물을 복구하기 위해 능력을 쏟아부었다. 반짝이는 금가루가 마치 돌풍처럼 기둥 사이로 어지럽게 퍼지다가 이윽고 바닥으로 쏟아져 내렸다. 사방으로 갈라진 바닥이 순식간에 이어지고, 그다음엔 쓰러진 기둥을 타고 황금빛이 올라가며 그것들을 바로 세웠다.

1층으로 떨어졌던 2층의 바닥이 아예 붕 떠올랐다. 1층에서 정신없이 몬스터를 상대하고 있던 헌터들이 잠깐 비틀거렸지만 곧바로 중심을 잡고 2층으로 올라왔다. 잔해에 깔린 것이 아니라 잔해 위에 있었기 때문에 문제없이 위로 올라올 수 있었다.

반경 5미터는 되어 보이는 땅이 가볍게 들려서 2층의 바닥과 연결되는 상황은 무척 비현실적이었기 때문에 헌터들이 짧게 탄식했다. 2층에 있던 헌터들도 1층으로 떨어진 이들이 이렇게 돌아올 줄은 몰랐는지 놀란 낯을 했다.

금이 간 벽면이 새롭게 칠을 하는 것처럼 깔끔하게 원상복구 되었다. 그곳에서 쏟아져 나오던 새까만 액체가 막히는 것과 동시에 건물 바깥에 떨어져 있던, 마우솔로스의 조각상도 떠올라서 4층으로 올라갔다.

헌터들이 멍하니 주위를 둘러보았다. 조금 진에 기둥 너머로 조각상이 떨어지는 것을 보았을 땐 막막했는데, 이번엔 올라가는 모습이 보이니 어쩐지 경외감이 들 지경이었다.

단순한 복구를 넘어 재생하는 것만 같은 풍경의 끝에, 사현이 명령했다.

"기주혁 헌터. 최대한 불 밝게 띄우세요."

현재 보스 몬스터가 완전히 기척을 숨겨 버렸다. 더는 하위 몬스터를 소환해 내지 못한단 걸 알아챘는지 곧바로 어둠 속에 숨었는데, 사현이 공간의 어둠을 줄이기 위해 불을 띄우라 명령했다.

잠깐 버벅거리던 기주혁이 빠르게 수십 개의 불덩이를 허공에 띄워 올렸다. 남은 마나를 모조리 때려 박았는지 기세가 어마어마했다. 화르륵, 불타는 소리가 공간을 시끄럽게 울리고 사현의 시선이 아래의 바닥으로 향했다. 현재 안치실에서 있는 그림자는 관과 기둥, 그리고 헌터들의 그림자였다.

그것을 확인한 사현이 모든 그림자를 일으켰다. 일대를 그의 영역으로 설정하면서 그림자가 한층 어두워지고, 그것들이 파도처럼 높게 일어났다. 그런데 그중에서 한 곳만이 반응하지 않았다.

"저곳!"

헌터들이 당장 소리치면서 기둥 아래로 공격을 쏟아부었다. 보스 몬스터가 재빨리 다른 어둠으로 스며들었지만 그림자의 파도가 집요하게 그곳을 쫓아갔다. 어둠을 쓰는 보스 몬스터가 그림자 속에 스며들면 사현이 쥐고 있던 주도권이 몬스터에게 넘어갔는데, 사현이 당장 파악해 다른 그림자로 그곳을 찍어 눌렀다. 마치 어둠이 어둠에게 쫓기는 것만 같은 광경이었다.

그렇게 궁지에 몰린 보스 몬스터가 결국 실체화하여 다시 정이선에게 달려들었다. 그를 덮쳐서 저주를 걸려는 듯했는데 헌터들 열댓 명이 동시에 움직여 정이선의 주위를 막았다.

날아가던 보스 몬스터가 괴성을 지르며 검을 높이 쳐들어 그들을 공격하려는 때.

"커헉……."

사현에게 목이 틀어쥐였다. 허공에 반쯤 뜬 채로 목이 잡혔는데, 그 기습에 보스 몬스터의 몸이 크게 흔들렸다. 커억, 컥. 보스 몬스터가 발악하면서 다시 어둠 속으로 스며들려고 했지만 사현이 그를 꽉 쥐고 있었다. 실체화한 상태에서 붙잡으면 도망가지 못한단 걸 파악한 것이다.

"생각보다 똑똑하긴 한데, 학습 능력은 없나 봐요. 그림자 속에 숨는 게 멍청한 행위라는 건 처음부터 알려 줬는데."

사현이 나긋하게 뇌까렸다. 목이 쥐인 보스 몬스터가 바들바들 떨면서 사현을 내려다보았고, 그 눈빛에 사현이 잠깐 비스듬히 고개를 기울였다. 왼손으로 새까만 단검을 쥐고 있었는데, 그 손 아래로 피가 뚝뚝 떨어졌다.

왼손을 쥐었다 펴기를 반복한 사현이 이내 눈매를 접어 웃었다.

"왼손을 다쳐서."

단검이 사라지고, 보스 몬스터의 목을 쥐고 있던 오른손에서 서서히 힘이 풀려 갔다. 그 상황에 보스 몬스터의 얼굴에 미묘한 안도와 기대, 또 희열이 들어찰 때.

—푸욱. 사방에 있는 그림자가 뾰족하게 솟아 나와 보스 몬스터의 몸을 꿰뚫듯이 붙잡았다. 그림자를 이용한 공격 자체는 살상력을 띠지 않는데, 사현이 최대한 그림자를 날카롭게 일으켜 보스 몬스터를 찌른 것이다.

"허억⋯⋯."

핵이 부서지진 않았지만 엄청난 공격에 보스 몬스터가 쿨

럭쿨럭 기침을 토하며 바들거렸고, 사현은 그 마지막 발악을 여유롭게 지켜보았다. 수십 개의 그림자에 찔린 보스 몬스터의 몸체 중 가슴께만이 이상한 반응을 보였다. 그곳에 있는 보스 몬스터의 핵이 반사적으로 그림자를 밀어내고 있는 것이었다.

그것을 발견한 사현이 이내 느른히 웃었다. 어느새 그의 오른손에 새까만 단도가 쥐여 있었다.

"남 약점 헤집는 것치곤, 본인 약점도 제대로 못 숨기네요."

이윽고 단도가 심장으로 내리꽂혔다. 콰앙. 단순히 제복형 갑옷이 부서지면서 나는 소리라곤 설명할 수 없는 폭발음이 공간을 울렸다. 새까만 연기가 담긴 유리구슬 같은 핵이 깨지면서 나는 소리마저 파묻히는 건 당연한 일이었다.

마침내 보스 몬스터의 몸체가 축, 늘어졌다. 안치실에 감돌던 서늘한 기운이 차츰 사라지는 것을 느끼며 헌터들이 하나둘 안도의 한숨을 터트렸다.

"하……."

"와아……."

그들끼리 서로 어깨를 토닥이며 수고했단 말을 주고받았다. 다행히 중상자까지는 없지만 부상자가 꽤 많았으며 끝없이 쏟아져 나오던 병사 몬스터를 상대하느라 다들 기력이 빠졌다. 몇몇은 아예 긴장을 놓아 버린 듯 바닥에 주저앉기도 했다.

그 모습에 한층 더 얼굴빛이 어두워진 정이선이 나건우와 함께 사현에게 다가갔다. 그는 보스 몬스터의 아래에 떨어지는 아이템을 보고 있었는데, 나건우가 온 것을 확인하자 그에게 대충 한쪽 팔을 내밀었다. 반응은 전혀 다친 사람 같지 않았지만 실제로 그의 어깨와 손은 피범벅이 된 상태였다.

나건우의 로드 끝에서 빛이 퍼지는 모습을 지켜보며 정이선이 조심히 입을 열었다.

"죄송합니다……."

전투가 끝난 후에도 코드 헌터들은 아무도 그에게 책임을 묻지 않았다. 오히려 그에게 괜찮냐는 질문을 했고, 사과까지 했다. S급 던전의 보스에게서 저주를 맞았으니 모두 자신들이 제대로 하지 못한 탓이라고 미안함을 드러냈다.

헌터들도 모두 정이선의 과거를 알았기에, 그래서 사실 새까만 시체들이 일어나는 모습을 보고 모종의 충격을 받았었다. 그의 내면을 직접적으로 들여다본 듯해 외려 신경 쓰이는 눈치였다.

하지만 정이선은 그 사과를 받을수록 속이 불편했다. 아무리 자신이 저주에 당했다지만 건물이 무너진 일에 죄책감을 느끼지 않을 수가 없었다.

특히나 그 저주 때문에 직접적으로 보스 몬스터에게 공격당한 사현을 보고 있으니 몹시 마음이 무거워져서, 정이선이 사과를 두어 번 반복했다. 그런데 정작 그 사과를 받는 사현은 꽤 의아하단 시선만 던지다가, 이내 고개를 비스듬히 기울이며 물었다.

"혹시 나 지금 죽었나요?"

"……네?"

"이선 씨는 내가 시체가 돼야만 봐주는 줄 알았어요."

순간 눈을 커다랗게 뜬 정이선이 다급히 아니라고 부인했다. 비꼬는 건가 싶어 몇 번이고 사과를 덧붙였는데 사현은 그저 가만히 듣기만 했다. 그런데 천천히 그의 얼굴에 미묘한 만족감이 퍼져 가는 게 보여서, 정이선은 그의 눈에 시선을 빼앗겼다.

조금 전 저주에 맞아서 암흑 속을 헤매던 때, 벗어나려 할수록 그를 끌어내리려던 과거의 늪에서 끝없이 추락하다 이윽고 마주했던 눈동자. 그때와 같은 눈동자가, 자신을 어둠 속에서 끌어올린 새까만 눈동자가 오롯이 자신을 향했다. 그리고 기어코 그 눈에 웃음이 떠오른 순간, 그때의 충격과 같은 저릿한 감각이 머리를 때렸다.

"피 흘릴 때만 이선 씨가 봐 주니까, 앞으로 시선받으려면 몸이 남아나질 않겠네요."

한탄하듯, 그러나 퍽 가벼운 장난조로 말한 사현이 손을 뻗어 정이선의 눈가를 문질렀다. 습관이 되어 버린 행동을 하는 사람처럼 당연하게 그의 볼을 매만졌고, 정이선은 갑작스럽게 몰려온 충격에 어떤 반응을 보여야 할지 몰랐다.

숨을 쉬기 어려울 정도로 심장이 거세게 뛰었다.

찰나 저주로 보았던 환상 속의 친구들이 스쳐 지나갔지만, 끝내 볼에 닿는 살아 있는 사람의 온기가 선명해서. 결국 정이선은 그 온기에 기대듯 고개를 숙이며 입을 꾹 다물었다.

조금은, 아주 조금은 울고 싶은 기분이었다.

HN길드 창립 40주년 행사

제목: 코드 이번 파티착장 봄? (@@@썬캐쳐 소환)

https://news.dohae.com/article/4359806

[HN길드 창립 40주년 행사에 참석한 Chord324]

언제나 행사 때마다 패션쇼 보여 주는 코드 이번에도 무대 뒤집어 놓으셨다

[JPG] 건우아재 회색정장 음 good

[JPG] 지안언니 하얀정장 WoW

[JPG] 기주기주 브라운 체크무늬 정장 great~

[JPG] 한아서 파란정장 Perfect

한아서야 예전부터 옷 잘 입었고ㅋㅋㅋㅋ 기주는 옛날에 첫 행사 때 정장은 멀쩡한거 입어놓고 (아마도 리더님이 사주셨을 정장) 뭔 이상한 장식 달고 왔다가 사현이 떼서 버렸잖아ㅋㅋㅋㅋㅋㅋㅋㅋㅋㅋ 그거 외에도 리더가 코드 소속들 옷차림 다 신경 써주는거 같은데... 이번엔.. 진짜..

[JPG]

사현도 블랙 쓰리피스 정장 개오지는데

[JPG]

정이선...........

ㅐ ㅏ.........................
>> 슬림 블랙 수트 《

매번 후드만 입고 다니거나 라운드 티셔츠에 후드집업+헐렁한 슬렉스 입
어서 몸선 거의 안 보였는데ㅜㅜㅜㅜㅜㅜㅜㅜㅜㅜㅜ 하;;; 슬림수트 깔쌈하게 갖
춰 입으니까 보자마자 진짜 헉 소리냄...... 다리 개길어.. 슬랜더의 정석 아
니냐고ㅜㅜㅜ 헤어샵까지 갔다 왔나봐 와................
나 썬캐쳐 아니었는데 정신 차리니까 가입 신청 한 후임.;;

댓글

이선아... 누나가 눈치없이 일찍 태어나 버렸다. 오빠라고 불러도
돼?
　ㄴ정이선 정장 그닥.; 내 마음속으로 다그닥다그닥
　ㄴ이선아...... 시간 나면 치과 알바 해봐.. 널 보면 입이 안 다물어지
니까...
　ㄴ빛이sunㅜㅜㅜㅜ 정말 빛나는 태양으로 나타나서 사람들 다 눈
멀게해 버리기ㅜㅜㅜㅜㅜㅜㅜㅜ 정이선샤인ㅜㅜㅜㅜ

이선아. 핼미다. 실수.로. 번호를.지웠.구나.연락다오.
　ㄴ외숙모야 이선아^^ 휴대폰이 고장나서 번호가 날아갔어 연락
부탁해~^^
　ㄴ삼초ㄴ이다. ㅇㅣ선아.연락부탁한다.
　ㄴ갑자기 이선이 친척모임 열렸네

똑똑~ 여기가 썬캐쳐 출석 체크장이라면서요

ㄴ솟아오른 광대로 출석 적습니다

ㄴ자취생 캐쳐, 요즘 요리할 때 정이선온리유 사용합니다

ㄴ이선이 돌잡이 때 잡은 거 캐쳐 심장이랍니다

ㄴ정이선 때문에 전쟁 났다는데 해명해야 하는 거 아냐?

　ㄴ이건 또 뭔 주접이야 맘속에 전쟁 났다고?

　ㄴ사랑스러war 귀여war

　ㄴ하....

　　ㄴㅋㅋㅋㅋㅋㅋㅋㅋㅋㅋㅋㅋㅋㅋㅋㅋㅋㅋㅋㅋㅋㅋ
ㅋㅋㅋㅋㅋㅋㅋㅋㅋㅋㅋㅋㅋㅋㅋㅋㅋㅋㅋㅋㅋㅋ 캐쳐 주
접에 괜히 반응했다고 생각중인 사람ㅋㅋㅋㅋㅋㅋㅋㅋㅋㅋㅋ

후드 쓰고 다닐 때부터 알아봤지만 정2선 외모 장난 아니네; 머리
저렇게 세팅하고 돌아다니니까 진짜 빛난다

　ㄴ나 헤어샵에서 일하는데 벌써부터 걱정돼ㅠㅠ 이제 ㅈㅇㅅ 사진
들고 와서 이렇게 머리 해달라는 인간이 얼마나 많아질지ㅠㅠ

　　ㄴ국가 유일 문화재라서 유일성을 존중해 주기 위해서 불가능
하다고 말하면 안돼?

　　ㄴ22 저작권 걸려 있다고 해 봐

　　ㄴ3333 따라하면 사또가 데리고 간다고 해 봐

　　　ㄴ;;;; 잘못했어요

　　　ㄴ갑자기 정신 확드네ㄷㄷ

　　　ㄴㅋㅋㅋㅋㅋㅋㅋㅋㅋㅅㅂㅋㅋㅋㅋㅋㅋ 이렇게 지켜지는 정
이선의 스타일링

코드 진짜.......... 나만 그런가? 코드 저렇게 잘입고 다니는거 보면 국뽕 차올라;;;

┗2222222 한국의 자부심 같은

┗3333 우리나라 대표 헌터팀이 저렇게 멋진 사람들이다ㅠㅠㅠㅠ

┗저 모습 그대로 패션쇼 올라가도 아무도 의심 못할듯;

444444444

사또나리 쓰리피스 정장+깐머 도랏냐고 지구 뒤집히는중ㅠㅠㅠ

ㅠㅠㅠㅠ

┗사현 헌터~ㅎ 내 맘을 헌팅해 버렸네~?

　┗야 너 그러다 진짜 엽총에 맞는 수가 있어;

　┗4년 전에 엽총맞은 자리가 아직도 욱씬거려

　┗ㅁㅊㅋㅋㅋㅋㅋㅋㅋㅋㅋㅋㅋㅋㅋㅋㅋㅋㅋㅋ

파티 매주 열렸으면 좋겠다...

┗다음주에 HN길드 창립 40주년+1주일 기념하면 안돼?

┗완전 좋은생각ㅠ0ㅠbbb

┗썬캐쳐들 에첸길드 역력 보면서 기념할 거 찾느라 바쁘던뎈ㅋ

ㅋㅋㅋㅋㅋㅋㅋㅋㅋㅋㅋㅋㅋㅋ

┗사현 헌터데뷔 기념일 / 정이선 데뷔 기념일(첫 복구한 날 찾음) / 코드 소속 헌터 데뷔일 기념 / 코드 5주년 행사 등등 하면서 리스트업 중;;

　┗진심인 썬캐쳐 왜이렇게 웃고 짠하냐ㅋㅋㅋㅋㅋㅋㅋ

　┗저기.. 짠하면 길드 기념일 같이 찾아주지 않을래?ㅎㅎ

행사에서 기자들 질문하는 거 정리본 봄?ㅋㅋㅋㅋ 사또 또 재주 갱신했던데

└RGRG 이젠 저 재앙의 주둥아리에서 뭐가 나올지 기대하게 되G

└사윤강 입만 졸라 잘털어서 듣다보면 진짜 오; 좀 대단한데? 싶다가 사현이 콕콕콕 짚어서 실체 다 까발림 ㅋㅋㅋ 초-라-

└적수를 한참 잘못 만났지ㅋㅋㅋㅋ

└던전 진입도 안하는 헌터가 부길드장 자리에서 아등바등 입지 넓히려고ㅋ 짠하다 짠해

└겉으론 길드 운영에 집중한다는데~,, 그러면 2위 태신길드장님은 뭔지~~,, 지 몸 사린다고 안 들어가는 거 모르는 줄 아는지,,~~~ 사람들이 빙다리 핫바지로 보이는지~,,~~~,,,,

---

암행어사현 카페 사또실록 만들고 있대

└ㅁㅊㅋㅋㅋㅋㅋㅋㅋㅋㅋㅋ 조선사또실록이냐고

└나리께서 가라사대, 주제를 알면 몸을 낮추고 염치를 알면 입을 다물어야 한다고 하였습니다.

└ㅇㄴ ㅋㅋㅋㅋ 개어이없는데 탐낙ㅋㅋㅋㅋㅋㅋㅋ 공구 안 연대..? tum블벅 후원 진행이라도;

└222 상대 빡치게 하기 교본으로 좀 얻고 싶다

[!!!긴급!!!][중요정보니까 추천 눌러줘!!!]

@@이선아 미리 말할게ㅠㅠ 난 이선이 후드 쓰는 것두 너무너무

귀엽고 보기 좋은 사람인데, 후드 쓰면 몸에 안 좋다는 SC대학교 연구 결과가 나왔어ㅠㅠ 햇빛 많이 못 받으면 비타민D 부족해서 구루병 걸리는거 알지?? 근데 요즘엔 그 문제가 더 심각해져서 햇빛 못 받으면 호흡 곤란이 오고 수면장애 및 정서불안과 각종 합병증이 일어난대ㅠㅠ 너무 안타깝지만 앞으로는 후드 안 써야 할 것 같아ㅠㅠㅠㅠ 나도 슬픈 마음으로 후드 버렸어...

└퍄퍄

└정성이 갸륵해서 추천해 준다...

└저 SC대학은 뭔데?

└썬캐쳐(Sun Catcher)인거같은데

└아ㅋㅋㅋㅋㅋㅋㅋㅋㅋㅋㅋㅋㅋㅋㅋㅋㅋㅋㅋㅋㅋ

이 사진 봤어?ㅜㅜ https://news.dohae.com/article/67532465 이선이 카메라 있는거 보자마자 움찔 떨면서 후드 쓰려다가 없으니까 머쓱하게 손 내리는 사진ㅠㅠㅠㅠㅠㅠㅠㅠㅠㅠ 너무 귀여워 햄져야ㅠㅠㅠㅠㅠㅠ!!!!!!!!!!

└악!!!! 이선이 입에 넣고 다녀야해 축축

└저 기사에서 킬포 기사사진 아래 붙은 설명이라곸ㅋㅋㅋㅋㅋㅋㅋㅋㅋㅋㅋㅋㅋㅋㅋㅋㅋㅋㅋ [무의식적으로 후드를 쓰려 하는 정이선, 하지만 후드가 없는 걸 확인하고 민망하게 주위를 둘러보며 손을 내린다.]

└저 관찰력.... 기자님 썬캐쳐인거 같은데

└킹리적 갓심입니다

썬캐쳐 대문 이번엔 뭐야?

└그냥 하얘!!

└ㅋㅋㅋㅋㅋ말을 잃어 버린 썬캐쳐들 버전인각ㅋㅋㅋㅋㅋㅋㅋㅋㅋ

└??? 1댓 뭔소리지; 보니까 ㅈㅇㅅ 사진 걸려 있는데?

　└응?ㅠㅠ 여기 링크로 들어가 봐!! https://cafe.hunts.com/jaerimEsun

　└????? ㅈㅇㅅ 사진이잖아;; 정장 사진이었다가 이젠 5차때 후드 벗은거

　└아닌데ㅠㅠ? 너 컴퓨터 이상한거 아냐?? 여기 봐바!! https://cafe.hunts.com/jaerimEsun

　└??????????? ㅈㅇㅅ 사진 돌아가면서 뜨는데??;

　└다시 봐!!! https://cafe.hunts.com/jaerimEsun

　└아ㅋㅋㅋㅋㅋㅋㅋ ㅇㅋ...하얗네.. 내가 이제야 눈을 제대로 떴다;

　└응응^^

└ㅋㅋ 세뇌의 현장

유명한 인물 앞에 나열하고 마지막에 자기가 좋아하는 사람 말하면 오타쿠 티 덜 난대!

└존경하는 위인...? 뭐 헬렌켈러 나이팅게일 정이선 이렇게 말하면 돼?

　└아냐 티 나 엄청 나ㅋㅋㅋㅋㅋㅋㅋㅋ

　└ㅋㅋㅋㅋㅋㅋㅋㅋㅋㅋㅋㅋㅋㅋㅋㅋㅋㅋㅋㅋㅋㅋㅋㅋㅋㅋㅋㅋㅋㅋㅋㅋㅋㅋㅋ

제목: [속보] HN 차기 길드장 사윤강, 오후 1시 기자회견

---

https://news.dohae.com/article/87995651

미친 이게 뭐야;

평소처럼 자고 낮에 일어났는데 갑자기 세상이 뒤집힘

자정에 에첸 길드장 죽고 곧바로 정오에 유언장 공개됐는데 사윤강한테 길드 물려준다고????? 그 와중에 사윤강은 기자회견 열고?????????

나 지금 1도 이해 안 되는데 설명좀 해줄 사람;;;;;

댓글

사현 아니고 사윤강이 길드장 된다고? 에바 아니냐
└에바는 윤강이 애비 갔을때 같이간듯 ㅠ
└와 어떻게 딱 이 시기에 죽냐???? 진짜 절묘하다; 코드 레이드로 바빠서 다른 거 하기도 애매한 시기에;;;;
└애비가 애초부터 문제였는데 마지막까지 ──

사윤강ㅋㅋ 장례식장 앞에서 기자회견 여는거 존나 속 보인다
└2222
└33333333 막판에 코드가 레이드에 집중할 수 있도록 환경 마련하겠다 뭔 소리야? ㅈㄴ 지가 지금 분위기 젤 깽판치고 있는데;
└장례식장에 기자들 다 부른 것도 지일 거면서 존나 웃겨;;; 아버

지 뜻 이어받겠다는데 애비가 장례식장 앞에 기자들 부르라고 가르쳤냐

ㄴ^그분^이라면 가능해 보입니다..

ㄴ아 기자들 코드 표정 일부러 많이 찍더라 존나 짜증나;;;;; ㅠㅠ ㅠㅠㅠㅠㅠㅠㅠㅠㅠㅠㅠㅠㅠ 다 심각해 보여서 나까지 심란해ㅠ ㅠㅠㅠ

ㄴ오전에만 사현 있다가 나갔다는데; 상주 지라고 돌려보낸거 아냐?

ㄴ[블라인드 처리된 댓글입니다.]

ㄴ사윤강 예전부터 지가 길드장 찐아들이란 부심 오지게 부렸음;

ㅅㅇㄱ 자기는 경영 전문으로 한다 어쩌구 하는데ㅋㅋㅋ 아니 그러면 다른 대형 길드 길드장들은 왜 던전 들어가는데? ㅋㅋㅋㅋㅋ ㅋ 일반 기업도 아니고 헌터 길드면 길드장이 던전 진입 경험이 많아야 하는 거 아냐? 걔 진입 열번은 했냐? 열번도 안 했잖아;

ㄴ22222 진입 영상도 다 삭제됐는데 삭제 전에 찍은 스샷본 보면 던전 안에서 존나 못하는거 티남;

ㄴ33 ㅋㅋㅋㅋㅋ 외국에서 경영공부 하고 왔다고 자꾸 자랑하는데 아니~~~ 그러면 다른 길드는 공부 안 하고 오냐고요~~~~~~

ㄴ444444 이새끼 언플밖에 못 하는거 유우명

ㄴ[블라인드 처리된 댓글입니다.]

ㄴ부길드장 된 것만으로도 감지덕지해야지 지 주제를 모르고 자꾸 사현 후려치고 아 개빡치네

ㄴ[블라인드 처리된 댓글입니다.]

ㄴ[블라인드 처리된 댓글입니다.]

ㄴ여기 에첸 직원 있냐? 회원갈이 함 해야할듯 자꾸 블락 먹네——

사윤강 배탈 나겠다...

└왜?

└너무 날로 먹어서.......

└ㅋㅋㅋㅋㅋㅋㅋㅋㅋㅋㅋㅋㅋㅋㅋㅋㅋㅋㅋㅋㅋㅋㅋㅋㅋㅋㅋ
ㅋㅋㅋㅋㅋㅋㅋㅋ

└그에게 쥐어지는 합격 목걸이..

길드장 윤강이면 사현은??? 코드는?????

└길짱 쓰러지고 지가 부길드장으로 권한 다 갖자마자 사현 직책
다 뺏은거 존나 졸렬했는데:; 이제 어떤 수 부릴지 모르겠다 하:;;

└나간다는 소리 돌던데 사또는 차라리 그게 나을듯ㅠㅅㅠ

└ㄹㅇ 지금까지 사현이 에첸 살려줬는데 ㅋㅋㅋㅋ 사현 잃으면
에첸 몰락하죠~ 끝이죠~

근데 사현 진짜 낙원 갈지도 모른단 소리 있던데?

└엥???? 진짜?? 구씹루머 아님???

└ㄷㅆ)아냐 내 헌터 지인이 낙원 쪽에서 이미 말 좀 돌고 있다고
했음. 천형원 방출하고 강 사현 들이잔 식으로 이야기 오갔나봐.
길드장도 직접 움직인다던데... 스카웃 이미 들어갔을지도.

└헐 대박ㄷㄷ 그러면 강 낙원에서 길드장 하고 에첸 이기면 되겠
네 ㄱㅇㄷ

└ㄴㅠㅠ 마냥 이득은 아닌거 같은데... 사현이 8년 동안 에첸에서 활
동하면서 에첸 세계길드로 올려놨는데 그거 그대로 윤강이 주게
생겼잖아

└윗댓 2222... 윤강이랑 낙원만 개이득 아냐? ㅠ 낙원은 지들 이미지 천원 때문에 개똥됐다가 사또로 회복하는 거지...
└333 그냥 코드는 저대로 나가서 길드 세우는 게 낫다ㅠoㅠ 그냥 코드 하나로 걸어 다니는 길드 해ㅠㅠㅠㅠㅠㅠㅠㅠ

어제까지만 해도 정이선 생일이라고 썬캐쳐들 시끌시끌하던데... 훈훈하다가 갑자기 오늘 뭔일이냐
└진짜루22 ㅠㅠㅠㅠ 나 며칠 전에 에첸 사옥 근처 카페에 있었는데 기주랑 이선이 왔거든ㅠㅠㅠㅠ 케이크 앞에서 기주가 '복구 사님은 무슨 케이크 조아하세요~~?'하면서 은근 떠보더라고.. 딱 봐도 생일케이크 준비하는 느낌 보여서 훈훈했는데ㅠㅠ
└333333 어제 지하철 광고판에서 인증샷도 찍고 왔는데.....
└ㅠㅠㅠㅠㅠㅠ 코드에서 생파는 제대로 챙겨 줬을까..?
└코드 이선이 완전 아끼는거 보여서 챙겼을거 같긴 한데.. 그다음 날 이런 일이........
└근데 정이선 왜 오전에 코드랑 같이 장례식장 안 왔지; 뭔일있나
└설마ㅠ...

하;;;; 예전부터 사윤강 부길드장이랍시고 자꾸 코드 지 밑인척; 지부하인 척 다루고 기자회견 할 때마다 아랫사람 취급 오졌는데 이제 길드장 됐으니 더 날뛰겠네
└ㅠㅠㅠㅠㅠㅠㅠㅠㅠㅠㅠㅠ 아 진짜 내가 다 자존심 상해ㅠㅠㅠ
└저새끼도 관짝에 들어가야 하는데
└사윤(강이 건너는 강은 요단)강
└ㅋㅋㅋㅋㅋㅋㅋㅋㅋㅋㅋㅋㅋㅋㅅㅍㅋㅋㅋㅋㅋ

우리 나리 어캄 ㅠㅠㅠㅠㅠㅠㅠㅠㅠ

└세상에서 젤 쓸모없는 걱정=상타헌터 걱정

└아니 나리가 사윤강 죽여서 감옥 갈까봐 걱정돼..

└야;

└ㅋㅋㅋㅋㅋㅋㅋㅋㅋㅋㅋㅋㅋㅋㅋㅋㅋㅋㅋㅋㅋㅋㅋㅋㅋ
ㅋㅋㅋㅋㅋㅋㅋㅋㅋㅋㅋㅋㅋㅋㅋ

└2222 인그래도 최근에 천원형 사건 때문에 헌협이 헌터간 싸움
제재 빡세게 하는데 ㅠㅠ

└33.. 게다가 죽이면 헌터자격 정지 뜬다고.. 살인은 안돼요 나리ㅜ

└우리 나리는 그렇게 하수를 두지 않습니다. 분명 치밀하게 큰그
림 그리고 있을 것이 확실합니다.

└사또 팬카페가 괜히 암행어사현이겠냐 암행어사처럼 뭔가 크게
판 벌일듯

ㅋㅋㅋㅋ차기 길드장 사윤강 속보 뜨는 순간부터 HN길드 주가 폭
락 중

└윤강아 이거봐라

└국내 언론은 띄우느라 난리인데 해외 자본 빠지는거 보면ㅋㅋ
ㅋ 이야 답나왔죠 해외가 실제로 어디에 투자한 건지 보이죠~~~?

└무슨 소리야;;; 원래 모든 길드 길드장 바뀔 시즌에 조금씩 주가
변동 있어. 그리고 그렇게 크게 폭락한 것도 아닌데 왜 난리야; 사
윤강 때문이라고 궁예 작작해. 지금까지 부길드장으로 경영하면
서 실적도 좋은데 이렇게 막무가내로 욕하는 거 좀 별로다;;

└??? 윗댓 에첸 직원임?

ㄴ그 실적 누가 올렸는데?ㅋㅋㅋㅋ 궁예가ㄴ아니라ㄴ현실 ㅠㅠ 울지말고 말해박ㅋㅋㅋㅋ

ㄴ윤강이가 사현 은근히 후려치려는 거 모르는 사람 아직도 있나~~? ㅋㅋㅋ 코드에 아무 지원도 안 한 사람 누구더라~~~ 그래놓고 코드 승승장구하니까 다 지 계획인 척한 인간 누구더라~~~~~

그렇구나... 윤강이가 길드장 요단강 보내 주면서 내 주식도 요단강 보냈내 ㅎ... ㅅㅂㅠ

ㄴ오늘 하루종일 비가 내려요.. 제 마음에도 비가 내리고 주식도 내리네요..

　　ㄴ음유시인 개미다 (허리뿌직

　　ㄴ뿌직2

　　ㄴ뿌3

　　ㄴ형 심각한데 빠놀이 하지마라

ㄴ윤강아 네돈 아니라고 막 하는거 자제하랬지 ㅎ... 내가 마음이 아파

ㄴ사현 : 1위 헌터

사윤강 : 남의 돈쓰기 세계 1위

아 근데 사윤강도 좀 불쌍하지 않냐. 걔도 A급인데 잘난 형제 때문에 넘 비교당하는 거 아닌가? 뭐 크게 잘못한 것도 없는데.. 그냥 난 윤강이가 짠해...

ㄴ윤강이 본인이세요?

ㄴ본인등판

ㄴ크게 잘못한 거 없다(o)

크게 잘한 것도 없다(oooo)

근데 왜 길드장?ㅎㅎ 헌터 길드에서 나가 주세요

└포션팔이나 해 길드장 하지 말고ㅠ;

└윤강아 여기서 이러지 말고 주식 좀 어떻게 해봐....

근데 지금 레이드 시기라서 사현이 큰 반발 못 한다고 분석하잖아. 사윤강이 저번 에첸 40주년 행사도 잘해서 임원들도 지금 호의적이라 금방 길드장 승계될 가능성 높다고... 근데 만약 코드가 레이드 올클하면 어케 돼? 그때 다시 논의하는 거야???

└그때 내려오면 능력 있는 동생에게 양보했단 훈훈한 이미지 연출 가능 ㅆㅇㅈ?

└못깨면???

└못깨면 누가 윤강이 머리 깨러 가겠지

└도랐냐고ㅋㅋㅋㅋㅋㅋㅋㅋ

└사현: 왕위를 계승하는 중입니다

6차 던전 진입

제목: 7레_6던_코드 공략_불판

(실시간 영상 링크)

와 벌써 6차까지 왔네ㅠ 이제 슬슬 끝이 보인다ㅠㅠ

또 밤에 열리니 불안해서 일단 애착인형 곰곰이 껴안구 있음..ㅎㅎ

댓글

어제 에첸 난리나서 걱정했는데 코드 평화롭네ㅠㅠㅠ 보기 좋다
└222 .. 어제 에첸 윤강이한테 넘어가서 사또 개빡쳤을 줄 알았는데 오늘 되게 여유로워 보이네ㄷㄷ
　└평화로워서 다행이긴 한데.. 지금 코드 헌터들 정이선 주위로 강강술래 하니...?
　└ㅋㅋㅋㅋㅋㅋㅋㅋ미쳐ㅋㅋㅋㅋㅋㅋㅋㅋ
　└예전부터 느꼈지만 코드 ㅈㅇㅅ 완전 끼고돌아ㅋㅋㅋ 뭐야 비전투계라서 너무 약해 보이나봐ㅋㅋㅋㅋㅋㅋㅋㅋㅋ
　└근데 5차까진 안 저랬는데 왜 6차 와서...??? 뭔 일 있었던건 아니겠지ㄱ?

이번 던전도 공포영화 찍네ㅠ ㅠㅠㅠ ㅠ ㅠ ㅠ 레이드님 공포쩌리 배려좀요ㅠㅠㅠㅠㅠ
└저번 4차 땐 악마 버전이면 이번엔 귀신 버전이라 더 싫어ㅠㅠㅠㅠ 서양 악마는 조까라 그래~!! 인데 동양은 귀신에 약하다고ㄱㅠㅠ~~~~
└근데 한쪽에서 로맨스 영화 찍는거 같은건 내 착각???
└다 새까만데 한쪽은 기류가 핑크ㅂ...핑...핑.........핑핑
└사또에게 차마 핑크빛을 붙이지 못한 당신에게 소신의 달팽이상을 수여합니다

누가 열 저렇게 재?

누가 수고했단 표현 저렇게 해???

└저게 그냥 팀이면 저 오늘부로 사표 냅니다┯

└손마디로 쓰다듬는거 뭔데? 뭐냐고??? 뭐야????????

└어이없는데 열 한번 더 재줬으면 좋겠다 후드 왜 다시 써 이선아

└귀도 약간 빨개진 거 같은데 시원하게 후드벗자

└캐쳐들ㅋㅋㅋㅋㅋ 둘 기류에 놀라면서도 이참에 후드 벗으라고
난리 치넼ㅋㅋㅋㅋㅋㅋㅋ

└두 개의 자아가 싸우는중

└게쳐 앤 하이드

코드 합 잘맞는 거 너무 짜릿하다 크으으

└아 ㄹㅇㄹ!!! 외국 공대 훈련할 때 코드 벤치마킹한다고 하잖어
bbb

└한아서랑 지안언니도 진짜 착착 맞음┯┯┯┯┯┯┯┯┯┯

└외쳐 갓지안┯┯┯┯ 언니 성이 왜 '신'인줄 알아..? 바로 God이
니까..

└지안신 무릎에 한번만 찍히고 싶다

└한번 찍히면 죽겠는걸.....

ㅋㅋㅋㅋㅋㅋㅋㅋㅋㅋㅋㅋㅋㅋㅋㅋ가끔 태신길짱님이 지안언니
과보호했다는 거 생각하면 너무 웃겨ㅋㅋㅋㅋㅋㅋㅋㅋㅋㅋㅋㅋㅋ
ㅋㅋ

└아나 그거 내 웃음벨이라괴ㅋㅋㅋㅋㅋㅋㅋㅋ '우리 애기 험한
던전 못 들어가는데┯' 하면서 막지만 실제 애기는 던전을 뿌수고
있었답니다;

┗요즘도 태신길짱님 지안언니 보면 '아가'라고 부른다며

┗ㅁㅊ 진짜?

┗ㄹㅇ임 이거 좀 유명함ㅋㅋㅋ 둘이 같이 있는거 목격담 종종 뜨는데 대화 들어보면

태신길짱: 아가.

지안 신: 네 이모.

이럼ㅋㅋㅋㅋㅋㅋㅋㅋㅌㅋㅋㅋㅋㅋㅋㅋㅋㅋㅌㅌㅌㅌㅌㅌㅌㅌ

┗둘다 완전 그렇게 안 생겨 놓고 하는 대화 다정의 극치ㅠ 스윗해서 성에 ㅅ붙었나

┗사현도 ㅅ인데 ㅇ,ㅇ

┗낄끼빠빠해라

아 안치실 ㅈㄴ무섭네ㅠㅠㅠㅠㅠㅠㅠㅠㅠㅠㅠㅠㅠㅠㅠ 저기 왜 자꾸 새까만 거 흘러나와ㅠㅠㅠㅠ

┗너무무서워서화면껐는데화면에내얼굴보여서다시킴시발

┗이 친구 급하네

┗바닥에 나오는 새까만 연기 쫌 드라이아이스 같지 않나

┗마우솔로스와 가요대전

　┗미친새끼 아냐 이거ㅋㅋㅋㅋㅋㅋㅋㅋㅋㅋㅋㅋㅋㅋㅋㅋㅋㅋ

ㅋㅋㅋㅋㅋㅋㅋㅋㅋㅋㅋㅋㅋㅋㅋㅋㅋㅋㅋㅋㅋㅋㅋ

　┗MA우솔로스인 이유가 여기에서;

한아린 이제 한아서왕에서 한페르트 되는거여?

┗위인전 제목 같다; 왕에서 도굴꾼이 되어 버린 사람

┗ㅇㄴㅋㅋㅋㅋㅋㅋㅋㅋㅋ 저기에 이제 척화비 세워지냐고ㅋㅋ

ㅋㅋ
└옆에서 깐죽대던 기주 닥치란 소리들음ㅠㅠ
└셧업 기주포이
└외국에서 이거 짤방 패러디해서 돌아다닌다몊ㅋㅋㅋㅋㅋㅋㅋ
ㅋ 맨날 깐족대는 기주랑 닥치라고 말하는 한아서 조합으로ㅋㅋ
ㅋㅋㅋ

아ㅅㅣ바 그림자에 빙의한 거 개무서운데 저 상황 보고 그거 떠올
림;
기주: 뒤에 그림자 키우시는 거예요?
한아서: 으악시발 이게뭐야!
└ㅁㅊㅋㅋㅋㅋㅋㅋㅋㅋㅋㅋㅋㅋㅋㅋㅋㅋㅋㅋㅋㅋㅋ
ㅋㅋㅋㅋㅋㅋㅋㅋㅋㅋㅋㅋㅋㅋㅋㅋㅋㅋㅋㅋㅋㅋ
ㅋㅋㅋㅋㅋㅋㅋㅋㅋㅋㅋㅋㅋ
└박제감이다 스샷 껑기기
└ㅋㅋㅋㅋㅌㅌㅌㅌㅋㅋㅋ케ㅔㅔㅋㅋㅋㅋㅋㅋㅋ

보스몹: 뒤에서 기습하면 놀라겠지?!
한페르트: ㅆㅂ(S급 반사신경)
보스몹: 어이쿠; 지나갑니다;;
~
보스몹: 그림자에 숨으면 못 찾겠지?!
사현: ^^
보스몹: 어이쿠;;; 지나갑..
사현: ^^

보스몹: ㅠㅠ;;;;;

└ㅋㅋㅋㅋㅋㅋㅋㅋㅋㅋㅋㅋㅋㅇㄴㅋㅋㅋㅋㅋㅋㅋㅋㅋㅋㅋㅋㅋ
ㅋㅋㅋㅋㅋㅋㅋㅋㅋㅋ 나 진짜 왜이렇게 보스 몬스터 짠하냐
곰ㅋㅋㅋㅋㅋ

└4 5 6차 보스몹 짠하게 갑니다ㅠ... 하필 한아서에 숨었고.. 하필
그림자흔 능력인 사현한테 걸려서.....

└원래 같은 상성끼리 붙으면 데미지 안 들어가는 걸로 불안해
해야 하는데; 사또랑 같은 상성이니까 이렇게 안타까울 수가 없
다;;;;;

아........................ 이선이 저주....................

└.................

└ㅠㅠ........... 가슴 삼만 갈래로 찢어지는 중

└근데 친구들 왜 저렇게 말해...ㅠㅠ....ㅠㅠㅠㅠㅠㅠ... 이선이 2
차 대던전에서 혼자 살아남았단 죄책감 너무 쎈가봐 어떡해 마음
아파...

└뭐를 이용했단 건데..ㅠ.. 이선아ㅠㅠㅠㅠㅠ

└이렇게 후드 벗은걸 보고 싶은건 아니었어요ㅜㅜ

제정신 아닌 애 데리고 들어갈 때부터 불안불안했다..ㅉ 결국 저렇
게 되네

└트롤링 오지게 한다 어휴

└[블라인드 처리된 댓글입니다.]

└댓삭해라

└--------개소리방지협회--------

ㄴ캐처 극성쉴드 그만해라 좀ㅋㅋ 건물 부수고 있는거 쟨데???

ㄴ저 던전이 폭발하면 서울이 날아가게 생겼는데 민폐짓 하는 애 언제까지 오구오구 해줘야함?

ㄴ이때싶 추플러들 등장~

ㄴ일침하는 척 그만^^; 정이선 아니었으면 원래 무너진 건물에서, 원래 저런 난이도에서 싸웠어야 했음^^;;;

ㄴ부디 본인이 핵심을 꿰뚫어보는〉냉철한 비평가인 척〈 그만해주라ㅠ 비전투계가 스급던전 들어가서 스급보스 저주 맞았단 상황은 하나도 안 보이죠????

ㄴ진짜 공감능력 뒤진 인터넷족 보는 기분ㅎㅎ 쟤들 종특: 서울 날아가게 생겼는데~! 빼애애액~~~!!! (현실: 폭발까지 한참 남음, 코드가 수습함)

2차 대던전에서 ㅈㅇㅅ 혼자만 살아나와서 논란 쩔었는데 잠적 탔잖아ㅋㅋ 그때 피해자 가족들 다 ㅈㅇㅅ한테 안에 무슨 일 있었는지 말이라도 해달라고 했는데 끝까지 입 안 연거 솔직히 존나 이상하지 않나?ㅎㅎ;

ㄴ이선이도 사고 피해자야;;;

ㄴ지만 피해자냐고 ㅋㅋ

ㄴ[작성자가 삭제한 댓글입니다.]

ㄴ피해자한테 왜 말 안하냐고 다그치는 수준 봐라ㅉㅉ

ㄴ[블라인드 처리된 댓글입니다.]

ㄴ[블라인드 처리된 댓글입니다.]

ㄴ--------개소리방지협회--------

지금 개판났는 거 아는데..............

사현한테 안겨서 우는 이선이 보니까... 가슴이 웅장해진다......

  └눈물 툭..... 내심장도 툭......

  └4현은 피흘리고 2선이는 눈물 흘리고┬ 최고의 조합 추천합니다┬

  └"정이선 씨 시선 받기 생각보다 어렵네."

드르륵 탁

"정이선 씨 시선 받기 생각보다 어렵네."

드르륵 탁

"정이선 씨 시선 받기 생각보다 어렵네."

드르륵 탁

  └너무 웅장해서 현악4중주 오케스트라 열림

  └삘릴리..삘릴리...

  └이러는 이유가 있을 거 아니에요

건물 다시 복구되는거 홀리하다┬┬┬┬┬┬┬┬┬┬┬┬┬┬┬┬┬

  └이선이 이제 바티칸에서도 연락 오겠다

  └┬┬┬┬┬ 21세기 신의 현신...

  └나 왜이렇게 벅차올라┬┬┬┬┬┬┬┬┬┬┬┬┬┬┬┬ 이선아┬┬┬┬┬

┬┬┬┬┬┬┬┬┬┬┬┬┬┬┬┬

수습되자마자 숨는 보스몹 꼴이 딱 댓창 누구누구들과 닮았죠~~

ㅎㅎ

  └댓글 삭제되는 속도 진짜 투-명하다^^

  └하지만 피뎊은 남아 있지^^)7

이번 보스몹 사람 잘못 건드렸네ㅋㅋㅋㅋㅋㅋㅋㅋㅋㅋㅋㅋㅋ

└그냥 사탄의현신 건드리는 것만으로도 위험한데 하필 ㅈㅇ
ㅅ을...

└전투력 보고 건드렸는데 사실 가장 위험한 대상이었다고;;;

└전투력

-사현: 100

-정이선: 0

건드렸을 때 위험도

-사현: 100

-정이선: 10000000000000000

└어우 사현 제대로 빡쳤나봨ㅋㅋㅋㅋㅋ 지금까지 보스 몬스터
처리한 것중에 젤 무서운데;;;;

└갑자기 보스몹 목 놓길래 뭐야? 뭔데?? 했다가 그다음 장면보고
역시.. 했다

└ㅠㅠㅠㅠ 보스몹 다시 이선이 공격하려는데 헌터들이 다 앞에
막는거 뭉클 ㅠㅠㅠㅠㅠ

"피 흘릴 때만 이선 씨가 봐 주니까,

앞으로 시선받으려면 몸이 남아나질 않겠네요."

이거 나만 엄살로 들려??????????

└뭐야 왜 갑자기 약한척이야 이게뭐야 당신왜이래

└ㅅㅎ한테 심장 떨리면 안 되는데 지금 거세게 후드려 맞는중

└스며든다: (동사) 사또한테 스며든다.

└왜 시선받으려는 건데??? 왜???????

└암행어사현 마저 혼란스러워하고 있는 저 내숭은 도대체

└카페 분위기: 보스몹 저주맞은 건 ㅈㅇㅅ이 아니라 사실 나리였나...?

4현 2선 무슨 42냐 당장 해명해

└4(현)+2(선 열애설 공식발표 하는) = 6(차 던전이야?)

└왠지 8시에 열린다 했다 = 4현x2선 때문이었네

└진정해 얘들아......

볼 만지작하는 거 왜 이렇게 익숙해 보여ㅜ?

└만지는 사람도 만져지는 사람도 익숙해 보이는게 심장 치고 가는 부분

└마지막에 이선이 울컥하는 표정 찌통이야.....

└「―여름이었다.」

└ㅁㅊㅋㅋ

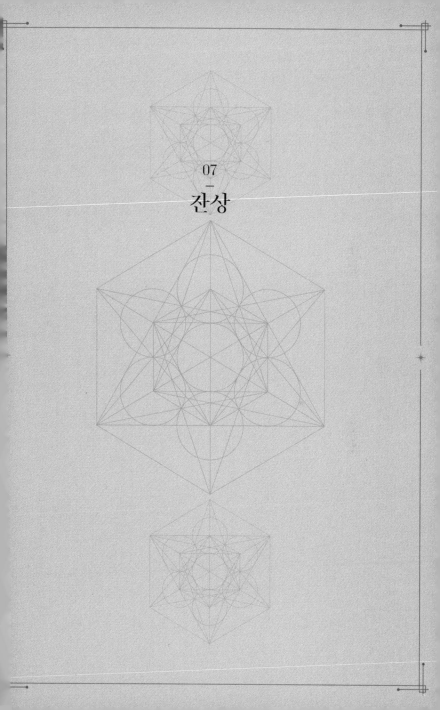

07
—
잔상

정이선이 페널티로 누워 있는 동안 HN길드는 많은 변화를 맞이했다.

사윤강이 길드장이 되었다. 전 길드장이 살아 있다면 길드장 승계 과정에서 며칠의 시간이 소요되는 편이지만 이번엔 길드장이 사망하면서 그 자리가 공식적으로 공석이 되었으니, 곧바로 자리를 채울 필요가 있었다. HN길드는 한국에서 가장 큰 길드에, 세계에서도 영향력이 높은 만큼 길드장의 부재는 치명적이었다.

언론은 사윤강이 HN길드를 이끄는 것에 호의적이었으나 여론은 회의적이었다. 사윤강의 경영 실력은 나쁘지 않다고 해도 던전 진입 경험이 적은 헌터가 길드장이 되어도 되는 거냐고 의문을 제기하는 이들이 많았다. 전 세계의 대형 길드 길드장은 모두 던전에서 활약한 헌터들이었으니 현 HN길드장은 분명히 이질적인 존재였다.

사람들은 한때 길드장 자리를 두고 사윤강과 경쟁했던 사현이 어떠한 반응을 보일지 무척이나 궁금해했다. 길드장의 장례 기간엔 당장 6차 던전 진입 대기 중이었으니 그가 반응하지 못했다 하더라도, 6차 던전을 성공적으로 클리어한 후 그가 어떻게 행동할지 관심이 몰렸다.

하지만 사현은 별다른 반응을 보이지 않았다. 약식으로 진행된 길드장 취임식에도 태연하게 참석했으며, 6차 던전 클리어를 축하한다는 사윤강의 의례적인 축사에도 웃으면서 반응할 뿐이었다.

그렇게 점점 사람들의 의문만 증폭되어 갈 즈음, 정이선의 페널티 기간이 끝났다. 정이선은 히든 능력을 쓴 다음 날부터 일주일 동안 앓지만, 그 기간 내내 쓰러져서 정신을 못 차리는 것은 아니었다. 그러니 그도 한 주 동안 있었던 일을 어느 정도 알았고, 그랬기에 사현과 함께 용인의 집으로 가는 길에 그의 눈치를 살필 수밖에 없었다.

"……."

그러나 집에 도착할 때까지 사현은 아무런 말도 하지 않았으며, 분명히 정이선이 그의 눈치를 보고 있단 걸 알 텐데도 별 반응을 보이지 않았다. 그저 평온한 얼굴로 이번엔 누구에게 무효화를 걸면 될지 질문할 뿐이었다.

그즈음 정이선은 사현이 그 건에 대해 굳이 말할 의사가 없음을 눈치채고 얌전히 친구만 가리켰다. 사현은 그 친구에게 무효화를 걸어 주면서 단조롭게 질문했다.

"남은 친구가 마지막인 이유가 있나요?"

"음, 그냥…… 생일 순이었어요."

정이선이 무효화를 받고 소파에 쓰러진 친구의 팔을 쓰다

듬으며 말했다. 단백질 인형을 만지는 듯한 이질적인 감촉
과 서늘한 감각이 어느새 많이 낯설어졌다. 지난 1년 동안
이들과 함께 살아왔는데 고작 몇 달 새에 생소한 느낌을 받
았다.

그 점에 정이선은 조금 씁쓸해졌으나 가만히 친구의 얼
굴을 살폈다. 하마터면 중간에 자신이 죽어 버려서 모든 일
을 그르칠 뻔했지만 결국 살아서 남은 친구를 눈감게 해 주
었다. 잠깐 잘못된 욕망에 눈이 멀었다. 간절히 바라던 것이
당장 코앞에 주어지니 이성이 흐트러졌지만, 정이선은 친구
들을 모두 편히 보내 주어야만 했다.

쓰러졌던 때 꿈속에서 보았던 친구의 얼굴과는 닮은 듯하
면서도 다른 얼굴을 물끄러미 응시하다, 다른 친구도 바라
보며 중얼거렸다.

"7차 던전도 성공적으로 끝내고, 지금까지의 주기로 남은
친구한테 무효화를 걸어 주면…… 딱 친구 생일 때 눈감게
해 줄 수 있을 것 같아요."

"글쎄요……."

"……?"

사현의 반응에 정이선의 시선이 그를 향했다. 7차 던전은
이미 불가사의가 하나밖에 남지 않은 상태이니 어떤 건물일
지 확정되었고, 그 단서를 분석해 클리어 힌트만 얻어 내면
되었다. 이번 단서도 6차 때처럼 부서진 채 나와 아직 어떤

문구가 적혀 있는지 해석되지 않았지만 다음 던전까지 남은 날짜는 확인 가능했다.

그래서 지금까지의 주기대로 하면 마침 마지막 친구의 생일과 겹쳐서 내심 선물처럼 안식을 주겠다고 생각했는데, 사현의 반응이 의아했다. 말꼬리를 흐리는 듯한 태도라 정이선이 어리둥절하게 그를 보자, 사현이 똑바로 눈을 마주하며 빙긋 미소했다.

"이미 죽은 존재니까 생일은 별 상관 없지 않을까요?"

나긋한 말에 정이선은 참 그다운 반응이라 생각하며 시선을 돌렸다. 사현의 화법에 익숙해지다 못해 이제는 그렇게 반응하지 않으면 외려 이상하게 여겨지는 날이 올 줄은 몰랐다.

이후 사현이 화장터와 연락하는 동안 정이선은 남은 친구의 옷매무새를 다듬어 주며 새삼스럽게 집을 둘러보았다. 7명이 함께 지낼 땐 분명히 좁게 느껴졌는데 이젠 한 명밖에 남지 않았다고 생각하니 무척 넓어 보였다. 어쩐지 그 혼자 이곳에 두는 것이 마음에 걸리긴 했지만 과거에도 독립성이 높았던 친구이니, 자신이 다시 돌아올 때까지 잘 지내 주었으면 했다.

─쿵. 갑자기 베란다 창문에 무언가 부딪치는 소리가 났다. 야구공인지, 돌인지, 둔탁한 어떤 것이 창문에 부딪힌 소리가 나서 정이선이 의아하게 커튼을 살짝 걷었다. 집에

는 언제나 두꺼운 암막 커튼을 쳐 두었기에 정이선이 커튼을 조금 걷자 환한 햇살이 들어왔다.

발치로 떨어지는 햇빛을 낯설게 보다 시선을 굴려 베란다를 살펴보았다. 정말로 무언가와 부딪혔는지 살짝 흠집이 있긴 했는데 깨질 수준은 아니었다. 버려진 도시에서 야구를 할 사람은 없을 텐데. 정이선은 아래까지 한 번 훑어본 후 다시 커튼을 쳤다.

그렇게 거실로 돌아오는 길에 사현이 단조로운 어조로 물어 왔다.

"이제 곧 끝인데, 이 집은 처분할 생각이죠?"

"……네?"

"레이드가 끝난 후에 여기로 돌아와서 살 생각은 아닐 테니까요. 이선 씨라면 추억을 보존하고 싶다고 남겨 두려나 싶지만, 없애는 게 낫겠어요. 마침 이 도시도 대규모 재개발 사업을 진행한다고 하니까."

언제까지 이 도시를 1차 대던전 때문에 버려진 곳으로 둘수는 없단 움직임이 최근 나왔다고 사현이 알렸다. 그는 꽤 단호하다 싶을 정도로 집을 처분하라 말했는데, 그건 6차 던전에서 정이선이 보인 반응 때문이었다. 정이선의 내면이 생각 이상으로 피폐하니 차라리 과거를 떠올릴 요소를 없애야겠다는 생각도 있고, 어쩌면 친구들만 보며 달려가려던 그의 행동에 기분이 뒤틀려서 그럴지도 몰랐다.

사현의 말이 이어지는 동안 정이선은 멍하니 눈을 깜빡이다가, 그도 모르게 툭 질문을 내뱉었다.

"이 집이 없으면 저는 집이 없는데요……?"

"지금 지내는 집은 뭔데요?"

"……임의로 지내라고 내준 장소 아닌가요?"

"계속 살아요."

사현이 빙긋 웃으며 말했다. 정이선의 복구 능력이 레이드에서 기대 이상의 효과를 보였으니 충분히 그 값을 받아야 한다는데, 정이선은 조금 떨떠름한 기분에 사로잡혔다. 그가 능력에 대한 칭찬을 받을 때마다 어색해한다는 것도 있지만 그보다는…….

"옆집에 사람 있는 거 싫다고 하셨던 것 같은데……."

분명히 처음에 사현에게 옆집의 카드 키를 받았을 때 그런 말을 들었었다. 소란스러운 걸 딱히 좋아하지 않아서 아파트 꼭대기 층에 살고, 옆집도 아예 사 버렸다고 했던 기억이 났다. 정이선이 의아하단 눈빛을 보내니 사현이 그의 머리칼을 살살 매만졌다. 머리칼 끝에서부터 손을 꼬다가 서서히 귓가로 올라와 귓바퀴를 훑고, 자연스레 목선을 쓸어내렸다.

"지내 보니 나쁘진 않아서요."

꽤 가까워진 거리만큼 은근한 손길에 순식간에 당황한 정이선이 고개를 옆으로 돌리며 시선을 피하는데, 사현이 그의 고개를 휙 붙잡아 자신을 쳐다보게 하며 물었다. 시선이 옮겨 가는 게 불쾌하기라도 한 것처럼 꽤 거센 손짓이었다.

"그래서, 다른 곳으로 갈 생각인가요?"

바로 코앞에서 마주하는 눈동자에 정이선은 아무런 말도 할 수 없었다. 사현이 이렇게 가까이 다가올 땐 그에게 시선이 묶인 사람처럼 그를 쳐다볼 수밖에 없었다. 그 특유의 눈빛이 사람을 얽매는 감이 있었고, 또한 정이선이 살아 있는 사람의 또렷한 눈동자로부터 눈을 떼지 못하기도 했다.

하지만 단순히 그런 이유만으론 설명되지 않는 어떠한 긴장감이 정이선을 꽉 묶다 못해 숨통까지 틀어막아서, 정이선은 떨리는 목소리로 답해야만 했다.

"생, 생각해 볼게요."

"다른 곳으로 갈 생각이냔 질문에 생각해 보겠단 답은 그다지 좋진 않은데."

그리고 그런 정이선의 반응을 모두 지켜보듯 눈을 굴린 사현이 이내 눈매를 휘어 미소하곤 한 발자국 뒤로 물러났다. 이젠 나가자며 먼저 현관으로 향하는데, 정이선은 그 자리에 못 박힌 듯 굳어서 몇 번을 심호흡한 후에야 겨우 따라 이동했다.

그러다 문득 정이선은 아주 이상한 깨달음을 얻었다. 그는 이 집에 올 때마다, 친구들을 차례차례로 눈감게 해 줄 때마다 마지막엔 자신도 죽을 수 있겠단 생각을 했고, 어쩌면 그 시기도 어렴풋하게 가늠했었다.

그런데 오늘은 단 한 번도 그런 적이 없었다.

"……."

정이선은 그 사실에 잠깐 충격을 받았다. 심지어 남은 한 명의 친구까지 보낸 후에 어디에서 지낼 거냐는 사현의 질문에 이상한 답변까지 해 버렸다. 순간 정이선은 엄청난 혼란에 빠져 멍하게 입만 달싹이다가.

"이선 씨."

사현이 그를 호명하는 소리에 정신을 차리고 움직였다. 아니, 정말로 정신을 차린 것인지, 그 목소리에 홀린 듯 반사적으로 이동하는 건지.

아슬아슬한 균열 위에 서 있는 기분이었다.

◁ ◆ ▷

코드 사무실로 향하기 전, 사현은 뜬금없이 정이선을 데리고 한백병원으로 이동했다.

몸에 이상이 없는지 확인해야 한다며 전체적인 검진을 받게 했는데, 정이선은 무척 의아해졌다. 6차 던전 때 보스 몬스터의 저주를 맞긴 했지만 그건 정신적인 공격이었고, 보스 몬스터가 죽으면서 저주도 사라졌다. 게다가 실제로 그

때 신체적인 부상을 입은 사람은 사현이었다.

그러나 정작 검사받는 것은 정이선이었고 사현은 병원의 관계자와 대화하다 잠깐 자리를 비우기도 했다. 이후 돌아온 사현의 손에는 서류철이 있어서, 정이선은 그가 병원에 온 본래 목적이 저것임을 어렴풋이 추측했다.

그리고 실제로 그런 정이선의 시선을 받은 사현은 상냥하게 말했다.

"누군가가 멍청하게 흘린 단서를 모으고 있어요."

분명히 온화한 미소인데도 어쩐지 섬뜩한 감이 있어, 정이선은 차마 자세히 묻지 못하고 고개만 끄덕였다.

이후 코드 사무실에 도착해선 헌터들이 모두 중앙 테이블에 북적북적하게 모여 있는 모습을 발견했다. 테이블 위엔 아이템이 잔뜩 올라와 있었는데, 이번 6차 던전에서 유독 아이템이 많이 나왔다고 했던 기억이 났다.

"와, 복구사님! 마침 이번에 나온 아이템 중에 딱 복구사님 위한 게 있어요."

정이선은 아이템에 큰 관심을 두지 않아서 인사만 하고 지나가려 했는데 불쑥 기주혁이 튀어나왔다. 그러곤 정이선이 어떤 반응을 보이기도 전에 냉큼 손목에 팔찌를 끼워 버렸다. 가느다란 금줄 사이사이에 푸른 보석이 촘촘히 박힌, 흡사 명품관에서 사 온 듯한 고급스러운 모양새였다.

정이선이 당황한 눈으로 손목을 내려다보고 있으니 다른

헌터들도 동의한다며 고개를 끄덕였다.

"이게 저주 저항력 S급인 아이템이래요. 오늘 각본부에서 전체 아이템 감정 결과 다 떴거든요."

"S급이요? 그런 아이템을 제가 받아도 되나요……?"

아이템도 등급이 있었고 그중에서도 S급은 정말 희귀했다. 전국에 50개도 없는 수준이니 희귀성이 상당했는데 그게 다짜고짜 자신의 손목에 채워졌다. 당황한 정이선이 팔찌를 빼려 했지만 나건우가 재빨리 손을 내저으며 말했다.

"이선 복구사니까 S급 아이템 착용해야 합니다. 수호용 아이템 중에 S급이 없어서 안 그래도 아쉬웠는데, 마침 이번 던전에서 뜨네."

"맞아요. 전투계 헌터는 기본적인 저항력이 어느 정도 있다지만, 이선 복구사는 비전투계니까. 나머지는 그냥 저주 맞으면 돼."

뒤이어 한아린도 말을 덧붙이며 사근사근하게 웃었다. 기주혁이 몸빵은 자신의 몫이라고 당차게 외쳤다가 다른 헌터들의 서먹한 시선만 받았다. 다들 고개를 내저으며 네 체력은 약하니 믿음직하지 않다는 소리를 장난처럼 내뱉었고, 기주혁은 순식간에 울상이 되었다.

그 익숙한 현장을 정이선은 조금 낯설게 쳐다보다, 결국 감사하다며 고개를 살짝 숙여 인사했다. 아이템은 공격을 받지 않는 한 착용한다고 해서 사라지는 종류는 아니지만 그래도 오래 사용하면 내구도가 닳았다.

그런데 그것을 선뜻 자신에게 줬으니 그는 감사하면서도 약간은 민망해졌다. 아무래도 6차 던전의 보스 몬스터에게서 저주를 맞았으니 일부러 이 아이템을 주는 것이 확실했다.

"S급 아이템이면 탐내는 사람들이 많겠어요……."

"아, 이번 던전에서 뜬 아이템 중 톱은 따로 있어요."

코드는 던전의 1순위 진입 권한을 보장받는 대신, 던전에서 나오는 아이템 일부를 헌터 협회에 내주기로 했었다. 그래도 당연히 클리어한 공격대가 아이템을 선점할 수 있는데 그중에서 사현이 가장 먼저 집어 든 아이템이 있다고, 심지어 각성자 본부에서 감정 결과가 나오기 전부터 사현이 챙겼다는데…….

"저 팔찌 보이죠? 저것도 S급 뜬 거예요."

한아린이 슬쩍 사현의 손목을 가리키며 속삭였다. 현재 사현은 테이블 끝에서 신지안과 대화하고 있었는데, 그의 손목에 달린 새까만 팔찌가 소매 사이로 언뜻 보였다. 넝쿨이 얽힌 것처럼 꼬인 형태의 팔찌 중앙에 검붉은 보석이 박혀 있었다. 팔찌 자체도 꽤 고급스러운 모양이라 정이선이 감탄하다 물었다.

"저게 어떤 건데요?"

"몬스터 유인하는 아이템이에요. 숨어 있는 몬스터를 강제로 바깥으로 끌어내는 거. 현혹된 것처럼 착용자한테 끌려온다는데, 잘 활용하면 진짜 대박이죠."

한아린이 간략히 설명하며 선점을 못 했다고 아쉬워했다. 저 아이템만 있으면 6차 던전에서처럼 천장에 붙어 있는 몬스터들의 기습에 당할 리도 없고, 또 S급이니 보스 몬스터도 어느 정도 끌어낼 수 있을 거란 분석이었다.

던전에선 기습을 대비하는 게 가장 중요하다는 한아린의 말에 정이선은 멍하니 고개를 끄덕이다, 문득 든 의문을 꺼냈다.

"그런데…… 잘못 활용하면 죽을 수도 있는 거 아닌가요……?"

"그렇긴 하죠? 몬스터 기껏 유인해 놓고 처리할 능력 없으면 본인이 죽겠죠."

꽤 조심스럽게 한 질문이었는데 한아린이 당연하단 듯 고개를 끄덕였다. 원래 아이템은 잘 활용할 수 있는 사람이 사용해야 한다는데, 정이선은 그 말에서 많은 점을 이해했다. 저 아이템의 착용자가 사현이라면 전혀 걱정할 필요 없었다. 오히려 속수무책으로 끌려올 몬스터에게 안타까움을 표해야 할지도 몰랐다.

정이선이 7차 때 보게 될지도 모를 모습을 상상하며 미리 선득해하는데, 한아린이 조금 복잡한 표정으로 사현을 보다 돌연 어깨를 부르르 떨었다.

"난 절대로…… 쟤랑 척지면서 살지 않으려고."

이유 모를 말에 정이선이 의아하단 표정을 하자 한아린은 됐다며 그의 어깨를 토닥였다.

그렇게 한창 테이블에 쌓인 아이템을 보면서 이야기하는데 돌연 기주혁이 큰 소리를 냈다.

"헉! 미친……."

그는 핸드폰을 보다가 말고 갑자기 한 손으로 입을 틀어막으며 주위를 둘러보았다. 덜덜 떨리는 눈동자가 이윽고 사현을 향했고, 그의 행동에 분위기가 어수선해지자 사현의 시선도 기주혁을 향했다. 기주혁은 몇 번쯤 손을 움찔거리다, 결국 복잡한 표정으로 테이블 앞에 놓인 TV를 켰다.

곧바로 뉴스 채널이 떴고, 아나운서의 밑으로 붉은 줄 속의 하얀 글자가 선명하게 존재감을 드러냈다.

'7대 레이드, 마지막 던전은 HN길드 1급 공대 진입 예정'

아나운서는 딱딱한 목소리로 바로 한 시간 전에 있었던 HN길드 공개 임원진 회의에서 길드장이 코드가 아닌 다른 공격대가 들어갈 가능성을 언급했음을 알렸다. HN길드의 특수 정예 팀인 Chord324가 지난 여섯 번의 던전을 모두 클리어하느라 고생했으니, 그 짐을 덜어 주겠다는 식의 논조였다.

'가능성'에 불과하다지만 자극적으로 뽑힌 뉴스 헤드라인을 문장으로 먼저 접한 헌터들 사이에 싸한 정적이 가라앉았다.

정이선은 당연히 진실이 다르단 것을 알았다. 코드가 6개의 던전을 계속 클리어하고 있으니 날이 갈수록 코드의 위상이 높아져서, 사윤강이 그를 견제하다 못해 이젠 훼방을 놓는 것이다. 마침 6차 던전 발생쯤에 사윤강이 길드장이 되었으니, 그 S급 던전을 약 5시간 만에 클리어한 코드의 리디와 끝없이 비교 선상에 올랐다.

사윤강은 헌터 활동이 가능한 20세 때부터 15년이 되도록 10회도 진입하지 않았기 때문에 계속해서 그 점을 지적받아 왔다. 그런데 하필이면 길드장의 자리를 놓고 그와 경쟁했던 사현이 던전에서 활약하니 아예 사현이 던전에 진입하지 못하도록 막으려는 것이다.

헌터 협회가 1순위 진입권을 준 대상은 코드라지만, 좀 더 범주를 넓히면 HN길드였다. 실제로 협회는 레이드에 대해 발표했을 때 3대 대형 길드에 진입 권한을 준다고 했고, 그게 HN길드, 태신길드, 낙원길드였다.

"……."

순식간에 침묵에 휩싸인 사무실 속에서 사현은 꽤 평온한 얼굴을 하고 있었다. 싸늘하게 인상을 굳히지도 않았고, 그저 관망하듯 TV를 보다가 단조롭게 신지안에게 말했다.

"코드는 7차 던전에 대해 길드장과 상의한 바가 없으며, 예정대로 7차에 진입할 계획이라고 알리세요."

꽤 나긋한 어조였다. 신지안은 알겠단 듯 고개 숙인 후 로비 쪽으로 나가 데스크 직원들과 이야기했다. 그때까지도 사무실 안은 고요하기만 했으나 사현이 주위를 둘러보며 빙긋 미소하자 다들 움찔 떨며 자세를 바로 했다.

"헛소리에 신경 쓸 필요 있나요?"

그 말에 헌터들이 모두 고개를 끄덕이며 다시 아이템 활용 방안에 관해 토론했다. 7차 던전의 단서에 어떤 문구가 적혔는지는 아직 분석되지 않았지만, 이미 하나의 건물만 남은 상태였으니 모두가 마지막 던전을 알았다.

알렉산드리아의 파로스 등대.

파로스는 이집트 북부 알렉산드리아에 자리한 섬으로, 고대 최대의 항구 도시였다. 당시 이집트를 지배한 프톨레마이오스 1세의 명에 따라 섬의 동쪽 끝에 등대가 건축되었으며 2세 때 완공되었다. 과거의 등대는 전기가 아닌 불을 활용했으며, 꼭대기에 횃불과 반사경을 설치해 밤마다 바다를 밝혔다. 이렇게 등대가 밤바다를 밝히는 역할을 한 것은 기원후 1세기 로마에서부터였으며, 그 이전의 등대는 항구의 위치를 알려 주는 항로 표시 기능만 했다.

파로스 등대는 밑단은 4각, 중앙단은 8각, 윗단은 원통 모양을 한 3단 구조의 건축물로, 하얀 대리석으로 조각되어 높이는 약 130미터에 이르렀다. 맨 아래의 성채는 한때 군대의 막사 역할을 할 정도로 튼튼했다고 한다. 등대 안쪽엔 3층 옥탑까지 이어지는 나선 모양의 통로가 있고, 윗단 원통 위엔 거대한 여신상을 얹었다. 검은 화강암으로 만든, 높이 약 5미터에 무게가 12톤인 이집트의 전통 신 이시스 여신상이었다.

옥탑 전망대에선 지중해가 훤히 보였으며, 반사 렌즈에 비친 불빛이 40킬로미터 밖에서도 보였다고 한다. 낮에는 햇빛을 반사했는데 등대의 빛으로 적함을 불태웠다는 전설도 있었다. 물론 당시의 광학 기술을 생각하면 그다지 신빙성이 없는 전설에 불과했다.

파로스의 등대는 알렉산드리아항을 천 년 넘게 밝혀 왔지만 14세기 일어난 대지진으로 무너졌으며, 바닷속에 추락한 등대의 잔해들은 20세기 들어서 발견되었다. 파로스는 그리스, 이탈리아, 프랑스, 루마니아, 스페인 등에서 '등대'란 단어의 어원이 될 만큼 유명했고 후대 등대의 건축 형태에도 영향을 주었다.

"등대에서 싸울 테니까 이번에도 주위는 바다겠네요……."

"보스 몬스터는 또 신급일 것 같고."

기주혁의 한탄 뒤로 한아린도 한숨을 내쉬었다. 지금까지는 그리스 신을 상대했는데, 이번에는 이집트 신을 상대해야 한다며 막막해했다. 이시스는 이름부터가 '왕좌'를 의미하는, 이집트의 어머니 신이자 이집트 신화 속에서 가장 오래 살아남은 신이었다.

신화가 만들어지기 이전부터 숭배되었으며 이후 나일강의 신으로 군림하고, 나중엔 태양신의 속성까지 가졌다. 페르시아에 의해 이집트가 점령된 후에도 신앙은 존속되었고, 이집트 왕국이 멸망할 때까지 많은 숭배를 받았다.

이시스는 머리에 소뿔로 만든 원반 형태의 왕관 같은 것을 쓰고 있고, 하체는 때때로 뱀의 형태를 취하기도 했다고 한다. 마법과 의술의 신이자 아이들의 수호자로 불렸는데, 한아린이 그 점을 짚으며 고개를 절레절레 내저었다. 그리스 신은 주로 하나의 특성을 가지는데, 이집트 신은 가진 권능의 범위가 넓다는 것이다.

"마법과 의술의 신이면 마법 공격력도 높고 자체 회복력도 높단 소리일 텐데. 조각상이니 신체 내구도도 만만치 않을 테고⋯⋯."

강의 수호자에 태양신까지 겸하고 있으니 이번 7차 던전은 상당히 까다로울 듯했다. 어쩌면 한아린이 6차 던전에서 말한 것처럼 레이드 던전도 가면 갈수록 난이도가 높아지는 걸지도 몰랐다.

정이선도 헌터들 옆에서 복원도를 들여다보며 나직이 한숨을 내쉬었다. 등대 높이는 130미터 이상으로, 지금까지 복구한 건물 중 가장 높았다. 직관적인 구조라 그나마 세세한 부분에 정성을 들이진 않아도 되겠지만…….

복잡한 얼굴로 화면을 살펴보는데 바깥에서 인기척이 들려왔다.

"이렇게나 소식이 빨라서야……."

사윤강과 임원진 몇 명이 찾아온 것이다. 길드 임원진은 길드장의 유언장이 발표되기 전까지 사윤강과 사현 사이에서 아슬아슬하게 줄을 타다가 사윤강이 길드장이 되자 완전히 그의 편으로 돌아섰다.

오늘은 인근 호텔 라운지에서 공개 임원진 회의가 진행되었는데, 그런 사윤강의 행동은 곧 조금 전 소식을 일부러 빨리 퍼트리려는 의도나 마찬가지였다.

갑작스러운 사윤강의 방문에 코드 헌터들은 조금 굳은 얼굴로 인사했고, 테이블 끝에 있던 사현은 흘끗 시선만 돌려 그를 응시했다. 얼굴 위로 온화한 미소가 떠올랐다.

"누군가가 알리고 싶어서 안달이 난 것 같던데, 어쩌겠어요. 기자들까지 부르고 회의한 듯한데."

"대형 길드인 만큼 투명한 운영이 중요하지."

"선별적인 전시를 투명한 운영이라 생각한다면 경영 공부를 새로 해야 하지 않을까요?"

사현의 말에 사윤강의 입꼬리가 비스듬하게 올라갔다. 둘은 잠깐 말없이 서로를 보았고, 짧지 않은 정적 끝에 사윤강이 먼저 웃음을 터트리며 고개를 절레절레 내저었다.

"직접 이야기해 주고 싶었는데 매체로 접하게 된 점은 유감스럽게 생각하네. 하지만 코드가 지금까지 6개의 던전에 연이어 진입하면서 무리를 많이 했다고 보는데, 마지막 던전은 쉬는 건 어떤가. 우리 길드의 1급 공대에도 뛰어난 헌터들이 가득하니 말이야."

"HN의 1급 공대가 S급 던전에 진입한 적이 없는 걸로 아는데⋯⋯. 코드를 향한 배려가 넘쳐서 자사 공대의 수준을 배려하지 못하시는 건 아닌지 걱정되네요."

나긋한 사현의 말에 사윤강이 짧게 조소했다.

"글쎄. 코드가 계속 큰 위험을 안고 진입하는데, 길드장으로서 배려해 주는 게 옳다고 생각했을 뿐이야. 7차 던전에서, 등대 안에서 건물이 무너지면 어떡하나?"

순식간에 사무실의 분위기가 싸늘해졌다. 고개 숙이고 있던 코드의 헌터들이 사윤강을 응시하면서 공기가 급속도로 얼어 갔다. 특히나 한아린은 입술을 짓씹으며 나직이 욕을 내뱉기까지 했는데, 이선은 차마 그녀에게 괜찮다고 말할 수도 없어서 그저 시선을 바닥으로 떨어뜨렸다.

6차 던전에서 정이선이 저주에 맞으면서 정신이 불안정해져 건물이 무너졌다. 그 때문에 2층에 있던 헌터가 1층으로 떨어지기도 했고, 부상자도 많이 나왔다. 중상자는 없었지만, 지금까지 던전을 클리어하면서 코드 헌터가 당했던 부상 정도를 생각하면 6차의 피해는 심각한 수준이었다.

"등대에서 건물이 무너지면 바다에 빠질지도 모르는데……."

사윤강이 고개를 기울이며 안타깝다는 듯 말꼬리를 흐렸다. 사현은 별 표정 변화 없이 가만히 그를 응시했고, 그 시선에 사윤강이 더 흡족해진 사람처럼 말했다.

"그러니 부담이 된다면 길드에 맡겨 보는 것도 좋은 생각이야."

"맡긴다는 말은 상대를 향한 신뢰가 성립할 때 가능한 단어 아닐까요?"

"너……."

"그렇지만, 뭐…… 생각해 볼게요."

산뜻한 목소리가 낯설게 공간에 떨어졌다. 사윤강은 기대치 않은 긍정적인 답변에 잠깐 놀랐다가, 사현이 웃으며 고개를 까딱이는 모습을 보고 이것이 완곡한 축객령임을 깨달았다.

더 대화할 의사가 없단 행동에 사윤강이 잠깐 입술을 짓씹다가 이내 그도 가까스로 미소하며 코드에게 수고하라 말하곤 자리를 떠났다. 사현치고는 꽤 순순히 생각해 보겠다고 답했으니 오늘은 그 정도로 만족하기로 했다.

이후 고요해진 사무실에서 사현이 마저 아이템 활용 방안을 이야기하라 말하곤 집무실로 들어가 버렸다. 헌터들은 서로 복잡한 시선을 주고받다 결국 가라앉은 분위기 속에서 다시 이야기를 나눴다. 그들의 모습에 정이선은 어쩌면 지난 일주일 동안 사윤강이 이런 식으로 코드를 은근히 건드렸을지도 모르겠다고 생각했다.

그는 조금, 아니, 꽤 많이 무거워진 기분으로 사현의 집무실 앞에 섰다. 처음에는 헌터들이 자신을 신경 쓰는 것이 부담스러워서, 그리고 미안해져서 자리를 피하려고 자신의 집무실로 향했는데 바로 옆방이 사현의 집무실이었다. 그는 문 앞에서 잠깐 고민하다가 결국 조심히 문을 두드렸고, 들어오란 말을 들었다.

조용히 문을 열고 들어간 정이선의 시야에 먼저 사현의 등이 보였다. 그는 테이블 앞에 서서 무언가를 확인하고 있었는데, 고개를 돌리지 않아도 정이선이란 것을 당연히 아는지 평온한 목소리로 말하라고 했다. 정이선은 조금 머뭇머뭇하다 입을 열었다.

"……혹시, 그때 일로 어떤 약점이 잡힌 걸까요? 그러니까, 제가 길드장의 시체를 복구했다는 걸 밝혀서 사윤강이 그걸 빌미로 협박한다거나……."

정이선으로서는 조금 전에 사현이 사윤강과 대화하는 모습을 보고서 그런 생각을 할 수밖에 없었다. 물론 사현은 아주 침착하고 여유롭게 응대했지만, 사윤강의 말들을 완전히 무시하지 않는 이유가 혹시 자신 때문인가 싶어져 신경이 쓰였다. 독을 먹은 것 때문에 사현의 판이 꼬였는데 그 뒤로도 계속 발목이 붙잡혀 있는 기분이었다.

곧 사현이 고개를 돌렸는데, 그 얼굴에는 의아하단 감정만 떠올라 있었다.

"약점요?"

"아, 꼭 약점을 말하는 게 아니라…… 현 상황의 빌미가 된 건 아닌가 싶어서…….."

"어떤 면에서요?"

"……제가 6차 던전에서 불안정한 모습을 보여서 건물이 무너졌으니, 그 부분으로 사윤강이 계속 꼬투리를 잡는 것 같아서요. 또 길드장의 시체를 복구한 건도 그렇고…….."

갈수록 말소리가 점점 작아졌지만 겨우 말을 끝낸 정이선이 사현을 보았다. 두루뭉술하게 말하니 논점을 벗어나 자꾸 빙빙 도는 것 같아 결국 그 부분을 정확히 입에 담을 수밖에 없었다.

어느새 사현은 테이블 끝에 걸터앉은 채로 정이선의 말을 가만히 경청하고 있었다. 그가 그러한 생각을 한다는 게 꽤 웃기다는 듯이 느긋이 있다가 정이선과 눈이 마주하자 낮게 실소했다.

"이선 씨. 던전 안에서 일어나는 모든 일은 사고예요."

"……네? 아, 그렇죠…….."

"그리고 엄밀하게 따져서 이선 씨는 6차 던전에서 일어난 사고의 피해자죠. 건물이 무너지면서 공격대가 피해를 입었다고 하더라도 S급 던전에서, S급 보스 몬스터의 저주를 맞았는데 그걸 약점으로 잡는 게 이상한 일이죠."

지금까지 한 번도 보스 몬스터가 직접적으로 정이선을 노린 적이 없으니 헌터들이 빠르게 대응하지 못했고, 또한 본인도 그때 페널티 기간이어서 공격을 막아 내지 못했으니 비전투계인 정이선의 과실은 없다고 사현이 분석했다.

아주 객관적인 사실을 읊듯 단조로운 목소리에 정이선은 조금 안도했다. 어쩌면 사현이 그때의 일을 지적할지도 모른다고 생각했는데 그는 전혀 그러지 않았다. 문득 정이선은 사현이 자신의 저주를 깨뜨리기 위해 했던 행동이 떠올라 속이 울렁였지만, 가까스로 스스로를 진정시켰다.

하지만 그런 사실과 별개로 사윤강이 6차 던전에서 보인 정이선의 상태를 콕 집어 언급했으니, 정이선은 그 부분을 신경 쓸 수밖에 없었다. 그는 두어 번 입술을 달싹이다 결국 사윤강이 계속 코드 대신 HN길드의 1급 공대 진입을 주장할까 봐 걱정된다고 말했고, 그 말에 사현이 짧게 웃었다.

"이선 씨. 코드와 HN길드의 대립 구도가 설수록 손해 보는 곳이 어디라고 생각해요?"

"……HN길드, 정확하겐 사윤강일까요?"

"맞아요. 코드는 지금까지 7대 레이드에서 6개의 던전을 깼어요. 중간에 한 번 재진입을 했고, 또 바로 전 6차 던전에서 소란이 있었다 하더라도 코드가 던전을 클리어했단 사실 자체는 변하지 않죠."

그러니 사윤강이 코드에게 선의를 베푸는 척 대신 1급 공대를 진입시키겠다 말하더라도, 코드가 반응하지 않는다면 그의 행동은 흠잡기에 불과하다고 사현이 친절히 설명했다. 정이선은 가만히 그것을 경청하다 문득 이상한 점을 깨달았다.

그러고 보면 사현은 TV에서 속보가 떴을 때도 전혀 놀라지 않았다. 그저 평온한 얼굴로 화면을 확인할 뿐이었는데, 그건 일견 상황을 미리 예견한 듯하기도 했다. 추측이지만 현재 사현의 표정을 볼수록 확신에 가까워져서, 충동적으로 정이선이 물었다.

"혹시 사윤강이 이렇게 행동할 거라고 예상하셨나요?"

"뻔한 일이죠. 사윤강은 4차 던전 이후부터 코드를 은근히 깎아내렸고, 또 3차 던전에서 퇴장했을 땐 코드 대신 HN 길드의 1급 공대를 들이겠단 말을 지껄이기도 했으니까요."

"아……."

"그러니까 사윤강은 이번 한 번뿐이 아니라 앞으로도 꽤 여러 번 수작질을 할 거예요. 이제는 길드장도 됐으니 더 날뛰겠죠."

사현의 마지막 말에 정이선은 조금 시선을 내리깔았다. 그의 입에서 사윤강이 길드장이 됐다는 말을 들으니 눈치를 보게 됐는데, 뒤이어 사현이 아무렇지도 않게 말했다.

"오히려 잘됐어요."

"……네?"

"그냥 제가 길드장이 됐더라면 사윤강이 부길드장으로 있었던 기간의 자기 실적을 들면서 사사건건 간섭하려 들었을 테니까요. 그러니까 이 기회에 제대로 내쳐도 될 것 같아요."

사현이 길드장이 된 후에 사윤강을 길드에서 내쫓는다고 하더라도 지금까지 사윤강이 쌓은 명성을 고려하면 어딘가에서 괜찮은 자리를 얻었을지도 모른다고 말했다. 그 말을 잇는 동안 사현은 몹시 흔연한 낯을 하고 있어, 정이선은 점점 어리둥절해졌다.

이윽고 사현이 즐겁게 뇌까렸다.

"코드는 이번 7차 던전에 첫 번째로 입장하지 않을 거예요."

"네?"

정이선의 눈동자가 커졌다. 그는 믿기 어렵다는 듯 고개를 기울이기까지 했지만 사현의 말은 바뀌지 않았다. 심지어 다분히 충격적인 말을 뱉었음에도 그저 몹시도 평화로운 낯으로 느릿하게 시선을 내릴 뿐이었다.

그리고 그런 사현의 시선이 향한 손목엔 새까만 팔찌가 있었다. 넝쿨이 상대를 옭아맬 것처럼 배배 꼬여서, 풀어낼 부분을 도저히 찾을 수 없는 수렁 같은 모습을 한 팔찌. 몬스터를 유인해 내는 S급 아이템.

"던전에 가장 먼저 진입할 사람은, 사윤강이 될 테니까."

불현듯 정이선은 오늘 사현이 굳이 한백병원을 찾아갔었던 사실을 기억해 냈다. 자신의 상태를 확인한다는 핑계로 병원의 사람들에게서 어떤 자료를 건네받았고, 그는 누군가가 멍청하게 흘린 단서를 모으는 중이라고 했다. 그때 느꼈던 섬뜩한 감각이 새삼 몸을 감쌌다.

던전 진입 경험이 적어서 끝없이 길드장으로서의 자격을 의심받고 있는 사윤강, 그리고 그가 처음으로 진입하게 될 S급 던전.

"이선 씨. 던전 안에서 일어나는 모든 일은 사고예요."

사현이 그린 듯 웃었다.

"그렇죠?"

◁ ◆ ▷

7대 레이드의 마지막 던전은 가장 큰 관심을 받았다.

고대 7대 불가사의란 테마와 S급 연계던전이란 점으로 전 세계의 이목을 이끈 레이드. 처음에는 사람들이 두려워하며 또 슬퍼했고, 세계가 한국을 위해 기도했다. 하지만 던전을 차근차근 클리어해 가는 코드의 모습에 모두가 열광했다.

지금까지 세계 각지에서 발생한 레이드 중 가장 길었으며, 특이하게도 무너진 형태를 띠었다. 뿐만 아니라 세계 최초로 던전에서 '복구사'가 활약한 레이드였으니, 아름다운 불가사의 건물들을 복구해 내는 모습에 자연히 사람들의 관심은 배가 되었다.

그러니 그 종지부를 찍을 마지막 던전에 기대가 몰리는 건 당연한 일이었다. 이제는 불안과 두려움을 느끼기보단 오히려 코드가 어떻게 던전을 클리어할지 기대했다.

이번 7차 던전 발생까지 주어진 기간은 지금까지 중에서 가장 길었다. 준비 기간이 긴 만큼 사람들은 코드가 마지막 던전도 수월하게 클리어해 낼 것이라 믿었으나, 한 가지 불안 요소가 끈질기게 따라붙었다.

레이드의 마지막 던전에 코드가 아닌, HN의 1급 공대가 진입할지도 모른단 불안이었다.

사윤강이 첫 공개 임원진 회의 이후로도 꾸준히 여기저기에서 코드 대신 1급 공대가 들어갈지도 모른다는 이야기를 흘렸다. 공식적으로 선언한 것은 아니었지만 자꾸만 그 가능성을 언급했고, 그때마다 언론은 자극적으로 기사를 써냈다. 마치 HN의 1급 공대 진입이 확정된 것처럼 기사를 써서 순식간에 여론이 들썩였다.

그럴 때면 코드는 늘 침착하게 길드장과 상의된 바가 없다는 공문을 올렸다. 문의 전화가 쇄도했지만 코드의 답변은 늘 같았으며, 코드의 리더 또한 별 반응을 보이지 않았다.

대치가 길어질수록 사람들은 사윤강이 코드의 위상을 꺾으려는 심산이라고 비판하기 시작했다. 처음에야 한 번쯤 가능성을 언급할 수 있더라도 그것이 여러 번 반복되면 고의성이 다분하다고 볼 수밖에 없었다.

일련의 상황에 정이선은 조금 감탄했다. 정말로 사현이 말한 그대로 이루어지고 있었기 때문이다. 사람들은 던전 진입 경험이 적은 사윤강이 왜 잘해 오는 코드의 발목을 붙잡냐고 비난했고, 논란은 국내를 넘어서 외국으로까지 퍼졌다.

게다가 여론 공방이 길어지니 점점 코드가 HN길드, 정확하겐 길드장에게 박해를 받는단 식으로 안타까워했는데…….

"박해……."

"코드 만들어진 이후로 가장 연약한 팀 취급받고 있네요."

정이선은 원래 인터넷을 자주 들여다보지 않고, 또 바깥의 반응도 그다지 확인하지 않는 편이었지만 최근엔 기주혁에게서 적지 않은 이야기를 전해 듣고 있었다. 그러다 박해란 단어를 듣고 정이선은 진심으로 탄식했다. 이렇게 어울리지 않는 수식어가 있을 줄이야…….

하지만 사실 그의 생각과는 달리 코드 헌터들 대부분은

요즘의 분위기를 조금 심각하게 여겼다. 사현은 혹시나 이야기가 누설될 경우를 고려해 팀원들에게는 자세한 계획에 대해 말하지 않고 느긋한 태도만 취했는데, 계속해서 발생하는 사윤강과의 마찰에 다들 '혹시'의 경우를 가정하고 있었다. 길드장의 직권을 남용해서 코드의 입장 권한을 빼앗아 갈지도 모른단 경계였다.

정이선은 사현이 알리지 않은 것을 본인이 말할 수 없으니 애매한 기분으로 최근의 논란들을 지켜봐야 했다. 다만 사현의 계획을 아는 헌터가 자신을 제외하고 두 명 더 있는 듯했는데, 한 명은 한아린이라면 다른 한 명은…….

"정이선 복구사. 혹시 바쁩니까?"

"네? 아뇨, 괜찮아요."

신지안이 정이선을 찾아왔다. 마침 그녀를 떠올릴 때에 찾아와 정이선이 흠칫하는데, 그의 반응을 숨길 정도로 옆에 있던 기주혁이 더 큰 소란을 벌였다.

"지안 헌터님! 소란 수습은 잘됐어요? 뉴스 보니 난리 났던데……."

"던전은 금방 클리어됐습니다. 다만 길드 훈련장이 무너져서, 현재 복구사들이 이동하는 중이라고 합니다."

오늘 아침, 태신길드가 전용 훈련장으로 쓰는 체육관 옆에서 던전이 발생했다. 길드 본관과는 떨어진 곳에 있는 부속 건물이지만, 이렇게 대형 길드 소유의 건물과 가까운 곳에 던전이 발생할 경우엔 흔히 그 길드가 던전에 진입했다. 헌터 협회에서 별도의 입찰 과정을 거치지 않고 재빠르게 진입하기에, 덕분에 대형 길드 근처의 집값은 유독 비쌌다.

던전 브레이크 전조가 뜨자마자 태신길드가 대기했고, 게이트 발생 직후 곧장 난이도를 측정해 약 1시간 내로 공격대가 진입했다. B급 던전이라 클리어하는 데에 오랜 시간이 걸리지 않았다. 다만 던전이 체육관을 무너뜨리고 그 인근의 민가에도 피해를 입혔다. 인명 피해는 전혀 없지만 딱 반쯤 무너진 주택이 하나 있었는데 그게 바로…….

"태신길드장님이, 그러니까 제 이모님이 집을 복구해 달라고 정이선 복구사한테 의뢰를 부탁했는데…… 괜찮겠습니까? 거절해도 되니 편히 답해 주세요."

태신길드장의 집이었다. 과거엔 신지안과 그녀의 어머니도 함께 살았던 집이라고 하는데, 하필이면 그 주택의 일부가 무너져 버렸다.

훈련장은 태신길드 소속의 복구사들이 이동해서 복구할 계획인데, A급 복구사는 건물의 30퍼센트를 복구하니 집을 최대한 원상으로 복구하기 위해 S급 복구사인 정이선에게 의뢰하려는 것이다. 현재 정이선은 코드 소속이니 바깥에서 마음대로 복구 능력을 사용하면 안 되겠지만…….

"사현 헌터는요?"

"지금 이모님과 함께 있습니다."

오전에 사현이 태신길드로 갔다. 그는 태신과 모종의 거래를 하는 눈치였는데, 정이선은 그의 모든 의중을 파악해 낼 수는 없지만 일단 현재 태신길드장과 함께 있는 사현이 지금까지 별말을 하지 않았단 건 곧 그도 동의한단 뜻이었다.

따라서 이번 복구는 정이선의 결정에 달린 것이었기에, 그는 선뜻 고개를 끄덕였다.

"할게요. 지금 곧바로 출발하면 되나요?"

"네. 그런데 한 가지 부탁드릴 게 있습니다만……."

"……?"

"집을 복구한 후에 본 것들은…… 비밀로 해 주세요."

"네? 아…… 네. 알겠습니다."

신지안의 입에서 부탁이란 단어가 나오는 게 조금 신기했고, 어쩐지 민망해하는 그녀의 반응도 낯설었지만 정이선은 차분히 알겠다고 답했다.

이후 신지안과 이동해 허물어진 집 앞에 도착했다.

이미 그곳엔 태신길드장 신서임과 사현이 함께 있었는데, 신서임은 정이선을 보자마자 얼굴이 환해졌다. 무뚝뚝한 낯이라 큰 변화는 없었지만 지난 몇 달 동안 신지안을 겪다 보니 저 무표정한 얼굴의 변화도 어느 정도 알아채게 되었다.

"와 줘서 고맙습니다."

신서임이 먼저 다가와 정이선에게 손을 내밀었다. 진심으로 고마워하는 표정이라 정이선은 더 잘해야 할 것 같단 책임감을 느꼈다.

곧 신서임이 정이선을 집 안으로 안내했다. 절반만 무너졌기에 안쪽에서 접근이 가능했고, 그곳에서 신서임은 정이선에게 집의 도면과 옛날에 찍은 사진 등을 보여 주었다. 정이선은 점점 책임감이 가중되는 기분을 받았다.

"일단…… 해 볼게요."

많이 볼수록 부담스러워져 결국 정이선이 먼저 앞으로 나서 버렸다. 집 구조는 사실 오는 길에 미리 보고 외운 참이었다.

짧게 심호흡한 정이선이 벽에 손을 대면서 복구가 시작되었다. 최근 히든 능력만 사용하다 보니 기존의 복구 능력으로 건물을 복구하는 게 조금 낯설긴 했지만, 그는 익숙하게 감각을 되찾아갔다. 던전이 아침 일찍 발생했다고 하니 넉넉잡아서 12시간을 되돌리기로 했다.

바닥에 엉망으로 쏟아져 있던 잔해들이 붕 떠올랐다. 공간에 가벼운 바람이 불었을 뿐인데 커다란 조각들이 허공에 둥둥 떴고, 정이선의 시선이 차분히 그것들을 훑었다. 그러다 곧 한층 거센 바람이 일대를 훑는가 싶더니, 돌연 역방향으로 몰아치기 시작했다. 기존 복구 능력은 시간을 거꾸로 돌리는 것이기에 그를 증명하는 것처럼 바람이 마구 뒤섞였다.

머리칼이 흩날렸지만 정이선의 시선은 똑바로 앞을 향했다. 공기가 팽팽하게 당겨지듯 일대가 긴장하다가 정이선의 눈이 살짝 가늘어진 순간부터 건물이 복구되기 시작했다. 붕괴가 시작됐던 위치부터 벽면의 조각이 스르륵 붙어 갔다. 갈라진 바닥을 이어 붙이고, 천장의 조각들은 따로 분류하는 것처럼 허공으로 높이 띄웠다.

황당한 감상이었지만 정이선은 이렇게 주택을 복구해 본 적은 처음이었다. 언제나 회사나 공공 기관 등의 커다란 건물들만 복구했었는데 이번엔 2층 주택이었다. 그마저도 현재 무너진 부분은 1층에서 옆으로 뻗어 나간 부분이라 단층만 복구하면 되었다. 그 점이 나름 수월하다고 생각했다.

그렇게 생각하니 약간 긴장이 풀려서 좀 더 편하게 복구에 집중할 수 있었다. 태신길드장이 직접 부탁하기도 했고, 또 신지안이 어릴 때 살았던 집이라고 하니 더더욱 신경 써서 잔해 사이를 메꿨다. 마치 시들어 버린 땅에서 새로운 새싹이 자라 나오는 것처럼 빈틈이 연결되어 갔다. S급 능력은 훨씬 더 매끄럽게 복구를 해낼 수 있었다.

"……?"

그렇게 복구를 해 나가던 정이선의 시선에 문득 이상한 것들이 잡혔다. 아예 집 안에서 복구를 하다 보니 내부 인테리어도 그대로 볼 수 있었는데, 벽이 복구되면서 잔해 밑에 깔려 있던 액자들이 차곡차곡 벽에 붙기 시작했다. 그리고 그 액자가 모두…… 신지안의 어린 시절 사진이었다.

아기 때부터 시작해서 성장 과정을 모두 담아 놓았는지 액자가 하나씩 걸려 갈수록 정이선의 시선도 따라서 이동했다. 초등학교에 입학했을 때, 졸업했을 때, 중학교 입학, 그리고 어떤 대회에서 수상했을 때 등등…….

복구된 책장에 트로피도 잔뜩 올라오기 시작해서, 마치 신지안의 일대기를 보는 것 같았다. 신서임이 조카인 신지안을 과보호한다는 이야기를 몇 번 들었는데, 그만큼 많이 아껴서 방 전체를 이렇게 꾸민 듯했다.

다소, 아니, 꽤 많이 신기한 풍경이긴 했지만 정이선은 마지막으로 천장을 올리며 모든 복구를 끝냈다. 80퍼센트보다는 조금 더 높아진 완성도였고, 공사 업체를 불러서 추가 시공만 하면 벽의 흠도 모두 메꿔질 듯했다.

그렇게 복구를 끝낸 정이선이 뒤돌아보자 신서임이 감동한 듯 그를 보고 있었다. 이번엔 무뚝뚝한 낯으로도 가릴 수 없을 정도로 정말 고마워하는 표정이었다.

"정말로 고맙습니다. 하필이면 무너진 곳이 지안이가 사용하던 방이어서 얼마나 걱정을 했는지……."

진심 어린 감사에 정이선은 민망해졌다. 부족한 부분이 조금 있다고 말하는데도 신서임은 두 손으로 정이선의 손을 붙잡아 감사를 표했고, 그녀의 뒤로는 어쩐지 자신보다 더 민망한 얼굴인 신지안이 보였다.

신서임은 신지안이 어릴 적부터 그녀와 그녀의 어머니 그리고 자신, 셋이서 함께 살았다고 이야기를 시작했다. 왠지 점점 난감해하는 신지안의 낯빛에 정이선은 재빨리 방에서 나가야겠다고 생각했다.

신지안이 나서서 겨우 대화의 화제를 돌렸다. 구석 부분의 복구도 잘되었다며 슬쩍 신서임을 이끌었고, 정이선은 그 틈을 타서 바깥으로 나왔다.

주택은 무척 넓었다. 몇 년 전 신지안이 나가서 현재는 신서임 혼자서 지내는 집이지만 내부 전체에 함께 살던 시절의 생활감이 가득했다. 수납장과 책장을 훑어보며 정이선은 새삼스러운 기분에 사로잡혔다. 가족이 지내는 공간이 주는 기분이 지나치게 낯선 탓이었다.

그가 부모님과 지냈던 집은 아주 오래전에 사라졌고, 현재 남은 것은 친구들과 함께 사는 집뿐인데 그 집은 생활감을 잃은 지 오래되었다. 친구들이 그렇게 되고 자신이 1년 동안 살았는데도 사람이 산다는 느낌을 주지 않았다.

그 괴리감 속에 가만히 있는데 함께 따라 나왔던 사현이 나긋하게 말을 붙였다.

"무슨 생각 하고 있나요?"

마치 정이선이 어떤 상념에 잡혀 있는지 훤히 안다는 듯한 어조라, 정이선은 조금 어색하게 시선을 굴리며 별생각 안 했다고 답을 피했다. 사현은 그마저도 눈치챈 듯했지만 굳이 거짓말을 지적하지 않고 아예 화제를 돌려 버렸다.

"기존 복구 능력의 완성도는 더 높아진 것 같네요. 히든 능력보다 상대적으로 덜 피곤한가요?"

"아, 네. 아무래도 더 익숙한 능력이라 그런가 봐요."

"이선 씨가 다시 복구사로 활동하기 시작하면 의뢰가 쏟아지겠어요. 해외에서도 연락이 올 것 같은데."

잘했다는 듯 칭찬하는 어조에 정이선은 민망한 낯이 되었다. 칭찬이 늘 낯설기는 하지만 사현이 잘했다고 말할 때면 유독 기분이 이상했다. 객관적으로 훌륭하단 인정을 받는 것 같기도 했고, 또 그의 시선을 오롯이 받고 있으면 가슴께가 간질거렸다.

왠지 귀에 열이 오르는 것 같아 정이선이 귓가를 만지는 척 손으로 귀를 가리며 주위를 둘러보았다. 히든 능력이 아닌 기존의 복구 능력으로 건물을 복구해 내는 게 무척 오랜만이라 그도 내심 신기했다. 약간은 뿌듯한 기분도 들었다.

"처음 만났을 때와 비교하면 엄청나게 높아졌어요. 그때는 50퍼센트만 복구하고도 피곤해했었는데."

사현의 말에 정이선은 그와 처음 만났던 시기를 떠올렸다. 현재 레이드 던전이 연계로 열리는 장소에서, 1차 던전 발생 이후 자신의 복구 능력을 파악하기 위해서 자신에게 의뢰가 가도록 사현이 손을 썼었다. 그리고 새벽에 몰래 복구하러 나왔다가 사현과 마주쳤었는데……. 아마도 그때가 1년 만에 큰 건물을 복구한 때였다.

사현과 마주친 건 그때가 두 번째였나. 정이선이 새삼스럽게 그 기억을 회상하는 동안 옆으로 다가온 사현이 손을 내밀었다. 귀를 만지작거리고 있었지만 반사적으로, 또 익숙하게 그의 손 위로 제 손을 두었다. 사현이 흡족하게 미소했다.

"기억나요? 30퍼센트도 겨우겨우 복구하니까 본인 말고 A급 복구사 쓰라는 말을 했었는데."

"아, 그땐……."

갑작스럽게 옛날이야기를 하는 사현 때문에 정이선이 어색하게 말꼬리를 흐렸다. 처음 만났을 땐 사현한테 엄청 싸늘하게 반응했었기 때문이다. 그의 말에 반박하고, 그를 무시하고 지나치기도 했었는데…….

여기까지 생각한 정이선은 자신이 무시하는 걸 그가 무시했음을 떠올리며 설핏 미간을 좁혔다. 자신이 눈치 볼 과거는 아니지 않나?

"그때는 정말로 30퍼센트밖에 못해 냈으니 그렇게 말할 수밖에 없죠. S급 복구 능력이 필요하다고 하긴 했지만 히든 능력이 필요한지는 몰랐고……. 그리고 그 히든 능력으로 복구해 내는 것도 불안정했으니까요."

"그리고 저는 등급은 잠재성이니, 이선 씨가 100퍼센트를 해낼 수 있는 사람이라고 했었죠."

"……."

"스카우트하는 데에 시간을 꽤 많이 들이긴 했지만……."

말꼬리를 흐린 사현이 느릿하게 손가락을 깍지 껴 왔다. 손가락끼리 얽히면서 손바닥이 맞닿는데, 꽉 붙잡힌 것 같기도 했고 또 빈틈없이 얽매인 듯도 했다. 그 이상한 감각에 정이선이 움찔하며 사현을 쳐다보자 그가 눈매를 휘어 미소했다.

"수고를 들일 만했죠."

새까만 눈동자에 어리는 미묘한 만족이 있었다. 사현이 엄지로 살살 손등을 매만지자 간질거리는 감각이 손에서부터 시작해 온몸을 타고 올라 정이선이 다시금 움츠러들었다. 그저 칭찬이 낯설어서 그렇다고, 그리고 그 칭찬을 하는 사람이 사현이라서 반응한다고만 생각하고 싶은데 쉽사리 그렇게 되지 않았다.

그러고 보니 예전엔 자신이 복구 능력을 쓴단 걸, 그리고 그 능력으로 칭찬받는 걸 끔찍하게 여겼던 것 같은데…….

문득 그 점을 떠올린 정이선이 짧게 숨을 참았다. 어느 순간부턴가 정이선은 스스로의 능력을 혐오하지 않았다. 그것을 자랑스럽게 여기지는 못하더라도 내심 복구 완성도에 신경을 쓰기 시작했다. 자신이 복구를 잘해야 헌터들이 던전에 쉽게 진입할 수 있으니까, 이 능력이 다른 이들에게 도움이 되니까. 그렇게 생각하는 게 어느새 당연해졌다.

머리를 거세게 맞은 것처럼 멍해졌다. 변한 스스로가 낯설어서 느리게 눈을 깜빡이다 다시 사현을 똑바로 응시했다. 이 변화를 이끈 사람이라면 단 한 사람밖에 없었다.

그 점을 자각한 순간 정이선이 크게 몸을 떨었다. 저번부터 느끼기 시작한 아슬아슬한 균열이 커져 가는 것만 같았다. 그렇게 변화한 원인을 직시하기 두려워, 정확하겐 그 감정에 이름을 붙이기가 두려워 결국 정이선이 다급히 화제를 돌렸다.

"그, 그런데 태신길드장님과는 무슨 이야기를 했나요?"

갑자기 화들짝 놀라며 말하는 정이선의 행동에 사현이 의아해했지만, 바꾼 화제에 선선히 응해 주었다.

"약간의 협조를 요청했어요. 사윤강이 첫 번째로 던전에 진입하게 하려면 최대한 다른 변수는 줄이는 게 좋으니까요."

"아……."

"S급 던전에 첫 번째로 진입하는 건 클리어 가능성을 가져가는 일이기도 하지만, 파악하지 못한 공격에 대처하는 일이기도 해요. 괜히 나중에 진입하게 해서 공략 방향을 알려 줄 필요는 없죠. 알아도 제대로 못 할 것 같지만."

사현의 여유로운 미소에 정이선은 익숙하게 고개를 끄덕

였다. 갑자기 진입할 공격대가 바뀌면 헌터 협회에서 2순위인 태신에게 우선 진입을 권할 수도 있으니, 그 가능성을 고려해서 태신과 대화한 듯했다.

아마도 신지안과 신서임의 관계를 통해 자연스럽게 연락하고 이야기를 나눈 것 같은데……. 정이선이 잠깐 고민하다 물었다.

"그런데 태신이면 첫 진입이 나름 탐날 텐데……. 대가가 까다롭시는 않나요?"

"뭐, 약간 조율이 안 될 뻔했지만 마침 이 집이 무너져서요."

"……."

"이선 씨가 여러 면에서 효율적인 패죠."

사현이 웃으며 정이선의 손등을 토닥였다. 정이선은 왜 순순히 사현이 이곳에 오는 일에 동의했는가 생각하며 이해했단 표정을 지었다. 한 가지를 더 거래하고 있다곤 하는데 아직 확정되지는 않은 눈치였다.

하지만 대화할수록 정이선은 한 가지 의문을 가질 수밖에 없었다. 사실 처음 사현에게 계획에 대해 들었을 때부터 든 의문이지만……. 정이선이 조심히 질문했다.

"……그런데, 코드가 7차 던전에 진입할 수 있을까요? 사윤강은 경험이 적으니 실패한다고 쳐도, 2차로 진입할 태신이……."

만약 사현의 계획대로 사윤강이 먼저 진입한다면, 다시 코드가 진입하기 위해선 순번이 한 바퀴 돌아야 했다. HN길드 다음엔 태신, 그다음엔 낙원이니 두 개의 공대가 추가로 실패한 후에야 코드의 입장 순번이 돌아왔다.

3순위인 낙원길드는 대표 공격대였던 천형원과 그 공대원들이 헌터 협회의 징계 처분을 받으면서 와해되어 최근에 새롭게 공대를 등록했다. 하지만 해당 공대는 S급 헌터가 없고 또한 S급 던전에 진입한 경험마저 몇 번 없어서 7차 던전을 클리어할 가능성이 낮았다.

그러나 태신길드의 공대는 길드장인 S급 헌터 신서임이 십여 년 넘게 공대를 이끌었고, 한국에서도 코드 다음으로 손꼽히는 공대인데…….

그 점을 짚으며 정이선이 우려하자 사현이 옅게 웃었다. 그 미소에 문득 정이선은 사현이 레이드 올 클리어를 노린 이유가 길드장이 되기 위한 계획 중 일부였음을 떠올렸다. 이미 길드장이 사윤강에게 넘어가서 굳이 올 클리어 할 필요가 없어진 걸까? 하지만…….

자신의 마지막 친구에게 무효화를 걸어 주려면 던전에서 건물을 복구해야만 했다. 그리고 내심 기왕이면 지금까지 잘해 온 코드가 마지막 던전도 클리어하면 좋겠단 생각도 있었다.

대체 언제부터 이러한 소속감을 느꼈는지는 모르겠지만

정이선은 의문을 품은 얼굴로 사현을 올려다보았고, 시선이 마주친 순간 갑자기 사현이 고개를 숙였다.

순식간에 가까워지는 얼굴 간격에 정이선이 흠칫하면서 옆으로 몸을 기울였지만 바로 옆이 창문이었다. 정이선이 한 손을 창턱에 얹은 채로 움찔하는데 사현은 몹시 평온한 낯으로 정이선의 귓가에 속삭였다. 조용하고 나직한 목소리였다.

"7차 던전은 파로스의 등대인데, 해당 던전의 배경은 바다일 테고 등대는 무너져 있을 거예요. 태신길드장은 뇌전 계열 헌터로 주로 광범위 공격을 사용하니까 등대 안에 들어가기 전까지는 몬스터한테 강한 데미지를 줄지 몰라도 등대 안에서는 쓰지 못하겠죠. 잘못하면 건물이 무너져 바다에 빠질지도 모르고, 공대원들한테도 피해를 줄 수 있으니까요."

메인 딜러의 공격이 제한되면 공대 전체의 공격력이 떨어지고 또 무너진 건물이 실패 확률을 높인다고 정리했다. 상대 공격대의 구성과 던전의 상성을 분석한 결과를 읊는 목소리가 객관적인 사실을 알려 주듯 몹시 담담했으나 하필이면 바로 귓가에서 들려온다는 게 정이선을 긴장하게 했다.

귓가에 닿는 숨결에 정이선이 몸을 부르르 떨다가 결국 홱, 그를 노려보며 말했다.

"왜 이렇게 말하는데요?"

"태신길드장님이 이곳에 있으니까요."

"방이랑 꽤 멀리 떨어져 있는데, 일부러 그런 거죠?"

"네."

"······네?"

따지듯 묻던 정이선의 눈동자가 순간 멍해졌다. 그가 잘못 들었단 듯 고개를 옆으로 기울이자 사현이 미소를 그리며 답했다.

"일부러 그랬냐고 물은 거 아닌가요? 그래서 그렇다고 답했어요."

다분히 뻔뻔한 답변이었다. 하지만 장난을 치는 듯한 그 행동을 보고 있으니 점점 볼에 열이 돌아서, 결국 정이선이 황당하단 헛웃음과 함께 뒤늦게 손으로 귀를 덮으며 물었다.

"대체 왜요?"

"이선 씨 반응이 재밌으니까요."

"······."

뒤늦게 정이선은 차라리 방에서 그들과 함께 있어야 했다고 후회했다.

그리고 그런 정이선의 생각이 표정에 고스란히 드러났는지 사현이 나직이 웃었다. 그가 웃으면서 내뱉은 숨이 손가락에 닿아 정이선이 움찔거리며 벗어나려는 순간 사현이 팔을 내뻗었다. 창턱을 짚은 양팔 사이에 정이선이 갇혔다.

베이지색 커튼이 쳐져 있어 공간에 차분하게 가라앉은 빛이 들어왔다. 사현의 얼굴 위를 어슷하게 스치는 희미한 햇빛이 그를 한없이 낯설게 만들었다. 그의 능력과 대비되는 것이기 때문일지, 혹은 그 얼굴에 떠오르는 감정이 더없이 낯선 종류이기 때문일지.

갑작스러운 위화감에 정이선이 멍하게 눈을 깜빡이고 있으니 사현이 나직이 뇌까렸다.

"왜 재밌을까요?"

"……?"

"어느 순간부턴가 계속 이선 씨 반응을 재밌어하고 있어요."

정이선은 차마 답할 수 없었다. 자신이 하고픈 질문을 사현이 빼앗았기도 했고, 또한 그의 어조는 정말로 자신에게 답을 바라는 느낌이 아니었기 때문이다. 오히려 스스로가 궁금하다는 듯 자문하는 것 같았다.

4차 던전 이후 정이선이 병원에 입원할 즈음부터, 아니, 어쩌면 그 이전부터 그의 반응에 재미를 느꼈던 것 같다고 사현이 읊조렸다.

"이해가 안 되는데……."

입술을 달싹거리던 정이선이 결국 현 상황에서 벗어나기 위해 몸을 옆으로 움직였다. 점점 사현이 가까이 다가오는 것만 같아서 그만하라는 의미로 그 어깨도 붙잡았는데, 갑자기 확 손목이 붙잡혔다. 순식간에 사현의 얼굴에 미묘한 불쾌감이 어렸다.

"그런데 이선 씨가 피하려는 반응을 보이면 기분이 더러워요. 시선을 피하는 것도, 또 이렇게 도망가려는 듯이 구는 것도."

날것 그대로 떨어지는 감정에 정이선이 반사적으로 움찔했다. 하필이면 그가 기분이 더럽다고 말하는 순간 며칠 전에 있었던 일을 떠올리고야 말았다. 그러니까, 그때 사현은 화가 났었고 그 기분을 좋게 해 주겠단 명목으로……

온몸이 잔뜩 긴장하다 못해 배 속이 간질거렸다. 이 상황은 그에게 지나친 익숙함을 안겨 그때의 감각마저 떠올리게 만들었다. 서서히 정이선의 얼굴에 열이 오르고, 점차 가까워진 사현과 기어코 코끝이 부딪칠 즈음.

달칵, 하는 소리와 함께 저 너머에서 신서임과 신지안이 나왔다.

"……"

그 소리를 듣자마자 정이선이 화들짝 놀랐다. 이성이 흐려지다가 갑자기 찬물에 맞은 사람처럼 번쩍 눈을 떴고, 사현은 그 반응에 잠깐 실소하다 천천히 뒤로 물러났다. 그는 언제나 그랬던 것처럼 몹시 평온한 얼굴로 몸을 돌렸고 신지안과 신서임은 이곳을 보고 있지 않아서 상황을 눈치채지 못한 듯했다.

사현은 그들과 아무렇지 않게 대화했지만 정이선은 차마 그럴 수가 없어서 그의 등 뒤에만 고집스럽게 숨어 있었다. 순간 자신이 조금 전에 무슨 일을 할 뻔했나 싶어서 정신이 아찔했다.

심장이 빠르게 뛰었다.

◁　◆　▷

HN의 길드장과 Chord324의 갈등은 계속 이어졌다.

처음엔 코드 대신 HN길드의 1급 공대가 대신 들어갈 수도 있단 '가능성'을 이야기하던 사윤강이 점점 그것이 기정사실인 것처럼 말하기 시작했다. 최근 전국에서 나타나는 모든 A급 던전을 HN이 공격적으로 입찰해 가더니 전부 1급 공대가 진입하도록 만들었다. 그건 마치 레이드의 마지막 던전을 위한 준비 행위처럼 보였다.

40년 역사의 HN길드에서 1급 공대라면 수준 높은 공대기는 했다. A급 헌터 스무 명으로 이루어졌으며 그들의 경력도 모두 화려했다. 사실상 현 낙원길드의 대표 공대보다 뛰어나니, 줄을 세워 보면 태신길드장이 이끄는 공대의 바로 다음에 설지도 몰랐다. 다만 HN길드에는 한국의 최정예라 불릴 정도로 뛰어난 코드가 있으니 1급 공대가 상대적으로

묻혔을 뿐이다.

그러다 기어코 사윤강이 1급 공대에 S급 아이템을 지원했다는 소식마저 들렸다. 한국뿐만 아니라 외국에서까지 아이템을 구해 와 헌터들에게 직접 건네주며 '믿고 있다'는 식의 말을 공개적으로 해 대니, 당연히 논란이 불거졌다.

"와, 코드에는 S급 아이템 지원한 적 한 번도 없으면서."

"저번에 40주년 행사 때 포상이랍시고 준 아이템에도 S급 없지 않나?"

코드도 현재 분위기를 살피고 있었다. 사무실에 모여서 TV로 사윤강의 최근 행적들을 지켜보다가 정이선이 지나갈 때쯤이면 다급히 TV를 껐다. 왜냐면 최근 사윤강이 코드 대신 1급 공대 진입을 주장하는 이유로 가장 자주 들먹이는 게…….

"6차 던전에서 드러난 바와 같이 던전에 들어가는 코드의 각성자 상태가 불안정…."

삑, 소리와 함께 화면이 점멸되었다. 정이선은 자신의 집무실에 있다가 잠깐 나온 사이 일어난 상황에 느리게 눈동자를 굴렸다.

최근 사윤강은 계속 6차 던전에서 정이선의 정신이 불안정했을 때 보였던 모습을 이유로 들며 코드의 진입에 대한 우려를 표했다. 사실 처음 코드 사무실에 찾아와서 말했을 때부터 예견된 행동이긴 했다.

헌터들이 어색하게 테이블 위의 서류들을 뒤적거리며 중얼거렸다.

"마, 마지막 던전 단서는 대체 언제 나온대요."

"그러니까 말이에요……."

정이선이 신경 쓰지 않는다고 말했는데도 헌터들은 매번 눈치를 살폈다. 그는 결국 아무런 일도 없었던 것처럼 발길을 돌려 다시 집무실로 들어갔다.

7차 던전 발생까지 사흘이 남은 시점, 아직 던전의 단서가 제대로 분석되지 않았다. 부서졌기 때문이기도 하지만 그 조각을 연결해서 나타난 '석판' 위의 글자, 고대 이집트어를 해석해 내기 어려웠던 탓이다.

이미 7차 던전은 파로스의 등대로 정해진 상황이긴 했지만 혹시나 4차 던전처럼 단서가 공략의 방향과 연결될까 싶어 전 세계의 학자들이 해석에 열을 올렸다. 4차 던전의 단서엔 '에페수스에 다시 깃들 번영과 영광을 위한 제물을 바치리라'라는 문구가 적혀 있었고, 실제로 던전 안의 제단에서 피를 흘려야 보스 몬스터가 아래로 내려왔었다.

그러니 단서의 해석 결과를 기다리면서 코드는 꾸준히 훈련을 해 나갔다. 하지만 코드가 꾸준한 만큼 사윤강도 끈질기게 수작을 부렸고, 사현이 그에게 보이는 반응은 점점 줄어들어 갔다. 공문도 추가로 올리지 않아서 사람들뿐만 아니라 정이선도 의문을 품게 될 무렵.

HN길드장의 취임 행사가 열렸다.

그 소식을 접한 정이선은 오늘이 사현이 기다린 날이란 걸 곧바로 눈치챘다. 이번 취임 행사는 일전에 열렸던 취임식과는 다른 행사였다. 그때는 길드장의 공석을 채우기 위해서 길드 임원진만 모여 빠르게 진행했고, 이번에는 공식적으로 다른 길드 사람들도 초청해서 열리는 행사였다.

HN길드 40주년 행사보다는 상대적으로 소박했지만, 그건 그때와의 비교일 뿐 꽤 규모가 컸다. 길드 건물의 야외 정원에서 앞으로의 길드 운영 방향과 그 비전 등에 관해 이야기하는 자리로, 솔직하게 표현하자면 사윤강이 본인의 길드장 자리를 더욱 공고히 하는 행사였다.

"자기가 길드장이니까 라인 제대로 타라는 행사죠, 뭐."

"어쩌면 7차 던전에 1급 공대 진입한다고 공표할지도 모르고."

한아린은 오늘의 행사를 아주 단적으로 표현했고, 기주혁은 다른 목적이 있을 거라며 경계했다. 취임 행사는 레이드가 끝난 후에 열어도 상관없는데 군이 지금 행사를 연다고 했으니, 일부러 공적인 자리를 준비하는 데엔 이유가 있을 거라고 말했다.

그런 기주혁 말에 한아린과 정이선의 시선이 그에게 향하자 그는 꽤 우쭐한 낯으로 코를 들었다.

"제가 이 구역의 탐정 아니겠습니까."

"……."

차마 둘은 아무런 말도 할 수가 없어서 서로 미묘한 시선만 주고받다 고개를 돌렸다. 한아린은 기주혁이 조금 딱하다는 듯 그의 등을 토닥거려 줬다.

오늘 행사는 사윤강이 길드장이 된 이후 처음으로 열리는 공식 행사란 점에 의미가 있지만, 단순히 그것만으로는 큰 영향력을 갖지 않았다. 겨우 길드 건물 야외에서 두세 시간가량 진행되는, 그나마 레이드 기간이란 걸 의식해서 약식으로 열리는 행사였기 때문이다.

그런데 그런 행사에 헌터 협회장이 찾아오겠다고 했다.

헌터 협회장은 쉽게 움직이는 사람이 아니었다. 그 또한 한국의 S급 헌터로 과거 한국을 대표했다가, 쉰이 넘어가면서 헌터 생활을 잠정 은퇴하고 협회장의 자리에 올랐다. HN길드의 40주년 행사에도 부회장이 대신 참석할 정도로 그는 공적인 자리에 쉬이 얼굴을 드러내지 않는데, 그랬던 협회장이 이번 행사에 참석하겠다고 밝혔다.

이는 곧 현재의 논란, 즉 7차 던전에 진입할 HN길드의 공대 발표에 협회장 또한 신경을 쓰고 있음을 증명했다.

길드 건물 전체에 미묘한 긴장감이 퍼졌다. 헌터 협회장이 참석한다는 소식에 행사가 열리기 몇 시간 전부터 사람들이 건물로 찾아오기 시작했다. 타 길드 소속 헌터뿐만 아니라 기자, 각성자 본부 사람들까지 와글와글 모였다. 심지어 각성자 관리 본부의 본부장까지 찾아온다고 하니 시간이 지날수록 행사를 향한 관심이 높아졌다.

"행사가 엄청 커지네요……."

"사윤강은 좋겠어요, 아주. 지금까지 길드장 취임 행사에 이 정도 인사들이 모인 적이 없는데."

실시간으로 늘어나는 야외 테이블과 의자 개수를 창가에서 살펴보며 정이선이 감탄했다. 한아린은 고개를 절레절레 내저으며 일단 내려가자고 했다. 행사가 아무리 약식으로 진행된다고 하더라도 길드의 사람들은 참여해야만 했다. 특히나 오늘 행사에서 어떤 일이 벌어질지 모르니 코드 헌터들은 모두 촉각을 곤두세운 채로 아래로 내려갔다.

그들이 다 내려간 후 정이선은 사현과 함께 엘리베이터를 탔다. 오늘 아침부터 기분이 좋아 보이는 사현의 옆얼굴을 슬쩍 보다가 시선을 내릴 무렵 사현이 나긋하게 말했다.

"오늘은 넥타이 제대로 매고 왔네요."

"아, 네……."

오늘 행사도 나름대로 길드의 공식 행사이니 적당히 격식을 갖춘 옷을 입어야 했다. 저번 40주년 행사 때처럼 파티 복장은 아니었지만 무난한 정장을 입었고, 이것도 두 번째라 그런지 처음보다는 그나마 익숙했다.

그땐 넥타이를 매 본 적이 없어서 사현이 매 줬었는데, 이번엔 어젯밤부터 계속 연습했다. 정이선은 사현이 넥타이를 살펴봤다는 점에 왠지 민망해서 어색하게 목 뒤를 매만지며 말했다.

"연습했어요."

"귀엽네."

"······?"

순간 잘못 들었나 싶어서 정이선이 고개를 들었다. 하지만 눈을 마주한 사현은 뭐가 잘못되었냐는 듯 고개를 기울이는데, 조금 전에 스스로가 한 말을 모르는 건지, 아니면 알면서도 태연한 얼굴인지 모르겠어서 결국 정이선만 버벅거리다 시선을 옮겼다.

그러다 정이선의 시선이 사현의 손목에 꽂혔다. 그곳엔 새까만 팔찌가 자리했는데, 그 S급 아이템을 보다가 주위를 두리번거렸다. 어차피 엘리베이터에서 나누는 대화 소리는 CCTV에 잡히지 않겠지만 괜히 고개를 돌려 안에 아무것도 없단 걸 확인한 후 물었다.

"정말로 사윤강한테 그 아이템을 착용시킬 건가요?"

"아마도요."

"죽이려고요······?"

"······?"

정이선은 나름대로 심각하게 질문했는데 사현의 의아하

단 시선이 돌아왔다. 사실 정이선은 사현에게서 계획을 들은 날부터 미묘하게 그 점을 신경 썼다. 자신에게 독을 먹인 사윤강이지만 막상 던전 안에서 죽을지도 모른다고 생각하니 찜찜했던 탓이다.

그런데 정작 질문을 들은 사현은 우스운 이야기를 듣는다는 듯 정이선을 보다 이내 실소하며 말했다.

"내가 사윤강 죽이려고 던전에 밀어 넣는 것 같나요?"

"그러려고 그 팔찌를 착용시킬 계획 아니었나요……?"

"뭐, 이 아이템으로 죽일 생각은 아니지만 능력이 지나치게 떨어진다면 죽기야 하겠죠?"

"……."

"그런데 사윤강도 나름 A급 헌터고, 같이 진입할 헌터들도 있으니 죽는 일은 없을 거예요."

단조롭게 설명한 사현이 빙긋 미소했다. 끝이 날카로운 눈매가 사르르 접히며 자아내는 웃음은 분명 아름다웠으나, 정이선은 사현이 저렇게 웃을 때마다 불길한 소리를 한다는 것을 지난 많은 경험으로 눈치챘다.

"게다가 그렇게 죽는 건 너무 시시하잖아요."

"그런가요……."

사현에게 있어 시시하지 않은 죽음이 뭘지 차마 상상할 수조차 없어 정이선은 떨떠름히 고개만 끄덕였다. 그 반응에 사현이 잠깐 물끄러미 정이선을 보더니 조금 전 뒷덜미를 매만지면서 흐트러진 옷깃을 손수 정리해 주었다.

좁혀진 거리에 정이선이 흠칫하거나 말거나 사현은 몹시 평온한 태도로 뇌까렸다.

"생각보다…… 제 사람 건드리는 게 기분이 꽤 더럽더라고요. 그러니 그렇게 허무하게 죽게 둘 순 없죠."

새까만 눈동자가 스산하게 가라앉았다. 정이선이 그것을 낯설게 보는 사이 엘리베이터가 1층에 도착했고, 문이 열리기 직전 사현이 한마디 더 덧붙였다. 꽤 산뜻한 목소리였다.

"그리고 던전 안에서 죽으면 순직 처리돼요."

"……네?"

"국가의 돈은 좀 더 가치 있는 일에 쓰여야죠."

사현이 웃으며 이만 나가잔 듯 열린 문 바깥으로 고개를 까딱했다. 정이선은 무언가 아주 이상한 소리를 들은 것 같지만 결국 그를 따라 이동할 수밖에 없었다.

정원에는 건물 안에서 봤던 바와 같이 사람이 무척 많았다. 한편에는 기자들까지 보여서 정이선이 긴장했지만 이것도 몇 번쯤 경험하니 조금 익숙해졌다. 그래도 어색한 감은 지워지지 않아서 주위를 두리번거리니 사현이 태연하게 그를 데리고 태신길드장이 있는 곳으로 이동했다.

"반갑습니다, 정이선 복구사. 저번에 복구해 준 일은 정말로 고마워요."

"아, 빈틈도 모두 메꿔졌나요?"

"거의 완벽하게 복구가 되어 추가로 손볼 부분도 적더군
요."

신서임은 사현과 간단히 인사한 후 정이선의 손까지 잡아
가며 다시금 며칠 전의 일에 대한 고마움을 표했다. 무뚝뚝
한 낯은 변함없지만 눈동자 속의 호의는 분명히 읽혀 정이
선도 설핏 웃으며 마주 인사했다.

"다음에, 레이드가 끝난 후에 집에 한번 초대하고 싶습니
다."

그러다 갑작스레, 그리고 당연하단 듯 건네지는 제안에
정이선이 잠깐 멈칫했다. 반사적으로 신지안이 이런 초대를
안다면 무척 민망해할 거란 생각을 했다가 그다음에야 스스
로의 어긋난 지점을 깨달았다.

또 자연스럽게 미래를 생각했다.

자신과 미래는 언제나 동떨어진 단어였는데, 주위에서 자
꾸만 미래에 대한 이야기를 하니 자신도 그런 상황에 휩쓸
려 버린 걸까. 그는 씁쓸하면서도 애매한 기분으로 신서임
의 말에 답하지 않고 어색한 미소만 지어 보였다.

보통 헌터들은 쉰이 넘으면 은퇴하는 경우가 많은데 신서
임은 여전히 한국 2위로 꼽히는 공격대의 공대장이고, 예전
만큼 던전 진입을 활발히 하지는 않더라도 태신의 길드장으

로서 입지가 튼튼한 사람이었다. 그런 사람과 현재 가장 많은 관심을 받는 사현, 정이선이 함께 대화하고 있으니 자연히 시선이 몰렸다.

특히나 사현은 신서임과 대화하다가 잠깐 단둘이 정원의 구석으로 이동했는데, 어느새 뒤로 다가온 나건우가 신기하단 듯 정이선에게 말을 붙였다.

"태신길드장님이 정말로 이선 복구사 마음에 들어 하나 보네."

"네?"

"집에 초대하시는 거 진짜 드문 일인데 제안했잖아요? 집 복구해 줘서 많이 고마우신가."

나건우는 신지안과 함께 코드에 들어온 코드의 초기 멤버이자 현재 코드 헌터들 중 가장 헌터 활동을 오래 한 사람이기도 했다. 그는 태신길드장이 저렇게 호의를 보이는 게 신기하다며, 하지만 또 한편으론 이해가 된다며 정이선의 등을 토닥였다. 꽤 자랑스러워하는 눈치라 정이선은 약간 민망한 기분으로 눈동자만 굴렸다. 아무래도 신지안의 방을 복구해 줘서 그런 것 같지만…….

그런데 돌연 나건우가 주위를 휙휙 둘러보는가 싶더니, 목소리를 한껏 낮춘 채로 속삭였다.

"혹시…… 코드 태신으로 간대요?"

"……네?"

"최근에 리더가 태신길드장님이랑 자주 만나잖습니까. 지금 길드장님이 정정하긴 하지만 사실 슬슬 저쪽도 길드장 바뀔 시기긴 해서……. 태신으로 공대 옮겨 가고, 그쪽 길드장 자리 받는 건가 싶어 가지고."

나건우가 심각한 표정으로 말했다. 최근 코드와 HN길드장의 갈등이 계속해서 조명되면서 사현의 행보에도 이목이 몰렸는데, 그 상황에서 사현이 태신길드장과 계속 접촉하니 길드를 옮길지도 모른단 이야기가 떠돈다는 것이다.

낙원길드도 사현에게 스카우트를 제의했다는 소문이 퍼졌고, 심지어 외국의 길드마저 관심을 보인다며…….

"사실 코드는 어디 가든 1급 공대 이상의 대우 받겠지만, 혹시나 외국 나가진 않겠죠? 헌터들 중 스카우트돼서 외국 가는 사람들 간간이 있는데 그러면 욕 엄청 먹거든요. 등급 높을수록 더 배신자 취급받아서. 간다면 낙원보단 태신인데……."

태신은 HN길드나 낙원만큼 역사가 길지는 않지만 약 20~30년 만에 2위 길드가 되었으니 충분히 괜찮은 곳이라는 분석을 경청하던 정이선이 짧게 실소했다.

"일단…… 옮겨 가는 일은 없을 거예요, 아마도."

어쩌면 길드를 옮기는 일이 가장 평화롭게 현재의 논란을 마무리하는 방향일지도 모른다고 생각했지만, 절대로 사현이 선택하지 않을 방향이란 것도 알았다. 정이선은 의아해하는 나건우에게 곧 알게 된다는 답밖에 해 줄 수가 없었다.

그리고 그의 말대로 사윤강이 정원에 나타나면서 공간의 분위기가 바뀌었다. 정장을 깔끔하게 갖춰 입고 나온 사윤강의 표정에서 뿌듯함과 즐거움이 보였다. 그의 취임 행사에 이렇게 많은 사람이, 또 영향력 있는 인사들이 모인 점이 무척 흡족한 듯했다.

사윤강이 나타나자마자 사람들이 슬쩍슬쩍 사현과 그를 번갈아 쳐다보았고, 사윤강은 그 시선을 즐기는 것처럼 느긋하게 걸었다. 그는 헌터 협회장과 각성자 본부 본부장에게 먼저 찾아가 인사했고, 이후 대형 길드장들의 인사를 받은 후에 연단으로 걸어 올라갔다.

"이 자리에 와 주신 모든 분께 감사 인사를 올립니다."

사람들의 박수 속에서 사윤강이 기쁜 어조로 인사말을 읊었다.

"제가 길드장의 자리에 오르고 약 3주에 가까운 시간 동안 적지 않은 변화가 있었습니다."

정이선이 예전에도 느꼈던 대로 사윤강은 연설에 재능이 있었다. 갑작스럽게 돌아가신 아버지의 뒤를 이어 길드장의 자리에 올랐으며, 지난 4년간 아버지의 빈자리를 메꾸기 위해 노력해 오다가 정작 그 자리에 오르니 신기한 기분이 들면서도 아버지가 그립다는 말이 차분하게 나왔다.

"길드장이 되어 이전보다 더욱더 자리에 대한 책임감을

느낍니다. 한국을 넘어 세계적인 수준에 있는 HN길드를 잘 이끌어 나가기 위해선 어떻게 해야 할까, 도태되지 않고 끝없이 성장하기 위해서는 어떤 일을 해야 할까."

말을 잇던 사윤강이 잠깐 어두워진 얼굴로 씁쓸하게 웃었다.

"제가 길드장이 되면서 적지 않은 우려의 목소리가 나오고 있단 것을 압니다. 그 기대와 걱정이 모두 길드를 향한 관심에서 비롯됨을 알기에 저는 겸허히 받아들이며, 길드를 위해 노력하고자 합니다."

공간의 분위기가 미묘하게 가라앉았다. 실제로 사윤강이 길드장이 되자 언론은 그의 행보를 기대한다며 호의적으로 반응했지만 대중은 그의 던전 진입 경험을 들먹이며 회의적인 반응을 보였다. 심지어 HN길드의 주가가 딱 3주 전부터 계속해서 저점을 찍는 상황까지 벌어지고 있으니……

"그래서 저는 고민했습니다. HN길드는 이미 세계에서 손꼽히는 길드이고, 이런 곳을 꾸준히 성장시키기 위해선 무엇을 해야 할까. 긴 고민의 끝에 저는 가장 기본적인 해답에 도달했습니다. 그건 바로 길드 소속 각성자를 살피는 일이었습니다."

길드의 가장 기본 구성원인 소속 각성자를 살펴야 한다는 사윤강의 말이 정원에 울려 퍼졌다. 그들을 하나하나 살피는 일은 당장 눈에 띄는 결과를 내지는 못하더라도 장기적으로 길드의 기반을 더욱 튼튼하게 다져 줄 것이라며 중요성을 역설했다.

그렇게 분위기를 마련해 놓은 사윤강이 이윽고 미소했다.

"현재 HN길드에서 가장 많은 수고를 하는 팀이라면 단연 코드입니다. 그리고 저는 코드 소속의 정이선 복구사에게 특히나 많은 신경을 기울일 수밖에 없었습니다. 그는 전투계 각성자로만 이루어진 팀에서 유일하게 비전투계 각성자이고, 지난 1년 동안 활동을 하지 않다가 이번 레이드에 함께하게 된 복구사이니 당연한 일이지요."

헌터도 던전에 들어갈 때 긴장하는데, 하물며 비전투계 각성자라면 던전에서 받는 부담감이 어마어마할 것이라고 사윤강이 말했다. 정이선은 이 자리에서 공개적으로 자신을 언급할 줄은 몰라서 잠깐 시선을 아래로 내렸다가, 연단 위의 사윤강을 똑바로 보았다.

시선이 마주한 순간 사윤강이 몹시도 다정하게, 그리고 또 안타깝다는 듯 미소했다.

"그래서 정이선 복구사를 살펴보다, 그가 최근 한백병원에 다녀갔다는 소식도 알게 되었습니다. 전반적인 상태를 검진받았다는데, 던전에서의 사고로 큰 부담을 느낀 것은 아닐지 우려스럽습니다. 실제로 그는 6차 던전에서 보스 몬스터의 저주를 맞고 과거 2차 대던전 때의 일을 보았는데……."

사윤강은 무척이나 자연스럽게 2차 대던전에 대한 이야기를 꺼냈다. 정이선이 1차 대던전에서 부모를 잃고, 2차 대던전에서 친구들을 잃었다는 정보는 이미 널리 퍼진 이야기였다. 그럼에도 이렇게 공개적인 자리에서 직접적으로 그것을 언급하는 일은 정이선에게 꽤나 새삼스러운 감상을 안겼다.

"레이드의 3차 던전에서도 정이선 복구사는 극도의 불안감을 드러내 던전에서 퇴장했으며……."

정이선의 눈이 느리게 깜빡였다. 그는 이런 사람들을 많이 보았다. 그를 걱정하는 척하면서 과거를 들쑤시는 사람들. 원하지도 않았는데 다른 곳에서 이야기를 퍼트리고, 그렇게 걱정하는 스스로가 매우 다정다감한 사람이란 생각에 심취한, 혹은 그것을 전략적으로 이용하는 부류.

사실은 동정이란 이름 아래 남의 불행을 즐기는 사람들.

그럴 때면 은근히 제 반응을 기대한다는 것마저 알아서, 정이선은 그저 표정 변화 없이 가만히 사윤강만 응시했다. 그런 반응에 잠깐 사윤강의 표정이 이상해졌지만 그는 찌푸려진 미간을 곧바로 펴며 웃었다.

"따라서 코드가 레이드에 진입하기 위해 각성자에게 무리를 강요하는 것이 아닌가 걱정됩니다. 그래서 레이드의 마지막 던전, 7차 던전에 진입할 공대에 대해 최근 이야기한 것이며 이는 절대로 코드의 성과를 방해하고자 하는 목적이 아님을 이 자리에서 밝힙니다. 어느 공대가 진입할지에 관해선 코드의 리더와 진지하게 대화해 볼 예정이며….

이야기가 계속 이어지는 동안에도 정이선은 아무런 반응 없이 있었다. 그는 이런 상황에서 능숙하게 스스로의 감정을 숨길 줄 알았다. 하지만 그럴 때의 그는 아무런 감정도 없는, 생기라곤 모조리 사라져 버린 인형 같은 낯을 하고 있어서 이상한 괴리감을 줬다.

그를 낯설어하는 시선 속에서도 가만히 있던 그는, 문득 제 손을 얽어 오는 온기를 느꼈다. 옆으로 다가온 사현이 그 손에 깍지 껴 온 것이다. 갑작스러운 행동에 정이선이 의아하게 시선을 떨어뜨렸다가 그를 보자 사현이 귓속말했다.

"이젠 죽여도 괜찮을 것 같아요?"

"네? 무슨 소리를…….."

"조금 전에는 사윤강이 던전에서 죽을까 봐 찜찜해한 거 아니었어요? 그러니까 이제는 죽어도 괜찮을 것 같냐고 묻는 거예요. 원하면 그렇게 해 줄게요."

정말로 그렇게 할 것 같으면서도 어쩐지 장난기가 어린 목소리라 순간 정이선이 헛웃음을 터트렸다. 그는 별 이상한 소리를 다 듣겠다는 듯 사현을 보았다. 귓속말을 한 탓에 바로 가까이에 얼굴이 있었지만 부담스럽지 않았고, 오히려 자신을 오롯이 보는 눈동자에 웃음이 나와 정이선이 한 번 더 작게 웃었다.

"괜찮아요."

사현이 이렇게 장난스러운 말을 건넬 정도면 자신의 표정이 생각보다 어두웠나 보다. 아무래도 주의를 환기해 주려고 그렇게 말한 것 같은데…… 잠깐, 정말로 그런 의도가 맞겠지? 정이선은 조금 심각해졌다가 이내 고개를 저으며 사현의 어깨를 밀었다. 사현은 묘한 미소만 지으며 순순히 물러나 주었다.

그러는 사이 어느새 사윤강의 연설이 끝났다. 행사를 편히 즐기고 가 주셨으면 좋겠단 마지막 인사에 다들 손뼉을 치긴 했지만 서로 슬쩍 눈치를 보았다.

사윤강은 이번 행사를 통해서 코드와의 갈등을 해명했을 뿐만 아니라 7차 던전에 1급 공대를 대신 진입시킬 당위성을 역설했다. 실제는 다르더라도 그의 말은 꽤 적잖이 분위기를 바꾸었다.

다들 이러다 정말 코드 대신 1급 공대가 들어가겠다고 술렁거릴 무렵, 행사의 사회자가 연단으로 올라가 말했다.

"다음으로 HN길드 특수 정예 팀, 코드 팀장님의 축사가 있겠습니다."

사회자는 당연히 예정된 수순처럼 말했는데 당장 사윤강의 표정이 이상해졌다. 그는 아래로 내려오는 사회자에게 무슨 소리냐고 조용히 따졌고, 사회자는 당황스러워하며 미리 이야기가 된 줄 알았다고 말했다. 그가 자신은 단지 들은 대로 했을 뿐이라며 해명하는 사이 사현이 박수 속에서 연단으로 나갔다.

사윤강은 탐탁지 않은 낯으로 사현을 보았다. 이미 연단으로 올라온 사람을 억지로 끌어 내릴 수도 없고, 많은 사람이 지켜보는 공간에서 소란을 피울 수도 없었다. 헌터 협회장까지 와 있으니 큰 헛소리는 하지 않을 것이라 생각하며 사윤강이 그의 옆모습을 노려보는데 문득 사현과 눈이 마주쳤다.

허공에서 마주한 시선이 고요하게 오가다, 이내 사현이 눈매를 접어 아름답게 미소했다.

"형제가 길드장이 된 일을 제대로 축하하지 못해 아쉬웠는데, 이렇게 기회가 생겨 기쁩니다."

앞에 있던 한아린이 잠깐 어깨를 부르르 떨고, 물을 마시던 기주혁이 작게 기침했지만 축사는 유려하게 흘러갔다. 지난 4년 동안 노력해 온 모습을 가까이에서 지켜보았으며 그 노력은 보상받아 마땅하다는 이야기에 사윤강의 표정이 점점 이상해졌다. 사현은 전혀 비꼬는 기색 없이, 정말로 즐거운 사람처럼 흔연한 낯으로 이야기했기 때문이다.

"길드를 위해 물심양면으로 신경 써 주고 있다는 것을 압니다."

분명 사현이 좋은 말을 해 주고 있는데도 저마다 불안해하는 기묘한 상황의 끝에, 그가 고개를 비스듬히 기울이며 말했다.

"다만 조금 전에 길드장님께서 말한 내용에 문제의 소지가 있는 듯합니다."

친히 사윤강을 길드장님이라고 불러 준 사현이 문제점을 짚기 시작했다.

"코드의 7대 레이드 입장 권한은 헌터 협회가 직접 내준 권한입니다. 3대 대형 길드에 입장 권한이 주어졌지만 코드는 레이드 던전을 처음으로 발견한 팀으로, 실제로 협회장님과 함께 레이드의 공개 방향에 대해 의논하며 진입 권한을 보장받았습니다. 즉 협회장님께서 코드에 권한을 내준 것인데, 그 진입을 결정하는 주체가 길드장님이라고 생각하는 건 월권이 아닌가 싶네요."

싸한 정적이 공간에 가라앉았다. 사윤강의 표정이 굳어가고, 제일 앞자리에 앉아 있던 헌터 협회장이 고개를 작게 끄덕였다. 진입 권한을 가진 것은 3대 길드라지만 코드는 그중에서도 특별한 위치에 있었다. 비록 3차 던전에서 코드가 퇴장했을 때 재진입 시 HN길드의 1급 공대가 들어갈지도 모른단 이야기가 오갔다지만, 그 경우는 코드의 주력인 한 아린 헌터의 부상 때문이었지 지금과는 상황이 달랐다.

따라서 사윤강이 코드 대신 1급 공대를 진입시키겠다고 결정하더라도 코드가 물러나지 않으면 그로서는 강제할 수단이 없다는 의미였다. 코드의 진입 권한은 길드장이 아닌 헌터 협회장이 보장하는 것이었다.

"하지만 코드를 향한 길드장님의 관심은 감사합니다. 코드 소속 각성자까지 친히 걱정해 주시니……. 언제부터 이렇게 코드에 신경을 쓰셨는지는 모르겠지만, 길드장이 된 후의 새로운 변화라고 생각하면 되겠죠."

눈가가 파르르 경련하는 사윤강과 사현의 시선이 다시금 마주했다. 그의 모든 반응이 우스운 사람처럼 사현이 미소했다.

"코드 소속 각성자가 6차 던전에서 사고를 겪긴 했지만 그 사건이 코드가 던전에 진입하지 못할 정도로 큰 우려를 받을 만한 일인가 싶습니다. 코드는 7차 던전을 계속 준비해 왔으니 레이드의 마지막 던전에 진입할 의사에 변함이 없지만……."

"……."

"그렇지만 길드장님께서 원하신다면 어쩔 수 없다고 생각해요."

산뜻하게 나온 말에 잠깐 정적이 가라앉았다가, 순식간에 어수선한 파장을 불러일으켰다. 사람들은 자신이 들은 말이 사실인지 확인하려는 듯 주위를 두리번거렸고 그런 행동이 공간의 혼란을 더욱 가속시켰다.

사윤강도 갑자기 사현이 이런 말을 할 줄은 몰랐는지 눈을 크게 떴고, 사현은 그 반응도 모두 지켜보다 이해한다는 듯 눈매를 누그러뜨렸다. 퍽 다정해 보이는 표정이었다.

"원래 대형 길드의 길드장이 된 후엔 누구나 눈에 띄는 업적을 세우고 싶어 하니, 충분히 이해합니다. S급 던전은 진입하는 것만으로도 헌터의 역량을 어느 정도 증명하니까요. 또한 길드장이 된 후에 가장 처음 클리어하는 던전은 헌터들 사이에서 인정받는 기회라고 하잖아요?"

시시각각 분위기가 바뀌었다. 사현의 말은 마치 사윤강이 던전에 진입하는 것처럼 들려서 사람들끼리 서로 수군거리기 시작했다. 사윤강도 그 분위기를 읽어 내 무척 당황스러운 표정이 되었다.

"뭐, 뭐……?"

"최근 계속 1급 공대의 훈련을 지켜본 것도 합을 맞추기 위해서 그런 것 아닌가요? 저는 당연히 길드장님께서 7차 던전 진입을 준비했다고 생각했어요. 조금 전에 길드장님께서 직접, 본인에 대한 우려의 목소리가 있다는 걸 안다고 언급하셨으니 그런 논란들을 자각하고 있다고 보았는데……."

사현이 고개를 비스듬히 기울였다. 그는 아예 직접적으로 사윤강에 관한 최근의 논란, 즉 사윤강의 적은 던전 진입 경험을 짚었고 이는 점점 소란을 키웠다. 사윤강은 지난 며칠 동안 꾸준히 코드의 진입을 저지하듯 굴었기에, 그의 행동이 이런 이유였냐는 식의 탄식이 여기저기에서 나왔다.

실제로 헌터 길드의 길드장이 된 후 처음으로 진입하는 던전은 사현의 말대로 헌터의 능력을 증명하는, 즉 길드장의 입지를 굳히는 던전이었다. 사윤강의 던전 진입 경험이 적다는 이유로 끝없이 여론의 불만이 쏟아져 나오니, 그가 직접 이끄는 공격대가 이번 7차 던전을 클리어하면 단박에 여론을 뒤집을 수 있을지도 몰랐다.

코드 헌터들도 서로를 힐끔힐끔 쳐다보았다. 몇몇은 사현이 장기적으로 노린 것이 무엇인지 현재의 흐름으로 예측한 듯 고개를 끄덕였고, 기주혁은 너무 놀라서 사레가 들렸는지 계속 기침을 토해 나건우가 그의 등을 두어 번 토닥여 줬다.

연단 테이블 앞에 선 사현과 그 옆의 사윤강에게 수많은 시선이 꽂혔다.

그런 분위기 속에서 마침내 사현이 쐐기를 박았다.

"길드장님께서 직접 던전에 진입하고 싶다면 어쩔 수 없지만, 그 경우가 아니라면 진입 권한을 굳이 다른 공대에 양보해야 할 필요성을 느끼지 못하겠네요."

사윤강의 입이 벌어졌다가 가까스로 다물렸다. 그는 말도 안 된다는 소리를 들은 사람처럼 연단 아래의 사람들을 살폈지만 모두 그의 답을 기다릴 뿐이었다. 아니, 그들은 이미 사윤강이 던전에 진입하려고 지금껏 여론전을 펼쳤다고 확신하고 있었다. 그렇지 않고서야 여태 잘해 온 코드의 진입을 저지할 만한 이유가 없었기 때문이다.

사윤강의 떨리는 눈동자가 헌터 협회장을 향했다. 현재

사현의 행위를 말려 줄 유일한 사람이라 생각하는 듯 그를 보았지만 협회장의 낯은 무표정하기만 했다. 길드장이 된 후의 첫 던전이 중요하단 건 사실이니, 한국 1위 길드의 길드장이 스스로 진입하고자 현 상황을 만들었을 가능성을 계산하는 눈치였다.

그러다 협회장의 비서가 조용히 다가와 그에게 무언가를 속닥였다. 협회장은 조금 놀란 듯 눈을 크게 떴다가 이내 비서에게 어떤 행동을 지시했다. 그 뒤에 비서는 사현에게 다가가 협회장에게 전한 것과 같은 말을 알렸다.

갑자기 공간에 미묘한 정적이 내려앉았다. 헌터 협회장의 반응이나 사현의 분위기가 심상찮아서 사람들이 하나둘 눈치를 보았고, 가만히 비서의 말을 경청하던 사현의 얼굴에 마침내 미소가 떠올랐다.

"7차 던전의 단서 분석 결과가 나왔다고 하네요."

고대 이집트어를 해석해 내기 어려워 던전 발생 사흘 전까지 미지로 남아 있던 단서가 드디어 분석되었다. 그 소식에 정원 한쪽에 있던 기자들이 소란스러워졌다. 원래 던전의 단서는 언제나 헌터 협회와 코드만 미리 알았는데, 지금 이곳에서 단서가 공개된다면 자신들이 가장 먼저 그것을 속보로 알릴 수 있었다. 그것도 현재의 흥미로운 상황까지 포함해서 말이다.

저마다 눈을 빛내며 카메라를 드는 상황 속, 사현이 나긋한 목소리로 단서를 읊었다.

알렉산드리아의 파로스 등대, 고대 7대 불가사의를 테마로 한 레이드에서 마지막으로 나타날 던전의 단서.

"'바다를 비춘 수천 년의 불빛을 되찾으리라'라는 문구라고 합니다."

사현이 옆에 있는 사윤강에게로 다가갔다. 연단 위를 걷는 구두 굽 소리가 마치 사형 선고처럼 들리는 듯 사윤강의 얼굴에 긴장이 퍼졌고, 그의 반응을 훑어본 사현이 미소하며 그의 어깨를 토닥였다.

"이제 던전의 단서도 나왔고, 1급 공대도 완벽히 준비되었다고 여러 곳에서 이야기하셨으니…… 길드장님께서 진입 의사만 공표하시면 되겠어요."

다시 연설대 앞에 서라는 듯 사현이 그를 떠밀었다. 사윤강은 주춤주춤 걸음을 옮겼고, 그렇게 시간을 끄는 동안 사람들은 어서 발표하라는 시선을 던졌다. 언제나 주위의 반응을 휘두르던 사윤강에게 현재 상황은 마치 궁지에 몰린 듯한 기분을 안겼다.

머뭇거리는 사윤강의 행동에 답답해진 사람들이 서로를 쳐다보며 수군거리고, 점점 어수선한 분위기가 퍼져 갈 무렵 헌터 협회장이 직접 입을 열었다.

"길드장, 아니, 사윤강 헌터. 7차 던전에 진입할 계획입니까?"

안경알 너머 사윤강의 눈동자가 떨렸다. 그는 HN길드에서 부길드장 자리에 앉은 이후로 단 한 번도 헌터라는 호칭으로 불린 적이 없었다. 그랬기에 현 상황에 그가 느끼는 부담감과 긴장감은 엄청났다.

연설대 위에 올린 주먹만 쥐었다 펴기를 반복하는 사윤강에게 사현이 다정하게 웃으며 고개 숙여 귓속말했다. 겉으로 보기에는 더없이 따뜻한 응원을 전달하는 모습이었지만 실제로 사윤강의 귓가에 내려앉는 목소리는 한없이 싸늘하기만 했다.

"S급 던전이 연이어 클리어되었으니 1급 공대도 가능성이 있다 싶어서, 깰 만하다 싶으니 코드의 진입을 방해한 거 아닌가요?"

"……."

"왜요? 이제 와서 본인 생각이 틀린 것 같나요? 겁이라도 나요, 혹시?"

부드러운 듯하면서도 상대를 도발하는 뇌까림에 사윤강이 눈을 질끈 감았다. 실제로 사현이 한 말이 맞았다. 코드가 계속해서 10시간 내로 던전을 클리어했으니 어쩌면 던전이 그다지 어렵지 않다는 판단이 서서, 그들이 아니어도 얼마든지 깰 수 있다는 생각이 들어 진입을 방해했다.

그러니 마지막 던전을 사현이 아닌 자신이 클리어하기만 한다면 현재의 모든 논란을 종식시킬지도 몰랐다. 전 세계적으로 이목을 끌고 있는 레이드이니, 마지막만 제대로 해내도 지금까지 끈질기게 그를 따라다니는 의혹을 단숨에 잠재울 것이다. 긴장감이 토기처럼 차올랐지만 사윤강은 그것을 억눌렀다. 이건 어떻게 보면 그에게 기회였다.

마침내 눈을 뜬 사윤강이 입을 열었다. 그 행동을 모두 지켜본 사현의 입가에 느릿한 미소가 피어올랐다.

사현은 덫을 놓았고.

"7차 던전에…… 제가 직접 진입할 예정입니다."

사윤강은 그 덫에 걸렸다.

◁　◆　▷

7차 던전이 발생하는 날.

사윤강은 지난 5년 동안 던전에 진입한 적이 없지만 최근 사흘, 아주 철저하게 진입을 대비했다. HN길드의 1급 공대는 갑작스럽게 사윤강이 함께한다는 점에 많이 놀랐으나 내심 그들도 S급 던전에 진입하고 싶단 생각을 했던 터라 기꺼이 그를 새로운 공대장으로 맞이했다.

헌터는 기본적으로 호승심이 있는 사람들이었다. S급 던전에 대한 두려움도 물론 존재하지만 해당 던전을 클리어했을 때 얻을 명성이 탐났다. 현 레이드에 쏟아지는 관심을 생각하면 던전 하나만 클리어해도 엄청난 유명세를 달릴 게 분명했다. 게다가 7대 레이드에서 코드가 6개의 던전을 모두 클리어했으니 그들도 해 낼 수 있다는 자신감이 있었다.

갑작스러운 1순위 진입 공대의 변경에 헌터 협회는 꽤 분주해졌다. 레이드에 진입할 공대는 최소 일주일 전에 등록하고 협회의 심사를 받아야 하는데, 던전 발생 사흘 전에 갑자기 공대가 바뀌었다.

한국 1위로 꼽히는 HN길드의 길드장이 나섰으니 완전히 그들의 신청을 반려할 수는 없어서, 헌터 협회는 고민하다가 결국 대책을 세웠다. 태신길드가 1순위로 입장하고, 그 다음 낙원 대신 HN길드에게 입장권을 주겠단 것이었다.

하지만 그런 상황에서 뜻밖에 태신이 첫 진입을 거부했다.

'HN길드장의 첫 입장을 존중하고, 응원합니다. 그러니 태신 공대는 본래 순번대로 입장하겠습니다.'

태신길드장이 직접 나서서 협회의 제안을 정중히, 또 공식적으로 거절했다. 공대장이, 그것도 현역 헌터 중 가장 긴 세월 활동한 신서임이 거절한 순번을 강요할 수는 없었다. 그래서 결국 던전 발생 전날, 협회는 7차 던전의 첫 진입 권한을 사윤강에게 내주었다.

일련의 상황에 사윤강은 차츰 행운이 몰린다고 생각했다.

심지어 던전에 진입하기 전 사현이 사윤강에게 찾아와 6

차 던전에서 나온 S급 아이템을 건네주기까지 했다. 숨어 있는 몬스터를 이끌어 내는, 기습 대비에 최적인 아이템이었다.

"그래도 길드장님께서 직접 던전에 진입한다는데, 길드 소속 헌터로서 응원을 해야겠죠."

모든 헌터가 탐내는 아이템을 선뜻 사윤강에게 건네주고 친히 그 손목에 채워 주기까지 하니, 사윤강은 점점 자신감과 기대에 찼다. 그는 여론을 못 본 척했다지만 논란을 아예 모르는 것은 아니었다. 하필이면 가장 오래 길드장 자리를 두고 경쟁한 사현이 너무나 뛰어난 헌터여서 계속해서 던전 진입 횟수로 비교를 당하니 그로서도 꽤 지긋지긋해진 차였다.

사윤강은 이번 던전을 기회로 삼기로 했다.

사현의 행동은 꽤 의아했지만, 길드장의 자리가 물 건너 갔으니 이제야 현실을 깨닫고 줄을 서는 걸지도 몰랐다. 그의 끔찍한 이복동생은 죽은 아버지의 시체를 복구해서 레이드가 끝날 때까지 이용하려 했으나 그 계획이 무산되었으니 이제 와선 레이드 올 클리어에 대한 목표가 바랬을 수도 있었다.

이렇게 사현이 순순히 포기할 줄은 몰라서 지난 며칠 동안 복구사의 정신 상태를 빌미로 계속 코드를 우려하는 분위기를 조성했었다. 은근히 코드가 복구사에게 무리를 강요한다는 프레임을 씌우기도 했다.

사윤강도 코드의 레이드 공략 영상을 모두 보았으니 복구사가 꽤 효율적이란 걸 인정했다. 하지만 던전에 비전투계가 들어가는 일은 공격대에게 너무나 큰 부담이었다. 실제로 코드가 눈에 띌 정도의 부상을 입은 3차, 6차 던전이 모두 불안정한 정이선 때문에 혼란이 초래된 던전이었다.

복구 능력으로 던전의 수월한 진입을 돕는다고 하더라도 그건 어디까지나 편의를 위한 것이지 불가능을 가능으로 만드는 능력이 아니었다. 던전이 무너져 있어도 보스 방까지 진입 가능하다는 게 3차 던전에서 태신과 낙원길드의 공략으로 확인되었다.

그러니 복구사의 존재는 그다지 중요하지 않다고 생각했고, 그래서 사윤강은 이번 던전 진입에 한 치의 불안도 느끼지 않았다.

약간, 아니, 꽤 많이 긴장하긴 했지만 그건 어디까지나 처음으로 진입하는 S급 던전에 대한 긴장이라고만 여겼다. 그러나…….

"……."

몇 년 만에 게이트를 넘어 마주한 던전 앞에서, HN길드의 1급 공대는 모두 정적에 휩싸였다. 선두에 있는 사윤강의 표정은 사정없이 일그러지기까지 했다. 공대원들이 흘끔흘끔 그의 눈치를 살피며 물었다.

"기, 길드장님. 어떻게 할까요……?"

7차 던전, 알렉산드리아의 파로스 등대는 부서지다 못해 물에 잠겨 있었다.

사윤강은 무척 당황했지만 최대한 그것을 드러내지 않으려 노력했다. 이미 던전 안의 상태를 보자마자 얼굴을 일그러뜨린 모습이 카메라에 담겼으나 그는 애써 표정을 숨겼다.

기껏 정이선의 상태를 걱정하는 척하면서 복구사가 던전에 함께 들어가는 상황의 위험성을 역설했는데, 정작 이번 던전이 가장 복구사가 필요한 형태를 띠었다.

길은 끝에 등대가 있는 곳까지 일자로 쭉 뻗었는데, 등대와 가까워질수록 무너져서 물에 잠긴 상태였다. 등대는 3단 구조로 1층과 2층이 석탑이고 3층은 불을 지피는 공간인데, 그 3층만이 반쯤 물 밖으로 나온 상태였다. 꼭대기에 붙어 있어야 할 이시스 신상은 찾을 수조차 없었다.

"일단…… 전원 전진한다."

사윤강이 딱딱한 목소리로 명령했다. 던전 안의 지형은 인기척이 가까워지면 변하기도 하니까, 그 경우를 기대하고 전진하기로 했다.

이 던전은 사윤강이 몇 년 만에 진입하는 던전이자 길드장이 된 후 처음으로 공략하는 던전이었다. 전 세계 사람들이 관전하고 있을 텐데 입장하자마자 퇴장하는 우스운 꼴을 보일 수는 없었다.

낮에 진입했지만 던전 안은 꽤 어두웠다. 검붉은 하늘 아래 새까만 바다는 모든 것을 잡아먹을 것처럼 불길하게 짙었다. 심지어 진입로 너머에선 태풍이 불어닥치듯 파도가 높게 쳤다.

무너진 길을 걸어가며 헌터들이 긴장한 시선을 주고받았으나 곧 빠르게 마음을 다잡았다. 그들도 한국 1위 길드의 1급 공대인 만큼 자신이 있었다. S급 던전이란 위압감이 진입한 순간부터 느껴졌지만 그들은 진지한 얼굴로 걸음을 내디뎠다.

촤아악. 게이트에서 일정 거리 이상 멀어져 던전 안으로 들어오자 바다에서 무언가 솟아오르는 소리가 들렸다. 무너진 바닥을 짚으며 상체를 일으키고, 서서히 다가오는 그들은 갑옷을 입고 있었다.

인간 형태의 몬스터로, 파로스의 등대가 군사 시설로 쓰이던 시절의 병사들이 물에서 솟아오르는 것이었다. 다만 얼굴이 시퍼렇게 죽어 있고, 따개비가 마구 붙어 있어 꽤 징그러웠다. 몇몇은 얼굴에 비늘마저 돋아 있었다. 검붉은 눈동자의 몬스터들이 다가올수록 바닥에 질척한 발자국이 남았으며, 바다가 아니라 늪에서 나온 듯한 걸음걸이를 하고 있었다.

다행히 공격 속도는 그다지 빠르지 않았지만 나오는 수가 많았다. 그것을 파악한 사윤강이 결국 살짝 인상을 구기며 명령했다.

"바다를 휩쓸어서 몬스터를 붙잡도록 해."

사윤강이 시킨 것은 코드가 5차 던전에서 선보인 공략이었다. 로도스의 거상을 상대한 던전에서 헌터들은 항구 끝으로 이동해야 했고, 바다에서 나오는 몬스터 수가 많아지자 기주혁이 수 속성 스킬을 사용해 바다를 휩쓸었다. 마나를 분산해서 족히 10개에 달하는 물기둥을 만들고, 그것을 허리케인처럼 활용해 바닷속의 몬스터들을 잡아 올렸다.

기둥 각각의 공격력은 적지만 몬스터의 움직임을 막는단 점에서 아주 효율적인 공격이었다. 사윤강은 이 던전에서 처음 사용하는 공격이 코드의 전략을 따라 한 공격이란 점에 조금 불쾌해졌지만 객관적인 접근일 뿐이라고 되뇌었다.

실제로 그때 기주혁의 공격은 헌터계에서 큰 호응을 일으켰고, 수 속성 마법을 사용하는 헌터들은 그런 공격을 연습하기 시작했다. 앞에 나선 헌터도 나름대로 비장한 얼굴로 로드를 휘둘렀다. 심지어 그가 든 로드는 이번에 사윤강이 1급 공대에게 특별히 지급한 S급 로드였다.

그는 던전에서 가장 처음 활약하는 헌터가 자신이란 점에 꽤 기뻤고, 자신감에 차서 로드를 휘둘렀는데.

"어……?"

커다란 문제가 발생했다. 헌터가 당황한 얼굴로 한 번 더 로드를 높이 들어 보았지만 바다엔 어떠한 변화도 일어나지 않았다. 조금 전과 같이 거센 파도가 칠 뿐, 그 바닷물이 위로 들어 올려지지 않았다. 즉…….

"바다에, 마나가 안 통합니다……."

"뭐?!"

사윤강이 황당함에 찬 고함을 내뱉었다. A급 이상의 던전은 지형 자체가 까다로운 경우가 많았는데 마침 이번 7차 던전이 그런 곳이었다. 물이 고인 곳에 마나가 통하지 않는 경우는 사실 드물지 않아서 5차 던전에서 기주혁도 한차례 확인해 본 후에 광범위 스킬을 사용했었다.

하지만 현재 마법사는 나서서 곧바로 광범위 스킬을 사용한 탓에 적지 않은 마나를 소비했다. 시작부터 크게 활약하려는 마음이 앞선 탓이다. 마법사는 조금 암담한 얼굴로 안 된다고 말하며 물러나려 했는데 사윤강이 한 번만 더 써 보라고 명령했다.

"더 강력한 공격에만 반응하는 거 아닌가? 파도가 거세서 곧바로 마법이 먹히지 않은 걸지도 몰라. 그러니 한 번 더 써 봐."

마법사는 머뭇했지만 던전에서 공대장의 명령은 절대적이었다. 하물며 길드장의 명령인데, 어길 수 있을 리가 없었다. 그는 결국 한 번 더 스킬을 사용했고, 바다 위로 기운이 내리꽂히다 튕겨 나가는 모습까지 그대로 드러났다.

바다 위의 파도는 어느 정도 마나로 조절이 되는 듯했지만 바닷속까지 마나가 닿지는 못했다. 사윤강이 파도가 흔들리는 것을 보고 몇 번쯤 더 시켜 보았으나 마법사의 마나만 날리는 꼴이었다.

키에엑. 그리고 그즈음 병사들이 괴성을 지르며 달려들기 시작했다. 분명 이전까진 느릿느릿하게 걸어왔는데 일정 거리 이상 가까워지자 엄청나게 빨라졌다. 심지어 몇몇은 도약해서 날아들기까지 했다.

"허억……!"

"저, 전원 대열을 갖춰!"

갑작스레 혼란이 초래됐다. 사윤강도 흠칫하며 뒤로 물러났다가 재빨리 대열을 갖추라고 명령했고 공대원들도 급히 전투태세를 취했다. 1급 공대로 있었던 세월만큼 그들도 공략에 능했지만, 한 가지 문제가 있다면 이 던전이 그들이 진입하는 첫 S급 던전이란 점이었다.

S급 던전의 몬스터는 A급 던전의 몬스터보다 훨씬 데미지 저항력이 높았고 공격도 거셌다. 분명히 A급 던전의 몬스터를 처리할 수준으로 공격했는데 상대가 죽지 않으니 헌터들은 당황했고, 그것들을 당장 처리하기 위해 더 거센 공격을 퍼부었다. 격한 공격으로 몬스터는 죽었지만 그건 근시안적인 해결에 그쳤다. 그들은 아직 본 던전인 등대 안에 진입하지도 못한 상황이었기 때문이다.

명예에 대한 욕망, 헌터로서의 호승심, 전 세계 사람들이 지켜본다는 부담감. 모든 것이 뒤섞여서 헌터들의 공격이 거세졌다. 이는 즉 그들이 빠르게 힘을 빼고 있음을 의미했다.

하지만 한차례 소탕을 끝낸 후엔 공대원들이 슬슬 공격의 패턴을 파악하며 적응해 갔다. 원거리 딜러들이 먼저 공격을 퍼부어 몬스터의 체력을 반쯤 깎고, 이후 가까워진 몬스터들이 빠르게 달려들면 그때 근거리 딜러들이 처리했다. 탱커는 그런 딜러들을 호위하며 나아갔다.

다만 몬스터가 강력한 탓에 마나 소모가 생각보다 컸다. 사윤강이 공대장인 만큼 HN길드의 마나 회복 포션을 잔뜩 들고 올 수 있었지만 그것도 어느새 절반가량 사용했다.

마침내 헌터들이 드러난 길의 끝에 도착했다. 그들은 내심 이곳까지 오면 던전 지형이 움직여서 등대가 위로 솟아오르길 기대했지만, 전혀 변화가 없었다. 사윤강은 다소 지친 낯으로 인상을 구겼다.

그러다 그는 문득 '단서'라는 말을 중얼거리는가 싶더니 고민에 빠졌다. 그 고민이 길어지면서 점점 헌터들이 서로를 흘끔흘끔 쳐다보며 눈치를 살필 무렵.

"단서가 바다를 비춘 수천 년의 불빛을 되찾겠다는 내용이었지. 그렇다면……."

사윤강이 깨달음을 얻은 사람처럼 말했다. 현재 바다 밖으로 나온 부분은 등대의 3층, 즉 불을 지피는 부분이었기에 그곳에 '불'을 놓는 것이 공략 방향이란 확신이 들었다. 공대원들도 그의 이야기를 듣고 그럴 것 같다며 고개를 끄덕였다.

그때부터 그들은 등대에 불을 놓기 위해 고전했다. 하지만 등대 가까이로 다가가는 길이 물에 잠겨 있으니 거리가 멀고, 또 정확히 3층에 불을 놓기 위해선 세밀한 조준이 필요한데 계속해서 바닷속의 병사 몬스터가 나오니 집중하기 어려울 만큼 소란스러웠다.

그러다 드디어 3층에 불을 올렸을 때.

"와아⋯⋯."

놀라운 광경이 펼쳐졌다. 등대에 불이 붙자마자 끼기긱- 거대한 소리가 울려 퍼지더니 이내 바닷속에 잠긴 등대가 위로 솟아오르기 시작한 것이다. 그 모습은 헌터들에게 엄청난 고양감과 기대감을 안겼다.

등대로 입장하는 길도 서서히 위로 솟아올라 사윤강이 재빨리 앞으로 나섰다. 등대가 다 오르려면 적잖은 시간이 걸릴 듯했지만 최대한 빨리 입장하기 위해 선두에 섰다. 그동안에도 여전히 병사 몬스터들이 접근해 왔지만 다들 등대 안에서 한숨 돌리며 정비할 생각으로 마지막 힘을 쏟아부었다. 안에서 포션을 마시며 회복하면 된다고 여겼다.

그러나 그들의 기대는 파도가 높이 치는 순간 산산이 부서졌다.

촤악, 해일 같은 파도가 솟으면서 3층에 피워 놓은 불이 꺼졌다. 그리고 그 순간부터 다시 등대가 아래로 가라앉기 시작했다.

"이게 무슨……!"

"기, 길도 다시 가라앉고 있습니다!"

순식간에 혼비백산한 상황이 연출되었다. 떠올랐던 길도 다시 물속으로 가라앉아 헌터들이 재빨리 도망치려 했지만 어느새 바다에서 뻗어 나온 손이 그들의 발목을 붙잡았다. 여기저기서 비명이 터지고, 벗어나기 위해 발버둥 치며 진열이 모조리 망가졌다.

그 상황에서 결국 공대원들은 강렬한 깨달음을 얻을 수밖에 없었다. 그들은 서로 불안한 눈빛을 주고받았고, 이윽고 기존에 1급 공대를 이끌던 헌터가 나서 말했다.

"길드장님, 차라리 퇴장을……."

"뭐?! 그건 안 돼!"

사윤강이 역정을 부리듯 소리쳤다. 그는 길드장이 된 후에 처음으로 진입한 던전에서 이런 식으로 퇴장할 마음이 없었다. 보스 몬스터와 맞닥뜨리지도 못했는데, 심지어 7대 불가사의의 마지막 건물인 파로스의 등대 내부에 입장하지도 못했는데 퇴장한다면 너무나 큰 망신이었다.

사윤강은 마법사들에게 다시 3층에 불을 피우라고 명령했다. 차마 그의 명령을 거역하지 못하는 헌터들은 결국 다시 진열을 갖춰 몬스터를 상대했지만 이전보다 훨씬 공격의 정확도가 떨어졌다.

그 상황에서 사윤강은 계속 포션을 먹으면서 공격하라고 재촉했다. 그가 오늘을 위해 특수 제작 해서 챙겨 온 포션들이었다. 하지만 포션으로 회복되는 마나보다 소모되는 마나가 훨씬 많았다. 게다가 포션으로 회복되는 체력에도 한계가 있었다.

"이런 답답한……!"

지지부진한 모습에 사윤강은 점점 더 조급해졌다. 그는 어떻게든 이 던전에서 성과를 내야 한다는 강박에 붙잡힌 상태였고, 그런 강박 끝에 기어코 시선이 손목에 닿았다.

사현이 준, 몬스터를 유인하는 S급 아이템.

이제야 발견했다는 게 황당할 정도로 무척 좋은 아이템이었다. 던전에 진입한 경험도 적으니 아이템을 활용할 기회도 제대로 파악하지 못했다. 이것을 처음부터 사용했더라면 물속의 병사들을 한꺼번에 이끌어 처리했을 테니 장기적으로 전투할 필요가 없었다.

그리고 사윤강은 좀 더 나아가 생각했다. 등대 안에도 몬스터들이 있을 것은 자명한데, 그렇다면 이 아이템을 사용해서 몬스터를 모두 이끌어 내면 되지 않을까? 공략 시간이 길어질수록 헌터들의 힘만 빼는 꼴이니 차라리 한 번에 몬스터들을 유인해서 공격하는 게 현명할지도 몰랐다.

사윤강은 확신을 가졌다. 등대 안에 들어갈 수 없다면 바깥으로 몬스터를 부르면 그만이었다. 자신이 생겼고, 그래서 그는 대기하라는 말과 동시에 앞으로 나섰다.

"기, 길드장님……!"

수많은 헌터가 사현의 S급 아이템을 부러워했다. 6차 던전에서 나온 아이템의 효능이 전 세계적으로 알려질 정도였으니 사윤강은 이 아이템에 큰 기대를 걸었다. 이것만 제대로 활용하면 현재의 열세를 뒤집을지도 모른다. 위기를 기회로 바꿀 수 있다. 그런 생각으로 가득 차 당장 팔찌에 마나를 넣었다가.

크르륵. 두려울 정도로 엄청난 비명이 공간을 울리는 것과 동시에 바닷속에서 수많은 몬스터가 날아왔다. 아이템이 발동하면서 일대에 광범위한 현혹 스킬이 사용되었고, 그 스킬에 걸린 몬스터들은 끌려가듯 사윤강에게 달려들기 시작했다.

"헉……!"

몬스터의 유인에는 효과적이었지만 생각 이상으로 너무 많았다. 당황한 헌터들이 다급히 막아 보려 했지만 감당하지 못할 수였다. 그뿐만 아니라 땅이 불길하게 진동하는가 싶더니…….

"배, 뱀이!"

바닷속에서 커다란 뱀이 나타났다. 고대 전설 속에서나 나타날 법한, 인간보다 몇 배는 더 큰 크기의 뱀이 흉흉한 기세로 사윤강에게 기어 왔다. 엄청난 속도에 사윤강이 정신없이 뒷걸음질 치며 비명을 질렀다.

"저것부터 처리해!"

하지만 이미 헌터들은 저마다 몬스터를 상대하느라 정신이 없었다. 창백해진 사윤강은 마구잡이로 스킬을 시전했다. 그도 A급 힐러이니 일정 범위 내에 있는 사람의 체력을 회복하며 보호해 주는 마법진을 사용할 수 있었다.

그는 곧장 그 스킬을 시전했으나 한 가지 간과한 점이 있었다. 이미 뱀 몬스터는 사윤강을 보고 있었고, 치유 마법은 밝기가 너무 높다는 사실이었다. 몬스터의 정면에서 로드를 앞으로 내뻗으며 치유 마법을 시전한 사윤강의 행동은 강한 빛을 내뿜어 몬스터를 자극한 셈밖에 되지 않았으며, 그 결과는…….

"아악! 악, 아아악!"

단숨에 거리를 좁힌 몬스터가 로드를 쥔 사윤강의 손을 공격하고 바닷속으로 사라졌다. 다급히 뒤의 헌터들이 마법을 쏟아 내서 손만 공격당했지만 그 결과는 참담했다.

촤아악, 길을 가로지르며 떨어진 거대 몬스터의 몸부림에 길이 무너졌고, 그렇게 무너진 길 앞에서 사윤강이 비명을 내질렀다.

몬스터가 그의 손을 먹어 버렸기 때문이다.

사윤강이 사용하는 로드도 바닷속으로 사라졌다. 그는 로드가 없는 상태에서 치유 마법을 사용할 수 없어서 잘린 손목을 쥔 채로 오열 같은 비명을 터트렸다.

다급히 다른 힐러가 다가와서 치유 마법을 걸어 봤지만 이미 한참 전투를 계속한 탓에 마나가 부족했다. 몬스터가 공격당하면서 손을 떨어뜨리고 가긴 했지만 연결하기엔 한참 역부족이었다. 차라리 바깥에서 얼른 응급 처치를 받는 게 현명한 선택이었다.

아비규환 속에서 결국 공대원들은 퇴장을 결정했다. 손이 잘린 사윤강은 이미 패닉에 빠져 무언가를 명령할 상황이 못 되었다. 심지어 혼란 중에 함께 입장했던 헌터 협회 소속의 카메라맨도 부상을 입었으니 이젠 정말 퇴장해야만 했다.

기존의 공대장이 사윤강을 부축하며 귀환석을 이용했다. 그들은 금방 게이트 앞으로 이동했고, 그곳에서 차례차례 게이트를 통해 바깥으로 나갔다. 모두의 얼굴에 참담한 패배감이 어렸다.

1급 공대로서 A급 던전을 나름대로 능숙하게 클리어해 왔기 때문에 그들도 S급 던전을 공략할 수 있을 거란 기대를 가졌다. 코드가 수월하게 레이드를 클리어하는 걸 보며 생각보다 S급 던전이 그다지 어렵지 않다는 생각마저 했었다.

하지만 그들은 결국 직접 마주해 보고서야 현실을 깨달았다. S급 던전은 절대로 쉽지 않았다. 그것을 빠르게 클리어해 낸 코드가 최정예 헌터 팀이었을 뿐이다.

"길드장님……."

부들부들 떠는 사윤강을 본 헌터들이 안타깝다는 시선을 보냈다. 그리고 그런 시선 속에서 사윤강은 점점 분노를 쌓아 갔다. 처음에는 잘린 손 때문에 패닉에 빠졌지만 지금은 한 사람을 향한 분노만 치솟았다.

사현.

이상하게 S급 던전의 진입권을 선뜻 양보했다 싶었다. 게다가 일부러 많은 사람이 모인 장소에서 '길드장이 진입하는 첫 던전'이라는 프레임을 만들어 그가 입장하도록 부추겼다. 그 입으로 직접 길드장이 진입하는 경우가 아니라면 권한을 양보할 생각이 없단 말까지 지껄였으니, 사현은 어쩌면 애초부터 이런 상황을 노린 걸지도 몰랐다.

1급 공대만 진입해서 실패했다면 그들의 능력이 부족했단 식으로 말을 바꾸면 되었다. 하지만 사윤강이 진입한 이상, 심지어 그가 공대장의 위치에 있었던 이상 이번 던전 공략 실패의 원인은 모두 그의 부족한 지휘력이라 비난받을 터였다. 사윤강은 눈앞이 깜깜해지는 것과 동시에 머리가 새하얘지는 분노에 휩싸였다.

심지어 던전에 입장하기 전에 내준 아이템마저 수상스러웠다. 그 사현이 이런 아이템을 선뜻 내줄 리가 없는데, 의심하고 받았어야 했는데. 애초부터 사현은 자신이 이 아이템을 제대로 사용하지 못할 거라 확신하고 내준 것이 틀림 없었다.

"사현……!"

사윤강이 부들부들 떨면서 게이트 바깥으로 나왔다. 일단 당장 길드 건물로 돌아가 손을 치료하고 이후 사현에게 화를 낼 생각이었다. 그런데 그의 시야에 누군가의 구두가 붙잡혔다.

심지어 길목을 막듯이 앞에 나타나 사윤강의 시선이 위로 올라갔고, 이윽고 새까만 눈동자와 마주했다.

"이렇게 실패했네요……."

게이트를 나오자마자 사현과 맞닥뜨렸다. 그는 일이 이렇게 되어 몹시 유감스럽단 듯 눈매를 누그러뜨리고 있었고, 작위적으로 다정한 낯을 한 사현의 모습에 사윤강이 당장 눈을 부릅떴다. 눈에 핏줄이 섰다.

사윤강이 이끄는 공대가 던전에 진입한 지 10시간이 지났다. 그들은 분명 노력했지만 사실 그들의 공략을 객관적으로 평가하자면 10시간 동안 등대 안에 진입하지도 못했으면서 부상자가 한가득이니, 이는 공격대의 부족한 실력을 명백하게 드러냈다고 할 수 있었다.

"너, 일부러……!"

"일부러라뇨? 모든 선택은 길드장님께서 하셨는데."

깊은 밤, 새까만 밤하늘을 배경으로 한 걸음씩 나긋이 다가온 사현이 사윤강을 내려다보았다. 사윤강은 살벌한 시선으로 응수했지만 꼴이 엉망진창이었다.

"코드 대신 다른 공대를 입장시키겠다 말한 사람도, 이 던전에 진입하겠다고 공표한 사람도 모두 길드장님이죠."

"이 아이템을 일부러 내준 거잖아!"

"내가 쓰라고 강요했나요? 잘 활용할 수 있다고 자만한 어떤 멍청한 인간이 썼지. 보통 이런 상황을 자멸이라고 표현하죠."

"너……."

산뜻하게 비꼰 사현이 이내 유하게 미소했다.

"싫어하는 사람이 잘하니까 그걸 인정하기 싫어서, 열등감에 차서 깎아내리다 못해 상대의 성과를 본인도 해낼 수 있다고 착각한 거 아닌가요? 실제로는 능력도 안 되는데 스스로가 그걸 받아들이기 싫으니까."

사현의 어조는 무척이나 부드러워서, 순간이지만 그가 신랄하게 비꼬는 말을 내뱉었다고 생각하지 못할 지경이었다. 멍하게 눈을 깜빡이던 사윤강이 한 박자 늦게 정신을 차리고 사현의 멱살이라도 붙잡기 위해 손을 내뻗었다. 사현은 미동 없이 서 있었고, 사윤강의 손이 기어코 그 옷깃을 붙잡으려는 순간.

"협회로 가 주셔야겠습니다."

갑자기 양팔이 붙잡혔다. 새까만 정장을 입은 사람들이 사윤강을 부축하는 헌터를 물러나게 하고 사윤강을 체포하

듯 붙잡았다. 옷깃에 붙은 협회 배지가 그들이 정말로 헌터 협회 소속임을 증명했다. 갑작스러운 상황에 공대원들이 당황하고, 사윤강의 눈이 커졌다.

그러고 보니 이상했다. 던전을 퇴장할 때 곧바로 사현을 만나야겠다고 생각하긴 했지만 이런 식으로 게이트 앞에서 맞닥뜨리는 건 어딘가 수상했다. 사현은 2순위로 입장하지도 않으니 이곳에 있을 리가 없는데, 그가 헌터 협회원들을 대동한 채로 앞에서 사윤강을 기다렸다.

마치 이렇게 초라한 꼴로 나오기를 기다렸단 듯, 그렇게 곧바로 그를 붙잡아 갈 사람처럼.

"이, 이게 무슨……!"

"사윤강 헌터는 지금 살인 사건의 유력 용의자입니다."

"뭐? 살인 사건?!"

당장에 사윤강이 소리치며 황당한 낯을 했다. 그는 치유계 힐러였고, 지금까지 제작한 포션도 모두 회복용이거나 저주 해제용이니 남을 해할 리가 없었다. 남을 살렸으면 살렸지 죽일 일은…….

거기까지 생각한 사윤강의 얼굴이 갑자기 급속도로 굳어 가기 시작했다. 눈앞에 있는 사현, 그리고 살인 사건의 용의자로 몰린 자신.

"HN 전 길드장이 독에 중독되었단 부검 결과가 나왔습니다. 자세한 사정은 협회에 가서 진술해 주시죠."

헌터는 도주 가능성이 높으니 협회에서 구속 수사가 이뤄질 것이란 안내가 딱딱하게 읊어졌다. 응급 처치나 변호사에 대한 이야기가 한 귀로 들어왔다가 반대편 귀로 빠져나갔다. 사윤강이 아연해진 표정으로 사현을 보았다.

사윤강이 던전 안에 들어가 있는 동안, 즉 언론을 휘두르지 못하는 동안 사현이 정보를 퍼트렸다. 길드장의 시체 부검 결과 그는 독에 중독된 상태였으며, 독을 먹었을 거라고 추정되는 시각과 사윤강이 한백병원에 방문한 시각이 맞아든다는 말, 그리고 그때의 CCTV 영상도 퍼졌다. 심지어 검출된 독에 마나의 흔적이 있다는 협회의 분석도 나왔다.

그 결과, HN 전 길드장의 사망 원인은 단순한 병환이 아니라 현 길드장이 투여한 독극물이라는 속보가 전 세계에 퍼졌다.

"너, 너⋯⋯."

사윤강은 던전 안에서 헌터로서의 능력이 부족함을 드러냈고, 던전 밖에선 존속살인을 저질렀단 이야기가 퍼졌다. 보지 않아도 언론과 여론이 모두 이 이야기만 하고 있음을 예상할 수 있었다. 여태껏 그는 그러한 수로 부길드장의 자리에 앉아 있었기 때문이다.

분노와 충격, 두려움. 모든 것이 뒤섞인 낯으로 사윤강이 파르르 경련했다. 그런 사윤강에게 한 발자국 더 가까이 다가간 사현이 안타깝다는 듯 그의 어깨를 토닥이며 나직이 귓가에 속삭였다. 겁에 질린 아이를 어르듯 다정한 목소리였다.

"주제를 알았어야죠."

"……."

"급에 맞지 않는 아이템을 잘못 활용하면 그만큼 큰 화가 온다는데, 딱 그런 경우 아닐까요? 그리고 그 자리도."

창백하게 질린 사윤강에게 사현이 빙긋 미소했다. 분명히 입매를 둥글게 휘면서 미소를 그려 냈지만, 눈동자만큼은 한없이 싸늘해서 고요한 분노가 선명하게 드러났다. 흠칫한 사윤강의 뒷덜미를 꽉 움켜쥐며 사현이 뇌까렸다.

"그러니까 사람 봐 가면서 건드렸어야지."

목소리에서 꾹꾹 누른 분노가 느껴졌다. 이렇게 고스란히 사현의 기분이 전달된 적은 처음이라 당황했지만, 사윤강은 그의 손에서 벗어날 수가 없었다.

"누가 옆에 있는지 알았으면 그딴 식으로 굴지 말았어야 하는 거 아닌가? 가장 약한 인간 건드려서 졸렬하게 휘두르는 꼴도 같잖았지만, 사람이 이렇게 멍청해서야."

싸늘한 읊조림을 듣고서야 사윤강은 사현이 말하는 대상이 누구인지 알아차렸다. 사현은 단순히 길드장의 자리를 뺏긴 것 그 이상의 일에 불쾌해하고 있었다. 새까만 눈동자에는 인간적인 감정이라곤 조금도 찾아볼 수 없어서, 사윤강은 마치 포식자 앞의 초식 동물처럼 떨어야 했다.

그제야 사윤강은 '그날' 사현이 순순히 길드장을 죽게 해 줬던 이유를 깨달았다. 고민의 시간은 길었지만 그는 병원에서 아무런 말 없이 길드장에게 걸린 복구 능력만 거두고 돌아갔었다. 내심 그가 폭력을 행사하지 않을까 두려웠으나 오기로 태연한 척했는데, 그때 그가 큰 반항을 하지 않았던 이유가 있었다.

사현은 단순히 사윤강을 죽여서 해결하지 않고, 그의 모든 사회적 지위를 부숴 버린 것이다. 그것도 지금껏 사윤강이 가장 잘 활용해 온 수단을 통해서.

충격에 빠진 사윤강이 파르르 떨며 무어라 소리치려 했지만 두려움에 목이 졸리기라도 한 듯 입만 뻐끔거렸다. 그 모습을 본 사현이 미소를 그려 내며 두어 발자국 뒤로 물러났다. 그러곤 협회 직원들에게 데려가란 듯 눈짓했다.

결국 사윤강은 제대로 된 반항조차 하지 못하고 그들에게 끌려갔다.

사윤강의 몰락이었다.

3권에 계속

해의 흔적 2

초판 1쇄 인쇄 2021년 05월 10일
초판 1쇄 발행 2021년 05월 20일

지은이 도해늘
펴낸이 정은선

편집 최민유
마케팅 왕인정, 박성회
디자인 디자인그룹 헌드레드

펴낸곳 (주)오렌지디
출판등록 제2020-000013호
주소 서울특별시 강남구 선릉로428
전화 02-6196-0380 **팩스** 02-6499-0323

ISBN 979-11-91164-36-7 (04810)
ISBN 979-11-91164-34-3 (set)

www.oranged.co.kr